幻想 환상
네이밍사전

목 차

이 책에 대하여 ·· 4

분류 일람

8 시간
- 시간 ·· 8
- 계절 ··· 10
- 월 ·· 12
- 주 ·· 14
- 일 ·· 14

18 위치
- 방위 ··· 18
- 방향 ··· 18
- 기타 ··· 20

22 수
- 수 ·· 22
- 순서 ··· 24
- 기타 ··· 26

28 자연
- 전체 ··· 28
- 4대 원소 ·································· 28
- 지형 ··· 28
  - 땅 ··· 28
  - 산 ··· 30
  - 바다 ····································· 32
  - 강 ··· 32
  - 기타 ····································· 34
- 현상 ··· 36

- 기상 ··· 36
- 재해 ··· 40
- 온도 ··· 42
- 빛 ·· 46
- 천체현상 ·································· 48
- 우주 ··· 48
  - 천체 ····································· 48
  - 별자리 ································· 52
  - 기타 ····································· 54
- 식물 ··· 56
  - 총칭 ····································· 56
  - 부분 ····································· 56
  - 화초 ····································· 58
  - 수목 ····································· 62
  - 기타 ····································· 68
- 동물 ··· 68
  - 총칭 ····································· 68
  - 부분 ····································· 68
  - 짐승 ····································· 70
  - 새 ··· 76
  - 곤충 ····································· 82
  - 기타 ····································· 86
- 광물 ··· 90
  - 총칭 ····································· 90
  - 보석 · 귀금속 ······················ 90
  - 광물 ····································· 94

98 인간

- 몸 ··········· 98
  - 총칭 ··········· 98
  - 부분 ··········· 98
  - 부상·질병 ··········· 108
  - 동작 ··········· 110
- 마음 ··········· 116
  - 총칭 ··········· 116
  - 감정 ··········· 118
  - 성격 ··········· 124
  - 능력 ··········· 130
- 인생 ··········· 132
  - 사건 ··········· 132
  - 관계 ··········· 136
  - 총칭 ··········· 140
- 장신구 ··········· 144

148 사회

- 국가 ··········· 148
- 지위 ··········· 148
- 재산 ··········· 152
- 직업 ··········· 154
- 장소·건물 ··········· 160
  - 도시 ··········· 160
  - 시골 ··········· 162
  - 기타 ··········· 164
- 신화·전설 ··········· 168
  - 총칭 ··········· 168
  - 환수 ··········· 170
  - 신앙·종교 ··········· 174
  - 마법·마술 ··········· 178
  - 문자·기호 ··········· 182
- 범죄 ··········· 186
- 전쟁 ··········· 188
  - 총칭 ··········· 188
  - 행동 ··········· 188
  - 계급·보직 ··········· 192
  - 무기·방어구 ··········· 194
  - 기타 ··········· 198

200 상태

- 상태 ··········· 200
- 색 ··········· 206

210 성질

- 성질 ··········· 210

색인

- 우리말 색인 ··········· 220
- 외국어 역순 색인 ··········· 231
- 도움 주신 분들 ··········· 287

이 책에 대하여

이 책은 우리말 단어에 대응되는 11개국의 단어와, 그 단어의 읽는 법을 한글로 표기한 것
(이하 한글 표기라 함)을 수록했다. 각 페이지의 보는 법은 다음과 같다.

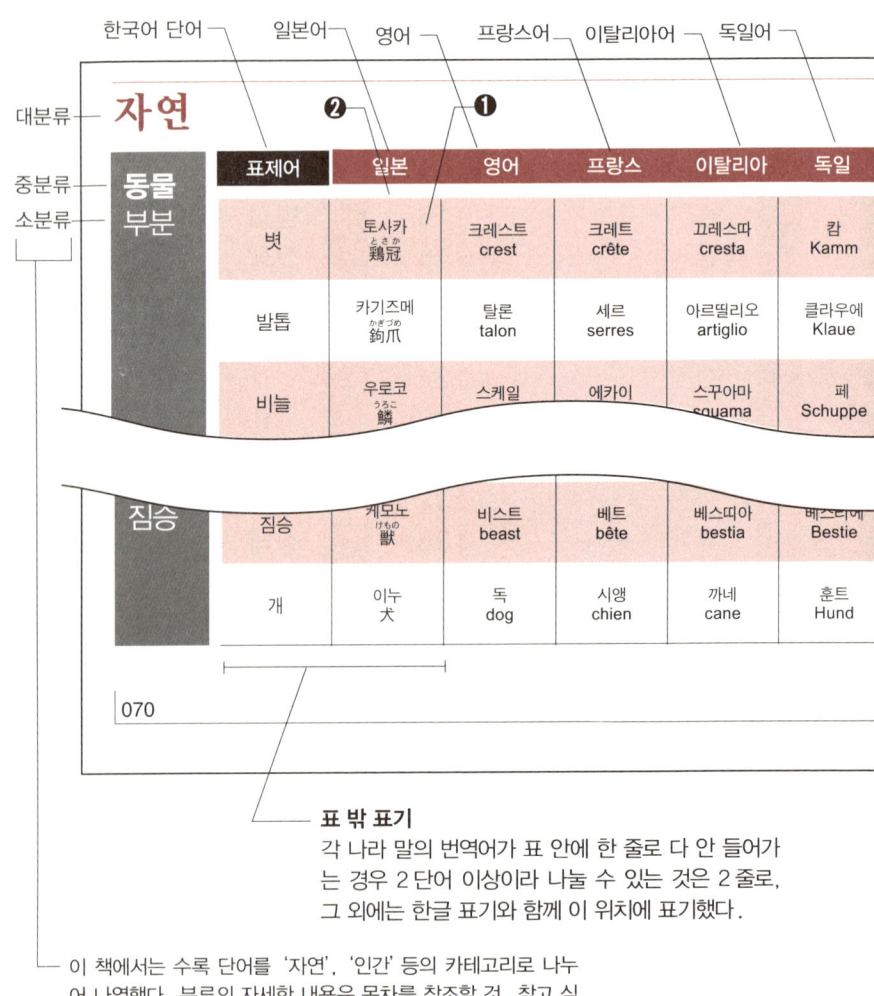

표 밖 표기
각 나라 말의 번역어가 표 안에 한 줄로 다 안 들어가
는 경우 2단어 이상이라 나눌 수 있는 것은 2줄로,
그 외에는 한글 표기와 함께 이 위치에 표기했다.

이 책에서는 수록 단어를 '자연', '인간' 등의 카테고리로 나누
어 나열했다. 분류의 자세한 내용은 목차를 참조할 것. 찾고 싶
은 단어가 어디에 속하는지 확실치 않다면 권말의 우리말 색인
으로 검색하길 바란다.

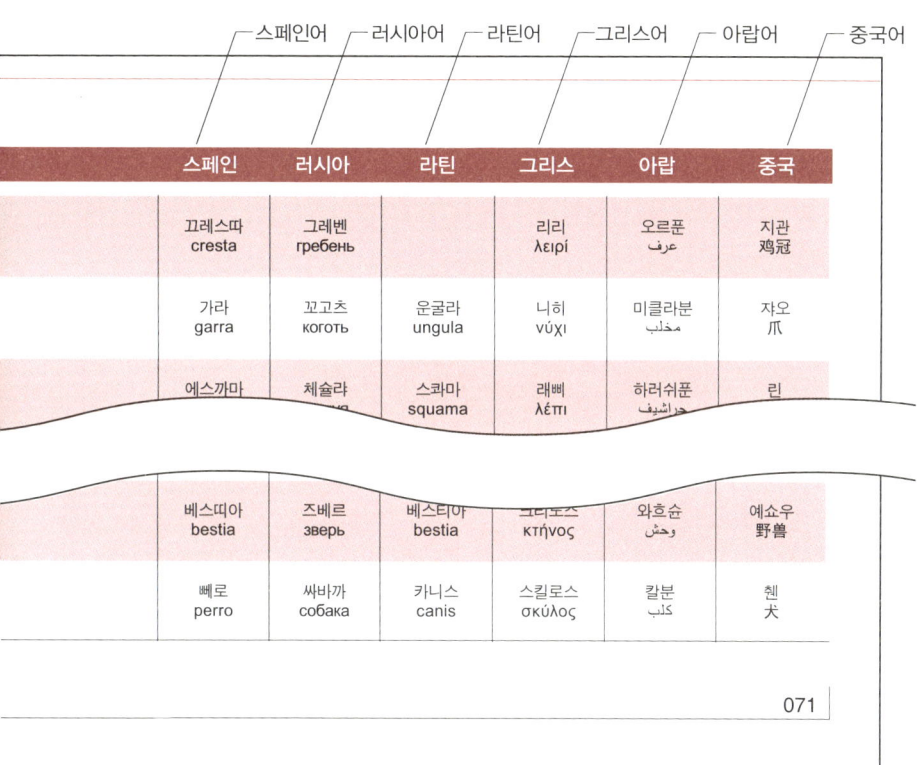

❶ 각 나라말의 번역어
(1) 우리말 단어 하나에 대응하는 각 나라의 단어를 하나, 혹은 여러 단어로 이루어진 표현을 기준으로 하나씩 수록했다.
(2) 단어는 기본적으로 1인칭 단수형으로 하고 관사는 생략했다.
(3) 단어가 표현하는 대상이 남성인지 여성인지에 따라 단어의 형태가 변하는 경우, 남성과 여성 모두에 사용 가능한 표현이 있으면 그것을 우선하고 없으면 남성에 대해 사용되는 형태를 우선했다.
(4) 그 언어에 해당하는 표현이 없으면 공란으로 두었다.
(5) 그리스어는 현대 그리스어를 수록했다.

❷ 한글 표기
한글 표기는 되도록 각 나라말의 발음에 가깝게 표기했다.

환상 네이밍사전

시간

표제어	일본	영어	프랑스	이탈리아	독일
시간	지캉 時間	타임 time	외르 heure	뗌뽀 tempo	차이트 Zeit
항상	이츠모 いつも	올웨이즈 always	투주르 toujours	쎔쁘레 sempre	임머 immer
순간	잇슌 一瞬	모먼트 moment	모망 moment	아띠모 attimo	아우겐블릭 Augenblick
영원	에이엔 永遠	이터널 eternal	에떼르넬 éternel	에떼르니따 eternità	에비히카이트 Ewigkeit
태초	겐쇼 原初	오리진 origin	오리진 origine	오리지네 origine	우어슈프룽 Ursprung
시작	하지마리 始まり	비기닝 beginning	데뷔 début	이니찌오 inizio	안팡 Anfang
끝	오와리 終わり	엔드 end	팽 fin	피네 fine	엔데 Ende
처음	사이쇼 最初	퍼스트 first	프르미에 premier	쁘리모 primo	에어스트 erst
마지막	사이고 最後	라스트 last	데르니에 dernier	울띠모 ultimo	레츠트 letzt
과거	카코우 過去	패스트 past	파세 passé	빠싸또 passato	페어강엔하이트 Vergangenheit
미래	미라이 未来	퓨처 future	아브니르 avenir	푸뚜로 futuro	추쿤프트 Zukunft
현재	겐자이 現在	프레젠트 present	악튀엘 actuel	프레젠떼 presente	예츠트 jetzt

스페인	러시아	라틴	그리스	아랍	중국
오라 hora	브레먀 время	템푸스 tempus	흐로노스 χρόνος	와끄툰 وقت	슬지엔 时间
씨엠쁘레 siempre	브세그다 всегда	셈페르 semper	빤따 πάντα	다이만 دائما	징창 经常
모멘또 momento	므그노베니예 мгновение	모멘툼 momentum	스티그미 στιγμή	라흐더툰 لحظة	슌지엔 瞬间
에떼르노 eterno	베치노스츠 вечность	에테르니타스 aeternitas	애오니오티타 αιωνιότητα	아바둔 للأبد	용위엔 永远
오리헨 origen	이스또치니크 источник	오리고 origo	쁘로엘레브시 προέλευση	아쓸룬 أصل	치위엔 起源
꼬미엔쏘 comienzo	나찰로 начало	프린치피움 principium	아르히 αρχή	비다야툰 بداية	카이슬 开始
휘날 final	까네쯔 конец	피니스 finis	뗄로스 τέλος	니하야툰 نهاية	지에슈 结束
쁘리메로 primero	뻬르브이 первый	프리뭄 primum	아르히꼬 αρχικό	아우왈룬 أوّل	쭈이츄 最初
울띠모 último	빠슬롓느이 последний	포스트레뭄 postremum	텔리꼬 τελικό	아키룬 آخر	쭈이호우 最后
빠사도 pasado	프로시로에 прошлое	프레테리타 praeterita	빠렐톤 παρελθόν	마디 ماضي	꾸워취 过去
푸뚜로 futuro	부두셰예 будущее	포스테리타스 posteritas	멜론 μέλλον	무쓰타끄발 مستقبل	웨이라이 未来
쁘레쎈떼 presente	나스또야셰예 настоящее	프레센티아 praesentia	빠론 παρόν	하디룬 حاضر	씨엔짜이 现在

시간

시간

표제어	일본	영어	프랑스	이탈리아	독일
시대	지다이 時代	에라 era	에르 ère	에뽀까 epoca	에라 Ära
고대	코다이 古代	에인션트 ancient	앙시앵 ancien	안띠꼬 antico	알터툼 Altertum
현대	겐다이 現代	모던 modern	모데른 moderne	모데르노 moderno	게겐바르트 Gegenwart
세기	세키 世紀	센추리 century	시에클 siècle	쎄꼴로 secolo	야훈더트 Jahrhundert
새로운	아타라시이 新しい	뉴 new	누보 nouveau	누오보 nuovo	노이 neu
오래된	후루이 古い	올드 old	비외 vieux	베끼오 vecchio	알트 alt

계절

표제어	일본	영어	프랑스	이탈리아	독일
계절	키세츠 季節	시즌 season	세종 saison	스따지오네 stagione	야레스차이트 Jahreszeit
해 (年)	토시 年	이어 year	아네 année	안노 anno	야 Jahr
봄	하루 春	스프링 spring	프랭땅 printemps	쁘리마베라 primavera	프륄링 Frühling
여름	나츠 夏	써머 summer	에떼 été	에스따떼 estate	좀머 Sommer
가을	아키 秋	오텀 autumn	오톤 automne	아우뚠노 autunno	헤업스트 Herbst
겨울	후유 冬	윈터 winter	이베르 hiver	인베르노 inverno	빈터 Winter

스페인	러시아	라틴	그리스	아랍	중국
에라 era	브례먀 время	에붐 aevum	에뽀히 εποχή	아스룬 عصر	슬따이 时代
안띠궤다드 antigüedad	드례브노스츠 древность	안티퀴타스 antiquitas	아르헤오 αρχαίο	아스르 꺼디문 عصر قديم	구따이 古代
모데르니다드 modernidad	싸브례몐노스쯔 современность	모데르눔 modernum	시그호로노 σύγχρονο	아스르 하디쑨 عصر حديث	씨엔따이 现代
시글로 siglo	백 век	세쿨룸 saeculum	애오나스 αιώνας	꺼르눈 قرن	슬지 世纪
누에보 nuevo	노브이 новый	노붐 novum	케누리오 καινούριο	자디둔 جديد	씬더 新的
비에호 viejo	스따르이 старый	안티쿠움 antiquum	빨리오 παλιό	꺼디문 قديم	지요우더 旧的
에스따씨온 estación	브례먀 고다 время года	템푸스 tempus	에뽀히 εποχή	파쓸룬 فصل	지지에 季节
아뇨 año	곳 год	안누스 annus	호로노스 χρόνος	싸나툰 سنة	니엔 年
쁘리마베라 primavera	베스나 весна	베르 ver	아니크시 άνοιξη	러비운 ربيع	춘 春
베라노 verano	례또 лето	에스타스 aestas	갈로께리 καλοκαίρι	써이푼 صيف	씨아 夏
오또뇨 otoño	오쎈 осень	아우툼누스 autumnus	프티노뽀로 φθινόπωρο	커리푼 خريف	치요우 秋
인비에르노 invierno	지마 зима	히엠스 hiems	히모나스 χειμώνας	쉬타운 شتاء	동 冬

시간

월

표제어	일본	영어	프랑스	이탈리아	독일
월	게츠 月	먼스 month	무아 mois	메제 mese	모나트 Monat
1월	이치가츠 一月	재뉴어리 January	장비에 janvier	젠나이오 gennaio	야누아 Januar
2월	니가츠 二月	페브러리 February	페브리에 février	페브라이오 febbraio	페브루아 Februar
3월	산가츠 三月	마치 March	마르스 mars	마르쪼 marzo	메르츠 März
4월	시가츠 四月	에이프럴 April	아브릴 avril	아쁘릴레 aprile	아프릴 April
5월	고가츠 五月	메이 May	메 mai	마지오 maggio	마이 Mai
6월	로쿠가츠 六月	준 June	쥐앵 juin	지운뇨 giugno	유니 Juni
7월	시치가츠 七月	줄라이 July	쥐이예 juillet	룰리오 luglio	율리 Juli
8월	하치가츠 八月	어거스트 August	우 août	아고스또 agosto	아우구스트 August
9월	쿠가츠 九月	셉템버 September	셉탕브르 septembre	쎄뗌브레 settembre	젭템버 September
10월	쥬가츠 十月	옥토버 October	옥토브르 octobre	오또브레 ottobre	옥토버 October
11월	쥬이치가츠 十一月	노벰버 November	노방브르 novembre	노벰브레 novembre	노벰버 November

스페인	러시아	라틴	그리스	아랍	중국
메스 mes	메샤쯔 месяц	멘시스 mensis	미나스 μήνας	샤흐룬 شهر	위에 月
에네로 enero	얀바르 январь	라누아리우스 Ianuarius	이아누아리오스 Ιανουάριος	야나이르 يناير	이니엔 一月
페브레로 febrero	페브랄 февраль	페브루아리우스 Februarius	페브로아리오스 Φεβρουάριος	피브러이르 فبراير	량니엔 二月
마르쏘 marzo	마르트 март	마르티우스 Martius	마르티오스 Μάρτιος	마르쓰 مارس	싼니엔 三月
아브릴 abril	아쁘 апрель	아프릴리스 Aprilis	아쁘릴리오스 Απρίλιος	이브릴 أبريل	쓰니엔 四月
마요 mayo	마이 май	마이우스 Maius	마이오스 Μάιος	마유 مايو	우니엔 五月
후니오 junio	이윤 июнь	루니우스 Iunius	이우니오스 Ιούνιος	윤야 يونية	리요우니엔 六月
훌리오 julio	이율 июль	퀸틸리스 Quintilis	이울리오스 Ιούλιος	유울유 يوليو	치니엔 七月
아고스또 agosto	아브구스트 август	섹스틸리스 Sextilis	아브구스토스 Αύγουστος	어거쓰뚜쓰 أعسطس	빠니엔 八月
셉띠엠브레 septiembre	쎈짜브르 сентябрь	셉템베르 September	세쁘템브리오스 Σεπτέμβριος	씨브탐바르 سبتمبر	지요우니엔 九月
오끄뚜브레 octubre	옥짜브르 октябрь	옥토베르 October	옥토브리오스 Οκτώβριος	우크투브르 أكتوبر	슬니엔 十月
노비엠브레 noviembre	노야브르 ноябрь	노벰베르 November	노엠브리오스 Νοέμβριος	누팜바르 نوفمبر	슬이니엔 十一月

시간

	표제어	일본	영어	프랑스	이탈리아	독일
월	12월	쥬니가츠 十二月	디셈버 December	데상브르 décembre	디쳄브레 dicembre	데쳄버 Dezember
주	주	슈 週	위크 week	스멘 semaine	세띠마나 settimana	보헤 Woche
	월요일	게츠요우비 月曜日	먼데이 Monday	룅디 lundi	루네디 lunedì	모나트 Montag
	화요일	카요우비 火曜日	튜스데이 Tuesday	마르디 mardi	마르떼디 martedì	딘스탁 Dienstag
	수요일	스이요우비 水曜日	웬즈데이 Wednesday	메르크르디 mercredi	메르꼴레디 mercoledì	미트보흐 Mittwoch
	목요일	모쿠요우비 木曜日	써스데이 Thursday	죄디 jeudi	지오베디 giovedì	돈너스탁 Donnerstag
	금요일	킨요우비 金曜日	프라이데이 Friday	방드르디 vendredi	베네르디 venerdì	프라이탁 Freitag
	토요일	도요우비 土曜日	새터데이 Saturday	삼디 samedi	싸바또 sabato	존아벤트 Sonnabend
	일요일	니치요우비 日曜日	선데이 Sunday	디망슈 dimanche	도메니까 domenica	존탁 Sontag
날	날	니치 日	데이 day	주르 jour	죠르노 giorno	타악 Tag
	새벽	아카츠키 曉	던 dawn	오브 aube	알바 alba	모어겐로트 Morgenrot
	일출	히노데 日の出	선라이즈 sunrise	솔레이 르방 soleil levant	알바 alba	존넨아우프강 Sonnenaufgang

스페인	러시아	라틴	그리스	아랍	중국
디씨엠브레 diciembre	제까브르 декабрь	테쳄베르 December	데켐브리오스 Δεκέμβριος	디씸바르 ديسمبر	슬알니엔 十二月
쎄마나 semana	니젤랴 неделя	헵도마스 hebdomas	에브도마다 εβδομάδα	우쓰부으 إسبوع	죠우 周
루네스 lunes	빠니젤닉 понедельник	디에스 루나에 dies Lunae	데프테라 Δευτέρα	야우물 이쓰네인 إثنين	씽치이 星期一
마르떼스 martes	브또르닉 вторник	디에스 마르티스 dies Martis	뜨리띠 Τρίτη	야우물 쑬라싸우 ثلاثاء	씽치알 星期二
미에르꼴레스 miércoles	스레다 среда	디에스 메르쿠리이 dies Mercurii	떼따르띠 Τετάρτη	야우물 아르비아우 أربعاء	씽치싼 星期三
후에베스 jueves	체뜨베르크 четверг	디에스 로비스 dies Iovis	베움띠 Πέμπτη	야우물 커미씨 خميس	씽치쓰 星期四
비에르네스 viernes	트니짜 пятница	디에스 베네리스 dies Veneris	빠라스케비 Παρασκευή	야우물 주므아 جمعة	씽치우 星期五
사바도 sábado	스보따 суббота	디에스 사투르니 dies Saturni	싸바토 Σάββατο	야우물 싸브트 سبت	씽치리요우 星期六
도밍고 domingo	바스크례셰느예 воскресенье	디에스 솔리스 dies Solis	끼리아끼 Κυριακή	야우물 아하드 أحد	씽치를 星期日
디아 día	젠 день	디에스 dies	메라 μέρα	야우문 يوم	티엔 天
알바 alba	라스스벳 рассвет	아우로라 aurora	아브기 αυγή	파즈르 فجر	리밍 黎明
아마네쎄르 amanecer	바스홋 쏜짜 восход солнца	솔리스 오르투스 solis ortus	아나톨리 ανατολή	루꾼 شروق	를츄 日出

시간

일

표제어	일본	영어	프랑스	이탈리아	독일
아침	아사 朝	모닝 morning	마텡 matin	마띠노 mattino	모어겐 Morgen
정오	쇼우고 正午	밋데이 midday	미디 midi	메쪼죠르노 mezzogiorno	밋탁 Mittag
낮	히루마 昼間	데이타임 daytime	주르네 journée	죠르나따 giornata	타악 Tag
오후	고고 午後	애프터눈 afternoon	아프레 미디 après-midi	뽀메리 pomeriggio	나흐미탁 Nachmittag
해질녘	유가타 夕方	트와일라잇 twilight	수아레 soirée	세라 sera	아벤트 Abend
황혼	타소가레 黄昏	더스크 dusk	크레퓌스퀼 crépuscule	끄레뿌스꼴로 crepuscolo	아벤트 덴메룽[※1]
초저녁	요이 宵	얼리 이브닝 early evening	수아 soir	세라따 serata	아벤트 Abend
밤	요루 夜	나이트 night	뉘 nuit	노떼 notte	나흐트 Nacht
한밤중	마요나카 真夜中	미드나잇 midnight	미뉘 minuit	메짜노떼 mezzanotte	미터나흐트 Mitternacht
오늘	쿄우 今日	투데이 today	오주르뒤 aujourd'hui	오지 oggi	호이테 heute
내일	아스(아시타) 明日	투모로우 tomorrow	드맹 demain	도마니 domani	모어겐 morgen
어제	키노우 昨日	예스터데이 yesterday	이에 hier	이에리 ieri	게스턴 gestern

※1 아벤트덴메룽　Abenddämmerung

스페인	러시아	라틴	그리스	아랍	중국
마냐나 mañana	우뜨로 утро	마네 mane	쁘로이 πρωί	써바훈 صباح	자오천 早晨
메디오디아 mediodía	뽈젠 полдень	메리디에스 meridies	메시메리 μεσημέρι	두흐룬 ظهر	쫑우 中午
디아 día	드녜브노예 브레먀 дневное время	디에스 dies	이메라 ημέρα	더히러툰 ظهيرة	빠이엔 白天
따르데 tarde	뽀슬레 빨루드냐 после полудня		아쁘예브마 απόγευμα	바으닷 두흐르 بعد الظهر	씨아우 下午
아따르데쎄르 atardecer	베체르 вечер	베스페르 vesper	브라디 βράδυ	마싸운 مساء	방완 傍晚
끄레뿌스꿀로 crepúsculo	쑤메르끼 сумерки	크레푸스쿨룸 crepusculum	리코포스 λυκόφως	구루분 غروب	황훈 黃昏
아노체쎄르 anochecer	라니이 베체르 ранний вечер	크레푸스쿨룸 crepusculum	브라디 βράδυ	거쓰꾼 غسق	완샹 晚上
노체 noche	노치 ночь	녹스 nox	니흐타 νύχτα	레일룬 ليل	예 夜
쁠레나 노체 plena noche	뽈노치 полночь	메소닉티움 mesonyctium	메사니흐타 μεσάνυχτα	문타써풀 레일 منتصف الليل	빤예 半夜
오이 hoy	세고드냐 сегодня	호디에 hodie	시메라 σήμερα	알야움 اليوم	진티엔 今天
마냐나 mañana	자브트라 завтра	크라스 cras	아브리오 αύριο	거단 غدا	밍티엔 明天
아예르 ayer	브체라 вчера	헤리 heri	흐테스 χθες	암쓰 أمس	주워티엔 昨天

위치

	표제어	일본	영어	프랑스	이탈리아	독일
방위	동쪽	히가시 東	이스트 east	에스트 est	에스뜨 est	오스트 Ost
	서쪽	니시 西	웨스트 west	우에스트 ouest	오베스뜨 ovest	베스트 West
	남쪽	미나미 南	사우스 south	쉬드 sud	수드 sud	주트 Süd
	북쪽	키타 北	노스 north	노르 nord	노르드 nord	노어트 Nord
방향	오른쪽	미기 右	라이트 right	드루아 droit	데스뜨라 destra	레흐츠 rechts
	왼쪽	히다리 左	레프트 left	고슈 gauche	시니스뜨라 sinistra	링크스 links
	위	우에 上	업 up	오 haut	소쁘라 sopra	오벤 oben
	아래	시타 下	다운 down	바 bas	소또 sotto	운텐 unten
	앞	마에 前	어헤드 ahead	파스 face	다반띠 davanti	포언 vorn
	뒤	우시로 後ろ	비하인드 behind	데리에르 derrière	디에뜨로 dietro	힌텐 hinten
	가운데	츄신 中心	센터 center	상트르 centre	첸뜨로 centro	미테 Mitte
	가장자리	하시 端	엣지 edge	보르 bord	앙골로 angolo	에케 Ecke

스페인	러시아	라틴	그리스	아랍	중국
에스떼 este	바스똑 восток	오리엔스 oriens	아나톨리 ανατολή	르꾼 شرق	동 东
오에스떼 oeste	자빳 запад	옥치덴스 occidens	디시 δύση	거르분 غرب	씨 西
수르 sur	유그 юг	메리디에스 meridies	노토스 νότος	자누분 جنوب	난 南
노르떼 norte	세베르 север	셉텐트리오 septentrio	보라스 βορράς	말룬 شمال	베이 北
데레차 derecha	쁘라봐야 스따라나 правая сторона	덱스테르 dexter	테크시아 δεξιά	야미눈 يمين	요우 右
이쓰끼에르다 izquierda	레바야 스따라나 левая сторона	시니스테르 sinister	아리스테라 αριστερά	야싸룬 يسار	주워 左
아리바 arriba	베르흐 верх		빠노 πάνω	아을라 أعلى	샹 上
아바호 abajo	브니즈 вниз		까또 κάτω	아쓰팔 أسفل	씨아 下
아델란떼 adelante	뻬료드 перед		브로스타 μπροστά	아마마 أمام	치엔 前
아뜨라스 atrás	자드 зад		삐소 πίσω	컬파 خلف	호우 后
쎈뜨로 centro	첸뜨르 центр	첸트룸 centrum	메시 μέση	와싸뚠 وسط	종씬 中心
보르데 borde	크라이 край	마르고 margo	아크리 άκρη	하파툰 حافة	두안 端

위치

기타

표제어	일본	영어	프랑스	이탈리아	독일
가까이	치카쿠 近く	니어 near	프레 près	비치노 vicino	나헤 nahe
멀리	토오쿠 遠く	파 far	루엥 loin	론따노 lontano	바이트 weit
여기	코코 ここ	히어 here	이시 ici	뀌 qui	히어 hier
앞면	오모테 表	프론트 front	파스 face	프론떼 fronte	포어더자이테 Vorderseite
뒷면	우라 裏	백 back	데리에르 derrière	레뜨로 retro	뤽자이테 Rückseite

위치

	스페인	러시아	라틴	그리스	아랍	중국
	쎄르까 cerca	블리스까 близко	프로페 prope	꼰따 κοντά	커리분 قريب	찐 近
	레호스 lejos	달례꼬 далеко	론제 longe	마크리아 μακριά	바이뚠 بعيد	위엔 远
	아끼 aquí	투트 тут	힉 hic	에도 εδώ	호난 هنا	쩌리 这里
	꾸아드로 cuadro	릿셰바야 스따라나 лицевая сторона	프론스 frons	쁠레브라 πλευρά	와쥬훈 وجه	비아오미엔 表面
	레베르소 reverso	아브랏나야 스따라나 оборотная сторона	아베르사 aversa	삐소 쁠레브라 πίσω πλευρά	조흐룬 ظهر	리미엔 里面

021

수

표제어	일본	영어	프랑스	이탈리아	독일
수	카즈 数	넘버 number	농브르 nombre	누메로 numero	눔머 Nummer
0	레이 零	제로 zero	제로 zéro	제로 zero	눌 null
1	이치 一	원 one	욍 un	우노 uno	아인 ein
2	니 二	투 two	되 deux	두에 due	츠바이 zwei
3	산 三	쓰리 three	트루아 trois	뜨레 tre	드라이 drei
4	시 四	포 four	카트르 quatre	꽈뜨로 quattro	피어 vier
5	고 五	파이브 five	생크 cinq	친꿰 cinque	퓐프 fünf
6	로쿠 六	식스 six	시스 six	세이 sei	젝스 sechs
7	시치 七	세븐 seven	세트 sept	세떼 sette	지벤 sieben
8	하치 八	에잇 eight	위트 huit	오또 otto	아흐트 acht
9	쿠 九	나인 nine	뇌프 neuf	노베 nove	노인 neun
10	쥬 十	텐 ten	디스 dix	디에치 dieci	체엔 zehn

스페인	러시아	라틴	그리스	아랍	중국
누메로 número	치슬로 число	누메루스 numerus	아리스모스 αριθμός	아다둔 عدد	슈 数
쎄로 cero	놀 нуль	니힐 nihil	미덴 μηδέν	씨프르 صفر	링 零
우노 uno	아진 один	우눔 unum	에나 ένα	와히둔 واحد	이 一
도스 dos	드바 два	두오 duo	디오 δύο	이쓰나니 إثنان	얼 二
뜨레스 tres	뜨리 три	트리아 tria	뜨리아 τρία	쌀라싸 ثلاثة	싼 三
꾸아뜨로 cuatro	체뜨레 четыре	콰투오르 quattuor	떼쎄라 τέσσερα	아르바라 أربعة	쓰 四
씬꼬 cinco	빠츠 пять	퀸퀘 quinque	떼 πέντε	캄싸 خمسة	우 五
세이스 seis	셰스츠 шесть	섹스 sex	에크시 έξι	씻타 ستة	리요우 六
시에떼 siete	셈 семь	셉템 septem	에쁘따 επτά	싸브아 سبعة	치 七
오쵸 ocho	보셈 восемь	옥토 octo	옥토 οκτώ	싸마니야 ثمانية	빠 八
누에베 nueve	제뱌츠 девять	노벰 novem	에니야 εννιά	티쓰아 تسعة	지오우 九
디에쓰 diez	제샤츠 десять	데쳄 decem	데카 δέκα	아샤라 عشرة	슬 十

수

순서

표제어	일본	영어	프랑스	이탈리아	독일
100	하쿠 百	헌드레드 hundred	상 cent	첸또 cento	훈더트 hundert
1000	센 千	사우전드 thousand	밀 mille	밀레 mille	타우젠트 tausend
첫번째	다이이치 第一	퍼스트 first	프르미에 premier	쁘리모 primo	에어스트 erst
두번째	다이니 第二	세컨드 second	스공 second	세꼰도 secondo	츠바이트 zweit
세번째	다이산 第三	써드 third	트루아지엠 troisième	떼르쪼 terzo	드리트 dritt
네번째	다이시 第四	포스 fourth	카트리엠 quatrième	꽈르또 quarto	피어트 viert
다섯번째	다이고 第五	피프스 fifth	생키엠 cinquième	뀐또 quinto	퓐프트 fünft
여섯번째	다이로쿠 第六	식스 sixth	시지엠 sixième	세스또 sesto	젝스트 sechst
일곱번째	다이시치 第七	세븐스 seventh	세티엠 septième	세띠모 settimo	집트 siebt
여덟번째	다이하치 第八	에잇스 eighth	위티엠 huitième	오따보 ottavo	아흐트 acht
아홉번째	다이쿠 第九	나인스 ninth	뇌비엠 neuvième	노노 nono	노인트 neunt
열번째	다이쥬 第十	텐스 tenth	디지엠 dixième	데치모 decimo	체엔트 zehnt

스페인	러시아	라틴	그리스	아랍	중국
씨엔 cien	스또 сто	첸툼 centum	에카토 εκατό	미야 مئة	바이 百
밀 mil	뜨샤차 тысяча	밀레 mille	힐리아 χίλια	알프 ألف	치엔 千
쁘리메로 primero	뻬르브이 первый	프리뭄 primum	쁘로토스 πρώτος	아우알 الأوّل	디이 第一
세군도 segundo	브또로이 второй	세쿤둠 secundum	데프테로스 δεύτερος	싸니 الثاني	디알 第二
떼르쎄로 tercero	뜨례찌이 третий	테르티움 tertium	뜨리또스 τρίτος	싸리쓰 الثلاث	디싼 第三
꾸아르또 cuarto	체뜨뵤르뜨이 четвёртый	콰르툼 quartum	떼따르토스 τέταρτος	러비으 الرابع	디쓰 第四
낀또 quinto	빠뜨이 пятый	퀸툼 quintum	또스 πέμπτος	커미쓰 الخامس	디우 第五
섹또 sexto	셰스또이 шестой	섹스툼 sextum	엑토스 έκτος	싸디쓰 السادس	디리요우 第六
셉띠모 séptimo	셰즈모이 седьмой	셉티뭄 septimum	에브도모스 έβδομος	싸비으 السابع	디치 第七
옥따보 octavo	바스모이 восьмой	옥타붐 octavum	오그도오스 όγδοος	싸민 الثامن	디빠 第八
노베노 noveno	제뱌뜨이 девятый	노붐 nonum	에나토스 ένατος	타씨으 التاسع	디지요우 第九
데씨모 décimo	제샤뜨이 десятый	데치뭄 decimum	데카토스 δέκατος	아쉬르 العاشر	디슬 第十

수

그 외

표제어	일본	영어	프랑스	이탈리아	독일
2배	니바이 二倍	더블 double	두블 double	도삐오 doppio	츠바이파흐 zweifach
3배	삼바이 三倍	트리플 triple	트리플 triple	뜨리쁠로 triplo	드라이파흐 dreifach
크다	오오키이 大きい	빅 big	그랑 grand	그란데 grande	그로쓰 groß
작다	치이사이 小さい	스몰 small	프티 petit	삐꼴로 piccolo	클라인 klein
많다	오오이 多い	머치 much	보쿠 beaucoup	몰또 molto	피일 viel
적다	스쿠나이 少ない	리틀 little	프티 petit	뽀꼬 poco	베니히 wenig
최대한	사이다이겐 最大限	맥시멈 maximum	막시멈 maximum	마씨모 massimo	막시뭄 Maximum
최소한	사이쇼겐 最小限	미니멈 minimum	미니멈 minimum	미니모 minimo	미니뭄 Minimum
무수한	무수 無数	카운트리스 countless	이농브라블 innombrable	인누메레볼레 innumerevole	찰로스 Zahllos
무한대	무겐다이 無限大	인피니티 infinity	앵피니 infini	인피니또 infinito	운엔틀리히 unendlich

스페인	러시아	라틴	그리스	아랍	중국
도블레 doble	드보예 двое	비스 bis	디스 δις	디으푼 ضعف	량바이 二倍
뜨리쁠레 triple	뜨로예 трое	테르 ter	트리스 τρις	쌀라싸투 아드아핀 ثلاث أضعاف	싼바이 三倍
그란데 grande	발쇼이 большой	마그눔 magnum	메갈로스 μεγάλος	카비룬 كبير	따 大
뻬께뇨 pequeño	말르이 малый	파르붐 parvum	미크로스 μικρός	써기룬 صغير	시아오 小
무쵸 mucho	므노고 много	물툼 multum	뽈라 πολλά	카씨룬 كثير	두오 多
뽀꼬 poco	말로 мало	파우쿰 paucum	리가 λίγα	껄릴룬 قليل	샤오 少
막시모 máximo	막씨뭄 максимум	막시뭄 maximum	메기스토스 μέγιστος	아끄써 أقصى	쭈이따씨엔두 最大限度
미니모 mínimo	미니뭄 минимум	미니뭄 minimum	엘라히스토스 ελάχιστος	아껄루 أقل	쭈이시아오 씨엔두 最小限度
인누메라블레 innumerable	베스치슬례노스 츠※1	인누메룸 innumerum	아나리스미토스 αναρίθμητος	아다둔 라 니하이 عدد لا نهائي	우슈 无数
인피니또 infinito	베스꼬녜치나야 발샤야 베릴지 나※2	인피니타스 infinitas	아뻬로 άπειρο	비라후두드 بلا حدود	우씨엔따 无限大

※1 베스치슬례노스츠 бесчисленность
※2 베스꼬녜치나야 발샤야 베릴치나 бесконечная большая величина

자연

	표제어	일본	영어	프랑스	이탈리아	독일
전체	자연	시젠 自然	네이처 nature	나튀르 nature	나뚜라 natura	나투어 Natur
	세계	세카이 世界	월드 world	몽드 monde	몬도 mondo	벨트 Welt
	우주	우츄 宇宙	코즈모스 cosmos	코스모스 cosmos	코스모 cosmo	코스모스 Kosmos
	만물	반부츠 万物	유니버스 universe	위니베르 univers	우니베르소 universo	우니베르줌 Universum
	물질	붓시츠 物質	매터 matter	마티에르 matière	마떼리아 materia	딩에 Dinge
4대원소	원소	겐소 元素	엘레먼트 element	엘레망 élément	엘레멘또 elemento	엘레먼트 Element
	불	히 火	파이어 fire	푀 feu	푸오꼬 fuoco	포이어 Feuer
	물	미즈 水	워터 water	오 eau	아꾸아 acqua	바써 Wasser
	흙	츠치 土	어스 earth	테르 terre	떼라 terra	에어데 Erde
	공기	쿠키 空気	에어 air	에르 air	아리아 aria	루프트 Luft
지형 땅	땅	치 陸	랜드 land	테르 terre	떼라 terra	란트 Land
	대지	타이치 大地	그라운드 ground	솔 sol	떼라 terra	보덴 Boden

스페인	러시아	라틴	그리스	아랍	중국
나뚜랄레싸 naturaleza	쁘리로다 природа	나투라 natura	피시 φύση	떠비아 طبيعة	쯔란 自然
문도 mundo	미르 мир	문두스 mundus	코스모스 κόσμος	아람 عالم	슬지에 世界
꼬스모스 cosmos	셸렌나야 вселенная	우니베르숨 universum	디아스티마 διάστημα	파더운 فضاء	위조우 宇宙
우니베르소 universo	브쇼 всё	숨마룸 숨마 summarum summa	심반 σύμπαν	카운 كون	완우 万物
마떼리아 materia	베셰스트보 вещество	마테리아 materia	이리코 υλικό	자우하룬 جوهر	우즐 物质
엘레멘또 elemento	엘레멘트 элемент	엘레멘툼 elementum	스티히오 στοιχείο	운쑤룬 عنصر	위엔쑤 元素
푸에고 fuego	아곤 огонь	이그니스 ignis	포티아 φωτιά	나룬 نار	후워 火
아구아 agua	바다 вода	아콰 aqua	네로 νερό	마운 ماء	슈이 水
띠에라 tierra	제믈랴 земля	테라 terra	기 γη	투르바 تربة	투 土
아이레 aire	보즈두흐 воздух	에르 aer	아애라스 αέρας	하와 هواء	콩치 空气
띠에라 tierra	쑤샤 суша	테라 terra	크시라 ξηρά	야비싸 يابسة	루디 陆地
떼레노 terreno	제믈리 земля	테라 terra	애다포스 έδαφος	아르둔 أرض	따디 大地

자연

자연

	표제어	일본	영어	프랑스	이탈리아	독일
지형 땅	지평선	치헤이센 地平線	호라이즌 horizon	오리종 horizon	오리존떼 orizzonte	호리촌트 Horizont
	숲	모리 森	포레스트 forest	포레 forêt	포레스따 foresta	발트 Wald
	밀림	미츠린 密林	정글 jungle	종글 jungle	중글라 giungla	중엘 Dschungel
	언덕	오카 丘	힐 hill	콜린 colline	꼴리나 collina	휘겔 Hügel
	고원	코우겐 高原	하이랜드 highland	플라토 plateau	알또삐아노 altopiano	호흐에베네 Hochebene
	황야	코우야 荒野	웨이스트랜드 wasteland	가리그 garrigue	란다 landa	외데 Öde
	평야	헤이야 平野	플레인 plain	플렌 plaine	삐아누라 pianura	에베네 Ebene
	초원	소우겐 草原	그래스랜드 grassland	프레리 prairie	쁘라떼리아 prateria	비제 Wiese
	사막	사바쿠 砂漠	데저트 desert	데제르 désert	데쎄르또 deserto	뷔스테 Wüste
	오아시스	오아시스 オアシス	오에이시스 oasis	오아지스 oasis	오아시 oasi	오아제 Oase
산	산	야마 山	마운틴 mountain	몽타뉴 montagne	몬떼 monte	베어크 Berg
	계곡	타니 谷	밸리 valley	발레 vallée	발레 valle	타알 Tal

스페인	러시아	라틴	그리스	아랍	중국
오리쏜떼 horizonte	가리존트 горизонт	피니엔스 finiens	오리존다스 ορίζοντας	우푸꾼 أفق	디핑씨엔 地平线
보스께 bosque	레스 лес	실바 silva	다소스 δάσος	거바툰 غابات	썬린 森林
훈기아 jungla	따이가 тайга		중글라 ζούγκλα	거바 غابة	미린 密林
꼴리나 colina	호름 холм	콜리스 collis	로포스 λόφος	탈룬 تلّ	치유링 丘陵
메세따 meseta	쁠로스꼬고르예 плоскогорье	알툼 altum	아리나 ορεινά	하드바 هضبة	가오위엔 高原
셀바 selva	뿌스뜨냐 пустыня	바스티타스 vastitas	애리미야 ερημιά	끼파룬 قفار	황예 荒野
야누라 llanura	라브니나 равнина	캄푸스 campus	빼디아다 πεδιάδα	싸흘룬 سهل	핑위엔 平原
쁘라데라 pradera	스쩹 степь	프라툼 pratum	리바디 λιβάδι	바러리유 براري	차오위엔 草原
데시에르또 desierto	뿌스뜨냐 пустыня	바스티타스 vastitas	애리모스 έρημος	써흐러우 صحراء	샤모 沙漠
오아시스 oasis	오아시스 оазис	오아시스 Oasis	오아시 όαση	와하 واحة	뤼조우 绿洲
몬따냐 montaña	가라 ropa	몬스 mons	부노 βουνό	자발룬 جبل	샨 山
발레 valle	달리나 долина	발레스 valles	키라다 κοιλάδα	와디 وادي	구 古

자연

지형 / 산 / 바다 / 강

표제어	일본	영어	프랑스	이탈리아	독일
화산	카잔 火山	볼케이노 volcano	볼캉 volcan	불까노 vulcano	불칸 Vulkan
화구	카코우 火口	크레이터 crater	크라테르 cratère	끄라떼레 cratere	크라터 Krater
빙산	효우잔 氷山	아이스버그 iceberg	이스베르그 iceberg	기아챠이오 ghiacciaio	아이스베어크 Eisberg
동굴	도구츠 洞窟	케이브 cave	그로트 grotte	그로따 grotta	휠레 Höhle
광산	코우잔 鉱山	마인 mine	민 mine	미니에라 miniera	베어크베어크 Bergwerk
바다	우미 海	씨 sea	메르 mer	마레 mare	제 See
대양	타이요우 大洋	오션 ocean	오세앙 océan	오체아노 oceano	오체안 Ozean
모래사장	스나하마 砂浜	비치 beach	플라주 plage	스피아지아 spiaggia	잔트슈트란트 Sandstrand
만	왕 湾	코스트 coast	베 baie	꼬스따 costa	골프 Golf
섬	시마 島	아일랜드 island	일 île	이졸라 isola	인젤 Insel
해협	카이쿄 海峡	채널 channel	카날 canal	까날레 canale	메어엥에 Meerenge
강	카와 川	리버 river	리비에르 rivière	피우메 fiume	플루쓰 Fluss

스페인	러시아	라틴	그리스	아랍	중국
볼깐 volcán	불깐 вулкан	몬스 이그니페르 mons ignifer	이패스티오 ηφαίστειο	부르칸 بركان	후오샨 火山
끄라떼르 cráter	크라테르 кратер	크라테르 crater	크라티라스 κρατήρας	푸하투 부르칸 فوهه بركان	후오커우 火口
이쎄베르그 iceberg	아이스베르그 айсберг		빠고부노 παγόβουνο	자발루 잘리디 جبل جليدي	빙샨 冰山
꾸에바 cueva	뻬셰라 пещера	스펠룬카 spelunca	스삐리야 σπηλιά	카흐푼 كهف	동쿠 洞窟
미나 mina	루드닉 рудник	포디나 fodina	오리히오 ορυχείο	만자문 منجم	쾅샨 矿山
마르 mar	모레 море	마레 mare	딸라사 θάλασσα	바흐룬 بحر	하이 海
오쎄아노 océano	아께안 океан	오체아누스 Oceanus	오캐아노스 ωκεανός	무히뚠 محيط	다양 大洋
쁠라야 playa	쁠라쉬 пляж	리투스 litus	악티 ακτή	쌰띠운 شاطيء	하이탄 海滩
꼬스따 costa	잘립 залив	시누스 sinus	콜뽀스 κόλπος	싸힐룬 ساحل	하이안 海岸
이슬라 isla	오스트롭 остров	인술라 insula	니시 νησί	자지러툰 جزيرة	다오 岛
까날 canal	쁘라립 пролив	프레툼 fretum	스태노 στενό	꺼나툰 قناة	하이씨아 海峡
리오 río	레까 река	플루멘 flumen	뽀따미 ποτάμι	나흐룬 نهر	허 河

자연

	표제어	일본	영어	프랑스	이탈리아	독일
지형 **강**	시내	오가와 小川	스트림 stream	뤼소 ruisseau	루쉘로 ruscello	바흐 Bach
	못	후치 淵	풀 pool	바생 bassin	아꾸아 쁘로폰다 acqua profonda	티페 Tiefe
	여울	세 瀬	라이플 riffle	게 gué	쎄까 secca	푸어트 Furt
	폭포	타키 滝	워터폴 waterfall	카스카드 cascade	까스까따 cascata	바써팔 Wasserfall
	연못	이케 池	폰드 pond	에탈 étang	라게또 laghetto	타이히 Teich
	샘	이즈미 泉	스프링 spring	수르스 source	폰떼 fonte	쿠벨레 Quelle
	호수	미즈우미 湖	레이크 lake	락 lac	라고 lago	제 See
	늪	누마 沼	브로드 broad	마레 marais	스타뇨 stagno	줌프 Sumpf
	하구	카코우 河口	에스츄어리 estuary	앙부쉬르 embouchure	에스뚜아리오 estuario	뮌둥 Mündung
기타	절벽	가케 崖	클리프 cliff	팔레즈 falaise	루뻬 rupe	슈타일항 Steilhang
	지하	치테이 地底	언더월드 underworld	수테랭 sous-terrain	몬도 솜메르쏘 mondo sommerso	운터에어데 Untererde
	나락	나라쿠 奈落	어비스 abyss	아빔 abîme	아비쏘 abisso	압그룬트 Abgrund

스페인	러시아	라틴	그리스	아랍	중국
아로요 arroyo	레치까 речка	플루비올루스 fluviolus	리아키 ρυάκι	자드왈룬 جدول	시아오허 小河
레만소 remanso	오뭇 омут		바티야 네라 βαθιά νερά	비르카툰 بركة	위엔 渊
라삐도 rápido	멜꼬보드즈예 мелководье		리하 ρηχά	쌀분 سلب	치엔탄 浅滩
까스까다 cascada	바다빠드 водопад	카타락타 cataracta	카탈락티스 καταρράκτης	샬라룬 شلال	푸부 瀑布
라고 lago	쁘룻 пруд	스타그눔 stagnum	림누라 λιμνούλα	부하이러툰 بحيرة	츨 池
마난띠알 manantial	클류치 ключ	폰스 fons	삐기 πηγή	나브운 نبع	췐 泉
라구나 laguna	오제로 озеро	라쿠스 lacus	림니 λίμνη	부하이러툰 بحيرة	후 湖
빤따노 pantano	발로따 болото		발토스 βάλτος	무쓰탄꺼운 مستنقع	자오져 沼泽
에스뚜아리오 estuario	오스츠예 устье		액볼리 εκβολή	마썹분 مصب	허커우 河口
아깐띨라도 acantilado	아브뢰브 обрыв	몰레스 moles	그래모스 γκρεμός	하위야툰 هاوية	야 崖
숩문도 submundo	네드라 недра	프로푼둠 profundum	앵가타 έγκατα	타흐탈 아르디 تحت الأرض	띠디 地底
아비스모 abismo	베즈드나 бездна	프로푼둠 profundum	아디스 άδης	후프러툰 حفرة	션위엔 深渊

자연

	표제어	일본	영어	프랑스	이탈리아	독일
지형 기타	흐름	나가레 流れ	플로우 flow	플뤼 flux	꼬렌떼 corrente	슈트롬 Strom
	급류	큐류 急流	토렌트 torrent	토랑 torrent	라삐다 rapida	기쓰바흐 Gießbach
	잔물결	사자나미 さざなみ	리플 ripple	리드 ride	인끄레스빠뚜라 increspatura	크로이젤룽 Kräuselung
	파도	나미 波	웨이브 wave	바그 vague	온다 onda	벨레 Welle
	소용돌이	우즈 渦	보텍스 vortex	투르비옹 tourbillon	보르띠체 vortice	비어벨 Wirbel
현상 기상	하늘	소라 空	스카이 sky	시엘 ciel	치엘로 cielo	힘멜 Himmel
	구름	쿠모 雲	클라우드 cloud	뉘아주 nuage	누볼라 nuvola	볼케 Wolke
	날씨	텐키 天気	웨더 weather	탕 temps	뗌뽀 tempo	베터 Wetter
	맑음	하레 晴れ	파인 fine	보 beau	세레노 sereno	쇠네스 베터 schönes Wetter
	흐림	쿠모리 くもり	클라우디 cloudy	뉘아죄 nuageux	누볼로소 nuvoloso	베덱크트 bedeckt
	비	아메 雨	레인 rain	플뤼 pluie	삐오지아 pioggia	레겐 Regen
	호우	고우 豪雨	다운푸어 downpour	아베르스 averse	로베쇼 rovescio	레겐구쓰 Regenguss

스페인	러시아	라틴	그리스	아랍	중국
꼬리엔떼 corriente	째체니예 течение	플루멘 flumen	로이 ροή	마즈런 مجرى	시아오리요우 水流
또렌떼 torrente	브스트로예 째체니예 быстрое течение	토렌스 torrens	레브마 ρεύμα	싸리운 سيل	지리요우 急流
리쏘 데 아구아 rizo de agua	럅 рябь		키마타키 κυματάκι	타마우자둔 تموجات	웨이보 微波
올라 ola	볼르나 волна	운다 unda	키마 κύμα	마우준 موج	보랑 波浪
보르띠쎄 vórtice	보도보롯 водоворот	베르텍스 vertex	디니 δίνη	다우와마툰 دوّامة	쉬엔워 漩渦
씨엘로 cielo	네바 небо	켈룸 caelum	우라노스 ουρανός	싸마운 سماء	티엔콩 天空
누베 nube	오블라꼬 облако	누베스 nubes	신네포 σύννεφο	구유문 غيوم	윈 云
띠엠뽀 tiempo	빠고다 погода	템페스타스 tempestas	캐로스 καιρός	자우운 جو	티엔치 天气
부엔 띠엠뽀 buen tiempo	야스나야 빠고다 ясная погода		이리오루스토스 ηλιόλουστος	써흐운 صحو	칭 晴
누블라도 nublado	오블라치냐야 빠고다 облачная погода	누빌로수스 nubilosus	네페로디스 νεφελώδης	구유문 غيوم	인 阴
유비아 lluvia	도쉬즈 дождь	플루비아 pluvia	브로히 βροχή	마떠룬 مطر	위 雨
차빠론 chaparrón	리벤 ливень	임베르 imber	네로뽄디 νεροποντή	마떠룬 거지룬 مطرغزير	빠오위 暴雨

자연

자연

현상 / 기상

표제어	일본	영어	프랑스	이탈리아	독일
천둥	카미나리 雷	썬더 thunder	푸드르 foudre	뚜오노 tuono	돈너 Donner
번개	이나즈마 稲妻	라이트닝 lightning	에클레르 éclair	람뽀 lampo	블리츠 Blitz
낙뢰	라쿠라이 落雷	썬더볼트 thunderbolt	쉬트 드 푸드르 chute de foudre	사에따 saetta	돈너슐락 Donnerschlag
폭풍	아라시 嵐	스톰 storm	탕페트 tempête	뗌뽀랄레 temporale	슈토엄 Storm
폭풍우	오오아라시 大嵐	템페스트 tempest	우라강 ouragan	뗌뻬스따 tempesta	게비터 Gewitter
눈	유키 雪	스노우 snow	네주 neige	네베 neve	슈네 Schnee
싸락눈	아라레 あられ	헤일 hail	그렐 grêle	네베 그라눌로사 neve granulosa	하겔 Hagel
진눈깨비	미조레 みぞれ	슬릿 sleet	네주 퐁뒤 neige fondue	네비스끼오 nevischio	슈네레겐 Schneeregen
눈보라	후유키 吹雪	스노우스톰 snowstorm	탕페트 드 네주 tempête de neige	또르멘따 tormenta	게슈퇴버 Gestöber
바람	카제 風	윈드 wind	방 vent	벤또 vento	빈트 Wind
강풍	츠요카제 強風	게일 gale	꾸 드 방 coup de vent	부페라 bufera	슈타커 빈트 starker Wind
산들바람	소요카제 そよ風	브리즈 breeze	브리즈 brise	브레짜 brezza	브리제 Brise

스페인	러시아	라틴	그리스	아랍	중국
뜨루에노 trueno	그라자 гроза	토니트루스 tonitrus	케라브노스 κεραυνός	러으둔 رعد	레이 雷
렐람빠고 relámpago	몰니야 молния	풀구르 fulgur	아스트라삐 αστραπή	바르꾼 برق	샨디엔 闪电
뜨루에노 trueno	우다르 몰니이 удар молнии	풀멘 fulmen	메라브노스 κεραυνός	써이꺼툰 صاعقة	레이디엔 雷电
또르멘따 tormenta	부랴 буря	템페스타스 tempestas	씨앨라 θύελλα	아씨파툰 عاصفة	펑빠오 风暴
뗌뻬스따드 tempestad	우라간 ураган	템페스타스 tempestas	바리아 씨앨라 βαριά θύελλα	자우바아툰 زوبعة	빠오펑위 暴风雨
니에베 nieve	스넥 снег	닉스 nix	호니 χιόνι	쌀준 ثلج	쉐 雪
그라니쏘 granizo	그랏 град	그란도 grando	하라지 χαλάζι	하일룬 حائل	시엔 霰
아구아니에베 aguanieve	도쉬즈 쏘스네곰 дождь с снегом		효노네로 χιονόνερο	마떠룬 마타잠미둔 مطر متجمد	빠오 雹
뗌뻬스따드 데 니에베 tempestad de nieve	메쩰 метель		효노씨앨라 χιονοθύελλα	아씨파툰 쌀지야툰 عاصفة ثلجية	빠오펑쉐 暴风雪
비엔또 viento	베쩨르 ветер	벤투스 ventus	아네모스 άνεμος	리야훈 رياح	펑 风
벤따론 ventarrón	씰느이 베쩨르 сильный ветер		푸르투나 φουρτούνα	아씨파툰 عاصفة	치앙펑 强风
브리사 brisa	베쩨록 ветерок	플라멘 flamen	아애라키 αεράκι	나씨문 نسيم	웨이펑 微风

자연

현상 / 기상

표제어	일본	영어	프랑스	이탈리아	독일
돌풍	톳푸 突風	거스트 gust	라팔 rafale	폴라따 folata	빈트슈토쓰 Windstoß
고요함	나기 凪	컴 calm	칼름 calme	보나치아 bonaccia	빈트슈틸레 Windstille
짙은 안개	키리 霧	포그 fog	브루이야르 brouillard	네삐아 nebbia	네벨 Nebel
옅은 안개	카스미 かすみ	미스트 mist	브륌 brume	포스끼아 foschia	둔스트 Dunst
이슬	츠유 露	듀 dew	로제 rosée	루지아다 rugiada	타우 Tau
서리	시모 霜	프로스트 frost	젤 gel	브리나 brina	라이프 Reif
고드름	츠라라 つらら	아이시클 icicle	글라송 glaçon	스딸라띠떼 stalattite	아이스 찹펜 Eiszapfen
신기루	신키로우 蜃気楼	미라쥬 mirage	미라주 mirage	미라지오 miraggio	루프츠슈피겔룽 Luftspiegelung
아지랑이	카게로우 陽炎	히트 헤이즈 heat haze	브륌 드 샬뢰르 brume de chaleur	포스끼아 쎄까 foschia secca	히츠슐라이어 Hitzeschleier
오로라	오로라 オーロラ	오로라 aurora	오로르 aurore	아우로라 aurora	아우로라 Aurora
무지개	니지 虹	레인보우 rainbow	아르캉시엘 arc-en-ciel	아르꼬발레노 arcobaleno	레겐보겐 Regenbogen

재해

표제어	일본	영어	프랑스	이탈리아	독일
자연재해	텐사이 天災	내츄럴 디재스터 natural disaster	데자스트르 désastre	깔라미따 calamità	카타스트로페 Katastrophe

스페인	러시아	라틴	그리스	아랍	중국
라파가 ráfaga	빠리스띠이 베쩨르 порывистый ветер	스쳅토스 sceptos	카타기다 καταιγίδα	아쓰파투 리힌 عصفة ريح	젼펑 陣风
깔마 calma	쉬찔 штиль	트란퀼리타스 tranquillitas	니네미야 νηνεμία	나지 ناجي	펑핑랑징 风平浪静
니에블라 niebla	두만 туман	네불라 nebula	오미흐리 ομίχλη	더바분 ضباب	우 雾
네블리나 neblina	듬까 дымка	네불라 nebula	오미흐리 ομίχλη	거이문 غيمة	시아 霞
로씨오 rocío	라싸 роса	로스 ros	드로시아 δροσιά	나단 ندى	루 露
에스까르차 escarcha	이네이 иней	프루이나 pruina	빠게토스 παγετός	써끼운 صقيع	슈앙 霜
까람바노 carámbano	싸쑬까 сосулька	스티리아 stiria	빠고크리스탈로스 παγοκρύσταλλος	쿠틀라툰 쌀지야툰 كتلة ثلجية	빙쥬 冰柱
에스뻬히스모 espejismo	미라쥐 мираж		오프탈마빠티 οφθαλμαπάτη	싸러분 سراب	하이슬션로우 海市蜃楼
깔리마 calima	미라쥐 나드 다라고이 мираж над дорогой		카타흐니야 καταχνιά	하라라툿 더바비 حرارة الضباب	양옌 阳炎
아우로라 aurora	아브로라 аврора		셀라스 σέλας	샤파꾼 شفق	베이지광 北极光
아르고 이리스 arco iris	라두가 радуга	아르쿠스 arcus	우라니오 토크소 ουράνιο τόξο	꺼우쓰 꾸자힌 قوس قزح	차이홍 彩虹
데사스뜨레 나뚜랄 desastre natural	스찌히이노예 베드스트비예 стихийное бедствие	아드베르사 adversa	카타스트로피 καταστροφή	카리싸툰 떠비아툰 كارثة طبيعية	티엔짜이 天灾

자연

	표제어	일본	영어	프랑스	이탈리아	독일
현상 재해	화산폭발	훈카 噴火	이럽션 eruption	에륍시옹 éruption	에루찌오네 eruzione	아우스브루흐 Ausbruch
	홍수	코즈이 洪水	플러드 flood	이농다시옹 inondation	인온다찌오네 inondazione	호흐바써 Hochwasser
	지진	지신 地震	어스퀘이크 earthquake	트랑블르망 드 테르 tremblement de terre	뜨레몬또 terremoto	에어트베벤 Erdbeben
	가뭄	히데리 照り	드라우트 drought	세슈레스 sécheresse	시치따 siccità	뒤레 Dürre
	눈사태	나다레 雪崩	아발란쉬 avalanche	아발랑슈 avalanche	발랑가 valanga	라비네 Lawine
	회오리바람	타츠마키 竜巻	토네이도 tornado	토르나드 tornade	뜨롬바 다리아 tromba d'aria	빈트호제 Windhose
	태풍	타이후 台風	타이푼 typhoon	티퐁 typhon	띠포네 tifone	타이푼 Taifun
온도	열	네츠 熱	히트 heat	샬뢰르 chaleur	깔로레 calore	힛체 Hitze
	타다	모에루 燃える	번 burn	브륄레 brûler	부르치아레 bruciare	브렌넨 brennen
	뜨겁다	아츠이 熱い	핫 hot	트레 쇼 très chaud	깔도 caldo	하이쓰 heiß
	따뜻하다	아타타카이 温かい	웜 warm	쇼 chaud	깔도 caldo	바암 warm
	화염	호노오 炎	플레임 flame	플람 flamme	피암마 fiamma	플람메 Flamme

스페인	러시아	라틴	그리스	아랍	중국
에룹씨온 erupción	이즈베르줴니예 извержение	에룹티오 eruptio	액리크시 έκρηξη	싸와러눈 ثوران	펀후워 喷火
인누다씨온 inundación	나밧드네니예 наводнение	이눈다티오 inundatio	쁘림미라 πλημμύρα	페이더눈 فيضان	홍슈이 洪水
떼레모또 terremoto	제믈레뜨레쎄니예※1	모투스 테레 motus terrae	시스모스 σεισμός	질자룬 زلزال	띠젼 地震
세끼아 sequía	자쑤하 засуха	식치타스 siccitas	크시라시아 ξηρασία	자파푼 جفاف	간한 干旱
아발란차 avalancha	라비나 лавина	라비나 니비스 labina nivis	효노스티바다 χιονοστιβάδα	인히야룬 잘리디 إنهيار جليدي	쉐벙 雪崩
또르나도 tornado	스메르츠 смерч	투르보 turbo	아니모스트로빌로스 ανεμοστρόβιλος	이으써르 إعصار	롱쥔펑 龙卷风
띠폰 tifón	따이푼 тайфун	티폰 typhon	티포나스 τυφώνας	타이푼 تايفون	타이펑 台风
깔로르 calor	좌라 жара	칼로르 calor	쎄르모크라시아 θερμοκρασία	하라라툰 حرارة	러 热
께마르 quemar	가례츠 гореть	플람모 flammo	캐오 καίω	야흐타리꾸 يحترق	란샤오 燃烧
깔루로쏘 caluroso	좌르끼이 жаркий	칼리두스 calidus	제스토스 ζεστός	하룬 حار	러더 热的
깔리도 cálido	쬬쁠리이 тёплый	칼리두스 calidus	쎄르모스 θερμός	다피운 دافئ	누안허더 暖和的
야마 llama	쁠라먀 пламя	플람마 flamma	프로가 φλόγα	슈을라툰 شعلة	후워옌 火焰

※1 제믈레뜨레쎄니예 землетрясение

자연

현상 / 온도

표제어	일본	영어	프랑스	이탈리아	독일
연기	케무리 煙	스모크 smoke	퓌메 fumée	푸모 fumo	라우흐 Rauch
재	하이 灰	애쉬 ash	상드르 cendres	체네레 cenere	아쉐 Asche
불꽃	히바나 火花	스파크 spark	에탱셀 étincelle	쉰띨라 scintilla	풍케 Funke
폭발	바쿠하츠 爆発	익스플로전 explosion	엑스플로지옹 explosion	에스쁠로시오네 esplosione	엑스플로지온 Explosion
충격	쇼우게키 衝撃	쇼크 shock	쇼크 choc	쇼크 shock	속 Schock
얼다	코오루 凍る	프리즈 freeze	글라세 glacer	기아치아레 ghiacciare	프리어렌 frieren
차갑다	츠메타이 冷たい	콜드 cold	프루와 froid	프레도 freddo	칼트 kalt
서늘하다	스즈시이 涼しい	쿨 cool	프레 frais	프레스꼬 fresco	퀼 kühl
얼음	코오리 氷	아이스 ice	글라스 glace	기아치오 ghiaccio	아이스 Eis
고체	코타이 固体	솔리드 solid	솔리드 solide	솔리도 solido	페스트쾨르퍼 Festkörper
액체	에키타이 液体	리퀴드 liquid	리키드 liquide	리뀌도 liquido	플뤼씨히카이트 Flüssigkeit
기체	키타이 気体	개스 gas	가즈 gaz	가스 gas	가스 Gas

스페인	러시아	라틴	그리스	아랍	중국
우모 humo	듬 дым	푸무스 fumus	카쁘노스 καπνός	두커눈 دخان	옌 烟
세니싸 ceniza	뻬뻴 пепел	치니스 cinis	스타흐티 στάχτη	러마둔 رماد	후이 灰
치스빠 chispa	이스크라 искра	스친틸라 scintilla	스삐싸 σπίθα	사려룬 شرار	후워화 火花
엑스쁠로씨온 explosión	브즈릅 взрыв	에룹티오 eruptio	엑리크시 έκρηξη	인피자룬 إنفجار	바오파 爆发
쵸께 choque	씰니이 우다르 сильный удар	임풀수스 impulsus	속 σοκ	써드마툰 صدمة	총지 冲击
꼰헬라르 congelar	자메르자츠 замерзать	젤로 gelo	빠고노 παγώνω	야타잠마두 يتجمد	지에삥 结冰
프리오 frío	할롯니이 холодный	프리지둠 frigidum	빠고메노 παγωμένο	바리둔 بارد	렁더 冷的
프레스꼬 fresco	쁠라흘랏니이 прохладный	프리지둠 frigidum	드로세로 δροσερό	알리룬 عليل	량콰이더 凉快的
이옐로 hielo	롯 лёд	글라체스 glacies	빠고스 πάγος	쌀준 ثلج	삥 冰
솔리도 sólido	뜨뵤르도예 쩰로 твёрдое тело	솔리둠 solidum	스테레오 στερεό	쑬분 صلب	꾸티 固体
리끼도 líquido	좌르꼬예 쩰로 жидкое тело	리퀴둠 liquidum	이그로 υγρό	싸일룬 سائل	예티 液体
가스 gas	가조오브라즈노예 쩰로 газообразное тело	가스 gas	아애리오 αέριο	거준 غاز	치티 气体

자연

현상 / 빛

표제어	일본	영어	프랑스	이탈리아	독일
빛	히카리 光	라이트 light	뤼미에르 lumière	루체 luce	리히트 Licht
그림자	카게 影	섀도우 shadow	옹브르 ombre	옴브라 ombra	샤텐 Schatten
어둠	야미 闇	다크니스 darkness	송브르 sombre	부이오 buio	둥켈하이트 Dunkelheit
햇빛	닛코 日光	선라이트 sunlight	뤼미에르 뒤 솔레이 lumière du soleil	루체 솔라레 luce solare	존넨샤인 Sonnenschein
달빛	겟코 月光	문라이트 moonlight	클레르 드 륀 clair de lune	끼아로 디 루나 chiaro di luna	몬트샤인 Mondschein
별빛	호시아카리 星明かり	스타라이트 starlight	뢰외르 데 제투왈 lueur des étoiles	끼아로레 델레 스텔레 chiarore delle stelle	슈테르넨리히트 Sternenlicht
반짝임	키라메키 煌めき	트윙클 twinkle	생티으망 scintillement	쉰띨리오 scintillio	글리첸 glitzen
밝음	카가야키 輝き	브라이트니스 brightness	에클라 éclat	스쁠렌도레 splendore	글란츠 Glanz
빛나다	카가야쿠 輝く	샤인 shine	브리에 briller	브릴라레 brillare	샤이넨 scheinen
비추다	테라스 照らす	일루미네이트 illuminate	에클레레 éclairer	일루미나레 illuminare	벨러이히텐 beleuchten
광선	코우센 光線	레이 ray	레이옹 rayon	라지오 raggio	슈트랄 Strahl
섬광	센코우 閃光	플래쉬 flash	에클레르 éclair	람뽀 lampo	블리츠 Blitz

스페인	러시아	라틴	그리스	아랍	중국
루쓰 luz	스벳 свет	룩스 lux	포스 φως	더우운 ضوء	광 光
솜브라 sombra	쩬 тень	움브라 umbra	스키아 σκιά	딜룬 ظل	잉 影
오스꾸로 oscuro	촘나따 темнота	옵스쿠리타스 obscuritas	스코타디 σκοτάδι	덜라문 ظلام	헤이안 黑暗
라요 데 솔 rayo de sol	루치 쏜는싸 лучи солнца	룩스 솔리스 lux solis	이리아코 포스 ηλιακό φως	더우웃 쌈시 ضوء الشمس	를광 日光
끌라로 데 루나 claro de luna	루치 루니 лучи луны	룩스 루나에 lux lunae	펭가로포스 φεγγαρόφως	더우울 꺼마리 ضوء القمر	위에광 月光
루쓰 데 라스 에스뜨레야스 luz de las estrellas	즈뵤즈드니이 스벳 звёздный свет	룩스 스텔레 lux stellae	아스트로펭기야 αστροφεγγιά	더우운 누주미 ضوء النجوم	씽광 星光
센떼예오 centelleo	스베르까니예 сверкание	풀고르 fulgor	악티노볼리아 ακτινοβολία	와미둔 وميض	샨슈워 闪烁
브리요 brillo	블레스크 блеск	풀고르 fulgor	람프시 λάμψη	바리꾼 بريق	광후이 光辉
브리야르 brillar	블레스쩻츠 блестеть	풀제르 fulgeo	람뽀 λάμπω	라마안 لمعان	빠광 发光
일루미나르 iluminar	아스베샤츠 освещать	일루미노 illumino	포티조 φωτίζω	유디우 يضي	쟈오량 照亮
라요 rayo	루치 лучи	라디우스 radius	아흐티다 αχτίδα	아쉬 아툰 أشعة	광씨엔 光线
데스떼요 destello	브스쁘쉬까 вспышка		아나람삐 αναλαμπή	풀라슌 فلاش	산광 闪光

자연

현상 — 빛
천체현상
우주 — 천체

표제어	일본	영어	프랑스	이탈리아	독일
반사	한샤 反射	리플렉션 reflection	레플렉시옹 réflexion	리베르베로 riverbero	레플렉시온 Reflexion
노을	유야케 夕焼け	썬셋 sunset	쿠셰 드 솔레이 coucher de soleil	뜨라몬또 tramonto	아벤트로트 Abendrot
보름달	만게츠 満月	풀문 full moon	플렌 륀 pleine lune	루나 삐에나 luna piena	폴몬트 Vollmond
초승달	신게츠 新月	뉴문 new moon	누벨 륀 nouvelle lune	루나 누오바 luna nuova	노이몬트 Neumond
식(蝕)	쇼쿠 蝕	이클립스 eclipse	에클립스 éclipse	에끌리시 eclissi	에클립세 Eklipse
태양	타이요우 太陽	썬 sun	솔레이 Soleil	솔레 Sole	존네 Sonne
달	츠키 月	문 moon	륀 Lune	루나 Luna	몬트 Mond
별	호시 星	스타 star	에투알 étoile	스뗄라 stella	슈테른 Stern
지구	치큐 地球	어스 earth	테르 Terre	떼라 Terra	에어데 Erde
화성	카세이 火星	마스 Mars	마르스 Mars	마르떼 Marte	마스 Mars
수성	스이세이 水星	머큐리 Mercury	메르퀴르 Mercure	메르꾸리오 Mercurio	메어쿠어 Merkur
목성	모쿠세이 木星	쥬피터 Jupiter	쥐피테르 Jupiter	죠베 Giove	유피터 Jupiter

스페인	러시아	라틴	그리스	아랍	중국
레플레호 reflejo	아뜨라줴니예 отражение	레플렉시오 reflexio	안다낙라시 αντανάκλαση	인이카쓰 إنعكاس	판셔 反射
아레볼 arrebol	자깟 쏜싸 закат солнца		이리오바실레마 ηλιοβασίλεμα	샴쑬 아써리 شمس العصاري	완쌰 晚霞
루나 예나 luna llena	빨노루니예 полнолуние	루나 플레나 luna plena	빤셀리노스 πανσέληνος	바드룬 بدر	만위에 满月
루나 누에바 luna nueva	노보루니예 новолуние	루나 노바 luna nova	네아 셀리니 νέα σελήνη	힐라룬 هلال	씬위에 新月
에끌립세 eclipse	잣메녜니예 затмение	데펙투스 defectus	액립시 έκλειψη	쿠쑤푼 خسوف	릇슬 日食
솔 sol	쏜쩨 солнце	올 sol	일리오스 ήλιος	샴쑨 شمس	타이양 太阳
루나 luna	루나 луна	루나 luna	펭가리 φεγγάρι	꺼마룬 قمر	위에량 月亮
에스뜨레야 estrella	즈베즈다 звезда	스텔라 stella	아스테리 αστέρι	나즈문 نجم	씽쳔 星辰
띠에라 Tierra	제믈랴 Земля	오르비스 테레 orbis terrae	기 γη	알쿠러툴 아르디야 الكرة الأرضية	띠치요우 地球
마르떼 Marte	마르스 Марс	마르스 Mars	아리스 Άρης	마리쿤 المريخ	후워씽 火星
메르꾸리오 Mercurio	메르꾸리이 Меркурий	메르쿠리우스 Mercurius	에르미스 Ερμής	우떠리둔 عطارد	슈이씽 水星
후삐떼르 Júpiter	유삐쩨르 Юпитер	윱피테르 Juppiter	디아스 Δίας	무슈타리 المشتری	무씽 木星

자연

자연

현상 / 천체

표제어	일본	영어	프랑스	이탈리아	독일
금성	킨세이 金星	비너스 Venus	베뉘스 Vénus	베네레 Venere	베누스 Venus
토성	도세이 土星	새턴 Saturn	사튀른 Saturne	사뚜르노 Saturno	자투언 Saturn
천왕성	텐노세이 天王星	유레이누스 Uranus	위라뉘스 Uranus	우라노 Urano	우라누스 Uranus
해왕성	카이오세이 海王星	넵튠 Neptune	넵튄 Neptune	네뚜노 Nettuno	넵툰 Neptun
명왕성	메이오세이 冥王星	플루토 Pluto	플뤼통 Pluton	쁠루또네 Plutone	플루토 Pluto
견우성	아르타이르 アルタイル	앨테어 Altair	알타이르 Altaïr	알타이르 Altair	알테어 Altair
알데바란	아르데바란 アルデバラン	앨데배런 Aldebaran	알드바랑 Aldebaran	알데바란 Aldebaran	알테바란 Aldebaran
안타레스	안타레스 アンタレス	앤터리즈 Antares	앙타레스 Antarès	안타레스 Antares	안타레스 Antares
시리우스	시리우스 シリウス	시리우스 Sirius	시리위스 Sirius	씨리오 Sirio	시리우스 Sirius
스피카	스피카 スピカ	스파이카 Spica	스피카 Spica	스피까 Spica	스피카 Spica
데네브	데네브 デネブ	데네브 Deneb	데네브 Deneb	데네브 Deneb	데네브 Deneb
직녀성	베가 ベガ	베이가 Vega	베가 Véga	베가 Vega	베가 Wega

스페인	러시아	라틴	그리스	아랍	중국
베누스 Venus	배녜라 Венера	베누스 Venus	아프로디티 Αφροδίτη	자흐러툰 الزهرة	진씽 金星
사뚜르노 Saturno	싸투른 Сатурн	사투르누스 Saturnus	크로노스 Κρόνος	주할룬 زحل	투씽 土星
우라노 Urano	우란 Уран	우라누스 Uranus	우라노스 Ουρανός	아우러누쓰 أورانوس	티엔왕씽 天王星
넵뚜노 Neptuno	녜브뚠 Нептун	넵투누스 Neptunus	뽀시도나스 Ποσειδώνας	나브툰 نبتون	하이왕씽 海王星
쁠루똔 Plutón	쁠루똔 Плутон	플루토 Pluto	쁠루토나스 Πλούτωνας	불루투 بلوتو	밍왕씽 冥王星
알따이르 Altair	알따이르 Альтаир		알태르 αλτάιρ	안나쓰루 앗떠이루 النسر الطائر	치엔니요우씽 牽牛星
알데바란 Aldebarán	알제바란 Альдебаран		아르뗌바란 Αλντεμπαράν	알다브런 الدبران	비쑤우 毕宿五
안따레스 Antares	안따레스 Антарес	안타레스 Antares	안다리스 Αντάρης	껄불 아끄럽 قلب العقرب	씬따씽 心大星
시리오 Sirio	씨리우스 Сириус	시리우스 Sirius	시리오스 Σείριος	앗샤으리 알야마니야 الشعرى اليمانية	티엔랑씽 天狼星
에스삐하 Espiga	스삐까 Спика	스피카 Spica	스타히스 στάχυς	알 아써바툿 싼발리야 العصابة السنبلية	지아오쑤 角宿
데넵 Deneb	제넵 Денеб		데넴브 Ντενέμπ	단봇 다자즈 ذنب الدجاجة	티엔진쓰 天津四
베가 Vega	배가 Вера		베가스 Βέγας	안 나쓰룰 와끼우 النسر الواقع	즈뉘 织女

자연

현상
천체

별자리

표제어	일본	영어	프랑스	이탈리아	독일
포말하우트	포마루하우토 フォーマルハウト	포멀하우트 Fomalhaut	포말오 Fomalhaut	포말아우뜨 Fomalhaut	포말하우트 Fomalhaut
베텔게우스	베테루기우스 ベテルギウス	비틀쥬즈 Betelgeuse	베테죄즈 Bételgeuse	베뗄제우세 Betelgeuse	베타이거이체 Beteigeuze
리겔	리게루 リゲル	라이젤 Rigel	리겔 Rigel	리겔 Rigel	리겔 Rigel
북극성	홋쿄쿠세이 北極星	폴라리스 Polaris	폴라리스 Polaris	스뗄라 쁠라레 Stella Polare	폴라슈테언 Polarstern
혜성	스이세이 彗星	코멧 comet	코메트 comète	꼬메따 cometa	코메트 Komet
유성	나가레보시 流れ星	슈팅 스타 shooting star	에투알 필랑트 étoile filante	스뗄라 까덴떼 stella cadente	슈테언슈누페 Sternschnuppe
운석	인세키 隕石	미티어라이트 meteorite	메테오리트 météorite	메떼오리떼 meteorite	메테오어 Meteor
양자리	오히츠지자 おひつじ座	에이리스 Aries	벨리에 bélier	아리에떼 Ariete	비더 Widder
황소자리	오시자 おうし座	토레스 Taurus	토로 taureau	또로 Toro	슈티어 Stier
쌍둥이자리	후타고자 ふたご座	제미나이 Gemini	제모 gémeaux	제멜리 Gemelli	츠빌링 Zwilling
게자리	카니자 かに座	캔서 Cancer	캉세르 cancer	깐끄로 Cancro	크렙스 Krebs
사자자리	시시자 しし座	리오 Leo	리옹 lion	레오네 Leone	뢰베 Löwe

	스페인	러시아	라틴	그리스	아랍	중국
	포말아우뜨 Fomalhaut	포말가웃 Фомальгаут		포르말하우트 φόρμαλχάουτ	파물 후트 فم الحوت	베이뤄슬먼 北落师门
	베뗄헤우세 Betelgeuse	베쩰게이제 Бетельгейзе		베텔게즈 Μπέτελγκεζ	만키불 자우자우 منكب الجوزاء	찬쑤씨 参宿四
	리헬 Rigel	리겔 Ригель		리겔 Ρίγκελ	러줄룬 رجل	찬쑤치 参宿七
	에스뜨레야 뽈라르 estrella polar	빨라르나야 즈베즈다 Полярная звезда		뽀리코스 아스테라스 πολικός αστέρας	안나즈무 앗샤마리 النجم الشمالي	베이지씽 北极星
	꼬메따 cometa	까메따 комета	코메테스 cometes	코미티스 κομήτης	무잔나분 مذنب	후이씽 彗星
	에스뜨레야 푸가쓰 estrella fugaz	빠다유샤야 즈베즈다 падающая звезда	스텔라 stella	디아톤 아스테라스 διάττων αστέρας	쉬하분 شهاب	리요우씽 流星
	메떼오리또 meteorito	메쩨오릿 метеорит	메테오리테스 meteorites	메테오리티스 μετεωρίτης	하자룬 니주키 حجر نيزكي	윈슬 陨石
	아리에스 Aries	오볜 Овен	아리에스 Aries	크리오스 κριός	부르줄 자드이 برج الجدي	바이양쭤 白羊座
	따우로 Tauro	쩰레스 Телец	타우루스 Taurus	타브로스 ταύρος	부르줄 싸우리 برج الثور	진니요우쭤 金牛座
	헤미니스 Géminis	블리즈녜쓰 Близнецы	제미니 Gemini	디디모스 δίδυμος	부르줄 자우자이 برج الجوزاء	슈앙즈쭤 双子座
	깐세르 Cáncer	락 Рак	칸체르 Cancer	칼키노스 καρκίνος	부르줄 싸러떤 برج السرطان	씨에쭤 蟹座
	레오 Leo	롑 Лев	레오 Leo	레온 λέων	부르줄 아싸드 برج الأسد	슬즈쭤 狮子座

자연

표제어	일본	영어	프랑스	이탈리아	독일
현상 — 별자리					
처녀자리	오토메자 おとめ座	버고 Virgo	비에르주 vierge	베르지네 Vergine	융프라우 Jungfrau
천칭자리	텐빈자 てんびん座	리브라 Libra	발랑스 balance	빌란치아 Bilancia	바게 Waage
전갈자리	사소리자 さそり座	스콜피오 Scorpio	스코르피옹 scorpion	스꼬르뻬오네 Scorpione	스코어피온 Skorpion
사수자리	이테자 いて座	서지테리어스 Sagittarius	사지테르 sagittaire	사지따리오 Sagittario	쉿체 Schütze
염소자리	야기자 やぎ座	캐프리컨 Capricorn	카프리코른 capricorne	까쁘리꼬르노 Capricorno	슈타인복크 Steinbock
물병자리	미즈가메자 みずがめ座	아쿠에리어스 Aquarius	베르소 verseau	아꾸아리오 Acquario	바써만 Wassermann
물고기자리	우오자 うお座	파이시스 Pisces	푸아송 poissons	뻬쉬 Pesci	퓌셰 Fische
기타					
남십자성	미나미쥬지 南十字	서던 크로스 Southern Cross	크루아 뒤 쉬드 Croix du sud	끄로체 델 수드 Croce del Sud	크러이츠 데스 쥐덴스 Kreuz des Südens
북두칠성	호쿠토시치세이 北斗七星	빅 디퍼 Big Dipper	샤리오 Chariot	오르사 마지오레 Orsa Maggiore	그로쎄 베어 Große Bär
은하	긴가 銀河	갤럭시 galaxy	갈락시 galaxie	갈라시아 galassia	갈락시 Galaxie
태양계	타이요우케이 太陽系	솔라 시스템 solar system	스템 솔레르시 système solaire	씨스테마 쏠라레 sistema solare	좀머 슈테른 Sonnensystem
은하수	아마노가와 天の川	밀키 웨이 Milky Way	부아 락테 voie lactée	비아 라떼아 Via Lattea	밀히슈트라 Milchstraße

스페인	러시아	라틴	그리스	아랍	중국
비르고 Virgo	제바 Дева	비르고 Virgo	빨테노스 παρθένος	부르줄 아드러이 برج العذراء	츄뉘쮜 处女座
리브라 Libra	베쓰 Весы	리브라 Libra	지고스 ζυγός	부르줄 미자니 برج الميزان	티엔핑쮜 天平座
에스꼬르삐오 Escorpio	스꼬르삐온 Скорпион	스코르피우스 Scorpius	스콜삐오스 σκορπιός	부르줄 아끄러비 برج العقرب	씨에쮜 蝎座
사히따리오 Sagitario	스트레렐쓰 Стрелец	사지타리우스 Sagittarius	토크소티스 τοξότης	부르줄 꺼우씨 برج القوس	셔쇼우쮜 射手座
까쁘리꼬르니오 Capricornio	고제록 Козерог	카프리코르누스 Capricornus	애고캐로스 αιγόκερως	부르줄 타이씨 برج التيس	산양쮜 山羊座
아꾸아리오 Acuario	바다렐이 Водолей	아콰리우스 Aquarius	이드로호오스 υδροχόος	부르줄 달위 برج الدلو	슈이핑쮜 水瓶座
삐스씨스 Piscis	르브 Рыбы	피스체스 Pisces	이흐티스 ιχθύς	부르줄 후트 برج الحوت	위쮜 鱼座
크루즈 델 수르 Cruz del Sur	유즈니이 크레스트 Южный Крест	크룩스 Crux	스타브로스 투 노투 σταυρός του νότου	앗 썰리브 알자누비 الصليب الجنوبي	난슬즈 南十字
오사 마요르 Osa Mayor	발샤야 메드베짓싸 Большая Медведица	셉텐트리오네스 septentriones	메갈리 아르크토스 μεγάλη άρκτος	아브러주 팔라키야 أبراج فلكية	베이도우치씽 北斗七星
갈락시아 galaxia	갈락찌까 Галактика	갈락시아스 galaxias	갈라크시아스 γαλαξίας	마지러툰 مجرّة	씽씨 星系
시스떼마 솔라르 sistema solar	쏠녜치나야 씨스쩨마 Солнечная система	시스테마 솔라레 systema solare	이리아코 시스티마 ηλιακό σύστημα	알마즈무아투 앗삼씨야투 المجموعة الشمسية	타이양씨 太阳系
비아 락떼아 vía láctea	믈례치니이 뿌츠 Млечный Путь	치르쿨루스 락테우스 circulus lacteus	오 갈라크시아스 Ο Γαλαξίας	다르부 앗타바나 درب التبانة	인허 银河

자연

식물 총칭

뿌리

표제어	일본	영어	프랑스	이탈리아	독일
식물	쇼쿠부츠 植物	플랜트 plant	플랑트 plante	삐안따 pianta	플란체 Pflanze
채소	야사이 野菜	베지터블 vegetable	레귐 légume	베르두라 verdura	게뮈제 Gemüse
곡물	코쿠모츠 穀物	그레인 grain	그랭 grain	체레알레 cereale	게트라이데 Getreide
버섯	키노코 茸	머슈룸 mushroom	샹피뇽 champignon	풍고 fungo	필츠 Pilz
이끼	코케 苔	모스 moss	무스 mousse	무스끼오 muschio	모스 Moos
뿌리	네 根	루트 root	라신 racine	라디체 radice	부어첼 Wurzel
줄기	미키 幹	트렁크 trunk	트롱 tronc	뜨롱꼬 tronco	슈탐 Stamm
가지	에다 枝	트윅 twig	라모 rameau	라모 ramo	츠바익 Zweig
잎	하 葉	리프 leaf	푀이으 feuille	폴리아 foglia	블랏트 Blatt
덩굴	츠루 蔓	바인 vine	사르망 sarment	비띠치오 viticcio	랑케 Ranke
씨앗	슈시 種子	시드 seed	스망스 semence	세메 seme	케언 Kern
싹	메 芽	스프라우트 sprout	제름 germe	젬마 gemma	카임 Keim

스페인	러시아	라틴	그리스	아랍	중국
쁠란따 planta	라스쨰니예 растение	플란타 planta	피토 φυτό	나바툰 نبات	즐우 植物
베헤딸 vegetal	오보쉬 овощи	올루스 olus	라하니코 λαχανικό	쿠드러와툰 خضراوات	슈차이 蔬菜
쎄레알 cereal	제르노 зерно	프루멘툼 frumentum	디미트리아카 δημητριακά	후부분 حبوب	구우 谷物
온고 hongo	그리브 грибы	푼구스 fungus	마니타리 μανιτάρι	피뜨룬 فطر	모구 蘑菇
무스고 musgo	모흐 мох	브리오피타 bryophyta	브리오 βρύο	뚜흘루분 طحلب	타이 苔
라이쯔 raíz	꼬롄 корень	라딕스 radix	리자 ρίζα	자드룬 جذر	건 根
따요 tallo	스트볼 ствол	트룬쿠스 truncus	코르모스 κορμός	지드운 جذع	간 干
라마 rama	배따브 ветвь	라무스 ramus	크라디 κλαδί	파르운 فرع	즐 枝
오하 hoja	리스트바 листва	폴리움 folium	필로 φύλλο	와러꾼 ورق	예 叶
비냐 viña	로자 лоза		아히로 άχυρο	카러마툰 كرمة	만 蔓
세밀랴 semilla	셰먀 семя	스페르마 sperma	스뽀로스 σπόρος	부두룬 بذور	종즈 种子
브로떼 brote	로스톡 росток	젬마 gemma	블라스타리 βλαστάρι	부르우문 برعم	야 芽

자연

표제어	일본	영어	프랑스	이탈리아	독일
꽃봉오리	츠보미 蕾	버드 bud	부르종 bourgeon	보촐로 bocciolo	크노스페 Knospe
꽃	하나 花	플라워 flower	플뢰르 fleur	피오레 fiore	블루메 Blume
꽃잎	하나비라 花びら	페틀 petal	페탈 pétal	빼딸로 petalo	블루멘블랏 Blumenblatt
풀	쿠사 草	그래스 grass	에르브 herbe	에르바 erba	그라스 Gras
나팔꽃	아사가오 朝顔	모닝 글로리 morning glory	볼뤼빌리스 volubilis	이뽀메아 ipomea	빈데 Winde
수국	아지사이 紫陽花	하이드레인저 hydrangea	오르탕시아 hortensia	오르뗀시아 ortensia	호텐지 Hotensie
붓꽃	아야메 菖蒲	아이리스 iris	이리스 iris	이리스 iris	이리스 Iris
딸기	이치고 苺	스트로베리 strawberry	프레즈 fraise	프라골라 fragola	에어트베레 Erdbeere
카네이션	카네숀 カーネーション	카네이션 carnation	외이에 œillet	제라니오 geranio	넬케 Nelke
국화	키쿠 菊	크리샌써멈 chrysanthemum	크리장템 chrysanthème	끄리싼떼모 crisantemo	크뤼잔테메 Chrysantheme
치자나무	쿠치나시 梔子	가드니아 gardenia	가르데니아 gardénia	가르베니아 gardenia	가데니 Gardenie
크로커스	크록카스 クロッカス	크로커스 crocus	크로퀴스 crocus	끄로꼬 croco	크로쿠스 Krokus

식물 뿌리

화초

스페인	러시아	라틴	그리스	아랍	중국
뺌뽀요 pimpollo	뽀치까 почка	젬마 gemma	보보키 μπουμπούκι	부르우문 برعم	화레이 花蕾
플로르 flor	쓰베톡 цветок	플로스 flos	룰루디 λουλούδι	자흐러툰 زهرة	화 花
뻬딸로 pétalo	레뻬스톡 лепесток	페탈룸 petalum	뻬탈로 πέταλο	바탈라툰 بتلة	화반 花瓣
빠스또 pasto	뜨라바 трава	헤르바 herba	그라시디 γρασίδι	우슈분 عشب	차오 草
이뽐메아 ipomea	이뽀메야 ипомея		뻬리코크라다 περικοκλάδα	나즈마툴 앗 써바히 نجمة الصباح	치엔니요우화 牵牛花
오르뗀시아 hortensia	고르짼지야 гортензия	히드란제아 hydrangea	이드랑개아 υδράγγεα	자흐러툴 쿠비야 زهرة الكويية	바씨엔화 八仙花
리리오 lirio	이리스 ирис		이리스 Ιρις	싸우싸눈 سوسن	창푸 菖蒲
프레사 fresa	제믈랴니까 земляника	프라굼 fragum	프라울라 φράουλα	파라우라툰 فراولة	차오메이 草莓
끌라벨 clavel	그와즈지까 гвоздика		가리팔로 γαρίφαλο	꺼런푸룬 قرنفل	캉나이씬 康乃馨
끄리산떼모 crisantemo	흐리잔쩨마 хризантема	크리산테뭄 chrysanthemum	흐리산테모 χρυσάνθεμο	꾸흐와눈 اقحوان	쥐화 菊花
하쯔민 델 까보 jazmín del Cabo	가르제니야 гардения		가르데니아 γαρδένια	거르디니야 غردينيا	즐즈화 梔子花
아싸프란 azafrán	샤판 шафран		크로코스 κρόκος	자으파런 زعفران	판홍화 番红花

자연

식물
화초

표제어	일본	영어	프랑스	이탈리아	독일
클로버	크로바 クローバー	클로버 clover	트레플 trèfle	꽈드리폴리오 quadrifoglio	클레 Klee
양귀비	케시 芥子	포피 poppy	파보 pavot	빠빠베로 papavero	몬 Mohn
앵초	사쿠라소우 桜草	프림로즈 primrose	프리므베르 primevère	쁘리물라 primula	슐뤼쎌블루메 Schlüsselblume
수선화	스이센 水仙	나르키서스 narcissus	나르시스 narcisse	나르치조 narciso	나치쎄 Narzisse
은방울꽃	스즈란 鈴蘭	릴리 오브 더 밸리 lily of the valley	뮈게 muguet	무게또 mughetto	마이클룈히엔 Maiglöckchen
제비꽃	스미레 菫	바이올렛 violet	비올레트 violette	비올라 viola	바일히엔 Veilchen
대마	타이마 大麻	헴프 hemp	샹브르 chanvre	까나빠 canapa	한프 Hanf
민들레	탄포포 蒲公英	댄딜라이언 dandelion	피상리 pissenlit	덴떼 디 레오네 dente di leone	뢰벤찬 Löwenzahn
튤립	츄립푸 チューリップ	튤립 tulip	튈립 tulipe	뚜리빠노 tulipano	툴페 Tulpe
바곳	토리카부토 トリカブト	애커나이트 aconite	아코니트 aconit	아꼬니또 aconito	슈투엄후트 Sturmhut
패랭이꽃	나데시코 撫子	핑크 pink	외이에 œillet	가로파노 garofano	넬케 Nelke
연꽃	하스 蓮	로터스 lotus	로튜스 lotus	로또 loto	로토스 Lotos

스페인	러시아	라틴	그리스	아랍	중국
뜨레볼 trébol	클레베르 клевер	트리폴리움 trifolium	트리필리 τριφύλλι	비르씨문 برسيم	산예차오 三叶草
아마뽈라 amapola	막 мак	파파베르 papaver	빠빠루나 παπαρούνα	쿠슈커슈 خشخاش	잉쑤 罂粟
쁘리물라 prímula	쁘리물라 примула		쁘리물라 πρίμουλα	자흐러툿 러비이 زهرة الربيع	바오춘화 报春花
나르씨소 narciso	나르씨스 нарцисс	나르치수스 narcissus	나르키쏘스 Νάρκισσος	나르지쑨 نرجس	슈이씨엔 水仙
리리오 델 바예 lirio del valle	란드쉬 ландыш		미게 μιγκέ	잔바꿀 와디 زنبق الوادي	쥔잉차오 君影草
비올레따 violeta	휘알까 фиалка	비올라 viola	뵤레타 βιολέτα	바나프싸준 بنفسج	즈화띠딩 紫花地丁
까냐모 cáñamo	코놀랴 конопля		칸나비 κάνναβη	하쉬슈 حشيش	따마 大麻
디엔떼 데 레온 diente de león	아두봔칫 одуванчик		삐크라리다 πικραλίδα	떠르크샤꾼 طرخشقون	푸공잉 蒲公英
뚤리빤 tulipán	출빤 тюльпан	툴리파 tulipa	투리빠 τουλίπα	튜우리분 تيوليب	위진씨앙 郁金香
아꼬니또 acónito	아코닛 аконит	아코니툼 aconitum	아코니토 ακόνιτο	바이슈 بيش	우토우 乌头
끌라벨리나 clavelina	그와즈지까 гвоздика		가리파리아 γαριφαλιά	꺼러풀 قرنفل	취마이 瞿麦
로또 loto	로또스 лотос	로투스 lotus	로토스 λωτός	라우투쓰 لوتس	리엔화 莲花

자연

	표제어	일본	영어	프랑스	이탈리아	독일
식물 화초	팬지	판지 パンジー	팬지 pansy	팡세 pensée	비올라 델 빤씨에로 viola del pensiero	슈튀프뮈테어헨 Stiefmütterchen
	데이지	히나기쿠 雛菊	데이지 daisy	파크레트 pâquerette	쁘라똘리나 pratolina	겐제블륌헨 Gänseblümchen
	해바라기	히마와리 向日葵	선플라워 sunflower	투르느솔 tournesol	지라솔레 girasole	존넨블루메 Sonnenblume
	히아신스	히야신스 ヒヤシンス	하이아신스 hyacinth	자생트 jacinthe	지아친또 giacinto	히야친테 Hyazinthe
	백합	유리 百合	릴리 lily	리스 lys	질리오 giglio	릴리 Lilie
	라벤더	라벤다 ラベンダー	라벤더 lavender	라방드 lavande	라반다 lavanda	라벤델 Lavendel
	난초	란 蘭	오키드 orchid	오르키데 orchidée	오르끼데아 orchidea	오어히테 Orchidee
수목	나무	키 木	트리 tree	아르브르 arbre	알베로 albero	바움 Baum
	살구	안즈 杏	애프리컷 apricot	아브리코티에 abricotier	알비꼬꼬 albicocco	아프리코제 Aprikose
	무화과	이치지쿠 無花果	피그 fig	피기에 figuier	피꼬 fico	파이게 Feige
	측백나무	이토스기 糸杉	사이프러스 cypress	시브레 cyprès	치쁘레쏘 cipresso	취프레쎄 Zypresse
	올리브	오리브 オリーブ	올리브 olive	올리비에 olivier	울리보 ulivo	올리베 Olive

062

스페인	러시아	라틴	그리스	아랍	중국
뻰사미엔또 pensamiento	휘알까 비트로까 фиалка Виттрока		빤세스 πανσές	바나프싸준 بنفسج	산써즈뤄란 三色紫罗兰
마르가리따 margarita	마르가리따 маргаритка		마르가리타 μαργαρίτα	아끄후완 أقحوان	추쥐 雏菊
히라솔 girasol	빠드솔녜치닉 подсолнечник	헬리안테스 helianthes	일리오트로삐오 ηλιοτρόπιο	압바디 앗샴시 عبّاد الشمس	씨앙를쿠이 向日葵
하씬또 jacinto	기아씬트 гиацинт	히아친투스 hyacinthus	이아킨토스 υάκινθος	야꾸티야툰 ياقوتية	펑씬즈 风信子
리리오 lirio	릴리야 лилия	릴리움 lilium	크리노스 κρίνος	싸우싼눈 سوسن	바이허 百合
라반다 lavanda	라반다 лаванда		레반다 λεβάντα	라판다르 لافندر	쒼이차오 薰衣草
오르끼데아 orquídea	아르히제챠 орхидея	오르키스 orchis	오르히대아 ορχιδέα	싸흘루분 سحلب	란화 兰花
아르볼 árbol	제레바 дерево	아르보르 arbor	댄드로 δέντρο	샤자룬 شجر	무 木
알바리꼬께 albaricoque	아브리코쓰 абрикос		베리코코 βερίκοκο	미슈미슈 مشمش	씽 杏
이고 higo	피가 фига	피쿠스 ficus	시코 σύκο	티눈 تين	우화궈 无花果
씨쁘레스 ciprés	끼빠리스 кипарис	쿠프레수스 cupressus	키빠리씨 κυπαρίσσι	싸르운 سرو	바이슈 柏树
올리바 oliva	알리바 олива	올리바 oliva	애리야 ελιά	자이툰 زيتون	간란슈 橄榄树

자연

식물
수목

표제어	일본	영어	프랑스	이탈리아	독일
단풍나무	카에데 楓	메이플 maple	에라블 érable	아체로 acero	아호언 Ahorn
호두나무	쿠루미 胡桃	월넛 walnut	누아예 noyer	노체 noce	발누쓰 Walnuss
월계수	겟케이쥬 月桂樹	로럴 laurel	로리에 laurier	알로로 alloro	로어베어바움 Lorbeerbaum
벚나무	사쿠라 桜	체리 트리 cherry tree	스리지에 cerisier	칠리에지오 ciliegio	키르쉬바움 Kirschbaum
석류	자쿠로 柘榴	파머그래넛 pomegranate	그르나디에 grenadier	멜로그라노 melograno	그라낫압펠 Granatapfel
자작나무	시라카바 白樺	화이트 버치 white birch	불로 블랑 bouleau blanc	베뚤라 betulla	비어케 Birke
자두	스모모 李	플럼 plum	프뤼니에 prunier	쁘로뇨 prugno	플라우메 Pflaume
동백나무	츠바키 椿	카밀리아 camellia	카멜리아 camélia	까멜리아 camelia	카멜리에 Kamelie
물푸레나무	토네리코 秦皮	애쉬 트리 ash tree	프렌 frêne	프라씨노 frassino	에쉐 Esche
떡갈나무	나라 楢	오크 oak	센 chêne	꿰르치아 quercia	아이헤 Eiche
장미	바라 薔薇	로즈 rose	리지에 rosier	로자 rosa	로제 Rose
호랑가시나무	히이라기 柊	홀리 holly	우 houx	아그리폴리오 agrifoglio	슈테흐팔메 Stechpalme

스페인	러시아	라틴	그리스	아랍	중국
아르쎄 arce	클룐 клён	아체르 acer	스펜다미 σφενδάμι	꺼이꺼분 قيقب	펑슈 枫树
누에쓰 nuez	아레흐 орех	유글란스 juglans	카리디아 καρυδιά	자우준 جوز	헤이타오슈 黑桃树
라우렐 laurel	라브르 лавр	라우루스 laurus	다프니 δάφνη	런둔 رند	위에꾸이슈 月桂树
세레쏘 cerezo	위쉬냐 вишня	체라수스 cerasus	케라시아 κερασιά	카러준 كرز	잉화슈 樱花树
그라나다 granada	그라낫 гранат	푸니카 말루스 punica malus	로디아 ροδιά	런만 رمّان	슬리요슈 石榴树
아베둘 블란꼬 abedul blanco	베료자 берёза		시미다 σημύδα	알꾸드바눌 아비야두 القضبان الأبيض	바이화슈 白桦树
씨루엘라 ciruela	슬리바 слива	프루누스 prunus	다마스키노 δαμάσκηνο	부르꾸꾼 برقوق	리슈 李树
까멜리아 camelia	까멜리야 камелия	카멜리아 테아 camellia thea	카멜리아 καμέλια	카미리야 كاميليا	챠화슈 茶花树
프레스노 fresno	야쎈 ясень	프락시누스 fraxinus	프라무리야 φλαμουριά	다르다룬 دردار	시아오예바이라슈 小叶白蜡树
알라모 álamo	둡 дуб	퀘르쿠스 quercus	벨라니디아 βελανιδιά	발루뚠 بلوط	시아오츄안즈 小橡子
로사 rosa	로자 роза	로사 rosa	트리안다필리야 τριανταφυλλιά	와르둔 ورد	치앙웨이 薔薇
아쎄보 acebo	빠둡 падуб		기 γκι	이리크쑨 إيلكس	종슈 柊树

자연

자연

식물 / 수목

표제어	일본	영어	프랑스	이탈리아	독일
등나무	후지 藤	위스테리아 wisteria	글리신 glycine	리치네 glicine	글뤼키니에 Glyzinie
포도	부도우 葡萄	그레이프 grape	비뉴 vigne	우바 uva	바인슈톡 Weinstock
보리수	보다이쥬 菩提樹	린덴 linden	티이욀 tilleul	띨리오 tiglio	린덴바움 Lindenbaum
소나무	마츠 松	파인 pine	팽 pin	피노 pino	키퍼 Kiefer
목련	모쿠렌 木蓮	매그놀리아 magnolia	마뇰리아 magnolia	마놀리아 magnolia	마그놀리 Magnolie
복숭아	모모 桃	피치 peach	페셰 pêcher	뻬스꼬 pesco	피어지히 Pfirsich
야자	야시 椰子	코코넛 coconut	코코티에 cocotier	빨마 palma	코코스팔메 Kokospalme
겨우살이	야도리기 宿り木	미슬토우 mistletoe	기 gui	비스끼오 vischio	미스텔 Mistel
버드나무	야나기 柳	윌로우 willow	솔 saule	살리체 salice	바이데 Weide
라일락	라이락쿠 ライラック	라일락 lilac	릴라 lilas	릴라 lillà	플리더 Flieder
사과	링고 林檎	애플 apple	포미에 pommier	멜로 melo	압펠바움 Apfelbaum
레몬	레몬 檸檬	레몬 lemon	시트로니에 citronnier	리모네 limone	치트로네 Zitrone

스페인	러시아	라틴	그리스	아랍	중국
글리씨나 glicina	글리씨니야 глициния		그리시나 γλυσίνα	홀와툰 الحلوة	샨텅 山藤
우바 uva	비노그랄 виноград	비티스 vitis	크리마타리아 κληματαριά	이나분 عنب	푸타오 葡萄
띨로 tilo	리빠 липа	틸라 tilia	피리라 φιλύρα	자이자푼 زيزفون	푸티슈 菩提树
삐노 pino	싸스나 сосна	피누스 pinus	뻬브코 πεύκο	쉬나우바러툰 صنوبرة	쏭슈 松树
마그놀리아 magnolia	마그놀리야 магнолия		마놀리아 μανώλια	만구리야 منغولية	무란 木兰
두라쓰노 durazno	뻬르씩 персик		로다키냐 ροδακινιά	커우쿤 خوخ	타오슈 桃树
꼬꼬 coco	빨르마 пальма	팔마 palma	피나키스 φοίνικας	발라훈 بلح	예즈 椰子
무에르다고 muérdago	오멜라 омела	비스쿰 viscum	기 γκυ	디브꾼 دبق	후슈 槲树
사우쎄 sauce	이바 ива	살릭스 salix	이티아 ιτιά	써브써푼 صفصاف	리우슈 柳树
릴라 lila	씨렌 сирень		빠스할리야 πασχαλιά	라이라쿤 ليلك	딩시앙 丁香
만사나 manzana	야블로냐 яблоня	말루스 malus	밀랴 μηλιά	투파훈 تفاح	핑궈 苹果
리몬 limón	리몬 лимон		레모니야 λεμονιά	리문 ليمون	핑궈 柠檬

자연

식물
기타

동물
총칭
부분

표제어	일본	영어	프랑스	이탈리아	독일
선인장	사보텐 サボテン	캑터스 cactus	칵튀스 cactus	칵투스 cactus	칵투스 Kaktus
대나무	타케 竹	뱀부 bamboo	방부 bambou	밤부 bambù	밤부스 Bambus
동물	도우부츠 動物	애니멀 animal	아니말 animal	아니말레 animale	티어 Tier
뿔	츠노 角	혼 horn	코른 corne	꼬르노 corno	호언 Horn
꼬리	오 尾	테일 tail	쾨 queue	꼬다 coda	슈반츠 Schwanz
갈기	타테가미 鬣	메인 mane	크리니에르 crinière	끄리니에라 criniera	매네 Mähne
송곳니	키바 牙	팽 fang	크로 crocs	짠나 zanna	팡 Fang
발굽	히즈메 蹄	후프 hoof	사보 sabot	죠꼴로 zoccolo	후프 Huf
모피	케가와 毛皮	퍼 fur	푸뤼르 fourrure	뻴리치아 pelliccia	펠 Fell
깃털	우모 羽毛	페더 feather	플륌 plume	삐우마 piuma	페더 Feder
날개	츠바사 翼	윙 wing	엘 aile	알라 ala	플뤼겔 Flügel
부리	쿠치바시 嘴	비크 beak	벡 bec	벡꼬 becco	슈나벨 Schnabel

	스페인	러시아	라틴	그리스	아랍	중국
	깍뚜스 cactus	깍끄뚜스 кактус		각토스 κάκτος	쑵바룬 صبار	씨엔런쟝 仙人掌
	밤부 bambú	밤부크 бамбук		바부 μπαμπού	커이자런 خيزران	쥬 竹
	마니말 animal	쥐보뜨노예 животное	아니말리아 animalia	조 ζώο	하야완 حيوان	똥우 动物
	꾸에르노 cuerno	라그 рог	코르누 cornu	캐라토 κέρατο	꺼르눈 قرن	지아오 角
	꼴라 cola	호보스트 хвост	카우다 cauda	우라 ουρά	자일룬 ذيل	웨이 尾
	멜레나 melena	그리바 грива	코마 coma	해티 χαίτη	샤으루 아마미 شعر أمامي	쫑마오 鬃毛
	꼴미요 colmillo	클륵 клык	코르누 cornu	키노돈다스 κυνόδοντας	나븐 ناب	야 牙
	뻬쑤냐 pezuña	까쁘또 копыто	라물라 ramula	오쁠리 οπλή	하피룬 حافر	티 蹄
	삐엘 piel	메흐 мех	펠리스 pellis	트리호마 τρίχωμα	꺼르운 فرو	마오피 毛皮
	쁠루마스 plumas	빼로 перо	펜나 penna	프테로마 φτέρωμα	리슌 ريش	위마오 羽毛
	알라 ala	크를로 крыло	알라 ala	프테라 φτερά	자나훈 جناح	이 翼
	삐꼬 pico	클륩 клюв	벡쿠스 beccus	람포스 ράμφος	민꺼둔 منقار	후이 喙

자연

	표제어	일본	영어	프랑스	이탈리아	독일
동물 부분	볏	토사카 鶏冠	크레스트 crest	크레트 crête	끄레스따 cresta	캄 Kamm
	발톱	카기즈메 鉤爪	탈론 talon	세르 serres	아르띨리오 artiglio	클라우에 Klaue
	비늘	우로코 鱗	스케일 scale	에카이 écailles	스꾸아마 squama	슈페 Schuppe
	지느러미	히레 鰭	핀 fin	나주아르 nageoire	삔나 pinna	플로쎄 Flosse
	물갈퀴	미즈카키 水かき	웹 web	팔뮈르 palmure	멤브라나 꼰네띠바 membrana connettiva	슈빔하우트 Schwimmhaut
	등딱지	코우라 甲羅	쉘 shell	카라파스 carapace	구쇼 guscio	뤼켄쉴트 Rückenschild
	빨판	큐반 吸盤	써커 sucker	방투즈 ventouse	벤또사 ventosa	자욱납프 Saugnapf
	더듬이	숏카쿠 触角	텐터클 tentacle	탕타퀼 tentacule	안뗀나 antenna	퓔러 Fühler
	멀리서 짖음	토오보에 遠吠え	하울 howl	위를르망 hurlement	울울라또 ululato	허일렌 Heulen
	포효	호우코우 咆哮	로어 roar	뤼지스망 rugissement	루지또 ruggito	게브륄 Gebrüll
짐승	짐승	케모노 獣	비스트 beast	베트 bête	베스띠아 bestia	베스티에 Bestie
	개	이누 犬	독 dog	시앵 chien	까네 cane	훈트 Hund

스페인	러시아	라틴	그리스	아랍	중국
끄레스따 cresta	그레벤 гребень		리리 λειρί	오르푼 عرف	지관 鸡冠
가라 garra	꼬고츠 коготь	운굴라 ungula	니히 νύχι	미클라분 مخلب	쟈오 爪
에스까마 escama	체슐랴 чешуя	스콰마 squama	래삐 λέπι	하러쉬푼 حراشيف	린 鳞
알레따 aleta	쁠라브닉 плавник		쁘테리기오 πτερύγιο	주으누파툰 زعنفة	위치 鱼鳍
멤브라나 membrana	쁠라바쩰냐야 뻬레쁜가 плавательная перепонка		닉티키 멤브라니 νηκτική μεμβράνη	꺼다문 무카프파파 قدم مكففة	푸 蹼
까빠라쏜 caparazón	빤씨르 панцирь	테스타 testa	카부키 καβούκι	써다파툰 صدفة	커 壳
벤또사 ventosa	쁘리쏘스까 присоска	아체타불룸 acetabulum	벤투자 βεντούζα	마써쑨 ممص	씨판 吸盘
안떼나 antena	슈빨짜 щупальца	안텐나 antenna	캐래애스 κεραίες	꺼르눈 이쓰티슈아룬 قرن إستشعار	츄지아오 触角
아울라르 aullar	달료끼이 라이 далёкий лай	울루아멘 ululamen	울리야흐토 ουρλιαχτό	아우와운 عواء	하오지아오 嚎叫
루히르 rugir	브잔니예 рычание	무르무르 murmur	브리히쓰모스 βρυχηθμός	자이 زئي	파오씨아오 咆哮
베스띠아 bestia	즈베르 зверь	베스티아 bestia	크티노스 κτήνος	와흐슌 وحش	예쇼우 野兽
뻬로 perro	싸바까 собака	카니스 canis	스킬로스 σκύλος	칼분 كلب	첸 犬

자연

동물
짐승

표제어	일본	영어	프랑스	이탈리아	독일
경비견	반켄 番犬	왓치독 watchdog	시앵 드 가르드 chien de garde	까네 다 구아르디아 cane da guardia	바흐훈트 Wachhund
사냥개	료우켄 猟犬	하운드 hound	시앵 드 샤스 chien de chasse	까네 다 까치아 cane da caccia	야크트훈트 Jagdhund
고양이	네코 猫	캣 cat	샤 chat	가또 gatto	카체 Katze
살쾡이	야마네코 山猫	와일드캣 wildcat	샤 소바주 chat sauvage	가또 셀바띠코 gatto selvatico	빌트카체 Wildkatze
스라소니	오오야마네코 大山猫	링크스 lynx	랭크스 lynx	린체 lince	룩쓰 Luchs
말	우마 馬	호스 horse	슈발 cheval	까발로 cavallo	페어트 Pferd
소	우시 牛	캐틀 cattle	보뱅 bovin	무까 mucca	슈티어 Stier
양	히츠지 羊	쉽 sheep	무통 mouton	뻬꼬라 pecora	샤프 Schaf
돼지	부타 豚	피그 pig	코숑 cochon	마이알레 maiale	슈바인 Schwein
염소	야기 山羊	고우트 goat	셰브르 chèvre	까쁘라 capra	치게 Ziege
낙타	라쿠다 駱駝	캐멀 camel	샤모 chameau	깜멜로 cammello	카멜 Kamel
사슴	시카 鹿	디어 deer	세르 cerf	체르보 cervo	히어쉬 Hirsch

스페인	러시아	라틴	그리스	아랍	중국
뻬로 구아르디안 perro guardián	스또로줴보이 뽀스 сторожевой пёс	쿠스토스 custos	스킬로스 피라카스 σκύλος φύλακας	칼부 부리씬 كلب بوليس	칸지아고우 看家狗
뻬로 데 까싸 perro de caza	오훗니치야 싸바까 охотничья собака	카니스 베나티쿠스 canis venaticus	키니게티코 스킬리 κυνηγετικό σκυλί	칼븐 써이둔 كلب صيد	리에췐 猎犬
가또 gato	꼬쉬까 кошка	펠레스 feles	가타 γάτα	낏떠툰 قطة	리에췐 猫
가또 몬떼스 gato montés	지까야 꼬쉬까 дикая кошка	린크스 lynx	아그리오가타 αγριόγατα	낏뚠 바리 قط بري	샨리에 山猫
린쎄 lince	르쓰 рысь	린크스 lynx	리가스 λύγκας	와샤꾼 وشق	셔리 猞猁
까바요 caballo	료샤즈 лошадь	에쿠우스 equus	아로고 άλογο	히써눈 حصان	마 马
바까 vaca	까로바 корова	보스 bos	아개라다 αγελάδα	바까라툰 بقرة	니요우 牛
오베하 oveja	바란 баран	아리에스 aries	쁘로바토 πρόβατο	쿠루푼 خروف	양 羊
쎄르도 cerdo	스빈느야 свинья	수스 sus	구루니 γουρούνι	킨지룬 خنزير	쮸 猪
까브라 cabra	까죨 козёл	카페르 caper	카치카 κατσίκα	안자툰 عنزة	샨양 山羊
까메요 camello	베르블룻 верблюд	카멜루스 camelus	카밀라 καμήλα	자말룬 جمل	뤄퉈 骆驼
씨에르보 ciervo	알롄 олень	체르부스 cervus	앨라피 ελάφι	거자룬 غزال	루 鹿

자연

동물 - 짐승

표제어	일본	영어	프랑스	이탈리아	독일
토끼	우사기 兎	래빗 rabbit	라팽 lapin	꼬닐리오 coniglio	하제 Hase
쥐	네즈미 鼠	마우스 mouse	수리 souris	또뽀 topo	마우스 Maus
다람쥐	리스 栗鼠	스쿼럴 squirrel	에퀴뢰이 écureuil	스꼬이아똘로 scoiattolo	아이히회른헨 Eichhörnchen
두더지	모구라 土竜	몰 mole	톱 taupe	딸빠 talpa	마울부르프 Maulwurf
박쥐	코모리 蝙蝠	배트 bat	쇼브 수리 chauve-souris	삐뻬스뜨렐로 pipistrello	플레더마우스 Fledermaus
멧돼지	이노시시 猪	보어 boar	상글리에 sanglier	칭기알레 cinghiale	에버 Eber
여우	키츠네 狐	폭스 fox	르나르 renard	볼뻬 volpe	푹쓰 Fuchs
너구리	타누키 狸	래쿤 독 raccoon dog	시앵 비브랭 chien viverrin	까네 쁘로치오네 cane procione	마더훈트 Marderhund
원숭이	사루 猿	멍키 monkey	생주 singe	쉼미아 scimmia	압페 Affe
수달	카와우소 川獺	오터 otter	루트르 loutre	론뜨라 lontra	옷터 Otter
늑대	오오카미 狼	울프 wolf	루 loup	루뽀 lupo	볼프 Wolf
호랑이	토라 虎	타이거 tiger	티그르 tigre	띠그레 tigre	티거 Tiger

스페인	러시아	라틴	그리스	아랍	중국
꼬네호 conejo	자야쯔 заяц	레푸스 lepus	라고스 λαγός	아르나분 ارنب	투 兎
라따 rata	크르싸 крыса	무스 mus	쁜디키 ποντίκι	파으룬 فار	슈 鼠
마르디야 ardilla	벨까 белка	스추루스 sciurus	스키우로스 σκίουρος	씬자분 سنجاب	쏭슈 松鼠
또뽀 topo	크롯 крот	탈파 talpa	티프로쁜디카스 τυφλοπόντικας	쿨둔 خلد	옌슈 鼹鼠
무르씨엘라고 murciélago	레뚜차야 므쉬 летучая мышь	베스페르틸리오 vespertilio	니흐태리다 νυχτερίδα	쿠프파슌 خفاش	비엔푸 蝙蝠
하발리 jabalí	까반 кабан	페루스 ferus	아그리오구루노 αγριογούρουνο	킨지루 바리 خنزير بري	예쮸 野猪
쏘로 zorro	리씨짜 лисица	불페스 vulpes	알래뿌 αλεπού	싸을라분 ثعلب	후 狐
떼혼 tejón	예노또빗나야 싸바까 енотовидная собака		라쿤 ρακούν	라쿤 راكون	리 狸
모노 mono	야볘즈야나 обезьяна		마이무 μαϊμού	끼르둔 قرد	호우 猴
누뜨리아 nutria	브드라 выдра	루트라 lutra	애니드리다 ενυδρίδα	싸을라불 마이 ثعلب الماء	슈이타 水獺
로보 lobo	볼크 волк	루푸스 lupus	리코스 λύκος	디으분 ذئب	랑 狼
띠그레 tigre	찌그르 тигр	티그리스 tigris	티그리 τίγρη	니무룬 نمر	후 虎

자연

동물 / 짐승

표제어	일본	영어	프랑스	이탈리아	독일
사자	시시 獅子	라이언 lion	리옹 lion	레오네 leone	뢰베 Löwe
표범	효 豹	래퍼드 leopard	레오파르 léopard	빤떼라 pantera	레오파트 Leopard
곰	쿠마 熊	베어 bear	우르스 ours	오르소 orso	베어 Bär
코끼리	조우 象	엘레펀트 elephant	엘레팡 éléphant	엘레판떼 elefante	엘레판트 Elefant
코뿔소	사이 犀	라이나서러스 rhinoceros	리노세로스 rhinocéros	리노체론떼 rinoceronte	나스호언 Nashorn
하마	카바 河馬	힙포포터머스 hippopotamus	이포포팀 hippopotame	이뽀뽀따모 ippopotamo	닐페어트 Nilpferd
해달	락코 猟虎	씨 오터 sea otter	루트르 드 메르 loutre de mer	론뜨라 마리나 lontra marina	제옷터 Seeotter
바다표범	아자라시 海豹	씰 seal	포크 phoque	포까 foca	제훈트 Seehund
바다사자	아시카 海驢	씨 라이언 sea lion	오타리 otari	오따리아 otaria	제뢰베 Seelöwe

새

표제어	일본	영어	프랑스	이탈리아	독일
새	토리 鳥	버드 bird	우아조 oiseau	우첼로 uccello	포겔 Vogel
철새	와타리도리 渡り鳥	마이그레이팅 버드 migrating bird	미그라퇴르 migrateur	우첼로 미그라또레 uccello migratore	축포겔 Zugvogel
물새	미즈토리 水鳥	워터폴 waterfowl	소바진 sauvagine	우첼로 아꾸아띠꼬 uccello acquatico	바써포겔 Wasservogel

스페인	러시아	라틴	그리스	아랍	중국
레온 león	례브 лев	레오 leo	리온다리 λιοντάρι	아싸둔 اسد	슬 狮
레오빠르도 leopardo	레오빠르드 леопард	레오파르두스 leopardus	빤티라스 πάνθηρας	니므루 아르꺼딘 نمر أرقط	빠오 豹
오소 oso	메드베즈 медведь	우르수스 ursus	아르쿠다 αρκούδα	둡분 دب	씨옹 熊
엘레판떼 elefante	슬론 слон	엘레판투스 elephantus	앨래빤다스 ελέφαντας	피룬 فيل	씨앙 象
리노쎄론떼 rinoceronte	노쏙록 носорог	리노체로스 rhinoceros	리노캐로스 ρινόκερος	와히둘 꺼르니 وحيد القرن	씨니요우 犀牛
이뽀뽀따모 hipopótamo	베기못 бегемот	힙포포타무스 hippopotamus	이뽀뽀타모스 ιπποπόταμος	싸이이두 끼슈떠틴 سيد قشطة	허마 河马
누뜨리아 마리나 nutria marina	마르스코이 바브르 морской бобр		탈라시야 애니드리다 θαλάσσια ενυδρίδα	꺼더아툴 바흐리 قضاعة البحر	하이타 海獭
로보 마리노 lobo marino	츌렌 тюлень	포카 phoca	포키야 φώκια	칼불 바흐리 كلب البحر	하이빠오 海豹
레온 마리노 león marino	씨부치 сивуч		오타리다 ωταρίδα	아싸둘 바흐리 اسد البحر	하이뤼 海驴
아베 ave	쁘찌싸 птица	아비스 avis	뿔리 πουλί	떠이룬 طائر	니아오 鸟
아베 미그라또리아 ave migratoria	뻬레롯냐야 쁘찌싸 перелётная птица		아뽀디미티코 쁘티노 αποδημητικό πτηνό	띠루 무하지린 طير مهاجر	호우니아오 候鸟
아베 악꾸아띠까 ave acuática	바쟈냐야 쁘찌싸 водяная птица		이드로비오 υδρόβιο	띠룰 마이 طير الماء	슈이니아오 水鸟

자연

동물 - 새

표제어	일본	영어	프랑스	이탈리아	독일
맹금류	모킨 猛禽	버드 오브 프레이 bird of prey	라파스 rapace	우첼로 라빠체 uccello rapace	라웁프포겔 Raubvogel
독수리	와시 鷲	이글 eagle	에글 aigle	아뀔라 aquila	아틀러 Adler
매	타카 鷹	호크 hawk	포콩 펠르랭 faucon pèlerin	팔꼬 falco	팔케 Falke
사냥매	하야부사 隼	팔콘 falcon	포콩 faucon	팔꼬 뻴레그리노 falco pellegrino	반터팔케 Wanderfalke
솔개	토비 鳶	카이트 kite	밀랑 milan	니삐오 nibbio	밀란 Milan
올빼미	후쿠로 梟	아울 owl	슈에트 chouette	치베따 civetta	어일레 Eule
까마귀	카라스 烏	크로우 crow	코르보 corbeau	꼬르보 corvo	크레해 Krähe
참새	스즈메 雀	스패로우 sparrow	무아노 moineau	빠쎄로 passero	슈페어링 Sperling
제비	츠바메 燕	스왈로우 swallow	이롱드 hirondelle	론디네 rondine	슈발베 Schwalbe
비둘기	하토 鳩	피전 pigeon	피종 pigeon	삐치오네 piccione	타우베 Taube
꿩	키지 雉	페전트 pheasant	프장 faisan	파지아노 fagiano	파잔 Fasan
딱다구리	키츠츠키 啄木鳥	우드페커 woodpecker	피베르 pivert	삐끼오 picchio	슈페히트 Specht

스페인	러시아	라틴	그리스	아랍	중국
아베 데 라삐냐 ave de rapiña	히쉬나야 쁘찌싸 хищиная птица		아르빡티코 αρπακτικό	띠루 자리힌 طير جارح	멍친 猛禽
아길라 águila	아룔 орёл	아퀼라 aquila	아애토스 αετός	나쓰룬 نسر	지요우 鹫
알꼰 halcón	쏘꼴 сокол	악쳅토르 acceptor	개라키 γεράκι	써끄룬 صقر	잉 鹰
헤리팔떼 gerifalte	쌉싼 сапсан		개라키 γεράκι	써끄룬 صقر	썬 隼
밀라노 milano	까르슌 коршун	밀루우스 miluus	익티노스 ικτίνος	하다아툰 حدأة	위엔 鸢
부오 búho	쏘바 сова	아시오 asio	쿠쿠바기아 κουκουβάγια	부마툰 بومة	마오토우잉 猫头鹰
꾸에르보 cuervo	바로나 ворона	코르부스 corvus	코라키 κοράκι	구러분 غراب	우야 乌鸦
호리온 gorrión	바라베이 воробей	파쎄르 passer	스뿌르기티 σπουργίτι	우스푸룬 عصفور	마췌 麻雀
홀론드리나 golondrina	라스또치까 ласточка	히룬도 hirundo	핼리도니 χελιδόνι	쑤누누 سنونو	옌즈 燕子
빨로마 paloma	골루브 голубь	콜룸바 columba	빼리스태리 περιστέρι	하마마툰 حمامة	방지요우 斑鸠
파이산 faisán	파잔 фазан	파시아누스 phasianus	빠시아노스 φασιανός	타드루준 تدرج	예지 野鸡
빠하로 까르뻰떼로 pájaro carpintero	쟈쩰 дятел		트리보카리도스 τρυποκάρυδος	낫꺼룰 커샤삐 نقار الخشب	쥬오무니아오 啄木鸟

자연

동물 / 새

표제어	일본	영어	프랑스	이탈리아	독일
카나리아	카나리아 カナリア 金糸雀	캐너리 canary	카나리 canari	까나리노 canarino	카나리엔포겔 Kanarienvogel
종달새	히바리 雲雀	라크 lark	알루에트 alouette	알로도라 allodola	레어헤 Lerche
울새	코마도리 駒鳥	로빈 robin	루주 고르주 rouge-gorge	뻬띠로쏘 pettirosso	로트켈헨 Rotkehlchen
청둥오리	카모 鴨	와일드 덕 wild duck	카나르 소바주 canard sauvage	아나뜨라 anatra	엔테 Ente
백조	하쿠쵸 白鳥	스완 swan	시뉴 cygne	치뇨 cigno	슈반 Schwan
학	츠루 鶴	크레인 crane	그뤼 grue	그루 gru	크라니히 Kranich
백로	사기 鷺	헤론 heron	에롱 héron	아이로네 체네리노 airone cenerino	라이허 Reiher
갈매기	카모메 鴎	씨 갈 sea gull	무에트 mouette	가삐아노 gabbiano	뫼베 Möwe
황새	코노토리 鸛	아이비스 ibis	시고뉴 cygogne	치꼬냐 cicogna	슈토이히 Storch
신천옹	아호도리 阿呆鳥	알바트로스 albatross	알바트로스 albatros	알바뜨로 albatro	알바트로스 Albatros
닭	니와토리 鶏	치킨 chicken	풀레 poulet	갈리나 gallina	훈 Huhn
집오리	아히루 家鴨	덕 duck	카나르 canard	아나뜨라 도메스띠까 anatra domestica	하우스엔테 Hausente

스페인	러시아	라틴	그리스	아랍	중국
까나리오 canario	까나레이까 канарейка		카나리니 κανaρίνι	카나리야 كناريا	진쓰니아오 金丝鸟
알론드라 alondra	좌보로노크 жаворонок	알라우다 alauda	코리달로스 κορυδαλλός	꿋바러툰 قبرة	윈췌 云雀
뻬띠로호 petirrojo	말리노브까 малиновка		코끼노래미스 κοκκινολαίμης	아불 힌나이 أبو الحناء	즐껑니아오 知更鸟
빠또 실베스뜨레 pato silvestre	오뜨까 утка	아나스 anas	아그리오빠삐야 αγριόπαπια	밧떠툰 بطة	야 鸭
씨스네 cisne	레베즈 лебедь	올로르 olor	키크노스 κύκνος	바자아툰 بجعة]	티엔으어 天鹅
그루야 grulla	쥬라블 журавль	그루스 grus	개라노스 γερανός	쿠르키윤 كركي	바이허 白鹤
가르싸 garza	짜쁠랴 цапля	아르데아 ardea	애로디오스 ερωδιός	발슌 بلشون	루쓰 鷺鷥
가비오따 gaviota	차이까 чайка		그라로스 γλάρος	나우러쑨 نورس	하이오우 海鸥
씨궤냐 cigüeña	아이스트 аист	치코니아 ciconia	뻴라르고스 πελαργός	아부 민잘 أبو منجل	꽌니아오 鹳鸟
알바뜨로스 albatros	알바트로스 альбатрос		알바트로스 άλμπατρος	카타라쑨 قطرس	씬티엔웡 信天翁
갈리나 gallina	뻬뚜흐 петух	갈루스 gallus	코토뿔로 κοτόπουλο	다자준 دجاج	지 鸡
빠또 pato	다마쉬니야 우뜨까 домашняя утка	아나스 anas	빠삐야 πάπια	밧떠툰 بطة	야 鸭

자연

자연

동물 / 새 / 곤충

표제어	일본	영어	프랑스	이탈리아	독일
칠면조	시치멘쵸 七面鳥	터키 turkey	댕드 dinde	따끼노 tacchino	트루트훈 Truthuhn
거위	가쵸 鵞鳥	구스 goose	우아 oie	오까 oca	간스 Gans
잉꼬	잉코 鸚哥	패러킷 parakeet	페뤼슈 perruche	빠로께또 parrocchetto	지티히 Sittich
앵무새	오무 鸚鵡	패럿 parrot	페로케 perroquet	빠빠갈로 pappagallo	파파가이 Papagei
공작	쿠쟈쿠 孔雀	피콕 peacock	팡 paon	빠보네 pavone	파우 Pfau
타조	다쵸 駝鳥	오스트리치 ostrich	오트뤼슈 autruche	스트루쬬 struzzo	슈트라우쓰 Strauß
펭귄	펭긴 ペンギン	펭귄 penguin	팽구앵 pingouin	삥귀노 pinguino	핑구인 Pinguin
곤충 〈 일반적인 〉	무시 〈잇판〉 虫 〈一般〉	인섹트 insect	앵섹트 insecte	인쎄또 insetto	인젝트 Insekt
곤충 〈 작은 〉	무시 〈치이사이〉 虫 〈小さな〉	버그 bug	앵섹트 insecte	인쎄또 insetto	케퍼 Käfer
곤충 〈 발 없는 〉	무시 〈아시노나이〉 虫 〈足のない〉	웜 worm	베르 ver	베르메 verme	부엄 Wurm
유충	요츄 幼虫	라바 larva	라르브 larve	라르바 larva	라베 Larve
고치	마유 繭	코쿤 cocoon	코콩 cocon	보쫄로 bozzolo	코콘 Kokon

스페인	러시아	라틴	그리스	아랍	중국
빠보 pavo	인제이까 индейка		가로뿔라 γαλοπούλα	디쿠 루미 ديك رومي	후오지 火鸡
간소 ganso	구스 гусь	안세르 anser	히나 χήνα	윗준 وز	으어 鹅
뻬리꼬 perico	아라 ара		빠빠가라키 παπαγαλάκι	바바거운 ببغاء	잉꺼 鹦哥
로로 loro	빠뿌가이 попугай	프시타쿠스 psittacus	빠빠가로스 παπαγάλος	바바거운 ببغاء	잉우 鹦鹉
빠보 레알 pavo real	빠블린 павлин	파보 pavo	빠고니 παγόνι	떠우쑨 طاووس	콩췌 孔雀
아베스뜨루쓰 avestruz	스트라우스 страус	스트루티오 struthio	스트루토 카미로스 στρουθοκάμηλος	나아마툰 نعامة	투오니아오 鸵鸟
뻥귀노 pingüino	핀그윈 пингвин		삐그쿠이노스 πιγκουίνος	바뜨리꾼 بطريق	치으어 企鹅
인섹또 insecto	나쎄꼬모예 насекомое	인섹툼 insectum	앤도모 έντομο	하샤러툰 حشرة	츙 虫
비쵸 bicho	나쎄꼬모예 насекомое	치멕스 cimex	조이피오 ζωύφιο	하샤러툰 حشرة	츙 虫
구사노 gusano	체르브 червь	베르미스 vermis	스쿨리키 σκουλήκι	두다툰 دودة	츙 虫
라르바 larva	리친까 личинка	라루아 larua	쁘로님피 προνύμφη	야러꺼툰 يرقة	요우츙 幼虫
까뿌요 capullo	고꼰 кокон		쿠쿨리 κουκούλι	샤르나꺼툰 شرنقة	지엔 茧

자연

동물 - 곤충

표제어	일본	영어	프랑스	이탈리아	독일
번데기	사나기 蛹	퓨파 pupa	크리잘리드 chrysalide	끄리살리데 crisalide	품베 Puppe
개미	아리 蟻	앤트 ant	푸르미 fourmi	포르미까 formica	아마이제 Ameise
모기	카 蚊	모스키토 mosquito	무스티크 moustique	잔자라 zanzara	뮈케 Mücke
나방	가 蛾	모스 moth	파피용 드 뉘 papillon de nuit	팔레나 falena	나흐트팔터 Nachtfalter
하루살이	카게로 蜉蝣	메이플라이 mayfly	에페메르 éphémère	에피메라 effimera	아인탁스플리게 Eintagsfliege
딱정벌레	카부토무시 甲虫	비틀 beetle	스카라베 리노세로스 scarabé rhinocéros	스카라베오 scarabeo	나스호언케퍼 Nashornkäfer
사마귀	카마키리 蟷螂	만티스 mantis	망트 를리지외즈 mante religieuse	만띠데 mantide	곳테스안베터린 Gottesanbeterin
사슴벌레	쿠와가타무시 くわがたむし	스택 비틀 stag beetle	뤼칸 lucane	체르보 볼란떼 cervo volante	히어쉬케퍼 Hirschkäfer
귀뚜라미	코오로기 蟋蟀	크리켓 cricket	크리케 criquet	그릴로 grillo	그릴레 Grille
풍뎅이	코가네무시 黃金虫	골드 벅 gold bug	스카라베 scarabé	체또니아 cetonia	골트케퍼 Goldkäfer
바퀴벌레	고키부리 ゴキブリ	코크로치 cockroach	카파르 cafard	스까라파쬬 scarafaggio	퀴헨샤베 Küchenschabe
매미	세미 蟬	시케이다 cicada	시갈 cigale	치깔라 cicala	치카데 Zikade

스페인	러시아	라틴	그리스	아랍	중국
끄리살리다 crisálida	꾸깔까 куколка	푸파 pupa	흐리살리다 χρυσαλίδα	아드루운 عذراء	용 蛹
오르미가 hormiga	무라베이 муравей	포르미카 formica	미르미기 μυρμήγκι	나믈룬 نمل	마이 蚂蚁
모스끼또 mosquito	까마르 комар	쿨렉스 culex	쿠누삐 κουνούπι	바우더툰 بعوض	웬즈 蚊子
뽈리야 polilla	몰 моль		니흐토빼타루다 νυχτοπεταλούδα	파러샤툰 فراشة	으어 蛾
까치뽀야 cachipolla	빠죤까 подёнка		애피매로쁘태로 εφημερόπτερο	야으쑤분 يعسوب	푸여우 蜉蝣
꼴레옵떼라 coleoptera	쥬크 жук		스카싸리 σκαθάρι	쿤푸싸운 خنفساء	지아훙 甲虫
깜빠네로 campanero	바가몰 богомол		알로가키 티스 빠나기아스 αλογάκι της παναγίας	푸러쑨 나비 فرس النبي	탕랑 螳螂
루까니도 lucánido	쥬크·알롄 жук-олень		앨라포칸타로스 ελαφοκάνθαρος	한더분 حنظب	루지아오훙 鹿角虫
그릴요 grillo	스베르촉 сверчок		그릴로스 γρύλλος	써르써룰 레일 صرصار الليل	씨슈아이 蟋蟀
에스까라바호 데 오로 Escarabajo de Oro	마이스끼이 쥬크 майский жук		스카라배오스 σκαραβαίος	하샤러툰 다하비야툰 حشرة ذهبية	진지아훙 金甲虫
꾸까라차 cucaracha	따라깐 таракан		카차리다 κατσαρίδα	써르써룬 صرصار	쟝랑 蟑螂
씨가라 cigarra	씨까다 цикада	치카다 cicada	찌지키 τζιτζίκι	지룰 하씨디 زيز الحصاد	찬 蝉

자연

동물 — 곤충 / 기타

표제어	일본	영어	프랑스	이탈리아	독일
나비	쵸 蝶	버터플라이 butterfly	파피용 papillon	파르팔라 farfalla	슈메털링 Schmetterling
무당벌레	텐토우무시 天道虫	레이디벅 ladybug	콕시넬 coccinelle	꼬치넬라 coccinella	마리넨케퍼 Marinenkäfer
잠자리	톤보 蜻蛉	드래곤플라이 dragonfly	리벨륄 libellule	리벨루라 libellula	리벨레 Libelle
파리	하에 蠅	플라이 fly	무슈 mouche	모스까 mosca	플리게 Fliege
벌	하치 蜂	와스프 wasp	겝 guêpe	아뻬 ape	비네 Biene
메뚜기	밧타 飛蝗	그래스하퍼 grasshopper	소트렐 sauterelle	까발레따 cavalletta	허이슈렉케 Heuschrecke
반딧불이	호타루 蛍	파이어플라이 firefly	뤼시올 luciole	루츌라 lucciola	글뤼뷔름헨 Glühwürmchen
뱀	헤비 蛇	스네이크 snake	세르팡 serpent	쎄르뻰떼 serpente	슐랑에 Schlange
독사	도쿠헤비 毒蛇	바이퍼 viper	비페르 vipère	비뻬라 vipera	기프트슐랑에 Giftschlange
도마뱀	토카게 蜥蜴	리저드 lizard	레자르 lézard	루체르똘라 lucertola	아이덱쎄 Eidechse
개구리	카에루 蛙	프로그 frog	그르누이 grenouille	라나 rana	프로쉬 Frosch
악어	와니 鰐	크로커다일 crocodile	크로코딜 crocodile	꼬꼬드릴로 coccodrillo	크로코딜 Krokodil

스페인	러시아	라틴	그리스	아랍	중국
마리포사 mariposa	바보치까 бабочка	파필리오 papilio	빼타루다 πεταλούδα	파러샤툰 فراشة	디에 蝶
바끼따 데 산 안또니오 vaquita de San Antonio	보쥐야 까롭까 божья коровка		빠르할리차 πασχαλίτσα	두으쑤꺼툰 دعسوقة	피아오츙 瓢虫
리벨루라 libélula	스뜨리까자 стрекоза		리밸루리 λιβελλούλη	야으쑤분 يعسوب	칭팅 蜻蜓
모스까 mosca	무하 муха	무스카 musca	미가 μύγα	두바바툰 ذبابة	창잉 苍蝇
아베하 abeja	아싸 оса	아피스 apis	맬리싸 μέλισσα	나흘라툰 نحلة	펑 蜂
살따몬떼스 saltamontes	꾸즈녜치크 кузнечик		아크리다 ακρίδα	자러둔 جراد	황츙 蝗虫
루씨에르나가 luciérnaga	스벳랴크 светляк		삐고람삐다 πυγολαμπίδα	하부히분 حباحب	잉훠츙 萤火虫
세르삐엔떼 serpiente	즈메이 змей	세르펜스 serpens	피디 φίδι	쑤으바눈 ثعبان	셔 蛇
비보라 víbora	야다비뛰이 즈메이 ядовитый змей	셉스 seps	오히야 οχιά	아프아 أفعى	두셔 毒蛇
라가르띠하 lagartija	아쉐리짜 ящерица		사브라 σαύρα	싸흘리야툰 سحلية	씨이 蜥蜴
사뽀 sapo	랴구쉬까 лягушка	라나 rana	바트라호스 βάτραχος	디프다운 ضفدع	칭와 青蛙
꼬꼬드릴로 cocodrilo	크라까질 крокодил	크로코딜루스 crocodilus	크로코디로스 κροκόδειλος	팀싸훈 تمساح	으어위 鳄鱼

자연

자연

동물 / 기타

표제어	일본	영어	프랑스	이탈리아	독일
거북이	카메 亀	터틀 turtle	토드튀 tortue	따르따루가 tartaruga	쉴트크뢰테 Schildkröte
돌고래	이루카 海豚	돌핀 dolphin	도팽 dauphin	델피노 delfino	델핀 Delfin
고래	쿠지라 鯨	웨일 whale	발렌 baleine	발레나 balena	바알 Wal
범고래	샤치 鯱	킬러 웨일 killer whale	에폴라르 épaulard	오르까 orca	슈베르트바알 Schwertwal
상어	사메 鮫	샤크 shark	르켕 requin	스꾸알로 squalo	하이 Hai
물고기	사카나 魚	피쉬 fish	뿌아송 poisson	뻬쉐 pesce	퓌시 Fisch
해파리	쿠라게 海月	젤리피쉬 jellyfish	메뒤즈 méduse	메두사 medusa	쿠발레 Qualle
오징어	이카 烏賊	스퀴드 squid	칼라마르 calamar	쎄삐아 seppia	틴텐피쉬 Tintenfisch
문어	타코 蛸	옥토퍼스 octopus	풀프 poulpe	뽈리뽀 polipo	크라케 Krake
게	카니 蟹	크랩 crab	크랍 crabe	그란끼오 granchio	크라베 Krabbe
새우	에비 海老	슈림프 shrimp	코르베트 crevette	감베레또 gamberetto	가넬레 Garnele
조개	카이 貝	쉘 shell	코키아주 coquillage	꼰낄리아 conchiglia	무쉘 Muschel

스페인	러시아	라틴	그리스	아랍	중국
또르뚜가 tortuga	체레빠하 черепаха	테스투도 testudo	핼로나 χελώνα	쑬라흐파툰 سلحفاة	꾸이 龟
델핀 delfin	젤핀 дельфин	델피누스 delphinus	댈피니 δελφίνι	둘핀 دلفين	하이툰 海豚
발예나 ballena	낏 кит	발레나 balaena	파래나 φάλαινα	후툰 حوت	찡위 鲸鱼
오르까 orca	까싸뜨까 касатка		오르카 όρκα	후툰 حوت	후찡 虎鲸
띠부론 tiburón	아꿀라 акула		카르하리아스 καρχαρίας	끼르슌 قرش	샤위 鲨鱼
뻬쓰 pez	드바 рыба	피스치스 piscis	프사리 ψάρι	싸마쿤 سمك	위 鱼
메두사 medusa	메두자 медуза		추흐트라 τσούχτρα	낀디룰 바흐리 قنديل البحر	하이져 海蜇
깔라마르 calamar	깔마르 кальмар	세피아 sepia	칼라마리 καλαμάρι	합바룬 حبّار	모위 墨鱼
뿔뽀 pulpo	아스미노크 осьминог	폴리푸스 polypus	흐타뽀디 χταπόδι	우크뚜부뚠 اخطبوط	쟝위 章鱼
깡그레호 cangrejo	클랍 клаб	칸체르 cancer	카부리 καβούρι	카부리야 كابوريا	씨에 蟹
까마론 camarón	크레베뜨까 креветка		아스타코스 αστακός	루비얀 روبيان	씨아 虾
알메하 almeja	라코비나 раковина		스트리디 στρείδι	마하룬 محار	하이뻬이 海贝

자연

	표제어	일본	영어	프랑스	이탈리아	독일
동물 기타	달팽이	카타츠무리 蝸牛	스네일 snail	에스카르고 escargot	끼오촐라 chiocciola	슈넥케 Schnecke
	민달팽이	나메쿠지 蛞蝓	슬러그 slug	리마스 limace	루마까 lumaca	낙크트슈넥케 Nacktschnecke
	거미	쿠모 蜘蛛	스파이더 spider	아레녜 araignée	라뇨 ragno	슈핀네 Spinne
	지네	무카데 百足	센티피드 centipede	밀 파트 mille-pattes	스꼴로뻰드라 scolopendra	타우젠트퓌써 Tausendfüßer
	진드기	다니 ダニ	틱 tick	티크 tique	제까 zecca	체케 Zecke
	거머리	히루 蛭	리치 leech	상쉬 sangsue	상귀수가 sanguisuga	블루트에겐 Blutegel
광물 총칭 보석· 귀금속	광물	코우부츠 鉱物	미너럴 mineral	미네랄 minéral	미네랄레 minerale	미네랄 Mineral
	보석	호우세키 宝石	젬 gem	젬 gemme	삐에뜨라 쁘레찌오사 pietra preziosa	에델슈타인 Edelstein
	보주(寶珠)	호우교쿠 宝玉	오브 orb	스페르 sphère	젬마 gemma	클라이노트 Kleinod
	아쿠아마린	아쿠아마린 アクアマリン	애쿼머린 aquamarine	에그 마린 aigue-marine	아꾸아마리나 acquamarina	아쿠아마린 Aquamarin
	자수정	아메지스토 アメジスト	애머시스트 amethyst	아메티스트 améthyste	아메띠스따 ametista	아베티스트 Amethyst
	운모	운모 雲母	마이카 mica	미카 mica	미까 mica	글림머 Glimmer

스페인	러시아	라틴	그리스	아랍	중국
까라꼴 caracol	울릿뜨까 улитка	코클레아 cochlea	살리가리 σαλιγκάρι	꺼우꺼우 قوقع	워니요우 蜗牛
바보사 babosa	슬리젠 слизень	리막스 limax	김노살리아가스 γυμνοσάλιαγκας	밧자꺼툰 يرقانة	쿼위蛞蝓
아라냐 araña	빠우흐 паук	아라네아 aranea	아라흐니 αράχνη	안카부툰 عنكبوت	쯜쥬 蜘蛛
씨엠삐에스 ciempiés	그보노가야 므노고노쥐끼 губоногая многоножка	첸티페다 centipeda	사란다뽀다루사 σαρανταποδαρούσα	움무 아르바우 와 아르바인 ام اربعة واربعين	우꽁 蜈蚣
가라빠따 garrapata	클례쉬 клещ	아카리나 acarina	핌부리 τσιμπούρι	꾸러다툰 قرادة	삐슬 壁虱
상귀후엘라 sanguijuela	쁘야브까 пьявка	히루도 hirudo	브댈라 βδέλλα	두다툴 알라끼 دودة العلق	슈이쯜 水蛭
미네랄 mineral	미네랄 минерал		오릭토 ορυκτό	마아니둔 معادن	쾅우 矿物
떼소로 tesoro	드라고쎈니이 까멘 драгоценный камень	젬마 gemma	뽈리티미 리토스 πολύτιμη λίθος	마주하러툰 مجوهرات	바오슬 宝石
헤마 gema	드라고쎈니이 샤리크 драгоценный шарик	젬마 gemma	스패라 σφαίρα	자우하러툰 جوهرة	바오위 宝玉
아구아마리나 aguamarina	아크바미린 аквамарин		비릴로스 βήρυλλος	자바르자둔 زبرجد	하이란바오슬 海蓝宝石
아마띠스따 amatista	아메찌스트 аметист	아메티스투스 amethystus	아메티스토스 αμέθυστος	자마슈툰 جمشت	즈슈이찡 紫水晶
미까 mica	슬류다 слюда		마르마리기아스 μαρμαρυγίας	미카 ميكا	윈무 云母

자연

광물
보석·귀금속

표제어	일본	영어	프랑스	이탈리아	독일
에메랄드	에메라루도 エメラルド	애머럴드 emerald	에메로드 émeraude	스메랄도 smeraldo	스마락트 Smaragd
오닉스	오니키스 オニキス	아닉스 onyx	오닉스 onyx	오니체 onice	아닉스 Onyx
오팔	오파루 オパール	오펄 opal	오팔 opale	오빨레 opale	오팔 Opal
가넷	가넷토 ガーネット	가넷 garnet	그르나 grenat	그라나또 granato	그라나트 Granat
호박	코하쿠 琥珀	앰버 amber	앙브르 ambre	암브라 ambra	베언슈타인 Bernstein
사파이어	사화이아 サファイア	새파이어 sapphire	사피르 saphir	자피로 zaffiro	사피어 Saphir
산호	산고 珊瑚	코럴 coral	코라이 corail	꼬랄로 corallo	코랄레 Koralle
진주	신쥬 真珠	펄 pearl	페롤 perle	뻬를라 perla	페얼레 Perle
수정	스이쇼 水晶	크리스털 crystal	크리스탈 cristal	끄리스딸로 cristallo	크리스탈 Kristall
다이아몬드	다이아몬도 ダイヤモンド	다이아먼드 diamond	디아망 diamant	디아만떼 diamante	디아만트 Diamant
토파즈	토파즈 トパーズ	토파즈 topaz	토파즈 topaze	또파찌오 topazio	토파스 Topas
터키석	토르코세키 トルコ石	터쿼이즈 turquoise	뛰르쿠아즈 turquoise	뚜르께제 turchese	튀어키스 Türkis

스페인	러시아	라틴	그리스	아랍	중국
에스메랄다 esmeralda	이줌룻 изумруд	스마라그두스 smaragdus	스마리그디 σμαράγδι	주무루둔 زمرد	주무뤼 祖母绿
오닉스 ónix	아갓 агат	오닉스 onyx	오니하스 όνυχας	아끼꾼 عقيق	가오마나오 缟玛瑙
오빨로 ópalo	오빨 опал	오팔루스 opalus	오빨리 οπάλι	우바룬 اوبال	단바이슬 蛋白石
그라나떼 granate	그라낫 гранат		그라나띠스 γρανάτης	아끼꾼 عقيق	슬리요우슬 石榴石
암바르 ámbar	얀따르 янтарь	숙치눔 succinum	캐흐리바리 κεχριμπάρι	카흐러만 كهرمان	후포 琥珀
싸피로 zafiro	쌀피르 сапфир	삽피루스 sapphirus	자피리 ζαφείρι	야꾸툰 ياقوت	란바오슬 蓝宝石
꼬랄 coral	까랄 коралл	코랄리움 corallium	코랄리 κοράλλι	무르잔 مرجان	샨후 珊瑚
뻬를라 perla	젬축 жемчуг	마르가리타 margarita	마르가리타리 μαργαριτάρι	루으루운 لؤلؤ	전쥬 珍珠
꾸아르쏘 cuarzo	크리스딸 кристалл	크리스탈룸 crystallum	크리스탈로스 κρύσταλλος	쿠리쓰탈 كريستال	슈이찡 水晶
디아만떼 diamante	브리리안트 бриллиант	아다마스 adamas	디아만디 διαμάντι	마쑨 ماس	쭈안슬 钻石
또빠씨오 topacio	또빠즈 топаз	토파지온 topazion	토빠지 τοπάζι	투바준 توباز	황바오슬 黄宝石
뚜르께사 turquesa	비류자 бирюза		칼라이스 καλλαῒς	하자루 투르키 حجر تركي	뤼쏭슬 绿松石

자연

광물 보석·귀금속	표제어	일본	영어	프랑스	이탈리아	독일
	토르말린	토르마린 トルマリン	투어멀린 tourmaline	투르말린 tourmaline	또르말리나 tormalina	투말린 Turmalin
	비취	히스이 翡翠	제이드 jade	자드 jade	지아다 giada	야데 Jade
	페리도트	페리돗토 ペリドット	페러도트 peridot	페리도 péridot	끄리솔리또 crisolito	페리도트 Peridot
	문스톤	문 스톤 ムーンストーン	문스톤 moonstone	피에르 드 륀 pierre de lune	삐에뜨라 디 루나 pietra di luna	몬트슈타인 Mondstein
	마노	메노 瑪瑙	애거트 agate	아가트 agate	아가따 agata	아하트 Achat
	라피스라줄리	라피스라주리 ラピスラズリ	라피스 래절리 lapis lazuli	라피스 라쥘리 lapis-lazuli	라피스라쭐리 lapislazzuli	라피스라출리 Lapislazuli
광물	루비	루비 ルビー	루비 ruby	뤼비 rubis	루비노 rubino	루빈 Rubin
	금	킨 金	골드 gold	오르 or	오로 oro	골트 Gold
	은	긴 銀	실버 silver	아르장 argent	아르젠또 argento	질버 Silber
	동	도우 銅	카퍼 copper	퀴브르 cuivre	라메 rame	쿱퍼 Kupfer
	철	테츠 鉄	아이언 iron	페르 fer	페로 ferro	아이젠 Eisen
	납	나마리 鉛	리드 lead	플롱 plomb	삐옴보 piombo	블라이 Blei

스페인	러시아	라틴	그리스	아랍	중국
뚜르말리나 turmalina	뚜르말린 турмалин		투르말리나 τουρμαλίνα	투르마린 ترمالين	디엔치슬 电气石
하데 jade	녜프릿 нефрит		내프리티스 νεφρίτης	야시분 يشب	페이추이 翡翠
뻬리도뜨 peridot	흐리조릿 хризолит		오리비니스 ολιβίνης	자바르자둔 زبرجد	간란슬 橄榄石
삐에드라 데 루나 piedra de luna	룬늬 까맨 лунный камень		팽가로뻬트라 φεγγαρόπετρα	팔라쓰바루 루으루이 فلسبار لؤلؤي	위에챵슬 月长石
아가따 ágata	아갓 агат	아카테스 achates	스하티스 αχάτης	아끼꾼 عقيق	마나오 玛瑙
라삐쓰라술리 lápizlasuli	라삐슬라줄 лапислазуль		라뻬스 라주리 λάπις λάζουλι	라주리둔 لازورد	티엔칭슬 天青石
루비 rubí	루빈 рубин	카르분쿨루스 carbunculus	루비니 ρουμπίνι	야꾸툰 ياقوت	홍바오슬 红宝石
오로 oro	졸로또 золото	아우룸 aurum	흐리소스 χρυσός	다하분 ذهب	진 金
쁠라따 plata	셰례브로 серебро	아르젠툼 argentum	아시미 ασήμι	핏더툰 فضة	인 银
꼬브레 cobre	메스 медь	쿠프룸 cuprum	할코스 χαλκός	누하쑨 نحاس	통 铜
이에로 hierro	젤례조 железо	페룸 ferrum	시데로 σίδερο	하디둔 حديد	티에 铁
쁠로모 plomo	스비녜쓰 свинец	플룸붐 plumbum	모리브도스 μόλυβδος	러마디 رمادي	치엔 铅

자연

광물

표제어	일본	영어	프랑스	이탈리아	독일
백금	핫킨 白金	플래티넘 platinum	플라틴 platine	오로 비앙꼬 oro bianco	플라틴 Platin
강철	하가네 鋼	스틸 steel	아시에 acier	아치아이오 acciaio	슈탈 Stahl
청동	세이도우 青銅	브론즈 bronze	브롱즈 bronze	브론쪼 bronzo	브론체 Bronze
주석	스즈 錫	틴 tin	에탱 étain	스타조 stagno	친 Zinn
대리석	다이리세키 大理石	마블 marble	마르브르 marbre	마르모 marmo	마모어 Marmor
석고	셋코 石膏	앨러배스터 alabaster	알바트르 albâtre	제쏘 gesso	깁스 Gips
진흙	도로 泥	머드 mud	부 boue	팡고 fango	슐람 Schlamm
점토	넨도 粘土	클레이 clay	아르질르 argile	아르질라 argilla	렘 Lehm
돌	이시 石	스톤 stone	피에르 pierre	삐에뜨라 pietra	슈타인 Stein
바위	이와 岩	락 rock	로슈 roche	로치아 roccia	펠젠 Felsen
용암	요우간 溶岩	라바 lava	라브 lave	라바 lava	라바 Lava
석탄	세키탄 石炭	콜 coal	샤르봉 charbon	까르보네 carbone	콜레 Kohle

스페인	러시아	라틴	그리스	아랍	중국
쁠라띠노 platino	쁠라찌나 платина	플라티눔 platinum	쁠라티나 πλατίνα	다하분 아비야둔 ذهب أبيض	바이진 白金
아쎄로 acero	스딸 сталь	칼립스 chalybs	아차리 ατσάλι	푸라둔 فولاذ	강 钢
브론쎄 bronce	브론자 бронза		브루조스 μπρούτζος	부룬준 برونز	칭퉁 青铜
에스따뇨 estaño	올로보 олово	스탄눔 stannum	카씨테로스 κασσίτερος	꺼스디룬 قصدير	씨 锡
마르몰 mármol	므라모르 мрамор	마르모르 marmor	마르마로 μάρμαρο	루커문 رخام	따리슬 大理石
에소 yeso	깁스 гипс	집숨 gypsum	아라바스트로 αλάβαστρο	자이쑨 جبس	까오 石膏
바로 barro	그라즈 грязь	루툼 lutum	라스뻬 λάσπη	띤 طين	니 泥
아르씨야 arcilla	글리나 глина	루툼 lutum	뻬로스 πηλός	썰써룬 صلصال	잔투 粘土
삐에드라 piedra	까몐 камень	라피스 lapis	뻬트라 πέτρα	하자룬 حجر	슬 石
로까 roca	스깔라 скала	루페스 rupes	브라호스 βράχος	써크룬 صخر	옌 岩
라바 lava	라바 лава	라바 lava	라바 λάβα	함마문 حمم	롱옌 溶岩
까르본 carbón	까멘느이 우골 каменный уголь	카르보 carbo	카르부노 κάρβουνο	파흐문 فحم	메이 煤

자연

인간

몸 총칭

표제어	일본	영어	프랑스	이탈리아	독일
인간	닌겐 人間	휴먼 human	위맹 humain	에쎄레 우마노 essere umano	멘쉬 Mensch
남자	오토코 男	맨 man	옴므 homme	우오모 uomo	만 Mann
여자	온나 女	워먼 woman	팜므 femme	돈나 donna	바입 Weib
아기	아칸보 赤ん坊	베이비 baby	베베 bébé	베베 bebè	베이비 Baby
아이	코도모 子供	차일드 child	앙팡 enfant	밤비노 bambino	킨트 Kind
어른	오토나 大人	어덜트 adult	아뒬트 adulte	아둘또 adulto	에어박쎄네 Erwachsene
소년	쇼우넨 少年	보이 boy	가르송 garçon	라가쪼 ragazzo	융에 Junge
소녀	쇼우죠 少女	걸 girl	피이 fille	라가짜 ragazza	메티헨 Mädchen
처녀	쇼죠 処女	버진 virgin	비에르주 vierge	베르지네 vergine	융프라우 Jungfrau

부분

머리	아타마 頭	헤드 head	테트 tête	떼스따 testa	콥프 Kopf
머리카락	카미 髪	헤어 hair	슈뵈 cheveux	까뻴리 capelli	하 Haar
얼굴	카오 顔	페이스 face	비자주 visage	파치아 faccia	게지히트 Gesicht

스페인	러시아	라틴	그리스	아랍	중국
세르 우마노 ser humano	첼로베크 человек	호모 homo	안쓰로뽀스 άνθρωπος	바샤룬 بشر	런 人
옴브레 hombre	뮤쉬나 мужчина	비르 vir	안드라스 άνδρας	러줄룬 رجل	난 男
무헤르 mujer	젠쉬나 женщина	물리에르 mulier	기내카 γυναίκα	이므러아툰 امرأة	뉘 女
베베 bebé	레뵤노크 ребёнок	인판툴루스 infantulus	모로 μωρό	러디운 رضيع	잉얼 婴儿
니뇨 niño	제찌 дети	임푸베스 impubes	빼디 παιδί	띠플룬 طفل	얼통 儿童
아둘또 adulto	즐로슬리이 взрослый	푸베스 pubes	애니리카스 ενήλικας	바리군 بلاغ	청런 成人
치꼬 chico	말치크 мальчик	푸에르 puer	아고리 αγόρι	와라둔 ولد	샤오니엔 少年
치까 chica	제보치까 девочка	푸엘라 puella	코리치 κορίτσι	빈툰 بنت	샤오뉘 少女
비르겐 virgen	제스트베니짜 девственница	비르고 virgo	빨쎄노스 παρθένος	아드러운 عذراء	츄뉘 处女
까베싸 cabeza	갈라바 голова	카푸트 caput	케팔리 κεφάλι	러으쑨 رأس	토우 头
까베요 cabello	브로스 ворос	필루스 pilus	말리야 μαλλιά	샤으룬 شعر	파 发
까라 cara	리쏘 лицо	파치에스 facies	쁘로소뽀 πρόσωπο	와즈훈 وجه	리엔 脸

099

인간

몸 부분

표제어	일본	영어	프랑스	이탈리아	독일
이마	히타이 額	포어헤드 forehead	프롱 front	프론떼 fronte	슈티언 Stirn
눈썹	마유 眉	아이브로우 eyebrow	수르시 sourcils	소쁘라칠리오 sopracciglio	아우겐브라우에 Augenbraue
눈	메 目	아이 eye	외이 œil	오끼오 occhio	아우게 Auge
눈동자	히토미 瞳	퓨펄 pupil	퓌필르 pupille	뿌뻴라 pupilla	푸필레 Pupille
뺨	호오 頬	치크 cheek	주 joue	구안치아 guancia	박케 Backe
귀	미미 耳	이어 ear	오레이 oreille	오레끼오 orecchio	오어 Ohr
입	쿠치 口	마우스 mouth	부슈 bouche	보까 bocca	문트 Mund
코	하나 鼻	노즈 nose	네 nez	나조 naso	나제 Nase
입술	쿠치비루 唇	립 lip	레브르 lèvre	라쁘로 labbro	립페 Lippe
혀	시타 舌	텅 tongue	랑그 langue	링구아 lingua	충에 Zunge
치아	하 歯	투스 tooth	당 dent	덴떼 dente	차안 Zahn
턱	아고 顎	친 chin	망통 menton	멘또 mento	킨 Kinn

스페인	러시아	라틴	그리스	아랍	중국
프렌떼 frente	롭 лоб	프론스 frons	매토뽀 μέτωπο	마블라군 مبلغ	으어 額
쎄하 ceja	브로비 брови	수페르칠리움 supercilium	프리디아 φρύδια	하지분 حاجب	메이 眉
오호 ojo	글라자 глаза	오쿨루스 oculus	마티 μάτι	아이눈 عين	옌 眼
뿌삘라 pupila	즈라초크 зрачок	푸필리아 pupilla	코리 κόρη	부으부울 아인 بؤبؤ العين	통 瞳
메히야 mejilla	쇼까 щека	말라 mala	마구로 μάγουλο	컷둔 خد	지아 頰
오레하 oreja	우호 ухо	아우리스 auris	아프티 αυτί	우두눈 اذن	얼 耳
보까 boca	롯 рот	오스 os	스토마 στόμα	파문 فم	커우 口
나리쯔 nariz	노스 нос	나수스 nasus	미티 μύτη	안푼 انف	비 鼻
라비오스 labios	구브 губы	라비움 labium	힐리 χείλη	샤파훈 شفاه	춘 唇
렌구아 lengua	야즈크 язык	린과 lingua	글로싸 γλώσσα	리싸눈 لسان	셔 舌
디엔떼 diente	쥽 зуб	덴스 dens	돈디 δόντι	아쓰나눈 اسنان	야 齒
만디불라 mandíbula	빳바로도크 подбородок	막실라 maxilla	삐구니 πηγούνι	다꺼눈 ذقن	씨아바 下巴

인간

몸 부분

표제어	일본	영어	프랑스	이탈리아	독일
수염	히게 髭	베어드 beard	바르브 barbe	바르바 barba	바트 Bart
목	쿠비 首	넥 neck	쿠 cou	꼴로 collo	할스 Hals
목구멍	노도 喉	스롯 throat	고르주 gorge	골라 gola	켈레 Kehle
몸	카라다 体	바디 body	코르 corps	꼬르뽀 corpo	쾨어퍼 Körper
어깨	카타 肩	숄더 shoulder	에폴 épaule	스빨라 spalla	슐터 Schulter
팔	우데 腕	암 arm	브라 bras	브라치오 braccio	암 Arm
팔꿈치	히지 肘	엘보우 elbow	쿠드 coude	고미또 gomito	엘보겐 Ellbogen
손목	테쿠비 手首	리스트 wrist	푸와녜 poignet	뽈소 polso	한트게렝크 Handgelenk
손	테 手	핸드 hand	맹 main	마노 mano	한트 Hand
손바닥	테노히라 てのひら	팜 palm	폼 paume	빨모 palmo	한트텔러 Handteller
주먹	코부시 拳	피스트 fist	푸앵 poing	뿌뇨 pugno	파우스트 Faust
손가락	유비 指	핑거 finger	두아 doigt	디또 dito	핑어 Finger

스페인	러시아	라틴	그리스	아랍	중국
바르바 barba	바라다 борода	바르바 barba	개니아 γένια	리흐야툰 لحية	후즈 胡子
꾸에요 cuello	쉐야 шея	콜룸 collum	래모스 λαιμός	루끄바툰 رقبة	징 颈
가르간따 garganta	고르로 горло	굴라 gula	라링기 λαρύγγι	할꾼 حلق	호우 喉
꾸에르뽀 cuerpo	쩰로 тело	코르푸스 corpus	소마 σώμα	지쓰문 جسم	션티 身体
옴브로 hombro	쁠레초 плечо	우메루스 umerus	오모스 ώμος	카티푼 كتف	지엔 肩
브라쏘 brazo	쁠렛쁠레치예 пледплечье	브라키움 brachium	해리 χέρι	디러운 ذراع	완 腕
꼬도 codo	로까츠 локоть	쿠비툼 cubitum	아고나스 αγκώνας	쿠운 كوع	죠우 肘
무녜까 muñeca	끼스츠 кисть		카르뽀스 καρπός	미으써문 معصم	쇼우완 手腕
마노 mano	루까 рука	마누스 manus	해리 χέρι	야둔 يد	쇼우완 手
빨마 데 라 마노 palma de la mano	라돈 ладонь	팔마 palma	빠라미 παλάμη	카풀 야디 كف اليد	쇼우쟝 手掌
뿌뇨 puño	꿀라크 кулак	푸뉴스 pugnus	그로씨아 γροθιά	꺼브더툰 قبضة	췐 拳
데도 dedo	빨례츠 палец	디지투스 digitus	닥틸라 δάκτυλα	이쓰바운 اصبع	즐 指

인간

몸 부분

표제어	일본	영어	프랑스	이탈리아	독일
엄지	오야유비 親指	썸 thumb	푸스 pouce	뽈리체 pollice	다우멘 Daumen
검지	히토사시유비 人差し指	인덱스 핑거 index finger	앵덱스 index	인디체 indice	차이게핑어 Zeigefinger
중지	나카유비 中指	미들 핑거 middle finger	마죄르 majeur	메디오 medio	밋텔핑어 Mittelfinger
약지	쿠스리유비 薬指	링 핑거 ring finger	아뉠레르 annulaire	아눌라레 anulare	링핑어 Ringfinger
소지	코유비 小指	리틀 핑거 little finger	오리퀼레르 oriculaire	미뇰로 mignolo	클라이너 핑어 kleiner Finger
손톱	츠메 爪	네일 nail	옹글 ongle	웅기아 unghia	나겔 Nagel
가슴	무네 胸	체스트 chest	푸아트린 poitrine	뻬또 petto	브루스트 Brust
유방	치부사 乳房	브레스트 breast	생 sein	세노 seno	브루스트 Brust
등	세나카 背中	백 back	도 dos	스끼에나 schiena	뤽켄 Rücken
허리	코시 腰	웨이스트 waist	타이 taille	앙까 anca	휘프테 Hüfte
배	하라 腹	앱더먼 abdomen	압도멘 abdomen	스또마꼬 stomaco	바우흐 Bauch
배꼽	헤소 臍	네이블 navel	농브릴 nombril	움벨리고 ombelico	나벨 Nabel

스페인	러시아	라틴	그리스	아랍	중국
뿔가르 pulgar	발쇼이 빨례츠 большой палец	폴렉스 pollex	안디히라스 αντίχειρας	이브하뭄 ابهام	무즐 拇指
인디쎄 índice	아까자쩰느이 빨례츠 указательный палец	인덱스 index	딕티스 δείκτης	쌉바바툰 سبابة	슬즐 食指
데도 메디오 dedo medio	스렛느이 빨례츠 средний палец	디지투스 메디우스 digitus medius	매소스 μέσος	우쓰떠 وسطى	쯍즐 中指
아눌라르 anular	베즈먄느이 빨례츠 безымянный палец	디지투스 아눌라리우스 digitus anularius	빠라매소스 παράμεσος	빈씨룬 بنصر	우밍즐 无名指
메니께 meñique	미지녜츠 мизинец	디지투스 미니무스 digitus minimus	미크로 닥틸로 μικρό δάκτυλο	킨씨룬 خنصر	시아오즐 小指
우냐 uña	노꼬츠 ноготь	운귀스 unguis	니히 νύχι	두푸룬 ظفر	즐지아 指甲
뻬쵸 pecho	그루즈 грудь	펙투스 pectus	스티쏘스 στήθος	써드룬 صدر	씨용 胸
뻬쏜 pezón	그루지 груди	맘마 mamma	마스토스 μαστός	써드룬 صدر	루팡 乳房
에스빨다 espalda	스삐나 спина	도르숨 dorsum	쁘라티 πλάτη	더흐룬 ظهر	베이 背
까데라 cadera	빠야스니짜 поясница		매시 μέση	와싸뚠 وسط	야오 腰
에스또마고 estómago	쥐봇 живот	아브도멘 abdomen	킬리아 κοιλιά	바뜨눈 بطن	푸 腹
옴블리고 ombligo	뿌쁘 пуп	움빌리쿠스 umbilicus	아팔로스 αφαλός	쑤러툰 سرة	뚜치 肚脐

인간

몸 부분

표제어	일본	영어	프랑스	이탈리아	독일
다리	아시 脚	렉 leg	장브 jambe	감바 gamba	바인 Bein
허벅지	모모 腿	싸이 thigh	퀴스 cuisse	꼬쉬아 coscia	오버쉥켈 Oberschenkel
무릎	히자 膝	니 knee	즈누 genou	지노끼오 ginocchio	크니 Knie
복사뼈	쿠루부시 踝	앵클 ankle	슈비이 cheville	까빌리아 caviglia	크뇌헬 Knöchel
발	아시 足	풋 foot	비에 pied	삐에데 piede	푸쓰 Fuß
발뒤꿈치	카카토 踵	힐 heel	탈롱 talon	딸로네 tallone	페어제 Ferse
심장	신조우 心臓	하트 heart	쾨르 cœur	꾸오레 cuore	헤어츠 Herz
피부	히후 皮膚	스킨 skin	포 peau	에삐데르미데 epidermide	하우트 Haut
뼈	호네 骨	본 bone	오 os	오쏘 osso	크로헨 Knochen
피	치 血	블러드 blood	상 sang	상궤 sangue	블루트 Blut
땀	아세 汗	스웨트 sweat	쇠외르 sueur	수도레 sudore	슈바이쓰 Schweiß
눈물	나미다 涙	티어 tear	라름 larme	라끄리마 lacrima	트레네 Träne

스페인	러시아	라틴	그리스	아랍	중국
삐에르나스 piernas	나가 нога	크루스 crus	뽀디 πόδι	싸꾼 ساق	투이 腿
무슬로 muslo	베드로 бедро	페무르 femur	미로스 μηρός	파크둔 فخذ	따투이 大腿
로디야 rodilla	깔레나 колено	제누 genu	고나토 γόνατο	루크바툰 ركبة	씨 膝
또비요 tobillo	로드쥐까 лодыжка		감바 γάμπα	카힐룬 كاحل	후아이 踝
삐에 pie	스뚜쁘냐 ступня	페스 pes	빠투사 πατούσα	꺼다문 قدم	주 足
딸론 talón	뺫뜨까 пятка		프테르나 φτέρνα	카으분 كعب	주건 足跟
꼬라쏜 corazón	쎄드쎄 сердце	코르 cor	카르디아 καρδιά	껄분 قلب	씬짱 心脏
삐엘 piel	꼬좌 кожа	쿠티스 cutis	대르마 δέρμα	질둔 جلد	피푸 皮肤
우에소 hueso	코스츠 кость	오스 os	코깔로 κόκκαλο	이더문 عظام	구 骨
상그레 sangre	크로브 кровь	산귀스 sanguis	애마 αίμα	담 دم	쉐 血
수도르 sudor	뽀트 пот	수도르 sudor	이드로타스 ιδρώτας	아라꾼 عرق	한 汗
라그리마 lágrima	슬료즈 слёзы	라크리마 lacrima	닥리 δάκρυ	두무운 دموع	레이 泪

인간

몸 부분

표제어	일본	영어	프랑스	이탈리아	독일
숨	이키 息	브레스 breath	수플 souffle	레스삐로 respiro	아템 Atem
목소리	코에 声	보이스 voice	부아 voix	보체 voce	슈팀메 Stimme
비명	히메이 悲鳴	스크림 scream	크리 cri	그리도 grido	게슈라이 Geschrei
고함	우나리고에 唸り声	벨로우 bellow	그롱드망 grondement	제미또 gemito	슈퇴넨 Stöhnen
속삭임	사사야키 ささやき	위스퍼 whisper	뮈르뮈르 murmure	수쑤로 sussurro	게플뤼스터 Geflüster
코골이	이비키 いびき	스노어 snore	롱플르망 ronflement	수오노 suono	슈나이헨 Schnarchen
한숨	타메이키 ためいき	싸이 sigh	수피르 soupir	소스삐로 sospiro	저이프처 Seufzer
하품	아쿠비 あくび	연 yawn	바이망 bâillement	스바딜리오 sbadiglio	개넨 Gähnen
재채기	쿠샤미 くしゃみ	스니즈 sneeze	에테르뉘망 éternuement	스따르누또 starnuto	니젠 Niesen
대변	다이벤 大便	스툴 stool	엑스크레망 excréments	페치 feci	콧 Kot
소변	뇨우 尿	유린 urine	위린 urine	우리나 urina	한 Harn

부상·질병

부상	케가 けが	인져리 injury	도마주 dommage	페리따 ferita	페어레충 Verletzung

스페인	러시아	라틴	그리스	아랍	중국
레스삐라씨온 respiración	드하니예 дыхание	아니마 anima	아나쁘노이 αναπνοή	나파쑨 نفس	치씨 气息
보쓰 voz	골로스 голос	복스 vox	포니 φωνή	써우튼 صوت	성인 声音
그리또 grito	크리크 крик	퀴리타티오 quiritatio	울리아흐토 ουρλιαχτό	누오훈 نواح	뻬이밍 悲鸣
알라리도 alarido	르차니예 рычание		보기토 βογκητό	써러쿤 صراخ	호우성 吼声
무르무요 murmullo	쉐쁘트 шёпот	수수루스 susurrus	프시씨로스 ψίθυρος	함쑨 همس	얼위 耳语
론끼도 ronquido	흐라뻬니예 храпение	라우치타스 raucitas	로할리토 ροχαλητό	샤키룬 شخير	후루 呼噜
수스삐로 suspiro	브즈드흐 вздох	제미투스 gemitus	아나스태나그모스 αναστεναγμός	타나하둔 تنهد	탄치성 叹气声
보스떼쏘 bostezo	제보따 зевота	오스치타티오 oscitatio	하스무리토 χασμουρητό	타사우분 تثاوب	하치엔 哈欠
에스또르누도 estornudo	치하니예 чихание	스테르누타티오 sternutatio	프타르니스마 φτάρνισμα	아뜨쑨 عطس	펀티 喷嚏
까까 caca	이스쁘라쥐네니야 испражнения	펙스 faex	코쁘라나 κόπρανα	부러준 براز	따삐엔 大便
삐스 pis	마차 моча	우리나 urina	우라 ούρα	바울 بول	니아오 尿
레시온 lesión	라녜니예 ранение	레시오 laesio	트라브마티스모스 τραυματισμός	주르훈 جرح	쇼우샹 受伤

인간

몸 부상·질병

표제어	일본	영어	프랑스	이탈리아	독일
상처	키즈 傷	운드 wound	블레쉬르 blessure	페리따 ferita	분데 Wunde
흉터	키즈아토 傷跡	스카 scar	시카트리스 cicatrice	치까뜨리체 cicatrice	나베 Narbe
사고	지코 事故	액시던트 accident	악시당 accident	인치덴떼 incidente	운팔 Unfall
질병	뵤우키 病気	일니스 illness	말라디 maladie	말라띠아 malattia	크랑크하이트 Krankheit
열병	네츠뵤우 熱病	피버 fever	피에브르 fièvre	페브레 febbre	피버 Fieber
감염	칸센 感染	인펙션 infection	앵펙시옹 infection	꼰따지오 contagio	안슈텍쿵 Ansteckung
치유하다	나오스 治す	힐 heal	게리르 guérir	꾸라레 curare	하일렌 heilen
치료	치료우 治療	큐어 cure	수앵 soin	꾸라 cura	쿠어 Kur
약	쿠스리 薬	메디슨 medicine	메디카망 médicament	메디치나 medicina	아츠나이 Arznei
독	도쿠 毒	포이즌 poison	푸아종 poison	벨레노 veleno	기프트 Gift
고통	이타미 痛み	페인 pain	둘뢰르 douleur	돌로레 dolore	슈메어츠 Schmerz

동작

달리다	하시루 走る	런 run	쿠리르 courir	꼬레레 correre	라우펜 laufen

스페인	러시아	라틴	그리스	아랍	중국
에리다 herida	라나 рана	플라가 plaga	쁘리기 πληγή	나드바툰 ندبة	샹커우 伤口
씨까뜨리쓰 cicatriz	흐람 шрам	치카트릭스 cicatrix	울리 ουλή	아싸룰 주르히 أثر الجرح	샹헌 伤痕
악씨덴떼 accidente	아바리야 авария	카수스 casus	아티히마 ατύχημα	하디쑨 حادث	슬구 事故
엔페르메닫드 enfermedad	발례즌 болезнь	모르부스 morbus	아로스티아 αρρώστια	마러둔 مرض	삥 病
피에브레 fiebre	리호라드까 лихорадка	페브리스 febris	삐래토스 πυρετός	훔마 حمى	파샤오 发烧
꼰따기오 contagio	자라줴니예 заражение	콘타지오 contagio	몰린시 μόλυνση	아드와 عدوى	간란 感染
꾸라르 curar	레치츠 лечить	사나레 sanare	쎄라빼보 θεραπεύω	유아리주 يعلاج	쯸위 治愈
꾸라 cura	레체니예 лечение	쿠라티오 curatio	쎄라삐아 θεραπεία	일라준 علاج	쯸랴오 治疗
메디씨나 medicina	레까르스트보 лекарство	메디카멘툼 medicamentum	파르마코 φάρμακο	다와운 دواء	야오 药
베네노 veneno	얏 яд	베네눔 venenum	딜리테리오 δηλητήριο	쏨문 سم	두 毒
돌라르 dolor	볼 боль	돌로르 dolor	뽀노스 πόνος	알람 الم	텅퉁 疼痛
꼬레르 correr	베가츠 бегать	쿠르레레 currere	트라호 τρέχω	아즈리 يجري	파오 跑

인간

몸 동작

표제어	일본	영어	프랑스	이탈리아	독일
걷다	아루쿠 歩く	워크 walk	마르셰 marcher	깜미나레 camminare	게헨 gehen
헤엄치다	오요구 泳ぐ	스윔 swim	나제 nager	누오따레 nuotare	수빔멘 schwimmen
날다	토부 飛ぶ	플라이 fly	불레 voler	볼라레 volare	플리겐 fliegen
뛰다	토부 跳ぶ	점프 jump	소테 sauter	쌀따레 saltare	슈프링엔 springen
보다	미루 見る	씨 see	부아르 voir	베데레 vedere	제헨 sehen
듣다	키쿠 聞く	히어 hear	앙탕드르 entendre	아스꼴따레 ascoltare	회렌 hören
말하다	하나스 話す	스피크 speak	파리에 parler	빠를라레 parlare	슈프레헨 sprechen
만지다	사와루 触る	터치 touch	투셰 toucher	또까레 toccare	베뤼렌 berühren
알다	시루 知る	노우 know	코네트르 connaître	싸뻬레 sapere	에어파렌 erfahren
때리다	나구루 殴る	힛 hit	프라페 frapper	스페라레 운 뿌뇨 sferrare un pugno	슐라겐 schlagen
발로 차다	케루 蹴る	킥 kick	도네 윙 쿠 드 피에 donner un coup de pied	깔치아레 calciare	밋 뎀 푸쓰 슈토쎈 mit dem Fuß stoßen
도망가다	니게루 逃げる	런 어웨이 run away	퓌이르 fuir	스까빠레 scappare	플리헨 fliehen

스페인	러시아	라틴	그리스	아랍	중국
까미나르 caminar	하지츠 ходить	이레 페디부스 ire pedibus	빼르빠타오 περπατάω	얌쉬 يمشي	조우 走
나다르 nadar	쁠라바츠 плавать	나타레 natare	콜림바오 κολυμπάω	야우무 يعوم	여우용 游泳
볼라르 volar	레따츠 летать	볼라레 volare	빼타오 πετάω	야띠루 يطير	페이 飞
살따르 saltar	쁘르가츠 прыгать	인술타레 insultare	삐도 πηδώ	야끄푸주 يقفز	티아오 跳
베르 ver	스마뜨레츠 смотреть	비데레 videre	블래뽀 βλέπω	야러 يرى	칸 看
오이르 oír	슬르샤츠 слышать	아우디레 audire	아쿠오 ακούω	야쓰마우 يسمع	팅 听
아블라르 hablar	가보리츠 говорить	로퀴 loqui	밀로 μιλώ	야타칼라무 يتكلم	슈오 说
또까르 tocar	드로가츠 трогать	탄제레 tangere	앙기조 αγγίζω	얄미쑤 يلمس	츄모어 触摸
사베르 saber	우즈나바츠 узнавать	스치레 scire	크새로 ξέρω	야으리푸 يعرف	다오 知道
뻬가르 pegar	우다랴츠 ударять	페리레 ferire	흐티빠오 χτυπάω	야드리부 يضرب	다 打
빠데아르 patear	우다랴츠 나고이 ударять ногой	케데레 갈치부스 caedere calcibus	클로차오 κλωτσάω	야르쿨루 يركل	티 踢
에스까빠르 escapar	우베가츠 убегать	푸제레 fugere	크새패브고 ξεφεύγω	야흐루부 يهرب	타오 逃

인간

몸 동작

표제어	일본	영어	프랑스	이탈리아	독일
죽이다	코로스 殺す	킬 kill	튀에 tuer	우치데레 uccidere	퇴텐 töten
부수다	코와스 壊す	브레이크 break	카세 casser	롬뻬레 rompere	브레헨 brechen
빼앗다	우바우 奪う	랍 rob	데로베 dérober	쉬빠레 scippare	라우벤 rauben
싸우다	타타카우 戦う	파이트 fight	스 바트르 se battre	꼼바떼레 combattere	슈트라이텐 streiten
웃다	와라우 笑う	래프 laugh	리르 rire	리데레 ridere	라헨 lachen
미소짓다	호호에무 微笑む	스마일 smile	수리르 sourire	쏘리데레 sorridere	래헬른 lächeln
울다	나쿠 泣く	크라이 cry	플뢰레 pleurer	삐안제레 piangere	바이넨 weinen
노래하다	우타우 歌う	씽 sing	샹테 chanter	깐따레 cantare	징엔 singen
외치다	사케부 叫ぶ	샤우트 shout	크리에 crier	우를라레 urlare	슈라이엔 schreien
부르다	요부 呼ぶ	콜 call	아쁠레 appeler	끼아마레 chiamare	루펜 rufen
얻다	에루 得る	옵테인 obtain	옵트니르 obtenir	과다냐레 guadagnare	게빈넨 gewinnen
잃다	우시나우 失う	루즈 lose	페르드르 perdre	뻬르데레 perdere	페어리어렌 verlieren

스페인	러시아	라틴	그리스	아랍	중국
마따르 matar	우비츠 убить	인테르피체레 interficere	스코노토 σκοτώνω	야끄툴루 يقتل	샤 杀
롬뻬르 romper	라즈류샤츠 разрушать	바스타레 vastare	스빠오 σπάω	야틀리푸 يتلف	순화이 损坏
사까르 sacar	그라비츠 грабить	데트라헤레 detrahere	클래보 κλέβω	야쓰리꾸 يسرق	두워 夺
루차르 luchar	바로츠샤 бороться	벨라레 bellare	뽈레마오 πολεμάω	유꺼틸루 يقاتل	또우정 斗争
레이르 reír	스메야츠샤 смеяться	리데레 ridere	갤라오 γελάω	야드하쿠 يضحك	씨아오 笑
손레이르 sonreír	울르바츠샤 улыбаться	아르데레 arridere	하모갤로 χαμογελώ	야브타씨무 يبتسم	웨이씨아오 微笑
요라르 llorar	쁠라까츠 плакать	플레레 flere	클래오 κλαίω	야브키 يبكي	쿠 哭
깐따르 cantar	뻬츠 петь	카네레 canere	트라구다오 τραγουδάω	유건니 يغني	챵 唱
그리따르 gritar	크리차츠 кричать	클라메레 clamare	포나조 φωνάζω	야쓰루쿠 يصرخ	지아오 叫
야마르 llamar	즈바츠 звать	보카레 vocare	칼로 καλώ	유나디 ينادي	후환 呼唤
오브떼네르 obtener	다브바츠 добывать	카피레 capire	빼르노 παίρνω	야흐쑬루 아라 يحصل على	더 得
뻬르데르 perder	빠쩨랴츠 потерять	페르데레 perdere	하노 χάνω	야프끼두 يفقد	슬 失

인간

몸 동작 / 마음 총칭

표제어	일본	영어	프랑스	이탈리아	독일
안다	다쿠 抱く	허그 hug	세레 당 레 브라 serrer dans les bras	아브라치아레 abbracciare	움아멘 umarmen
자다	네루 寝る	슬립 sleep	도르미르 dormir	도르미레 dormire	슐라펜 schlafen
키스	키스 キス	키스 kiss	베제 baiser	바치오 bacio	쿠스 Kuss
섹스	섹쿠스 セックス	섹스 sex	섹스 sexe	쎄쏘 sesso	쎅스 Sex
정신	세이신 精神	마인드 mind	에스프리 esprit	멘떼 mente	가이스트 Geist
마음	코코로 心	하트 heart	쾨르 cœur	꾸오레 cuore	헤어츠 Herz
감정	칸죠우 感情	이모션 emotion	에모시옹 émotion	에모찌오네 emozione	아모치온 Emotion
의지	이시 意志	윌 will	볼롱테 volonté	볼론따 volontà	빌레 Wille
소원	간보우 願望	위시 wish	수에 souhait	데지데리오 desiderio	분시 Wunsch
희망	노조미 望み	호프 hope	에스푸아르 espoir	스뻬란짜 speranza	호프눙 Hoffnung
영혼	타마시이 魂	소울 soul	암 âme	스삐리또 spirito	젤레 Seele
기억	키오쿠 記憶	메모리 memory	메무아르 mémoire	리꼬르도 ricordo	게대히트니쓰 Gedächtnis

스페인	러시아	라틴	그리스	아랍	중국
아브라싸르 abrazar	압니마츠 обнимать	콤플렉티 complecti	아가리아조 αγκαλιάζω	야둠무 يضم	빠오 抱
도르미르 dormir	스빠사츠 спать	쿠바레 cubare	키마매 κοιμάμαι	야나무 ينام	슈이지아오 睡觉
베소 beso	빠쎌루이 поцелуй	바시움 basium	필리 φιλί	꾸불라툰 قبلة	지에웬 接吻
섹소 sexo	쁠로보이 아크트 половой акт	코이투스 coitus	시누시아 συνουσία	진쑨 جنس	씽지아오 性交
멘떼 mente	두흐 дух	아니무스 animus	누스 νους	나프씨 نفسي	찡션 精神
꼬라쏜 corazón	두샤 душа	멘스 mens	카르디아 καρδιά	껄분 قلب	씬 心
에모씨온 emoción	추브스트보 чувство	아펙투스 affectus	시내스씨마 συναίσθημα	슈우룬 شعور	간칭 感情
볼룬따드 voluntad	볼랴 воля	볼룬타스 voluntas	쎌리시 θέληση	이러다툰 ارادة	이즐 意志
데세오 deseo	메치따 мечта	옵타티오 optatio	애브히 ευχή	러그바툰 رغبة	위엔왕 願望
에스뻬란싸 esperanza	쉘라니예 желание	쿠피디타스 cupiditas	앨삐다 ελπίδα	아말룬 امل	씨왕 希望
알마 alma	두샤 душа	아니마 anima	프시히 ψυχή	루훈 روح	링훈 灵魂
메모리아 memoria	빠먀츠 память	메모리아 memoria	므니미 μνήμη	다키러툰 ذاكرة	찌이 记忆

인간

	표제어	일본	영어	프랑스	이탈리아	독일
마음 총칭	꿈	유메 夢	드림 dream	레브 rêve	소뇨 sogno	트라움 Traum
	악몽	아쿠무 悪夢	나이트메어 nightmare	코슈마르 cauchemar	인꾸보 incubo	알프트라움 Alptraum
	이상	리소우 理想	아이디얼 ideal	이데알 idéal	이데알레 ideale	이데알 Ideal
	환상	겐소우 幻想	일루전 illusion	일뤼지옹 illusion	일루지오네 illusione	판타지 Fantasie
	이성	리세이 理性	리즌 reason	레종 raison	라지오네 ragione	페어눈프트 Vernunft
	본능	혼노우 本能	인스팅트 instinct	앵스탱 instinct	이스띤또 istinto	트리프 Trieb
	직감	촛칸 直感	인튜이션 intuition	앵튀시옹 intuition	인뚜이찌오네 intuizione	아인게붕 Eingebung
감정	행복	시아와세 幸せ	해피니스 happiness	보뇌르 bonheur	펠리치따 felicità	글뤽 Glück
	불행	후코우 不幸	미스포츈 misfortune	말뢰르 malheur	스포르뚜나 sfortuna	운글뤽 Unglück
	기쁨	요로코비 喜び	조이 joy	주아 joie	죠이아 gioia	프로이데 Freude
	즐거움	타노시사 楽しさ	인조이먼트 enjoyment	주이상스 jouissance	딜레또 diletto	루스트 Lust
	긍지	호코리 誇り	프라이드 pride	피에르테 fierté	오르골리오 orgoglio	슈톨츠 Stolz

스페인	러시아	라틴	그리스	아랍	중국
수에뇨 sueño	쏜 сон	솜니움 somnium	오니로 όνειρο	훌문 حلم	멍 梦
뻬사디야 pesadilla	까쉬마르 кошмар	인쿠부스 incubus	애피알티스 εφιάλτης	카부쑨 كابوس	으어멍 恶梦
이데알 ideal	이제알 идеал	이데아 idea	이다니코 ιδανικό	거야툰 غاية	리시앙 理想
일루시온 ilusión	일류지야 иллюзия	판타시아 phantasia	오프쌀마빠티 οφθαλμαπάτη	커알룬 خيال	환시앙 幻想
라쏜 razón	라줌 разум	라티오 ratio	로기키 λογική	아끌라니야툰 عقلانية	리씽 理性
인스띤또 instinto	인쓰찐트 инстинкт		앤스틱토 ένστικτο	거리자툰 غريزة	번넝 本能
인뚜이씨온 intuición	인뚜이씨야 интуиция		디애스티시 διαίσθηση	하드쑨 حدس	즐쥐에 直觉
펠리씨다드 felicidad	샤스츠예 счастье	펠리치타스 felicitas	애프티히아 ευτυχία	싸아다툰 سعادة	씽푸 幸福
데스디차 desdicha	녜샤스츠예 несчастье	미세리아 miseria	디스티히아 δυστυχία	타아싸툰 تعاسة	부씽 不幸
알레그리아 alegría	라도스즈 радость	레티티아 laetitia	하라 χαρά	파르훈 فرح	씨위에 喜悦
디스프루떼 disfrute	우쩨셰니예 утешение	수아비투도 suavitudo	디아스캐다시 διασκέδαση	무트아툰 متعة	위콰이 愉快
오르구요 orgullo	고르도스즈 гордость	수페르비아 superbia	뻬리파니아 περηφάνια	파크룬 فخر	지아오아오 骄傲

인간

마음
감정

표제어	일본	영어	프랑스	이탈리아	독일
열정	죠우네츠 情熱	패션 passion	파시옹 passion	엔뚜시아스모 entusiasmo	라이덴샤프트 Leidenschaft
용기	유우키 勇気	커리지 courage	쿠라주 courage	꼬라지오 coraggio	무트 Mut
신뢰	신라이 信頼	트러스트 trust	콩피앙스 confiance	피두치아 fiducia	페어트라우엔 Vertrauen
놀람	오도로키 驚き	서프라이즈 surprise	쉬르프리즈 surprise	소르프레사 sorpresa	에어슈타우넨 Erstaunen
감동	칸도우 感動	이모션 emotion	에모시옹 émotion	꼼모찌오네 commozione	뤼룽 Rührung
사랑	아이 愛	러브 love	아무르 amour	아모레 amore	리베 Liebe
우정	유우죠우 友情	프렌쉽 friendship	아미티에 amitié	아미치찌아 amicizia	프로인트샤프트 Freundschaft
동경	아코가레 憧れ	롱잉 longing	아드미라시옹 admiration	스마니아 smania	젠주흐트 Sehnsucht
존경	손케이 尊敬	리스펙트 respect	레스페 respect	리스뻬또 rispetto	아흐퉁 Achtung
연민	아와레미 憐れみ	피티 pity	피티에 pitié	꼼빠씨오네 compassione	밋트라이트 Mitleid
자비	지히 慈悲	필랜스로피 philanthropy	미제리코르드 miséricorde	삐에따 pietà	밤헤어치히카이트 Barmherzigkeit
감사	칸샤 感謝	그래티튜드 gratitude	그라티튀드 gratitude	링그라찌아멘또 ringraziamento	당크 Dank

스페인	러시아	라틴	그리스	아랍	중국
빠시온 pasión	앤뚜아이즘 энтузиазм	아르도르 ardor	빠쏘스 πάθος	아띠파툰 عاطفة	르어칭 热情
발렌띠아 valentía	스멜로스츠 смелость	포르티투도 fortitudo	싸로스 θάρρος	슈자아툰 شجاعة	용치 勇气
꼰피안싸 confianza	다베리예 доверие	피두차 fiducia	삐스티 πίστη	이마눈 ايمان	씬라이 信赖
수스또 susto	이스뿍 испуг	아드미라티오 admiratio	액쁠리크시 έκπληξη	무파자아툰 مفاجئة	츨징 吃惊
꼰모씨온 conmoción	바스히쉐니예 восхищение	모투스 motus	시기니시 συγκίνηση	아띠파툰 عاطفة	간동 感动
아모르 amor	류보브 любовь	아모르 amor	아가뻬 αγάπη	훕분 حب	아이 爱
아미스따드 amistad	드루즈바 дружба	아미치티아 amicitia	필리아 φιλία	써다꺼툰 صداقة	여우칭 友情
아드미라씨온 admiración	메치따 мечта	쿠피디타스 cupiditas	싸브마스모스 θαυμασμός	싸우꾼 شوق	총징 憧憬
레스뻬또 respeto	우바줴니예 уважение	베네라티오 veneratio	세바스모스 σεβασμός	이흐티라룬 احترام	쭌징 尊敬
리스띠마 lástima	잘로스츠 жалость	미세라티오 miseratio	익토스 οίκτος	러으파툰 رأفة	리엔민 怜悯
필란뜨로뻬아 filantropía	밀로스츠 милость	미세리코르디아 misericordia	앨래오스 έλεος	러흐마툰 رحمة	츠뻬이 慈悲
그라띠뚜드 gratitud	블라고 다르노스츠[※1]	그라티아 gratia	애브그노모시니 ευγνωμοσύνη	슈크룬 شكر	간씨에 感谢

※1 블라고다르노스츠 благодарность

인간

마음
감정

표제어	일본	영어	프랑스	이탈리아	독일
슬픔	카나시사 悲しさ	새드니스 sadness	트리스테스 tristesse	뜨리스떼짜 tristezza	트라우어 Trauer
비탄	나게키 嘆き	그리프 grief	샤그랭 chagrin	아플리찌오네 afflizione	클라겐 Klagen
포기	아키라메 諦め	레지네이션 resignation	레지나시옹 résignation	라쎄냐찌오네 rassegnazione	페어치히트 Verzicht
지루함	타이쿠츠 退屈	보어덤 boredom	앙뉘이 ennui	떼디오 tedio	랑바일레 Langweile
우울	유우츠 憂鬱	디프레션 depression	데프레시옹 dépression	데프레씨오네 depressione	트륍진 Trübsinn
절망	제츠보우 絶望	디스페어 despair	데제스푸아르 désespoir	디스뻬라찌오네 disperazione	페어츠바이플룽 Verzweiflung
외로움	사비시사 寂しさ	론리니스 loneliness	솔리튀드 solitude	말린꼬니아 malinconia	아인잠카이트 Einsamkeit
분노	이카리 怒り	앵거 anger	콜레르 colère	이라 ira	초언 Zorn
증오	니쿠시미 憎しみ	헤이트리드 hatred	엔 haine	오디오 odio	하쓰 Hass
원한	우라미 恨み	그러지 grudge	랑퀸 rancune	란꼬레 rancore	그롤 Groll
부끄러움	하지 恥	셰임 shame	옹트 honte	베르고냐 vergogna	샨데 Schande
후회	코우카이 後悔	리그렛 regret	르그레 regret	람마리꼬 rammarico	로이에 Reue

스페인	러시아	라틴	그리스	아랍	중국
뜨리스떼싸 tristeza	뻬찰 печаль	메스티티아 maestitia	리뻬 λύπη	후즈눈 حزن	뻬이샹 悲伤
아플릭씨온 aflicción	고레 rope	메로르 maeror	쓰리프시 θλίψη	후즈눈 حزن	탄씨 叹息
레시그나씨온 resignación	앗까즈 отказ		빠라도시 παράδοση	타쿨리 التخلي	빵치 放弃
아부리미엔또 aburrimiento	스꾸까 скука	이네르티아 inertia	쁠리크시 πλήξη	말라룬 ملل	우리아오 无聊
멜란꼴리아 melancolía	므라치노예 나스트로예니예 мрачное настроение	멜란콜리아 melancholia	카타쓰리프시 κατάθλιψη	후즈눈 حزن	요우위 忧郁
데스에스뻬란싸 desesperanza	앗차야니예 отчаяние	데스페라티오 desperatio	아뻴삐씨아 απελπισία	야으쑨 يأس	쥐에왕 绝望
솔레다드 soledad	그루스츠 грусть	솔리투도 solitudo	모나크시아 μοναξιά	와흐다툰 وحدة	지모어 寂寞
이라 ira	그녜브 гнев	이라 ira	씨모스 θυμός	거드분 غضب	뻔누 愤怒
오디오 odio	녜나비스츠 ненависть	오디움 odium	미소스 μίσος	카러히야툰 كراهية	쩡 憎
렌꼬르 rencor	즐로바 злоба		아흐티 άχτι	이쓰티야운 استياء	헌 恨
베르구엔싸 vergüenza	스뜻 стыд	푸도르 pudor	드로뻬 ντροπή	커잘룬 خجل	출 耻
아레뻰띠미엔또 arrepentimiento	라스까야니예 раскаяние		매타니아 μετάνοια	나다문 ندم	호우후이 后悔

인간

	표제어	일본	영어	프랑스	이탈리아	독일
마음 감정	공포	쿄우후 恐怖	피어 fear	푀르 peur	빠우라 paura	슈렉켄 Schrecken
	욕망	요쿠보우 欲望	디자이어 desire	데지르 désir	데지데리오 desiderio	베기어데 Begierde
	야심	야신 野心	앰비션 ambition	앙비시옹 ambition	암비찌오네 ambizione	에어가이츠 Ehrgeiz
	집착	슈차쿠 執着	터내시티 tenacity	테나시테 ténacité	아따까멘또 attaccamento	베제쎈하이트 Besessenheit
	질투	싯토 嫉妬	젤러시 jealousy	잘루지 jalousie	젤로시아 gelosia	나잇 Neid
	경멸	케이베츠 軽蔑	컨템트 contempt	메프리 mépris	디스쁘레쪼 disprezzo	페어아흐퉁 Verachtung
	향수	쿄우슈 郷愁	노스탈지어 nostalgia	노스탈지 nostalgie	노스딸지아 nostalgia	하임베 Heimweh
성격	다정한	야사시이 やさしい	젠틀 gentle	장티 gentil	젠띨레 gentile	차트 zart
	심술궂은	이지와루 意地悪	스파잇풀 spiteful	랑퀴에 rancunier	말리찌오소 malizioso	보스하프트 boshaft
	정직한	쇼우지키 正直	어니스트 honest	오네트 honnête	레알레 leale	에어리히 ehrlich
	거짓말쟁이	우소츠키 嘘つき	라이어 liar	망퇴르 menteur	부지아르도 bugiardo	뤼그너 Lügner
	친절한	신세츠 親切	카인드 kind	장티 gentil	꼬르떼제 cortese	귀테 Güte

스페인	러시아	라틴	그리스	아랍	중국
미에도 miedo	스뜨라흐 страх	포르미도 formido	트로모스 τρόμος	커우푼 خوف	콩뿌 恐怖
데세오 deseo	좌즈다 жажда	쿠피디타스 cupiditas	애삐씨미아 επιθυμία	러그바툰 رغبة	위왕 欲望
암비씨온 ambición	암비씨야 амбиция	쿠피디타스 cupiditas	필로도크시아 φιλοδοξία	뚜무훈 طموح	예씬 野心
오브세시온 obsesión	쁘리스뜨라스찌예 пристрастие	쿠피디타스 cupiditas	앰모니 εμμονή	하지쑨 هاجس	즐쥬오 执着
엔비디아 envidia	레브노스츠 ревность	인비디아 invidia	질리아 ζήλεια	거이러툰 غيرة	지두 嫉妒
데스쁘레씨오 desprecio	쁘레즈레니예 презрение	콘템프티오 contemptio	애흐쓰라 έχθρα	이흐티꺼룬 احتقار	칭미에 轻蔑
노스딸기아 nostalgia	따스까 тоска		노스탈기아 νοσταλγία	하니눈 حنين	씨앙쵸우 乡愁
헨띨 gentil	녜즈노스츠 нежность	피우스 pius	칼로시나토스 καλοσυνάτος	띠뿐 طيب	허아이더 和蔼的
말리씨오소 malicioso	즐로스츠 злость	돌로수스 dolosus	카캔드래히스 κακεντρεχής	헤끄둔 حقد	으어이 恶意
오네스또 honesto	체스트노스츠 честность	신체루스 sincerus	일릭리니스 ειλικρινής	싸러한 صراحة	즐슈아이 直率
멘띠로소 mentiroso	로쥐 ложь	멘닥스 mendax	프세브티스 ψεύτης	카제분 كذب	싸황 撒谎
아마블레 amable	류베즈노스츠 любезность	베니뉴스 benignus	애브개니코스 ευγενικός	라띠훈 لطيف	친치에더 亲切的

인간

인간

마음 / 성격

표제어	일본	영어	프랑스	이탈리아	독일
냉혹한	레이코쿠 冷酷	콜드 cold	프루아 froid	끄루델레 crudele	칼트헤어치히 kaltherzig
잔인한	잔닌 残忍	크루얼 cruel	크뤼엘 cruel	사디꼬 sadico	그라우잠 grausam
온후한	온코우 温厚	웜 warm	샬뢰뢰 chaleureux	깔모 calmo	굿뮈티히 gutmütig
성급한	탄키 短気	쇼트템퍼트 short-tempered	콜레리크 colérique	임빠지엔떼 impaziente	운게둘디히 ungeduldig
고결한	코우케츠 高潔	노블 noble	노블 noble	노빌레 nobile	호흐헤어치히 hochherzig
관대한	칸다이 寛大	제너러스 generous	제네뢰 généreux	제네로소 generoso	톨레란트 tolerant
겸손한	켄쿄 謙虚	험블 humble	욍블 humble	모데스또 modesto	베샤이덴 bescheiden
오만한	고우만 傲慢	애로건트 arrogant	아로강 arrogant	아로간떼 arrogante	위버헵플리히 überheblich
쾌활한	카이카츠 快活	치어풀 cheerful	주아이외 joyeux	알레그로 allegro	문터 munter
과묵한	카모쿠 寡黙	태서턴 taciturn	타시튀른 taciturne	따치뚜르노 taciturno	슈빅잠 schwiegsam
침울한	인키 陰気	글루미 gloomy	송브르 sombre	말린꼬니꼬 malinconico	멜랑콜리쉬 melancholisch
고집이 센	간코 頑固	스터번 stubborn	테튀 têtu	까빠르비오 caparbio	하트넥키히 hartnäckig

스페인	러시아	라틴	그리스	아랍	중국
끄루엘다드 crueldad	줴스또꼬스츠 жестокость	크루델리스 crudelis	프시호로스 ψυχρός	비라러흐마 بلا رحمة	렁쿠 冷酷
데스삐아다도 despiadado	즈베르스트보 зверство	세붐 saevum	스크리로스 σκληρός	와흐쉬야툰 وحشية	찬런 残忍
아파블레 afable	다브라따 доброта	템페라투스 temperatus	칼로쁘로애래토스 καλοπροαίρετος	라바꺼툰 لباقة	호우다오 厚道
임빠씨엔떼 impaciente	녜쩨르뻴리보스츠※1	이리타빌리스 irritabilis	애배크사쁘토스 ευέξαπτος	우주룬 عجول	씽지 性急
인떼그리다드 integridad	블라고롯노스츠 благородность	제네로수스 generosus	애브개니스 ευγενής	이쓰티꺼마툰 استقامة	가오샹 高尚
똘레란씨아 tolerancia	스니하지쩰노스츠※2	클레멘스 clemens	갠내오도로스 γενναιόδωρος	사키윤 سخي	쿠안다이 宽待
모데스띠아 modestia	스크롬노스츠 скромность	모데스투스 modestus	매트리오프론 μετριόφρων	무타와디운 متواضع	치엔쉬 谦虚
아로간씨아 arrogancia	브쏘꼬메리예 высокомерие	아로간스 arrogans	크시바스매노스 ξιπασμένος	무타거뜨리쑨 متغطرس	아오만 傲慢
호비알 jovial	쥐즈녜라도스트노스츠※3	비바투스 vivatus	조이로스 ζωηρός	나쉬뚠 نشيط	콰이후워 快活
레띠센씨아 reticencia	말치리보스스 молчаливость	타치투스 tacitus	올리고밀리토스 ολιγομίλητος	써미툰 صامت	천모과옌 沉默寡言
알레그레 alegre	므라치노스츠 мрачность	트리스티스 tristis	맬라그호리코스 μελαγχολικός	카이분 كئيب	인천 阴沉
오브스띠나도 obstinado	우쁘럄스트보 упрямство	테낙스 tenax	뻬스마타리스 πεισματάρης	아니둔 عنيد	완구 顽固

※1 녜쩨르뻴리보스츠　нетерпеливость
※2 스니하지쩰노스츠　снисходительность
※3 쥐즈녜라도스트노스츠　жизнерадостность

인간

마음
성격

표제어	일본	영어	프랑스	이탈리아	독일
굽히지 않는	후쿠츠 不屈	언컨쿼러블 unconquerable	이네브란라블 inébranlable	뻬르세베란떼 perseverante	운보익잠 unbeugsam
용감한	유칸 勇敢	브레이브 brave	쿠라죄 courageux	꼬라지오소 coraggioso	무티히 mutig
대담한	다이탄 大胆	오데이셔스 audacious	오다시외 audacieux	인뜨레삐도 intrepido	퀸 kühn
무모한	무보우 無謀	레클리스 reckless	앵프뤼당 imprudent	떼메라리오 temerario	운베존넨 unbesonnen
겁이 많은	오쿠뵤우 臆病	티미드 timid	티미드 timide	꼬다르도 codardo	파익 feig
성실한	세이지츠 誠実	어니스트 honest	오네트 honnête	씬체로 sincero	트로이 treu
천진난만한	무쟈키 無邪気	이노센트 innocent	이노상 innocent	인노첸떼 innocente	킨틀리히 kindlich
솔직한	스나오 素直	오비디언트 obedient	오베이상 obéissant	오네스또 onesto	슐리히트 schlicht
순수한	쥰스이 純粋	퓨어 pure	퓌르 pur	뿌로 puro	라인 rein
교활한	코우카츠 狡猾	커닝 cunning	뤼제 rusé	아스뚜또 astuto	리스틱 listig
탐욕스러운	고요쿠 強欲	그리디 greedy	아바르 avare	아스뚜또 avido	합기어리히 habgierig
게으름뱅이	나마케모노 なまけもの	레이지 펠로우 lazy fellow	페네앙 fainéant	삐그로 pigro	파울펠츠 Faulpelz

스페인	러시아	라틴	그리스	아랍	중국
인플렉시블레 inflexible	녜뽀꼬례비모스츠[1]	렌투스 lentus	아호티뻬코스 αχτύπητος	거이루 라바낀 غير لبق	부취 不屈
발리엔떼 valiente	흐라브로스츠 храбрость	포르티스 fortis	갠내오스 γενναίος	슈자운 شجاع	용간 勇敢
아뜨레비도 atrevido	스멜로스츠 смелость	아우닥스 audax	톨미로스 τολμηρός	자리운 جريء	따단 大胆
떼메라리오 temerario	베즈라쑤드스트보[2]	아우닥스 audax	아빼리스캐쁘토스 απερίσκεπτος	무타하루위룬 متهور	루망 鲁莽
꼬바르디아 cobardía	뜨루슬리보스츠 трусливость	티미두스 timidus	딜로스 δειλός	커주룬 خجول	단치에 胆怯
신쎄로 sincero	체스트노스츠 честность	신체루스 sincerus	일릭리니스 ειλικρινής	써디꾼 صادق	청슬 诚实
이노쎈떼 inocente	녜빈노스츠 невинность	인노첸스 innocens	아쏘오스 αθώος	바리운 بريء	티엔전 天真
프란꼬 franco	쁘라지보스츠 правдивость	심플렉스 simplex	이삐오스 ήπιος	떠비이 طبيعي	겅즐 耿直
뿌로 puro	치스또따 чистота	푸루스 purus	아그노스 αγνός	나끼윤 نقي	단춘 单纯
아스뚜또 astuto	까바르노스츠 коварность	돌로수스 dolosus	코미코스 κωμικός	카이둔 كائد	지아오화 狡猾
아바리씨아 avaricia	좌드노스츠 жадность	쿠피두스 cupidus	아쁘리스토스 άπληστος	자쉬운 جشع	탄위 贪欲
올가싼 holgazán	롄짜이 лентяй	이냐부스 ignavus	탬밸리스 τεμπέλης	쿠쑬 كسول	란둬 懒惰

※1 녜뽀꼬례비모스츠 непоколебимость
※2 베즈라쑤드스트보 безрассудство

인간

마음 - 성격

표제어	일본	영어	프랑스	이탈리아	독일
괴짜	헨진 変人	이센트릭 eccentric	엑상트리크 excentrique	에첸뜨리꼬 eccentrico	존덜링 Sonderling
대식가	오오구이 大食い	글러튼 glutton	글루통 glouton	기오또 ghiotto	프레써 Fresser
수다쟁이	오샤베리 おしゃべり	채터박스 chatterbox	바바르 bavard	끼아끼에로네 chiacchierone	플라우더러 Plauderer
짓궂은	이타즈라즈키 いたずらずき	미스처버스 mischievous	에스피에글 espiègle	부를로네 burlone	샤임 Schelm
멍청한	도지 どじ	스투피드 stupid	스튀피드 stupide	깐또나따 cantonata	둠코프 Dummkopf
우둔한	노로마 のろま	덜위티드 dull-witted	트레나르 traînard	똔또 tonto	조이머 Säumer

능력

표제어	일본	영어	프랑스	이탈리아	독일
능력	노우료쿠 能力	어빌리티 ability	카파시테 capacité	아빌리따 abilità	페히카이트 Fähigkeit
힘	치카라 力	파워 power	퓌이상스 puissance	비고레 vigore	마흐트 Macht
완력	완료쿠 腕力	포스 force	비괴르 vigueur	포르짜 forza	크라프트 Kraft
지식	치시키 知識	날리지 knowledge	코네상스 connaissances	꼬노쉔짜 conoscenza	켄트니쓰 Kenntnis
빠름	하야사 速さ	스피드 speed	비테스 vitesse	벨로치따 velocità	슈넬리히카이트 Schnelligkeit
현명함	카시코사 賢さ	위즈덤 wisdom	사제스 sagesse	사제짜 saggezza	바이스하이트 Weisheit

스페인	러시아	라틴	그리스	아랍	중국
엑쎈뜨리꼬 excéntrico	추박 чудак		액캔드리코스 εκκεντρικός	거리불 아뜨와리 غريب الاطوار	꽈이피 怪癖
글루똔 glutón	압쥬라 обжора	에닥스 edax	래마르고스 λαίμαργος	카씨룰 아클 كثير الاكل	탄슬 贪食
차를라딴 charlatán	발따브냐 болтовня	로콱스 loquax	오밀리티코스 ομιλητικός	카씨룰 칼람 كثير الكلام	라오다오 唠叨
삐까로 pícaro	샬로스츠 шалость		뻬라흐티리 πειραχτήρι	무힙분 릴마꺼리비 محب للمقالب	아이으어쭤쥐 爱恶作剧
또르뻬 torpe	녜우다차 неудача		가파지스 γκαφατζής	거비윤 غبي	슬바이 失败
렌또 lento	뚜삐싸 тупица		아르고스 트로포스 αργόστροφος	바띠운 بطئ	나오진츨둔 脑筋迟钝
아빌리다드 habilidad	스빠쏩노스츠 способность	파쿨타스 facultas	탈랜도 ταλέντο	꾸드러툰 قدرة	넝리 能力
뽀데르 poder	씰라 сила	포테스타스 potestas	디나미 δύναμη	꾸와툰 قوة	리치 力气
푸에르싸 fuerza	나씰리예 насилие	비레스 vires	이스히스 ισχύς	꾸와툰 قوة	리량 力量
꼬노씨미엔또 conocimiento	즈나니예 знание	스치엔티아 scientia	그노시 γνώση	마으리파툰 معرفة	즐슬 知识
벨로씨다드 velocidad	브스뜨라따 быстрота	벨로치타스 velocitas	타히티타 ταχύτητα	쑤르아툰 سرعة	쑤두 速度
사비두리아 sabiduría	움 ум	사피엔티아 sapientia	소피아 σοφία	히크마툰 حكمة	즐후이 智慧

인간

마음 능력

표제어	일본	영어	프랑스	이탈리아	독일
체력	치카라츠요사 力強さ	스트렝스 strength	포르스 force	뽀뗀짜 potenza	슈테어케 Stärke
노력	도료쿠 努力	에포트 effort	에포르 effort	스뽀르쪼 sforzo	안슈트렝웅 Anstrengung
아우라	오라 オーラ	아우라 aura	오라 aura	아우라 aura	아우라 Aura
만능	반노우 万能	올마이티 almighty	투 퓌이상 tout-puissant	온니뽀뗀짜 onnipotenza	알메히티히 allmächtig
천재	텐사이 天才	지니어스 genius	제니 génie	제니오 genio	쥬니 Genie

인생 사건

표제어	일본	영어	프랑스	이탈리아	독일
삶	쇼우 生	라이프 life	비 vie	비따 vita	레벤 Leben
죽음	시 死	데스 death	모르 mort	모르떼 morte	토트 Tod
여행	타비 旅	트래블 travel	부아야주 voyage	비아지오 viaggio	라이제 Reise
모험	보우켄 冒険	어드벤처 adventure	아방튀르 aventure	아벤뚜라 avventura	아벤토이어 Abenteuer
탐구	탄사쿠 探索	퀘스트 quest	케트 quête	리체르까 ricerca	주헤 Suche
방랑	호우로우 放浪	원더 wander	에레 errer	바가본다지오 vagabondaggio	반더룽 Wanderung
운명	운메이 運命	페이트 fate	데스티네 destinée	파또 fato	쉭살 Schicksal

	스페인	러시아	라틴	그리스	아랍	중국
	푸에르싸 fuerza	크렙코스츠 крепкость	포르티투도 fortitudo	디나미 δύναμη	꾸와투 바다니 야틴 قوة بدنية	요우디엔 优点
	에스푸에르쏘 esfuerzo	스트라다니야 старания	스투디움 studium	쁘로빠씨아 προσπάθεια	마즈후둔 مجهود	누리 努力
	아우라 aura	아우라 аура		아브라 αύρα	하라툰 هالة	치웨이 氛围
	또도뽀데로소 todopoderoso	셰마구쉐스트보 всемогущество	옴니포텐스 omnipotens	빤도디나미아 παντοδυναμία	아라미야툰 علامية	완넝 万能
	헤니오 genio	게니이 гений	인제니움 ingenium	이디오피아 ιδιοφυία	아브꺼리윤 عبقري	티엔차이 天才
	비다 vida	쥐즌 жизнь	비타 vita	조이 ζωή	하야툰 حياة	성 生
	무에르떼 muerte	스메르츠 смерть	모르스 mors	사나토스 θάνατος	마우툰 موت	쓰 死
	비아헤 viaje	뿌쩨쉐스트비예 путешествие	페레그리나티오 peregrinatio	타크시디 ταξίδι	싸파룬 سفر	뤼씽 旅行
	아벤뚜라 aventura	쁘리클류체니예 приключения		빼리빼티아 περιπέτεια	무거마라툰 مغامرة	마오씨엔 冒险
	부스께다 búsqueda	뽀이스크 поиск	콘퀴시티오 conquisitio	아나지티시 αναζήτηση	바흐순 بحث	탄쉭 探索
	뺄레그리나헤 pelegrinaje	스끼따니예 скитание	바카티오 vagatio	빼리쁠라니시 περιπλάνηση	와즈탈룬 وجتل	만여우 漫游
	수에르떼 suerte	쑤즈바 судьба	파투스 fatus	미라 μοίρα	타자우울룬 تجول	밍윈 命运

인간

인생 사건	표제어	일본	영어	프랑스	이탈리아	독일
	숙명	슈쿠메이 宿命	데스티니 destiny	데스탱 destin	데스띠노 destino	파탈리태트 Fatalität
	행운	운 運	럭 luck	샹스 chance	포르뚜나 fortuna	글뤽 Glück
	항해	코우카이 航海	네비게이션 navigation	나바가시옹 navigation	나비가찌오네 navigazione	쉬프파르트 Schifffahrt
	만남	데아이 出会い	미팅 meeting	랑콩트르 rencontre	인꼰뜨로 incontro	베게그눙 Begegnung
	헤어짐	와카레 別れ	파팅 parting	세파라시옹 séparation	쎄빠라찌오네 separazione	압쉬트 Abschied
	재회	사이카이 再会	리유니언 reunion	르트루바이 retrouvailles	리우니오네 riunione	비더제헨 Wiedersehen
	약속	야쿠소쿠 約束	프로미스 promise	프로메스 promesse	쁘로메싸 promessa	페어슈프레헨 Versprechen
	유대	키즈나 絆	본드 bond	리앵 lien	레가메 legame	반데 Bande
	결혼	켓콘 結婚	매리지 marriage	마리아주 mariage	마뜨리모니오 matrimonio	하이라트 Heirat
	실연	시츠렌 失恋	브로큰 하트 broken heart	쾨르 브리제 coeur brisé	꾸오레 인프란또 cuore infranto	리베스쿰머 Liebeskummer
	장례	소우기 葬儀	퓨너럴 funeral	퓌네라이 funérailles	푸네랄레 funerale	트라우어파이어 Trauerfeier
	화장	카소우 火葬	크리메이션 cremation	크레마시옹 crémation	끄레마찌오네 cremazione	아인에셔룽 Einäscherung

스페인	러시아	라틴	그리스	아랍	중국
데스띠노 destino	록 рок	파툼 fatum	빼브로매노 πεπρωμένο	꺼다룬 قدر	쑤밍 宿命
수에르떼 suerte	우차스츠 участь	포르투나 fortuna	티히 τύχη	핫둔 حظ	윈치 运气
뜨라베시아 뽀르 마르 travesía por mar	모례쁠라바니예^{※1}	나비가티오 navigatio	디아키매르니시 διακυβέρνηση	이브하룬 ابحار	항하이 航海
엔꾸엔뜨로 encuentro	브스뜨례차 встреча	콘쿠르시오 concursio	시난디시 συνάντηση	리꺼운 لقاء	씨앙후이 相会
빠르띠다 partida	라줄까 разлука	세파라투스 separatus	호리스모스 χωρισμός	와다운 وداع	펀비에 分别
레엔꾸엔뜨로 reencuentro	브또리치나야 브스뜨례차 вторичная встреча		애빠내노시 επανένωση	자으웃 샤마리 جمع الشمل	짜이후이 再会
쁘로메사 promesa	아볘샤니예 обещание	프로미수스 promissus	이뽀스해시 υπόσχεση	와으둔 وعد	위에딩 约定
라쏘 lazo	우즈 узы	노두스 nodus	대스모스 δεσμός	미싸꾼 ميثاق	리엔씨 联系
까사미엔또 casamiento	브락 брак	눕티에 nuptiae	가모스 γάμος	자와준 زواج	지에훈 结婚
데스일루시온 desilusión	녜샤스나야 류봅 несчастная любовь		애로티키 아뽀고이태브시 ερωτική απογοήτευση	파끄둘 훔비 فقد الحب	슬리엔 失恋
푸네랄 funeral	뽀호르늬 похороны	푸네라티오 funeratio	키디아 κηδεία	자나자툰 جنازة	짱리 葬礼
끄레마씨온 cremación	크레마씨야 кремация	크레마티오 crematio	아뽀태프로시 αποτέφρωση	하르꿀 마우타 حرق الموتى	훠짱 火葬

※1 모례쁠라바니예　мореплавание

인간

인생
사건
관계

표제어	일본	영어	프랑스	이탈리아	독일
매장	도소우 土葬	배리얼 burial	앙테르망 enterrement	세뽈뚜라 sepoltura	에어트베슈타퉁 Erdbestattung
적	테키 敵	에너미 enemy	에느미 ennemi	네미꼬 nemico	파인트 Feind
아군	미카타 味方	서포터 supporter	파르티장 partisant	소스떼니또레 sostenitore	안헹어 Anhänger
호적수	코우테키슈 好敵手	라이벌 rival	리발 rival	리발레 rivale	네벤불러 Nebenbuhler
스승	시쇼우 師匠	매스터 master	메트르 maître	마에스뜨로 maestro	레러 Lehrer
제자	데시 弟子	디서플 disciple	디시플 disciple	디쉐뽈로 discepolo	쉴러 Schüler
친구	토모다치 友達	프렌드 friend	아미 ami	아미꼬 amico	프로인트 Freund
동료	나카마 仲間	콤라드 comrade	카마라드 camarade	꼼빠뇨 compagno	카메라트 Kamerad
파트너	아이보우 相棒	파트너 partner	파르트네르 partenaire	빠르뜨네르 partner	파트너 Partner
일행	잇코우 一行	파티 party	그룹 groupe	꼬미띠바 comitiva	트룹페 Truppe
팀	타이 隊	팀 team	에킵 équipe	스꾸아드라 squadra	트룹페 Truppe
연인	코이비토 恋人	러버 lover	아무뢰 amoureux	피단자또 fidanzato	겔립테 Geliebte

스페인	러시아	라틴	그리스	아랍	중국
엔띠에로 entierro	뽀그례베니예 погребение	푸네라티오 funeratio	앤다피아스모스 ενταφιασμός	다프눌 마우타 دفن الموتى	투짱 土葬
엔네미고 enemigo	브락 враг	이니미쿠스 inimicus	애흐쓰로스 εχθρός	아두운 عدو	디런 敌人
알리아도 aliado	스또로닉 сторонник	수우스 suus	심마호스 σύμμαχος	무싸니둔 مساند	쯜츠져 支持者
리발 rival	싸뻬르닉 соперник	아드베르사리우스 adversarius	안다고니스티스 ανταγωνιστής	무나피쑨 منافس	찡졍뚜이쇼우 竞争对手
쁘로페소르 profesor	우치쩰 учитель	독토르 doctor	다스칼로스 δάσκαλος	무알리문 معلم	라오스 老师
아쁘렌디쓰 aprendiz	빠슬례도바쩰[1]	디쉬풀루스 discipulus	마씨태보매노스 μαθητευόμενος	틸미둔 تلميذ	쉐성 学生
아미고 amigo	드룩 друг	아미쿠스 amicus	필로스 φίλος	써디꾼 صديق	펑여우 朋友
까마라다 camarada	쁘리야쩰리 приятели	소치우스 socius	신드로포스 σύντροφος	자밀룬 زميل	훠반 伙伴
소씨오 socio	빠르트뇨르 партнёр	소치우스 socius	시내르가티스 συνεργάτης	러피꾼 رفيق	통훠 同伙
그루뽀 grupo	그루빠 группа	파르스 pars	신드로피아 συντροφιά	히즈분 حزب	이씽 一行
에끼뽀 equipo	까만다 команда	카테르바 caterva	오마다 ομάδα	피르꺼툰 فرقة	뚜이 队
아만떼 amante	바즈류블례느이 возлюбленный	아마투스 amatus	애라스티스 εραστής	하비분 حبيب	리엔런 恋人

※1 빠슬례도바쩰 последователь

인간

인생 관계

표제어	일본	영어	프랑스	이탈리아	독일
약혼자	콘야쿠샤 婚約者	피앙세이 fiance	피앙세 fiancé	피단자또 fidanzato	페어롭테 Verlobte
부부	후후 夫婦	매리드 커플 married couple	메나주 ménage	꼬삐아 coppia	에헤파 Ehepaar
남편	옷토 夫	허즈번드 husband	에푸 époux	마리또 marito	에헤만 Ehemann
아내	츠마 妻	와이프 wife	에푸즈 épouse	몰리에 moglie	에헤프라우 Ehefrau
가족	카조쿠 家族	패밀리 family	파미유 famille	파밀리아 famiglia	파밀리에 Familie
할아버지	소후 祖父	그랜드파더 grandfather	그랑페르 grand-père	논노 nonno	그로쓰파터 Großvater
할머니	소보 祖母	그랜드마더 grandmother	그랑메르 grand-mère	논나 nonna	그로쓰무터 Großmutter
부모	오야 親	패런트 parent	파랑 parent	제니또레 genitore	엘턴 Eltern
아버지	치치 父	파더 father	페르 père	빠드레 padre	파터 Vater
어머니	하하 母	마더 mother	메르 mère	마드레 madre	무터 Mutter
형제	쿄우다이 兄弟	브라더 brothers	프레르 frères	프라뗄리 fratelli	브루더 Bruder
자매	시마이 姉妹	시스터 sisters	쇠르 sœurs	소렐레 sorelle	슈베스터 Schwester

스페인	러시아	라틴	그리스	아랍	중국
쁘로메띠도 prometido	줴니흐 жених	스폰수스 sponsus	므니스티라스 μνηστήρας	꺼띠뷴 خطيب	훈위에져 婚约者
빠레하 pareja	수쁘루가 супруги	파르 par	안드로기노 ανδρόγυνο	자우제이니 زوجين	푸푸 夫妇
마리도 marido	무쥐 муж	비르 vir	시지고스 σύζυγος	자우준 زوج	장푸 丈夫
무헤르 mujer	줴나 жена	욱소르 uxor	시지고스 σύζυγος	자우자툰 زوجة	치즈 妻子
파밀리아 familia	셈므야 семья	파밀라 familia	이코개니아 οικογένεια	아일라툰 عائلة	지아주 家族
아부엘로 abuelo	젯 дед	아부스 avus	빠뿌스 παππούς	잣둔 جد	주푸 祖父
아부엘라 abuela	바부쉬까 бабушка	아비아 avia	야야 γιαγιά	잣다툰 جدة	주무 祖母
빠드레스 padres	라지쩰리 родители	파렌스 parens	고니스 γονείς	와리데이니 والدين	푸무 父母
빠드레 padre	아쩨쓰 отец	파테르 pater	빠테라스 πατέρας	아븐 اب	푸무 父亲
마드레 madre	마츠 мать	마테르 mater	미태라 μητέρα	움문 ام	무친 母亲
에르마노스 hermanos	브라츠야 братья	프라테르 frater	아댈피아 αδέρφια	이크와툰 اخوة	씨옹디 兄弟
에르마나스 hermanas	쑈스뜨르 сёстры	소로르 soror	아댈피아 αδέρφια	아커와툰 اخوات	지에메이 姐妹

인간

	표제어	일본	영어	프랑스	이탈리아	독일
인생 관계	아들	무스코 息子	썬 son	피스 fils	필리오 figlio	존 Sohn
	딸	무스메 娘	도터 daughter	피유 fille	필리아 figlia	토흐터 Tochter
	쌍둥이	후타고 双子	트윈즈 twins	쥐모 jumeaux	제멜리 gemelli	츠빌링에 Zwillinge
	선조	센조 先祖	앤새스터 ancestor	앙세트르 ancêtre	아보 avo	포어파렌 Vorfahren
	후손	마츠에이 末裔	디센던트 descendant	데상당 descendant	디쉔덴데 discendente	나흐콤메 Nachkomme
통칭	영웅	에이유 英雄	히어로 hero	에로 héros	에로에 eroe	헬트 Held
	헤로인	히로인 ヒロイン	헤로인 heroine	에로인 héroïne	에로이나 eroina	헬딘 Heldin
	에이스	에ー스 エース	에이스 ace	아스 as	아쏘 asso	스타 Star
	리더	리ー다ー リーダー	리더 leader	므뇌르 meneur	리데르 leader	퓌러 Führer
	주역	슈야쿠 主役	프로태거니스트 protagonist	프로타고니스트 protagoniste	쁘로따고니스따 protagonista	하웁트롤레 Hauptrolle
	현자	켄쟈 賢者	세이지 sage	사주 sage	사찌오 saggio	바이제 Weise
	바보	구샤 愚者	풀 fool	이디오 idiot	스뚜삐도 stupido	나 Narr

스페인	러시아	라틴	그리스	아랍	중국
이호 hijo	쓴 сын	필리우스 filius	요스 γιος	이브눈 ابن	얼즈 儿子
이하 hija	도치 дочь	필리아 (filia) filius	코리 κόρη	이브나툰 ابنة	뉘얼 女儿
멜리쏘스 mellizos	블리즈녜쓰 близнецы	제미니 gemini	디디미 δίδυμοι	타우아문 توأم	슈앙바오타이 双胞胎
안쎄스뜨로스 ancestros	쁘레독 предок	프로파토르 propator	쁘로고노스 πρόγονος	아즈다둔 أجداد	주씨엔 祖先
데스쎈디엔떼 descendiente	쁘또목 потомок	네포스 nepos	아쁘고노스 απόγονος	쌀리룬 سليل	호우이 后裔
에로에 héroe	게로이 герой	헤로스 heros	이로아스 ήρως	바떨룬 بطل	잉씨옹 英雄
에로이나 heroína	게로냐 героиня	헤로이스 herois	이로이다 ηρωίδα	바떨라툰 بطلة	뉘잉씨옹 女英雄
아스 as	아스 ac		아소스 άσος	무타하우위꾼 متفوق	넝쇼우 能手
리데르 líder	루꼬보지쩰 руководитель	둑스 dux	이개티스 ηγέτης	자이문 زعيم	링씨요우 领袖
쁘로따고니스따 protagonista	글라브노예 리쏘 главное лицо		쁘로타고니스티스 πρωταγωνιστής	러리이 رائد	쥬이아오 主角
사비오 sabio	무드례쓰 мудрец	사피엔스 sapiens	소포스 σοφός	싸히룬 ساحر	씨엔런 贤人
이디오따 idiota	글루뻬쓰 глупец	스툴투스 stultus	이리씨오스 ηλίθιος	거비윤 غبي	위런 愚人

인간

인생 통칭

표제어	일본	영어	프랑스	이탈리아	독일
승자	쇼우샤 勝者	위너 winner	가냥 gagnant	빈치또레 vincitore	지거 Sieger
패자	하이샤 敗者	루저 loser	페르당 perdant	뻬르덴떼 perdente	베지거 Besieger
달인	타츠진 達人	매스터 master	메트르 maître	에스뻬르또 esperto	마이스터 Meister
후계자	코우케이샤 後継者	썩세서 successor	쉭세쇠르 successeur	수체쏘레 successore	나흐폴거 Nachfolger
도전자	쵸우센샤 挑戦者	챌린저 challenger	샬랑제 challenger	스피단떼 sfidante	헤라우스포더러 Herausforderer
탐구자	탄큐샤 探求者	씨커 seeker	셰르쇠르 chercheur	체르까또레 cercatore	주허 Sucher
방랑자	호우로우샤 放浪者	노매드 nomad	노마드 nomade	노마데 nomade	반더러 Wanderer
선구자	센쿠샤 先駆者	파이어니어 pioneer	피오니에 pionnier	삐오니에레 pioniere	포어라이터 Vorreiter
조언자	죠우겐샤 助言者	멘토 mentor	맹토르 mentor	멘또레 mentore	베라터 Berater
구세주	큐세이슈 救世主	세이비어 savior	소뵈르 sauveur	살바또레 salvatore	에어뢰서 Erlöser
애국자	아이코쿠샤 愛国者	패트리어트 patriot	파트리오트 patriote	빠뜨리오따 patriota	파트리오트 Patriot
반역자	한갸쿠샤 反逆者	트레이터 traitor	트레트르 traître	꼬스삐라또레 cospiratore	레벨 Rebell

스페인	러시아	라틴	그리스	아랍	중국
가나도르 ganador	빠베지쩰 победитель	빅토르 victor	니키티스 νικητής	파이준 فائز	셩져 胜者
뻬르데도르 perdedor	빠제즈쥇느이 побеждённый	빅투스 victus	이티매노스 ηττημένος	커씨룬 خاسر	바이져 败者
마에스뜨로 maestro	마스쩨르 мастер	독투스 doctus	아브쎈디아 αυθεντία	알라마툰 علامة	다런 达人
수쎄소르 sucesor	쁘레욤니크 преемник	숙체소르 successor	디아도호스 διάδοχος	컬라푼 خلف	호우찌져 后继者
데스아피안떼 desafiante	쁘례쩬젠트 претендент	프로보카토르 provocator	디액디키티스 διεκδικητής	무나피슌 منافس	티아오쟌져 挑战者
부스까도르 buscador	이스까쩰 искатель	엑스플로라토르 explorator	아나지톤 αναζητών	떠리분 طلاب	탄치오우져 探求者
노마다 nómada	스끼딸례쓰 скиталец	바가분두스 vagabundus	뻬리쁠라노매노스 περιπλανώμενος	이브누 싸빌 ابن سبيل	리요우랑져 流浪者
삐오네로 pionero	뻬르보쁘로하제쓰※1	프로쿠르사토르 procursator	쁘로토뽀로스 πρωτοπόρος	러이둔 رائد	씨엔취져 先驱者
멘또르 mentor	싸볫닉 советник	콘실리에이터 consiliator	맨도롤 μέντωρ	무알리문 커슌 معلم خاص	꾸웬 顾问
살바도르 salvador	스빠시쩰 спаситель	살바토르 salvator	소티라스 σωτήρας	문끼둔 المنقذ	찌요우슬쥬 救世主
빠뜨리오따 patriota	빠뜨리오트 патриот	파트리오타 patriota	빠트리오티스 πατριώτης	와뜨니윤 وطني	아이궈져 爱国者
인수렉또 insurrecto	빠브스따녜쓰 повстанец	레벨리오 rebellio	쁘로도티스 προδότης	커인 خائن	판니져 叛逆者

※1 뻬르보쁘로하제쓰　первопроходец

인간

인생 통칭 / 장신구

표제어	일본	영어	프랑스	이탈리아	독일
약탈자	라쿠다츠샤 略奪者	플란더 plunderer	피외르 pilleur	브리간떼 brigante	플륀더 Plünderer
이단자	이탄샤 異端者	헤러틱 heretic	에레티크 hérétique	에레띠꼬 eretico	케처 Ketzer
광신자	쿄우신샤 狂信者	퍼내틱 fanatic	파나티크 fanatique	파나띠꼬 fanatico	판아티커 Fanatiker
왕관	오우칸 王冠	크라운 crown	쿠론 couronne	꼬로나 corona	크로네 Krone
티아라	티아라 ティアラ	티애러 tiara	디아뎀 diadème	띠아라 tiara	디아뎀 Diadem
귀걸이	이야링구 イヤリング	이어링 earring	부클 도레이 boucle d'oreille	오레끼노 orecchino	오어링 Ohrring
목걸이	넥크레스 ネックレス	넥클리스 necklace	콜리에 collier	꼴라나 collana	할스케테 Halskette
팔찌	브레스렛토 ブレスレット	브레이슬릿 bracelet	브라슬레 bracelet	쁘라치알레또 braccialetto	암반트 Armband
발찌	앙크렛토 アンクレット	앵클릿 anklet	브라슬레 드 슈비이 bracelet de cheville	까빌리에라 cavigliera	프쓰슈팡에 Fußspange
펜던트	펜단토 ペンダント	펜던트 pendant	팡당티프 pendentif	뻰덴떼 pendente	안헹어 Anhänger
브로치	브로―치 ブローチ	브로우치 brooch	브로슈 broche	스뻴라 spilla	브로쉐 Brosche
반지	유비와 指輪	링 ring	아노 anneau	아넬로 anello	링 Ring

스페인	러시아	라틴	그리스	아랍	중국
데쁘레다도르 depredador	그리비쩰 грабитель	프레도 praedo	아르빠가스 άρπαγας	나히분 ناهب	뤼에두오져 掠夺者
에레띠꼬 herético	이노베레쓰 иноверец	헤레티쿠스 haereticus	애래티코스 αιρετικός	문샷꾼 منشق	이두안져 异端者
파나띠꼬 fanático	화나찍 фанатик	파나티쿠스 fanaticus	파나티코스 φανατικός	무타앗씨분 متعصب	쾅러져 狂热者
꼬로나 corona	까로나 корона	코로나 corona	스땜마 στέμμα	타준 تاج	왕관 王冠
띠아라 tiara	찌아라 тиара	티아라 tiara	티아라 τιάρα	타줄 바바 تاج البابا	산층관 三重冠
아로 aro	쎄르기 серьги		스쿨라리키 σκουλαρίκι	구르뚠 قرط	얼환 耳环
꼬야르 collar	아줴렐르예 ожерелье	레디미쿨룸 redimiculum	콜리애 κολιέ	낄라다툰 قلادة	씨앙리엔 项链
브라싸레떼 brazalete	브라슬렛 браслет	브락칼레 bracchiale	브라히올리 βραχιόλι	씨와룬 سوار	쇼우줘 手镯
또비예라 tobillera	나쥐노이 브라슬렛 ножной браслет	페리쉘리스 periscelis	브라히올라키 뽀디우 βραχιολάκι ποδιού	쿨커룬 خلخال	지아오줘 脚镯
뻰디엔떼 pendiente	꿀론 кулон	스탈라그미움 stalagmium	맨다기온 μενταγιόν	타을리거툰 تعليقة	츄이슬 垂饰
브로체 broche	브로쉬 брошь		뽈삐 πόρπη	부루슌 بروش	씨옹젼 胸针
아니오 anillo	깔쪼 кольцо	아눌루스 anulus	다흐틸리디 δαχτυλίδι	커타문 خاتم	즐환 指环

# 인간

장신구

표제어	일본	영어	프랑스	이탈리아	독일
부적	오마모리 お守り	애뮬릿 amulet	아뮐레트 amulette	아물레또 amuleto	아물렛 Amulett
호신부	고후 護符	탤리스먼 talisman	탈리스망 talisman	딸리스마노 talismano	탈리스만 Talisman
인장	인쇼우 印章	씰 seal	소 sceau	시질로 sigillo	지겔 Siegel
거울	카가미 鏡	미러 mirror	미루아르 miroir	스뻬끼오 specchio	슈피겔 Spiegel
가면	카멘 仮面	매스크 mask	마스크 masque	마스께라 maschera	마스케 Maske
향수	코우스이 香水	퍼퓸 perfume	파르퓡 parfum	쁘로푸모 profumo	파퓜 Parfüm

스페인	러시아	라틴	그리스	아랍	중국
아물레또 amuleto	아뮬렛 амулет	아물레툼 amuletum	필라흐토 φυλαχτό	타미마툰 تميمة	후션뿌 护身符
딸리스만 talismán	딸리스만 талисман		탈리스만 τάλισμαν	타으위다툰 تعويذة	취씨에우 驱邪物
세요 sello	뻬차츠 печать	시늄 signum	스프라기다 σφραγίδα	커틈 ختم	투쟝 图章
에스뻬호 espejo	제르깔로 зеркало	스페쿨룸 speculum	카쓰래쁘티스 καθρέπτης	미르아툰 مرآة	찡즈 镜子
마스까라 máscara	마스까 маска	페르소나 persona	마스카 μάσκα	끼나운 قناع	지아미엔 假面
뻬르푸메 perfume	두히 духи	오도르 odor	아로마 άρωμα	이뜨룬 عطر	씨앙슈이 香水

사회

	표제어	일본	영어	프랑스	이탈리아	독일
국가	나라	쿠니 国	네이션 nation	나시옹 nation	나찌오네 nazione	란트 Land
	제국	테이코쿠 帝国	엠파이어 empire	앙피르 empire	임뻬로 impero	카이저라이히 Kaiserreich
	왕국	오우코쿠 王国	킹덤 kingdom	루아욤 royaume	모나르끼아 monarchia	쾨니히라이히 Königreich
	공화국	쿄우와코쿠 共和国	리퍼블릭 republic	레퓌블리크 république	레뿌블리까 repubblica	레푸블릭 Republik
	연방	렌보우 連邦	페더레이션 federation	페데라시옹 fédération	스따띠 꼰페데라띠 stati confederati	분데스슈타트 Bundesstaat
지위	국왕	코쿠오우 国王	킹 king	루아 roi	레 re	쾨니히 König
	왕비	오우히 王妃	퀸 queen	렌 reine	레지나 regina	쾨니긴 Königin
	황제	코우테이 皇帝	엠퍼러 emperor	앙프뢰르 empereur	모나르까 monarca	카이저 Kaiser
	왕자	오우지 王子	프린스 prince	프랭스 prince	쁘린치뻬 principe	프린츠 Prinz
	공주	오우죠 王女	프린세스 princess	프랭세스 princesse	쁘린치뻬싸 principessa	프린체씬 Prinzessin
	군주	쿤슈 君主	모나크 monarch	모나르크 monarque	모나르까 monarca	헤어쉐어 Herrscher
	영주	료우슈 領主	로드 lord	세뇌르 seigneur	씨뇨레 signore	렌즈헤어 Lehnsherr

스페인	러시아	라틴	그리스	아랍	중국
나씨온 nación	스뜨라나 страна	테라 terra	호라 χώρα	발라둔 بلد	궈지아 国家
임뻬리오 imperio	임뻬리야 империя	임페리움 imperium	아프크라토리아 αυτοκρατορία	임바러 뚜리야툰 امبراطورية	띠궈 帝国
레이노 reino	싸르스트보 царство	레늄 regnum	바실리오 βασίλειο	마믈라카툰 مملكة	왕궈 王国
레뿌블리까 república	레스뿌블리까 республика	레스 푸블리카 Res publica	디모크라티아 δημοκρατία	주무후리야툰 جمهورية	공허궈 共和国
페데라씨온 federación	페제라씨야 федерация	페데라티오 federatio	오모쁜디아 ομοσπονδία	잇티하디 اتحادي	리엔방 联邦
레이 rey	까롤 король	렉스 rex	바실리아스 βασιλιάς	말리쿤 ملك	궈왕 国王
레이나 reina	까라례바 королева	레지나 regina	바실리싸 βασίλισσα	말리카툰 ملكة	왕페이 王妃
엠뻬라도르 emperador	임뻬라또르 император	임페라토르 imperator	아프토크 라토라스 αυτοκράτορας	임마러 뚜룬 امبراطور	황디 皇帝
쁘린씨뻬 príncipe	쁘린스 принц	레굴루스 regulus	쁘리기빠스 πρίγκηπας	아미룬 امير	왕즈 王子
쁘린쎄사 princesa	쁘린쎄싸 принцесса	레지나 regina	쁘리기쁘사 πριγκήπισσα	아리러툰 اميرة	왕뉘 王女
모나르까 monarca	마나르흐 монарх	모나르카 monarcha	모날히스 μονάρχης	아힐룬 عاهل	쥔쥬 君主
세뇨르 señor	페오달 феодал	도미누스 dominus	롤도스 λόρδος	아미훈 امير	링쥬 领主

사회

사회

지위

표제어	일본	영어	프랑스	이탈리아	독일
대신	다이진 大臣	미니스터 minister	미니스트르 ministre	미니스뜨로 ministro	미니스터 Minister
공작	코우샤쿠 公爵	듀크 duke	뒤크 duc	두까 duca	헤어초크 Herzog
후작	코우샤쿠 侯爵	마퀴스 marquess	마르키 marquis	마르께제 marchese	퓌어스트 Fürst
남작	단샤쿠 男爵	배런 baron	바롱 baron	바로네 barone	바론 Baron
백작	하쿠샤쿠 伯爵	카운트 count	콩트 comte	꼰떼 conte	그라픈 Graf
기사	키시 騎士	나이트 knight	슈발리에 chevalier	까발리에레 cavaliere	리터 Ritter
교황	쿄우오우 教皇	포프 pope	파프 pape	빠빠 papa	파프스트 Papst
추기경	스키쿄우 枢機卿	카더널 cardinal	카르디날 cardinal	까르디날레 cardinale	가디날 Kardinal
대주교	다이시쿄우 大司教	아치비숍 archbishop	아르슈베크 archevêque	아르치베스꼬보 arcivescovo	에어츠비쇼프 Erzbischof
주교	시쿄우 司教	비숍 bishop	에베크 évêque	베스꼬보 vescovo	비쇼프 Bischof
사제	시사이 司祭	패스터 pastor	파스퇴르 pasteur	사체르도떼 sacerdote	프리스터 Priester
귀족	키조쿠 貴族	노블 noble	노블 noble	노빌레 nobile	아델 Adel

스페인	러시아	라틴	그리스	아랍	중국
미니스뜨로 ministro	미니스트르 министр	카넬라리우스 canellarius	이뿔고스 υπουργός	와지룬 وزير	다천 大臣
두께 duque	크냐즈 князь	둑스 dux	두카스 δούκας	두꾼 دوق	공쮀 公爵
마르께스 marqués	마르끼즈 маркиз	마르키오 marchio	말키시오스 μαρκήσιος	마르키준 مركيز	호우쮀 侯爵
바론 barón	바론 барон		마로노스 βαρόνος	나비룬 نبيل	난쮀 男爵
꼰데 conde	그라프 граф	코메스 comes	코미스 κόμης	쿤트 كونت	보쮀 伯爵
까바예로 caballero	르싸르 рыцарь	에퀘스 eques	이쁘티스 ιππότης	파리쑨 فارس	치슬 骑士
빠빠 Papa	림스끼이 빠빠 Римский папа	파파 papa	빠빠스 πάπας	바바 بابا	지아오황 教皇
까르데날 cardenal	까르지날 кардинал	카르디날리스 cardinalis	칼디나리오스 καρδινάλιος	카르디널 كاردينال	홍이쮸지아오 红衣主教
아르쏘비스뽀 arzobispo	아르히에삐스꼽 архиепископ	아르케피스코푸스 archiepiscopus	알히애삐스코뽀스 αρχιεπίσκοπος	우싸꺼파툰 اساقفة	다쮸지아오 大主教
오비스뽀 obispo	에삐스꼽 епископ	에피스코푸스 episcopus	애삐스코뽀스 επίσκοπος	우쓰꾸푼 اسقف	쮸지아오 主教
빠르또르 pastor	스베쒜닉 священник	파스토르 pastor	빠스토리스 πάστορας	껏쑨 قس	무슬牧师
노블레 noble	아리스또크랄 аристократ	노빌리스 nobilis	애브개니스 ευγενής	샤리푼 شريف	꾸이쮸 贵族

사회

	표제어	일본	영어	프랑스	이탈리아	독일
지위	노예	도레이 奴隷	슬레이브 slave	에스클라브 esclave	스끼아보 schiavo	스클라베 Sklave
	부자	카네모치 金持ち	리치 rich	리슈 riche	리꼬 ricco	라이헤 Reiche
	빈자(貧者)	빈보우 貧乏	푸어 poor	포브르 pauvre	뽀베로 povero	아메 Arme
재산	재산	자이산 財産	포츈 fortune	포르튄 fortune	빠뜨리모니오 patrimonio	페어뫼겐 Vermögen
	부	토미 富	웰스 wealth	리세스 richesse	리께짜 ricchezza	라이히툼 Reichtum
	자원	시겐 資源	리소스 resource	르수르스 ressources	리소르사 risorsa	힐프스쿠벨레 Hilfsquelle
	돈	오카네 お金	머니 money	아르장 argent	데나로 denaro	겔트 Geld
	유산	이산 遺産	레거시 legacy	에리타주 héritage	에레디따 eredità	에업샤프트 Erbschaft
	선물	오쿠리모노 贈り物	기프트 gift	카도 cadeau	레갈로 regalo	게쉥크 Geschenk
	상	호우비 褒美	리워드 reward	레콩팡스 récompense	리꼼뻰싸 ricompensa	벨로눙 Belohnung
	보물	타카라 宝	트레져 treasure	트레조르 trésor	떼소로 tesoro	샤츠 Schatz
	쓰레기	고미 ゴミ	트래쉬 trash	데트리튀 détritus	임몬디찌아 immondizia	뮐 Müll

스페인	러시아	라틴	그리스	아랍	중국
에스끌라보 esclavo	라뷔냐 рабыня	세르부스 servus	스크라보스 σκλάβος	우부디야툰 عبودية	누리 奴隶
리꼬 rico	바가치 богач	베아투스 beatus	쁠루시오스 πλούσιος	아그니야우 اغنياء	요우치엔런 有钱人
뽀브레 pobre	베드냐크 бедняк	파우페르 pauper	프토호스 φτωχός	푸꺼러우 فقراء	핀치용 贫穷
포르뚜나 fortuna	이무쉐스트바 имущество	포르투네 fortunae	빼리우시아 περιουσία	싸르와툰 ثروة	차이찬 财产
리께싸 riqueza	바가스트바 богатство	보나 bona	쁠루토스 πλούτος	싸르와툰 ثروة	푸 富
레꾸르소 recurso	레쑤르쓰 ресурсы	파쿨타테스 facultates	뽀로스 πόρος	마와리둔 موارد	즈위엔 资源
디네로 dinero	젠기 деньги	페쿠니아 pecunia	흐리마타 χρήματα	누꾸둔 نقود	진치엔 金钱
레가도 legado	나슬렛스트바 наследство	헤레디움 heredium	클리로노미아 κληρονομιά	투러쑨 تراث	이찬 遗产
레갈로 regalo	빠다로크 подарок	다툼 datum	도로 δώρο	하이야툰 هدية	리우 礼物
레꼼뻰사 recompensa	나그라다 награда	콤모둠 commodum	안다미비 ανταμοιβή	싸와분 ثواب	지앙샹 奖赏
떼소로 tesoro	싸크로비쒜 сокровище	테사우루스 thesaurus	씨사브로스 θησαυρός	칸즈 كنز	차이바오 财宝
바수라 basura	무쏘르 мусор	루두스 rudus	스쿠삐디아 σκουπίδια	꾸마마툰 قمامة	라지 垃圾

사회

직업

표제어	일본	영어	프랑스	이탈리아	독일
농부	노우후 農夫	파머 farmer	아그리퀼퇴르 agriculteur	꼰따디노 contadino	바우어 Bauer
사냥꾼	료우시 猟師	헌터 hunter	샤쇠르 chasseur	까치아또레 cacciatore	예거 Jäger
어부	료우시 漁師	피셔멘 fisherman	페쇠르 pêcheur	뻬스까또레 pescatore	퓌셔 Fischer
상인	쇼우닌 商人	머천트 merchant	마르샹 marchand	꼼메르치안떼 commerciante	카우프만 Kaufmann
행상인	교우쇼우닌 行商人	페들러 peddler	콜포르퇴르 colporteur	벤디또레 암불란떼 venditore ambulante	하우지어러 Hausierer
선원	후나노리 船乗り	세일러 sailor	마랭 marin	마리나이오 marinaio	제만 Seemann
장인	쇼쿠닌 職人	아티전 artisan	마르티장 artisan	아르띠지아노 artigiano	한트베어커 Handwerker
목수	다이쿠 大工	카펜터 carpenter	므뉘이지에 menuisier	까르뻰띠에레 carpentiere	침머만 Zimmermann
석공	이시쿠 石工	메이슨 mason	마송 maçon	무라또레 muratore	슈타인메츠 Steinmetz
대장장이	카지야 鍛冶屋	스미스 smith	포르즈롱 forgeron	파브로 fabbro	슈미트 Schmied
재단사	시타테야 仕立屋	테일러 tailor	타이외르 tailleur	사르또 sarto	슈나이더 Schneider
요리사	료우리닌 料理人	쿡 cook	퀴이지니에 cuisinier	꾸오꼬 cuoco	코흐 Koch

스페인	러시아	라틴	그리스	아랍	중국
아그리꿀또르 agricultor	크례스쨔닌 крестьянин	아그리콜라 agricola	아그로티스 αγρότης	무자리운 مزارع	농푸 农夫
까싸도르 cazador	아홋니크 охотник	베나토르 venator	키기노스 κυνηγός	써이야둔 صياد	리에런 猎人
뻬스까도르 pescador	르바크 рыбак	피스카토르 piscator	프사라스 ψαράς	써이야둣 싸마크 صياد اسماك	위민 渔民
꼬메르씨안떼 comerciante	까메르싼트 коммерсант	메르카토르 mercator	뽈리티스 πωλητής	타지룬 تاجر	샹런 商人
벤데도르 암불란떼 vendedor ambulante	라즈노스칙 разносчик		쁠라노디오스 πλανόδιος	바이운 마타자 우월룬 بائع متجول	샹판 商贩
마리네로 marinero	마략 моряк	나우타 nauta	나브티스 ναύτης	바하룬 بحّار	슈이쇼우 水手
아르떼사노 artesano	레메슬레닉 ремесленник	아르티펙스 artifex	앨가티스 εργάτης	히러피윤 حرفي	쇼우이런 手艺人
까르뻰떼로 carpintero	쁠롯니크 плотник	파베르 faber	크시루르고스 ξυλουργός	낫자룬 نجّار	무지앙 木匠
깐떼로 cantero	까멘쒸크 каменщик	마키오 machio	리쏘크소오스 λιθοξόος	빈나운 بنّاء	슬지앙 石匠
에레로 herrero	쿠즈녜쯔 кузнец	페라리우스 ferrarius	시데라스 σιδεράς	핫사둔 حدّاد	티에지앙 铁匠
사스뜨레 sastre	빠르트노리 портной	베스티토르 vestitor	라쁘티스 ράπτης	커이야뚠 خيّاط	차이펑 裁缝
꼬씨네로 cocinero	뽀바르 повар	코쿠스 coquus	마기라스 μάγειρας	떱바쿤 طبّاخ	츄슬 厨师

사회

직업	표제어	일본	영어	프랑스	이탈리아	독일
	정원사	니와시 庭師	가드너 gardener	자르디니에 jardinier	지아르디니에레 giardiniere	게어트너 Gärtner
	가수	카슈 歌手	싱어 singer	샹퇴르 chanteur	깐딴떼 cantante	젱어 Sänger
	무용수	오도리코 踊り子	댄서 dancer	당쇠즈 danseuse	발레리나 ballerina	텐처 Tänzer
	음유시인	긴유시진 吟遊詩人	민스트럴 minstrel	메네스트렐 ménestrel	메네스뜨렐로 menestrello	파렌데어 젱어 fahrender Sänger
	광대	도우케시 道化師	클라운 clown	클룬 clown	지울라레 giullare	나 Narr
	창부	쇼우후 娼婦	프로스티튜트 prostitute	프로스티튀에 prostituée	쁘로스띠뚜따 prostituta	프로스티투이어테 Prostituierte
	의사	이시 医師	피지션 physician	매드생 médecin	메디꼬 medico	아츠트 Arzt
	파수꾼	반닌 番人	키퍼 keeper	가르디엥 gardien	꾸스또데 custode	베이터 Wächter
	하인	시요우닌 使用人	서번트 servant	세르비퇴르 serviteur	세르보 servo	디너 Diener
	집사	시츠지 執事	버틀러 butler	마조르돔 majordome	마죠르도모 maggiordomo	페어발터 Verwalter
	하녀	죠츄 女中	메이드 maid	세르방트 servante	도메스띠까 domestica	딘스트멧헨 Dienstmädchen
	여행자	타비비토 旅人	트래블러 traveler	부아야죄르 voyageur	베아쟈또레 viaggiatore	라이젠데 Reisende

스페인	러시아	라틴	그리스	아랍	중국
하르디네로 jardinero	싸돔닉 садовник	호르툴라누스 hortulanus	키뿌로스 κηπουρός	부쓰타니윤 بستاني	위엔이슬 园艺师
깐딴떼 cantante	빼베쓰 певец	칸토르 cantor	트라구디스티스 τραγουδιστής	무뜨리분 مطرب	거쇼우 歌手
바일라린 bailarín	딴쏩쉬싸 танцовщица	살타토르 saltator	호래브티스 χορευτής	러끼쒸툰 راقصة	우뉘 舞女
뜨로바도르 trovador	브로쟈쉬이 빠엣 бродящий поэт		트로바두로스 τροβαδούρος	샤이룬 شاعر	인요우슬런 吟游诗人
빠야소 payaso	슈트 шут	요쿨라토르 joculator	빨리아초스 παλιάτσος	무하리준 مهرّج	쵸우쮜에 丑角
쁘로스띠뚜따 prostituta	쁘라스띠뚜트까 проститутка	프로스티불라 prostibula	뽈니 πόρνη	아히러툰 عاهرة	챵푸 娼妇
메디꼬 médico	브라치 врач	메디쿠스 medicus	야트로스 γιατρός	떠비분 طبيب	이슬 医师
구아르디아 guardia	쓰또로쥐 сторож	쿠스토스 custos	필라카스 φύλακας	싿자눈 سجّان	바오관위엔 保管员
시르비엔떼 sirviente	슬루가 слуга	세르비토르 servitor	이뻐래티스 υπηρέτης	커디문 خادم	용런 佣人
꼰시에르게 concierge	우쁘라브라유쉬이 управляющий	첼라리우스 cellarius	바트랠 μπάτλερ	와킬 وكيل	난관지아 男管家
무까마 mucama	슬루좐까 служанка	안칠라 ancilla	카마리애라 καμαριέρα	커디마툰 خادمة	뉘용 女佣
비아헤로 viajero	뿌쩨쉐스트벤닉 путешественник	이티네라토르 itinerator	타크시디오티스 ταξιδιώτης	무싸피룬 مسافر	뤼여우저 旅游者

사회

직업

표제어	일본	영어	프랑스	이탈리아	독일
성직자	세이쇼쿠샤 聖職者	프리스트 priest	프레트르 prêtre	빠로꼬 parroco	가이스트리헤 Geistliche
수도사	슈도우시 修道士	망크 monk	무안 moine	모나꼬 monaco	묀히 Mönch
수녀	슈도우죠 修道女	시스터 sister	쇠르 sœur	모나까 monaca	논니 Nonne
마녀	마죠 魔女	윗치 witch	소르시에르 sorcière	스트레가 strega	헥세 Hexe
마법사	마호우츠카이 魔法使い	위저드 wizard	마지시앵 magicien	마고 mago	차우버러 Zauberer
영매	레이바이시 靈媒師	샤먼 shaman	샤망 chaman	쉬아마노 sciamano	샤마네 Schamane
무당	미코 巫女	미디엄 medium	메디옴 médium	메디움 medium	메디움 Medium
요술사	요우쥬츠시 妖術師	소서러 sorcerer	소르시에 sorcier	스트레고네 stregone	헥써 Hexer
마도사	마도우시 魔導師	메이지 mage	마주 mage	마고 mago	마기어 Magier
퇴마사	하라이시 祓い師	엑소시스트 exorcist	에그조르시스트 exorciste	에소르치스따 esorcista	에쏘르치스트 Exorzist
점쟁이	우라나이시 占い師	포츈텔러 fortune-teller	부아양 voyante	끼로만떼 chiromante	바자거 Wahrsager
예언자	요겐샤 予言者	프라핏 prophet	프로페트 prophète	쁘로페따 profeta	프로페트 Prophet

스페인	러시아	라틴	그리스	아랍	중국
쁘레디까도르 predicador	두호벤스트보 духовенство	클레루스 clerus	이애래아스 ιερέας	러주루 디닌 رجل دين	션푸 神父
몬헤 monje	마나흐 монах	모나쿠스 monachus	모나호스 μοναχός	러히분 راهب	씨요우다오슬 修道士
몬하 monja	마나흐냐 монахиня	모나카 monacha	칼로그리아 καλόγρια	러히바툰 راهبة	씨요우다오뉘 修道女
브루하 bruja	베즈마 ведьма	베네피카 venefica	마기사 μάγισσα	싸히러툰 ساحرة	뉘우 女巫
에치세로 hechicero	깔둔 колдун	베네피쿠스 veneficus	마고스 μάγος	아러푼 عرّاف	난우 男巫
차만 chamán	샤만 шаман	바테스 vates	사마노스 σαμάνος	카힌 كاهن	썽런 僧人
메디움 medium	즈리싸 жрица		맨티움 μέντιουμ	와씨뚜 아르와힌 وسيط ارواح	우뉘 巫女
브루호 brujo	깔둔 колдун	프레칸타토르 praecantator	마고스 μάγος	마슈우둔 مشعوذ	판슬 方士
마고 mago	왈쉐브닉 волшебник		마고스 μάγος	무알리뭇 씨흐리 معلم السحر	모슈슬 魔术师
엑소르씨스따 exorcista	아치쉐닉 очищенник	엑소르치스타 exorcista	액솔키스티스 εξορκιστής	무아우위둔 معوَذ	취모슬 驱魔师
아디비노 adivino	가달쉭 гадалыщик	아우구르 augur	만디스 μάντης	아러푼 عرّاف	쟌부슬 占卜师
쁘로페따 profeta	쁘로록 пророк	프로페타 propheta	쁘로피티스 προφήτης	나비윤 نبي	위옌지아 预言家

사회

직업

표제어	일본	영어	프랑스	이탈리아	독일
사기꾼	사기시 詐欺師	스윈들러 swindler	에스크로 escroc	뜨루파또레 truffatore	베트뤼거 Betrüger
해적	카이조쿠 海賊	파이어럿 pirate	피라트 pirate	삐라따 pirata	제러이버 Seeräuber
산적	산조쿠 山賊	밴딧 bandit	방디 bandit	반디또 bandito	반디트 Bandit
도적	토우조쿠 盜賊	씨프 thief	볼뢰르 voleur	라드로 ladro	러이버 Räuber
암살자	안사츠샤 暗殺者	어쌔신 assassin	아사생 assassin	아싸씨노 assassino	마이헬러이버 Meuchelmölder
사형집행인	쇼케이닌 処刑人	익스큐셔너 executioner	부로 bourreau	보이아 boia	샤프리히터 Scharfrichter

장소·건물
도시

도시	토시 都市	시티 city	비르 ville	치따 città	슈타트 Stadt
시장	이치바 市場	마켓 market	마르셰 marché	메르까또 mercato	마크트 Markt
광장	히로바 広場	스퀘어 square	플라스 place	삐아짜 piazza	플라츠 Platz
성	시로 城	캐슬 castle	샤토 château	까스뗄로 castello	슐로쓰 Schloss
궁전	큐덴 宮殿	팰리스 palace	팔레 palais	빨라쪼 palazzo	팔라스트 Palast
옥좌	교쿠자 玉座	스론 throne	트론 trône	뜨로노 trono	트론 Thron

스페인	러시아	라틴	그리스	아랍	중국
에스따파도르 estafador	마쉐닉 мошенник	프라우다토르 fraudator	아빠태오나스 απατεώνας	낫써분 نصاب	쟈이피엔슬 诈骗师
삐라따 pirata	삐랄 пират	피라타 pirata	삐라티스 πειρατής	꾸르써눈 قرصان	하이따오 海盗
반디도 bandido	고르노이 라즈보이니크 горный разбойник	라트로 latro	리스티스 ληστής	꺼띠우 뚜르낀 قاطع طرق	투페이 土匪
라드론 ladrón	보르 вор	라트로 latro	클래프티스 κλέφτης	릿쑨 لص	따오제이 盗贼
아세시노 asesino	나욤니이 우비짜 наёмный убийца	시카리우스 sicarius	도로포토스 δολοφόνος	꺼틸룬 قاتل	안샤런 暗杀人
에헤꾸또르 ejecutor	빨라치 палач		디미오스 δήμιος	마흐쿠문 알레이히 محكوم عليه	츄씽런 处刑人
씨우다드 ciudad	고롯 город	우르브스 urbs	뽈리 πόλη	메디나툰 مدينة	쳥슬 城市
메르까도 mercado	르노크 рынок	메르카투스 mercatus	아고라 αγορά	쑤꾼 سوق	슬챵 市场
쁠라싸 plaza	쁠로샤즈 площадь	스파티움 spatium	쁠라티아 πλατεία	미다눈 ميدان	광챵 广场
까스띠요 castillo	크레뽀스츠 крепость	카스텔룸 castellum	카스트로 κάστρο	껄아툰 قلعة	쳥츨 城池
빨라씨오 palacio	드보레츠 дворец	팔라티움 palatium	빨라티 παλάτι	꺼쓰룬 قصر	관띠엔 宫殿
뜨로노 trono	뜨론 трон	토로누스 thronus	쓰로노스 θρόνος	아르슌 عرش	바오쮜 宝座

사회

161

사회

장소·건물
도시

표제어	일본	영어	프랑스	이탈리아	독일
탑	토우 塔	타워 tower	투르 tour	또레 torre	투엄 Turm
정원	테이엔 庭園	가든 garden	자르댕 jardin	자르디노 giardino	가텐 Garten
마구간	우마야 厩	스테이블 stable	에퀴리 écurie	스꾸데리아 scuderia	페어데슈탈 Pferdestall
저택	야시키 屋敷	맨션 mansion	마누아르 manoir	레지덴짜 residenza	본하우스 Wohnhaus
신전	신덴 神殿	템플 temple	탕플 temple	뗌뻬오 tempio	템벨 Tempel
도서관	토쇼칸 図書館	라이브러리 library	비블리오테크 bibliothèque	비블리오떼까 biblioteca	비블리오텍 Bibliothek
법원	사이반쇼 裁判所	코트 court	트리뷔날 tribunal	뜨리부날레 tribunale	게리히츠호프 Gerichtshof
병원	뵤우인 病院	하스피틀 hospital	오피탈 hôpital	오스뻬달레 ospedale	크랑켄하우쓰 Krankenhaus
감옥	로우고쿠 牢獄	프리즌 prison	프리종 prison	까르체레 carcere	게펭니스 Gefängnis
술집	사카바 酒場	펍 pub	퓌브 pub	에노떼까 enoteca	크나이페 Kneipe
여관	야도야 宿屋	인 inn	오베르주 auberge	알베르고 albergo	가스트하우스 Gasthaus

시골

마을	무라 村	빌리지 village	빌라주 village	빠에제 paese	도어프 Dorf

스페인	러시아	라틴	그리스	아랍	중국
또레 torre	바쉬냐 башня	투리스 turris	삐르고스 πύργος	부르준 برج	타 塔
하르딘 jardín	싸트 сад	호르투스 hortus	키뽀스 κήπος	하디꺼툰 حديقة	팅위엔 庭园
에스따블로 establo	까뉴쉬냐 конюшня	스타불룸 stabulum	스타블로스 στάβλος	이쓰떠블 اسطبل	마펑 马棚
만시온 mansión	아싸브냐크 особняк	만시오 mansio	애빠블리 έπαυλη	미나야툰 بناية	쟈이디 宅第
뗌쁠로 templo	흐람 храм	템플룸 templum	나오스 ναός	마으바둔 معبد	션디엔 神殿
비블리오떼까 biblioteca	비블리오쩨까 библиотека	비블리오테카 bibliotheca	비블리오씨키 βιβλιοθήκη	마크타바툰 مكتبة	투슈관 图书馆
후쓰가도 juzgado	쑤드 суд	유디춤 judicium	디카스티리오 δικαστήριο	마흐카마툰 محكمة	파위엔 法院
오스삐딸 hospital	발니짜 больница	호스피탈레 hospitale	노소코미오 νοσοκομείο	무쓰타쉬파 مستشفى	이위엔 医院
바스띠야 bastilla	쭈르마 тюрьма	카르체르 carcer	필라키 φυλακή	씨즌 سجن	지엔위 监狱
따베르나 taberna	바르 бар	타베나 taberna	발 μπαρ	커마러툰 خمارة	지요우관 酒馆
뽀사다 posada	가스찌니싸 гостиница	호스피티움 hospitium	빤도히오 πανδοχείο	커눈 خان	뤼관 旅馆
뿌에블로 pueblo	제례브나 деревня	비쿠스 vicus	호리오 χωριό	꺼르야툰 قرية	춘 村

사회

	표제어	일본	영어	프랑스	이탈리아	독일
장소·건물 **시골**	집	이에 家	하우스 house	메종 maison	까사 casa	하우스 Haus
	교회	쿄우카이 教会	처치 church	에글리즈 église	끼에사 chiesa	키어혜 Kirche
	우물	이도 井戸	웰 well	퓌이 puit	뽀쪼 pozzo	브룬넨 Brunnen
	농장	노우죠우 農場	팜 farm	페름 ferme	아지엔다 아그리꼴라 azienda agricola	바우언호프 Bauernhof
	목장	보쿠죠우 牧場	스톡 팜 stock farm	페름 델르바주 ferme d'élevage	파또리아 fattoria	바이데 Weide
	풍차	후샤 風車	윈드밀 windmill	물랭 아 방 moulin à vent	물리노 아 벤또 mulino a vento	빈트뮐레 Windmühle
	수차	스이샤 水車	워터휠 waterwheel	물랭 아 오 moulin à eau	몰리노 아드 아꾸아 mulino ad acqua	바써뮐레 Wassermühle
	풍향계	카자미도리 風見鶏	웨더콕 weathercock	지루에트 girouette	반데루올라 banderuola	베터한 Wetterhahn
	허수아비	카카시 かかし	스케어크로우 scarecrow	애푸방타유 épouvantail	스빠벤따빠쎄리 spaventapasseri	슈트로만 Strohmann
기타	길	미치 道	로드 road	루트 route	스트라다 strada	벡 Weg
	다리	하시 橋	브릿지 bridge	퐁 pont	뽄떼 ponte	브뤽케 Brücke
	검문소	세키쇼 関所	체크 포인트 check point	바리에르 barrière	뽀스또 디 꼰뜨롤로 posto di controllo	그렌첸위버강 Grenzübergang

스페인	러시아	라틴	그리스	아랍	중국
까사 casa	돔 дом	도무스 domus	스삐티 σπίτι	베이툰 بيت	팡우 房屋
이글레시아 iglesia	쎄르코브 церковь	엑끌레시아 ecclesia	애끌리시아 εκκλησία	카니쌀툰 كنيسة	지아오후이 教会
뽀쏘 pozo	꼴로제츠 колодец		삐가디 πηγάδι	마꾸쑤러툰 مقصورة	슈이징 水井
깜뽀 campo	페르마 ферма	푼두스 fundus	아그록티마 αγρόκτημα	마즈러아툰 مزرعة	농창 农场
그란하 granja	빠스트비쉐 пастбище	파스투스 pastus	팔마 φάρμα	마즈러아툰 مزرعة	무창 牧场
몰리노 molino	베뜨랴노예 깔레쏘 ветряное колесо		아내모미로스 ανεμόμυλος	떠후나툰 طاحونة	펑처 风车
몰리노 데 아구아 molino de agua	보쟈노예 깔레쏘 водяное колесо		내로밀로스 νερόμυλος	싸끼야툰 ساقية	슈이쳐 水车
벨레따 veleta	프류게르 флюгер		아내모딕티스 ανεμοδείκτης	다우와러툰 دوارة	펑비아오 风标
에스빤따 빠하로스 espantapájaros	추첼로 чучело		스키아흐트로 σκιάχτρο	팟자아툰 فزاعة	다오차오런 稻草人
까미노 camino	다로가 дорога	비아 via	오도스 οδός	떠리꾼 طريق	루 路
뿌엔떼 puente	모스트 мост	폰스 pons	개피라 γέφυρα	지쓰룬 جسر	치아오 桥
뿌에스또 데 꼰뜨롤 puesto de control	자스따바 застава		시노로 σύνορο	지다룬 جدار	관차 关卡

사회

사회

장소·건물 기타

표제어	일본	영어	프랑스	이탈리아	독일
운하	운가 運河	캐널 canal	카날 canal	까날레 canale	카날 Kanal
항구	미나토 港	하버 harbor	포르 port	뽀르또 porto	하펜 Hafen
등대	토우다이 灯台	라이트하우스 lighthouse	파르 phare	파로 faro	러이히트투엄 Leuchtturm
요새	토리데 砦	포트 fort	포르 fort	포르떼 forte	포어트 Fort
성문	몬 門	케이트 gate	포르트 porte	뽀르또네 portone	토어 Tor
문	토비라 扉	도어 door	포르트 porte	뽀르따 porta	튀어 Tür
폐허	하이쿄 廃墟	루인 ruin	뤼인 ruine	로비나 rovina	트륌머 Trümmer
유적	이세키 遺跡	리메인 remain	베스티주 vestige	레스띠 resti	루이네 Ruine
미궁	메이큐 迷宮	래버린스 labyrinth	라비탱트 labyrinthe	라비린또 labirinto	라뷔린트 Labyrinth
묘지	보치 墓地	세머테리 cemetery	심티에르 cimetière	치미떼로 cimitero	프리트호프 Friedhof
쓰레기장	고미스테바 ゴミ捨て場	덤프 dump	데포투아르 dépotoire	디스까리까 discarica	슛압라데플라츠 Schuttabladeplatz
성역	세이키 聖域	생츄어리 sanctuary	상크튀에르 sanctuaire	싼뚜아리오 santuario	하일리히툼 Heiligtum

스페인	러시아	라틴	그리스	아랍	중국
까날 canal	까날 канал	카날리스 canalis	카날리 κανάλι	꺼나툰 قناة	윈허 运河
뿌에르또 puerto	뽀르트 порт	포르투스 portus	리마니 λιμάνι	미나운 ميناء	강커우 港口
파로 faro	마야크 маяк	파루스 pharus	파로스 φάρος	파나룬 فنار	덩타 灯塔
푸에르떼 fuerte	쓰따젤 цитадель	아르크스 arx	프루리오 φρούριο	히쓰눈 حصن	청바오 城堡
뿌르똔 portón	바로따 ворота	포르타 porta	삘리 πύλη	바우와바툰 بوابة	따먼 大门
푸에르따 puerta	드베르 дверь	포르타 porta	뽈타 πόρτα	바분 باب	시아오먼 小门
루이나 ruina	라즈발리느 развалины	루이나 ruina	애리삐아 ερείπια	이뜰라룬 اطلال	페이쉬 废墟
레스또스 restos	아스따트끼 остатки	루이나 ruina	아쁘미나리아 απομεινάρια	아싸룬 آثار	이찌 遗迹
라베린또 laberinto	라비린트 лабиринт	라비린투스 labyrinthus	라비린토스 λαβύρινθος	마타하툰 متاهة	미공 迷宮
쎄멘떼리오 cementerio	클라비쉐 кладбище	쾨메테리움 coemeterium	낵로타피오 νεκροταφείο	마끄바라툰 مقبرة	지띠 基地
바수랄 basural	빠모이까 помойка		아쿠뻬도토뽀스 σκουπιδότοπος	마카눌 리꺼울 꾸마인 القاء القمامة مكان	라지잔 垃圾站
산뚜아리오 santuario	스볘쉔 노예 미에스또 священное место	산크투아리움 sanctuarium	카타피기오 καταφύγιο	하러문 حرم	성띠 圣地

사회

표제어	일본	영어	프랑스	이탈리아	독일
천국	텐코쿠 天国	헤븐 heaven	시엘 ciel	빠라디조 paradiso	힘멜 Himmel
지옥	지고쿠 地獄	헬 hell	앙페르 enfer	인페르노 inferno	횔레 Hölle
연옥	렌고쿠 煉獄	퍼거토리 purgatory	퓌르가투아르 purgatoire	뿌르가또리오 purgatorio	페게포이어 Fegefeuer
낙원	라쿠엔 楽園	패러다이스 paradise	파라디 paradis	빠라디조 paradiso	파라디스 Paradies
이상향	리소우쿄우 理想郷	유토피아 utopia	위토피 utopie	우또뻬아 utopia	우토피 Utopie
고향	코쿄우 故郷	홈랜드 homeland	파트리 patrie	빠에제 나띠오 paese natio	하이맛 Heimat
신화	신와 神話	미솔로지 mythology	미톨로지 mythologie	미똘로지아 mitologia	뮈투스 Mythus
전설	덴세츠 伝説	레전드 legend	레장드 légende	레젠다 leggenda	자게 Sage
서사시	죠지시 叙事詩	에픽 epic	에피크 épique	에삐까 epica	에포스 Epos
민화	민와 民話	포크로어 folklore	폴크로르 folklore	폴끌로레 folclore	폴크스메어헨 Volksmärchen
우화	구와 寓話	페이블 fable	파블 fable	피아바 fiaba	파벨 Fabel
이야기	모노가타리 物語	테일 tale	콩트 conte	라꼰또 racconto	에어첼룽 Erzählung

장소·건물 기타

신화·전설 총칭

스페인	러시아	라틴	그리스	아랍	중국
씨엘로 cielo	녜보 небо	켈룸 caelum	빠라디소스 παράδεισος	잔나툰 جنة	티엔궈 天国
인플레르노 infierno	아드 ад	인페르누스 infernus	콜라시 κόλαση	나룬 نار	디위 地狱
뿌르가또리오 purgatorio	찌스치리시체 чистилище	푸르가토리움 purgatorium	카쌀티리오 καθαρτήριο	이으러푼 الاعراف	리엔위 炼狱
빠라이소 paraíso	라이 рай	파라디수스 paradisus	빠라디소스 παράδεισος	잔나툰 جنة	르어위엔 乐园
우또삐아 utopía	우또삐야 утопия	우토피아 utopia	우토삐아 ουτοπία	알메디나투 알파딜라투 المدينة الفاضلة	우퉈방 乌托邦
뿌에블로 나딸 pueblo natal	로지나 родина	파트리아 patria	빠트리다 πατρίδα	알메디나툴 움 المدينة الام	꾸씨앙 故乡
미똘로히아 mitología	미포로기야 мифология	미톨로기아 mythologia	미쏘로기아 μυθολογία	아싸띠루 اساطير	선화 神话
레옌다 leyenda	쁘레다니예 предание		쓰리로스 θρύλος	아싸띠루 اساطير	츄안슈오 传说
에뽀뻬야 epopeya	에뽀스 эпос	에포스 epos	애삐코스 επικός	말하마툰 ملحمة	쉬슬 叙事诗
폴크로레 folklore	나롯나야 스까스까 народная сказка		라오그라피아 λαογραφία	풀크루르 فلكلور	민지앙꾸슬 民间故事
파불라 fábula	바스냐 басня	파불라 fabula	미쏘스 μύθος	우쓰뚜러툰 اسطورة	위옌 寓言
꾸엔또 cuento	라스까즈 рассказ	히스토리아 historia	이스토리아 ιστορία	낏써툰 قصة	꾸슬 故事

사회

사회

신화·전설 총칭

환수

표제어	일본	영어	프랑스	이탈리아	독일
역사	레키시 歴史	히스토리 history	이스투아르 histoire	스또리아 storia	게쉬히테 Geschichte
전승	덴쇼우 伝承	트래디션 tradition	트라디시옹 tradition	뜨라디찌오네 tradizione	위버리퍼룽 Überlieferung
괴물	카이부츠 怪物	몬스터 monster	몽스트르 monstre	모스뜨로 mostro	운게튐 Ungetüm
요정	요우세이 妖精	페어리 fairy	페 fée	파따 fata	페 Fee
정령	세이레이 精霊	스프릿 sprit	에스프리 esprit	스삐리또 spirito	가이스트 Geist
악령	아쿠료우 悪霊	디먼 demon	데몽 démon	데모네 demone	데몬 Dämon
엘프	에루후 エルフ	엘프 elf	엘프 elfe	엘포 elfo	아이페 Elfe
난쟁이	도와ー후 ドワーフ	드워프 dwarf	냉 nain	나노 nano	츠베르크 Zwerg
용	류우 竜	드래건 dragon	드라공 dragon	드라고 drago	트라헤 Drache
유니콘	잇카구슈우 一角獣	유니콘 unicorn	리코튼 licorne	우니꼬르노 unicorno	아인호언 Einhorn
페가수스	페가사스 ペガサス	페가서스 Pegasus	페가즈 pégase	뻬가소 Pegaso	플뤼겔페어트 Flügelpferd
켄타우로스	켄타우로스 ケンタウロス	센토어 centaur	상토르 centaure	첸따우로 Centauro	켄타우 Kentaur

스페인	러시아	라틴	그리스	아랍	중국
이스또리아 historia	이스또리야 история	히스토리아 historia	이스토리아 ιστορία	타리쿤 تاريخ	리슬 历史
뜨라디씨온 tradición	나슬레도바니예 наследование	트라디티오 traditio	빠라도시 παράδοση	무타와리쑨 متوارث	츄안청 传承
몬스뜨루오 monstruo	추도비쉐 чудовище	몬스트룸 monstrum	태라스 τέρας	와흐슌 وحش	꾸아이우 怪物
아다 hada	페야 фея	님파 nympha	내래다 νεράιδα	진니 جني	야오징 妖精
에스삐리뚜 espíritu	두흐 우메르쉬흐 дух умерших	스피리투스 spiritus	쁘내브마 πνεύμα	루훈 روح	징링 精灵
데모니오 demonio	즐로이 두흐 злой дух	데몬 daemon	대모나스 δαίμονας	쉐이떤 شيطان	으어모 恶魔
엘포 elfo	엘프 эльф		크소티코 ξωτικό	꺼자문 قزم	시아오징링 小精灵
에나노 enano	까르릭 карлик	나누스 nanus	나노스 νάνος	꺼자문 قزم	아이즈 矮子
드라곤 dragón	드라꼰 дракон	드라코 draco	드라코스 δράκος	탄니눈 تنين	롱 龙
우니꼬르니오 unicornio	예지노록 Единорог	우니코르누우스 unicornuus	모노캐로스 μονόκερως	아하디 알꺼른 احادي القرن	두지아오쇼우 独角兽
뻬가소 pegaso	뻬가스 Пегас	페가수스 Pegasus	삐가소스 πήγασος	비거쑤쓰 بيغاسوس	페이마 飞马
센따우로 centauro	쩬따브르 Центавр	첸타우루스 Centaurus	캔타브로스 κένταυρος	껀두르 قنطور	반런마 半人马

사회

사회

신화·전설 환수

표제어	일본	영어	프랑스	이탈리아	독일
불사조	후시쵸우 不死鳥	피닉스 phoenix	페눅스 phœnix	페니체 fenice	푀닉스 Phönix
인어	닌교 人魚	머메이드 mermaid	시렌 sirène	시레나 sirena	메어융프라우 Meerjungfrau
그리핀	그리혼 グリフォン	그리핀 griffin	그리퐁 griffon	그리포네 grifone	그라이프 Greif
히포그리프	힙포그리후 ヒッポグリフ	히포그리프 hippogriff	이포그리프 hippogriffe	이뽀그리포 ippogrifo	휩포그뤼프 Hippogryph
코카트리스	코카토리스 コカトリス	카커트리스 cockatrice	코카트릭스 cockatrix	꼬까뜨리체 coccatrice	바실리스크 Basilisk
멘티코어	만티코아 マンティコア	맨티코어 manticore	망티코르 manticore	만띠꼬라 manticora	만티코어 Mantikor
키메라	키마이라 キマイラ	카이미러 chimera	시메르 chimère	끼메라 chimera	쉬매레 Schimäre
베헤못	베히모스 ベヒモス	비히모스 Behemoth	베에모스 béhémoth	베헤모트 behemoth	베헤모트 Behemoth
레비아단	리바이아산 リヴァイアサン	리바이어선 Leviathan	레비아탕 leviathan	레비아따노 Leviatano	레비아탄 Leviathan
거인	쿄진 巨人	자이언트 giant	제앙 géant	지간떼 gigante	기간트 Gigant
트롤	토로―루 トロール	트롤 troll	트롤 troll	트롤 troll	트롤 Troll
흡혈귀	큐케츠키 吸血鬼	뱀파이어 vampire	방피르 vampire	밤베로 vampiro	밤피어 Vampir

스페인	러시아	라틴	그리스	아랍	중국
아베 페닉스 ave fénix	페닉스 Феникс	푀닉스 phoenix	피니카스 φοίνικας	떠이룰 피니끄 طائر الفينيق	창셩니아오 长生鸟
시레나 sirena	루쌀까 Русалка		골고나 γοργόνα	우루쑬 바흐리 عروس البحر	런위 人鱼
그리포 grifo	그리폰 Грифон	그리프스 gryps	그리빠스 γρύπας	안꺼운 العنقاء	슬지요우 狮鹫
이쁘그리포 hipogrifo	기쁘그리프 Гиппогриф		이쁘그리빠스 ιππογρύπας	히부그리프 هبغريف	쮠잉 骏鹰
꼬까뜨리쓰 cocatriz	꼬까뜨리스 Коккатрис	칼카트릭스 calcatrix	바실리스코스 βασιλίσκος	아쓸라툰 الأصلة	셔웨이지 蛇尾鸡
만띠꼬라 manticora	만찌까라 Мантикора		말티호라스 μαρτιχόρας	만티꾸르 منتيقور	런토우슬션롱웨 이꽈이쇼우※1
끼메라 quimera	히메라 Химера	키메라 chimaera	히매라 χίμαιρα	와흐문 وهم	카마이라 喀迈拉
베에모뜨 Behemot	베게못 Бегемот	베헤모트 behemoth	비헤모쓰 μπιχεμώθ	파르쑬 바흐리 فرس البحر	쥐쇼우 巨兽
레비아딴 Leviatán	레비아판 Левиафан	레비아탄 leviathan	래비아싼 λεβιάθαν	더크문 ضخم	하이죵과이쇼우 海中怪兽
기간떼 gigante	기간트 гигант	지간테스 Gigantes	기간다스 γίγαντας	이믈라꾼 عملاق	따리슬 大力士
뜨롤 trol	뜨로릴 Тролли		트롤 τρολ	거자문 قزم	쉬엔쥬안 旋转
밤삐로 vampiro	밤삐르 Вампир	밤피루스 vampyrus	브라코라카스 βρυκόλακας	마써쑷 다마이 مصاص الدماء	씨쉐에구이 吸血鬼

※1 런토우슬션롱웨이꽈이쇼우　人头狮身龙尾怪兽

사회

신화·전설 / 환수

표제어	일본	영어	프랑스	이탈리아	독일
늑대인간	오오카미오토코 狼男	웨어울프 werewolf	루가루 loup-garou	리깐뜨로뽀 licantropo	베어볼프 Werwolf
미이라	미이라 ミイラ	머미 mummy	모미 momie	뭄미아 mummia	무미에 Mumie
유령	유우레이 幽霊	고스트 ghost	팡톰 fantôme	판타스마 fantasma	게슈펜스트 Gespenst
두개골	도쿠로 髑髏	스컬 skull	크란 crâne	떼스끼오 teschio	토텐쉐델 Totenschädel
해골	가이코츠 骸骨	스켈러튼 skeleton	스클레트 squelette	스껠레뜨로 scheletro	게립페 Gerippe

신앙·종교

표제어	일본	영어	프랑스	이탈리아	독일
신앙	신코우 信仰	릴리전 religion	를리지옹 religion	페데 fede	글라우벤 Glauben
신자	신쟈 信者	빌리버 believer	크루아양 croyant	페델레 fedele	글로이비게 Gläubige
신	카미 神	갓 god	디이유 dieu	디오 dio	고트 Gott
여신	메가미 女神	가디스 goddess	데에스 déesse	데아 dea	괴틴 Göttin
천사	텐시 天使	엔젤 angel	앙주 ange	안젤로 angelo	엥엘 Engel
성모	세이보 聖母	더 홀리 마더 the Holy Mother	노트르담 Notre Dame	마돈나 Madonna	마돈나 Madonna
사도	시토 使徒	아포슬 apostle	아포트르 apôtre	아뽀스똘로 apostolo	압포슈텔 Apostel

스페인	러시아	라틴	그리스	아랍	중국
옴브레 로보 hombre lobo	아바롯니 Оборотни	리칸트로푸스 lycanthropus	리칸쓰로쁘스 λυκάνθρωπος	알인싸누 앗디으부 الانسان الذئب	랑런 狼人
모미아 momia	무미야 мумия	무미아 mumia	무미아 μούμια	무미야우 مومياء	무나이이 木乃伊
판따스마 fantasma	쁘리즈락 призрак	이마고 imago	판다스마 φάντασμα	샤바훈 شبح	여우링 幽灵
깔라베라 calavera	체레쁘 череп	테스타 testa	크라니오 κρανίο	줌주마툰 جمجمة	루구 颅骨
에스껠레또 esqueleto	스껠렛 скелет	스첼레투스 sceletus	스캘래토스 σκελετός	하이칼 아드미 هيكل عظمي	구로우 骷髅
페 fe	베라 вера	피데스 fides	삐스티 πίστη	이만 ايمان	씬양 信仰
피엘 fiel	베루유쉬이 верующий	피델리스 fidelis	삐스토스 πιστός	무으민 مؤمن	씬투 信徒
디오스 Dios	복 бог	데우스 Deus	테오스 θεός	이라훈 إله	션 神
디오사 diosa	바기냐 богиня	데아 dea	테아 θεά	이라하툰 إلهة	뉘션 女神
앙헬 ángel	안젤 ангел	안젤루스 angelus	앙갤로스 άγγελος	말라쿤 ملاك	티엔슬 天使
산타 santa	보고마쩨르 богоматерь	데이파라 Deipara	빠나기아 παναγία	마르야물 우드러이 مريم العذراء	셩무 圣母
아뽀스똘 apóstol	아뽀스똘 апостол	아포스톨루스 apostolus	아뽀스토로스 απόστολος	러쑬룬 رسول	슬투 使徒

사회

신화·전설 / 신앙·종교

표제어	일본	영어	프랑스	이탈리아	독일
악마	아쿠마 悪魔	데블 devil	디아블 diable	디아볼로 diavolo	토이펠 Teufel
마왕	마오우 魔王	세이턴 Satan	사탕 Satan	사따나 satana	사탄 Satan
타락천사	다텐시 堕天使	폴른 엔젤 fallen angel	앙주 데쉬 ange dêchu	루치페로 Lucifero	게팔레네어 엥엘 gefallener Engel
사신	시니가미 死神	그림 리퍼 Grim Reaper	라 모르 la Mort	모르떼 Morte	젠제만 Sensenmann
신탁	신타쿠 神託	오러클 oracle	오라클 oracle	오라꼴로 oracolo	오라켈 Orakel
천벌	텐바츠 天罰	네머시스 nemesis	네메지스 némésis	네메지 nemesi	네메시스 Nemesis
강림	코우린 降臨	디센트 descent	데상트 descente	아벤또 avvento	아드벤트 Advent
식전	시키텐 式典	세러머니 ceremony	세레모니 cérémonie	체리모니아 cerimonia	체레모니 Zeremonie
축제	슈쿠사이 祝祭	페스티벌 festival	페스티발 festival	페스띠비따 festività	페스트 Fest
예언	요겐 預言	프라퍼시 prophecy	프로페시 prophétie	쁘로페찌아 profezia	프로페차이웅 Prophezeihung
십자가	쥬지카 十字架	크로스 cross	크루아 croix	끄로치피쏘 crocifisso	크러이츠 Kreuz
방주	하코부네 箱船	아크 ark	아르슈 arche	아르까 arca	아르헤 Arche

스페인	러시아	라틴	그리스	아랍	중국
디아블로 diablo	즈야볼 дьявол	디아볼루스 diabolus	디아볼로스 διάβολος	이블리쑨 ابليس	으어모 恶魔
산타나스 Satanás	싸따나 сатана	사탄 satan	사타나스 σατανάς	쉐이떤 شيطان	모구이 魔鬼
앙헬 까이도 ángel caído	빨쉬이 안갤 падший ангель	안젤루스 카수스 angelus casus	빼쁘토코스 앙갤로스 πεπτωκώς άγγελος	말라쿤 무르쌀 ملاك مرسل	뒈티엔슬 堕天使
디오스 데 라 무에르떼 Dios de la Muerte	복 스메르찌 бог смерти	모르스 mors	하로스 χάρος	이라훌 마우티 إله الموت	쓰션 死神
오라꿀로 oráculo	아라꿀 оракул	오라쿨룸 oraculum	만디스 μάντης	와흐윤 وحي	션위 神喻
네메시스 némesis	나까자니예 스브쉐 наказание свыше		내매시 νέμεση	발라운 بلاء	티엔치엔 天谴
뻰떼꼬스떼스 pentecostés	쏘쉐스트비예 나 제믈류 сошествие на землю	아드벤투스 adventus	카쏘도스 κάθοδος	훌루룬 حلول	지앙린 降临
셀레브라씨온 celebración	쩨레모니아 церемония	솔렘네 sollemne	탤래티 τελετή	마라씨문 مراسم	디엔리 典礼
페스띠발 festival	쁘라즈닉 праздник	파스투스 fastus	욜티 γιορτή	미흐러잔 مهرجان	지에를 节日
쁘로페시아 profecía	쁘로로 체스트보 пророчество	프로페티아 prophetia	쁘로피티아 προφητεία	누부아툰 تنبؤ	위옌 预言
끄루쓰 cruz	크례스트 крест	크룩스 crux	스타브로스 σταυρός	미으바룬 معبر	슬쯔지아 十字架
아르까 arca	노옙 까쳭 Ноев ковчег	아르카 arca	키보토스 κιβωτός	싸피나투 누힌 سفينة نوح	팡죠우 方舟

사회

사회

신화·전설 / 신앙·종교

표제어	일본	영어	프랑스	이탈리아	독일
복음	후쿠인 福音	가스펄 gospel	에방질 évangile	고스펠 gospel	에판겔리움 Evangelium
성서	세이쇼 聖書	더 홀리 바이블 the Holy Bible	라 생트 비블 la Sainte Bible	비삐아 Bibbia	비벨 Bibel
묵시록	모쿠시로쿠 黙示録	어파컬립스 apocalypse	아포칼립스 Apocalypse	아뽀깔리쎄 Apocalisse	오펜바룽 Offenbarung
우상	구조 偶像	아이돌 idol	이돌 idole	이꼬나 icona	괴체 Götze
이단	이쿄우 異教	헤러시 heresy	에레지 hérésie	에레지아 eresia	하우덴툼 Heidentum

마법·미술

표제어	일본	영어	프랑스	이탈리아	독일
마법	마호우 魔法	매직 magic	마지 magie	마지아 magia	마기어 Magier
요술	요우쥬츠 妖術	소서리 sorcery	소르셀르리 sorcellerie	소르띠레지오 sortilegio	헥서라이 Hexerei
저주	노로이 のろい	커스 curse	말레딕시옹 malédiction	말레디찌오네 maledizione	플루흐 Fluch
점(占)	우라나이 占い	포츈텔링 fortune-telling	포르튄 fortune	쁘레디찌오네 predizione	바자거라이 Wahrsagerei
주문	쥬몬 呪文	스펠 spell	소르 sort	인깐떼지모 incantesimo	차우버슈브루흐 Zauberspruch
주술	마지나이 まじない	참 charm	샤름 charme	아물레또 amuleto	베슈뵈룽 Beschwörung
퇴마	아쿠마바라이 悪魔祓い	엑소시즘 exorcism	에그조르시슴 exorcisme	에소르치스모 esorcismo	엑쏘치스무스 Exorzismus

스페인	러시아	라틴	그리스	아랍	중국
아반헬리오 evangelio	예반겔리예 Евангелие	에반젤리움 evangelium	애방갤리오 ευαγγέλιο	인질 انجيل	푸인 福音
비블리아 Biblia	비블리야 Библия	사크라 비빌랴 sacra biblia	비블로스 βίβλος	알키타불 무껏디쓰 الكتاب المقدس	셩슈 圣书
아뽀깔리쁘시스 Apocalipsis	아뽀칼립스 апокалипсис	아포칼립시스 apocalypsis	아뽀카리프시 αποκάλυψη	와흐윤 وحي	치슬루 启示录
에스따뚜아 estatua	이돌 идол	이돌룸 idolum	이돌로 είδωλο	마으부둔 معبود	오우씨앙 偶像
에레히아 herejía	야즈체스트보 язычество	헤레시스 haeresis	애래시 αίρεση	와쓰니야툰 وثنية	이지아오 异教
마히아 magia	발쉐스트보 волшебство	마지아 magia	마기아 μαγεία	씨흐룬 سحر	모파 魔法
브루헤리아 brujería	깔도브스트보 колдовство	말레피춈 maleficium	마기아 μαγεία	슈우다툰 شعوذة	야오슈 妖术
말디씨온 maldición	쁘로클랴찌예 проклятие	임프레카티오 imprecatio	카타라 κατάρα	라으나툰 لعنة	주죠우 诅咒
포르뚜나 fortuna	가다니예 гадание	아우구리움 augurium	만디아 μαντεία	탄짐 تنجيم	쟌부 占卜
에치쏘 hechizo	자클리나리예 заклинание	칸타멘 cantamen	크솔키 ξόρκι	타으위다툰 تعويذة	죠우위 咒语
페띠체 fetiche	자고보르 заговор	칸타멘 cantamen	만주니 μαντζούνι	타으위다툰 تعويذة	모리 魔力
엑스오르씨스모 exorcismo	에크조르씨즘 экзорцизм	엑소르치스무스 exorcismus	액솔키스모스 εξορκισμός	루꼬야툰 رقية	취모 驱魔

사회

179

사회

**신화·전설
마법·마술**

표제어	일본	영어	프랑스	이탈리아	독일
연금술	렌킨쥬츠 錬金術	알케미 alchemy	알시미 alchimie	알끼미아 alchimia	알히미 Alchimie
점성술	센세이쥬지 占星術	애스트롤로지 astrology	아스트롤로지 astrologie	아스뜨롤로지아 astrologia	아스트롤로기 Astrologie
마술서	마쥬츠쇼 魔術書	그리므워 grimoire	그리무아르 grimoire	리브로 디 마지아 libro di magia	그림오이레 Grimoire
의식	기시키 儀式	리츄얼 ritual	리튀엘 rituel	리또 rito	리투스 Ritus
희생양	이케니에 生け贄	새크리파이스 sacrifice	사크리파스 sacrifice	사끄리피치오 sacrificio	옵퍼 Opfer
제단	사이단 祭壇	얼터 altar	오텔 autel	알따레 altare	알타 Altar
봉인	후인 封印	씰 seal	소 sceau	시질로 sigillo	지겔 Siegel
소환	쇼우칸 召喚	싸먼 summon	앵보카시옹 invocation	꼰보까지오네 convocazione	포어라둥 Vorladung
기적	키세키 奇跡	미러클 miracle	미라클 miracle	미라꼴로 miracolo	분더 Wunder
기도하다	이노루 祈る	프레이 pray	프리이에 prier	쁘레가레 pregare	게베텐 gebeten
기도	이노리 祈り	프레이어 prayer	프리예르 prière	쁘레기에라 preghiera	게베트 Gebet
맹세하다	치카우 誓う	플레지 pledge	가주 gage	쥬라레 giurare	슈뻬렌 schwören

스페인	러시아	라틴	그리스	아랍	중국
알끼미아 alquimia	알히미야 алхимия	알케미아 alchemia	알히미아 αλχημεία	알키미야울 꺼디마 الكيمياء القديمة	리엔진슈 炼金术
아스뜨롤로히아 astrología	아스뜨로로기야 астрология	아스뜨롤로지아 astrologia	아스트롤로기아 αστρολογία	일뭇 탄짐 علم التنجيم	짠씽슈 占星术
그리모리오 grimorio	그리무아르 гримуар		비블리오 마기아스 βιβλίο μαγείας	키타붓 씨흐리 كتاب السحر	모슈슈 魔术书
리뚜알 ritual	리뚜알 ритуал	리투스 ritus	탤래티 τελετή	떠꾸쑨 طقوس	이슬 仪式
사끄리피씨오 sacrificio	제르뜨보쓰리노쉐니예※1	사크리피춤 sacrificium	씨시아 θυσία	우드히야툰 أضحية	지핀 祭品
알따르 altar	알따르 алтарь	알타리아 altaria	보모스 βωμός	마드비훈 مذبح	지탄 祭坛
셀라도 sellado	자크르또예 закрытое		스프라기다 σφραγίδα	커틈 ختم	인지엔 印鉴
인보까씨온 invocación	브좁 вызов	인보카티오 invocatio	쁘로스클리시 πρόσκληση	이쓰디드아우 استدعاء	쟈오환 召唤
밀라그로 milagro	추도 чудо	미라쿨룸 miraculum	싸브마 θαύμα	무으지자툰 معجزة	치지 奇迹
레싸르 rezar	말릿츠샤 молиться	오라레 orare	쁘로새브호매 προσεύχομαι	유쌀리 يصلي	치다오 祈祷
레쏘 rezo	말리뜨바 молитва	오라티오 oratio	쁘로새브히 προσευχή	썰라툰 صلاة	치왕 期望
후라르 jurar	클랴스트샤 клясться	유라레 jurare	올키조매 ορκίζομαι	유껏씨무 يقسم	파슬 发誓

※1 제르뜨보쓰리노쉐니예　жертвоприношение

사회

사회

신화·전설
마법·마술

문자·기호

표제어	일본	영어	프랑스	이탈리아	독일
계약	케이야쿠 契約	컨트랙트 contract	콩트라 contrat	꼰뜨라또 contratto	페어트라크 Vertrag
서약	세이야쿠 誓約	오우스 oath	세르망 serment	쥬라멘또 giuramento	아이트 Eid
법도	오키테 掟	룰 rule	레글 règle	레골라멘또 regolamento	게보트 Gebot
금기	킨키 禁忌	터부 taboo	타부 tabou	따부 tabù	타부 Tabu
문자	모지 文字	라이팅 writing	에크리 écrit	레떼라 lettera	부흐슈타베 Buchstabe
숫자	스지 数字	넘버 number	뉘메로 numéro	누메로 numero	치퍼 Ziffer
기록	키로쿠 記録	레코드 record	르지스트르 registre	레지스트라 찌오네 registrazione	도쿠멘트 Dokument
두루마리	마키모노 巻物	스크롤 scroll	롤로 rouleau	로똘로 rotolo	슈리프트롤레 Schriftrolle
서적	쇼모츠 書物	북 book	리브르 livre	리브로 libro	부흐 Buch
석판	세키반 石版	테이블 table	타블레트 tablette	리또그라피아 litografia	쉬퍼타펠 Schiefertafel
기호	키고우 記号	사인 sign	시뉴 signe	심볼로 simbolo	차이헨 Zeichen
도형	즈케이 図形	다이어그램 diagram	디아그람 diagramme	디아그람마 diagramma	디아그람 Diagramm

스페인	러시아	라틴	그리스	아랍	중국
꼰뜨라또 contrato	깐따크트 контракт	콘트락투스 contractus	심볼래오 συμβόλαιο	타아꺼둔 تعاقد	치위에 契约
후라멘또 juramento	클랴뜨바 клятва	유라티오 juratio	올코스 όρκος	꺼싸문 قسم	슬위에 誓约
만다미엔또 mandamiento	자꼰 закон		카노나스 κανόνας	꺼눈 قانون	꾸이져 规则
따부 tabú	자쁘렛 запрет		탐부 ταμπού	무하러문 محرم	진지 禁忌
레뜨라 letra	부크바 буква	리테라 littera	그라마 γράμμα	후루푼 حروف	웬즈 文字
누메로 número	씨프라 цифра	누메루스 numerus	아리쓰모스 αριθμός	아르꺼문 أرقام	슈즈 数字
레히스뜨로 registro	자삐쓰 запись	모누멘툼 monumentum	카타그라피 καταγραφή	샷잘라 سجل	지루 记录
로요 rollo	스비또크 свиток	파르테스 partes	뻬르가미니 περγαμηνή	마뜨위야툰 مطويات	즐쥐엔 纸卷
리브로 libro	크니가 книга	비빌라 biblia	비블리오 βιβλίο	쿠투분 كتب	슈지 书籍
따블라 tabla	리또그라피야 литография		리쏘그라피아 λιθογραφεία	라우하툰 لوحة	무루 目录
시그노 signo	츠나크 знак	시그눔 signum	심보로 σύμβολο	이샤러툰 إشارة	찌하오 记号
디아그라마 diagrama	지아그라마 диаграмма	디아그람마 diagramma	디아그라마 διάγραμμα	샤클룬 شكل	투비아오 图表

사회

**신화·전설
문자·기호**

표제어	일본	영어	프랑스	이탈리아	독일
점(点)	텐 点	닷 dot	푸앵 point	뿐또 punto	풍크트 Punkt
선(線)	센 線	라인 line	리뉴 ligne	리네아 linea	리니에 Linie
원	엔 円	서클 circle	세르클 cercle	체르끼오 cerchio	크라이쓰 Kreis
나선	라센 螺旋	스파이럴 spiral	스피랄 spirale	스삐랄레 spirale	슈피랄레 Spirale
구	큐 球	스피어 sphere	스페르 sphère	스페라 sfera	쿠겔 Kugel
삼각	산카쿠 三角	트라이앵글 triangle	트리양글 triangle	뜨리앙골로 triangolo	드라이엑트 Dreieck
사각	시카쿠 四角	쿼드앵글 quadrangle	카드랑글 quadrangle	꽈드랑골로 quadrangolo	피어엑트 Viereck
정사각형	세이호우케이 正方形	스퀘어 square	카레 carré	꽈드라또 quadrato	쿠바드라트 Quadrat
펜타그램	고보우세이 五芒星	팬터그램 pentagram	팽타그람 pentagramme	뻰따고노 pentagono	펜다그람 Pentagramm
헥사그램	로쿠보우세이 六芒星	헥서그램 hexagram	에그자그람 hexagramme	에자고노 esagono	헥사크람 Hexagramm
문양	몬요우 文樣	패턴 pattern	모티프 motif	모띠보 motivo	무스터 Muster
표시	메지루시 目印	마크 mark	마르크 marque	쎄뇨 segno	메어크말 Merkmal

스페인	러시아	라틴	그리스	아랍	중국
뿐또 punto	또치카 точка	푼크투스 punctus	킬리다 κηλίδα	누끄떠툰 نقطة	디엔 点
리네아 línea	리니야 линия	리네아 linea	그라미 γραμμή	컷뚠 خط	씨엔 线
씨르꿀로 círculo	크룩 круг	치르쿨루스 circulus	키클로스 κύκλος	다이러툰 دائرة	위엔 圆
엘리쎄 hélice	쓰삐랄 спираль	코클레아투스 cocleatus	스뻬라 σπείρα	다우와마툰 دَوَامة	루오쒸엔 螺旋
에스페라 esfera	샤르 шар	스페라 sphaera	스패라 σφαίρα	쿠러툰 자그러피야툰 كرة جغرافية	치오우 球
뜨리앙굴로 triángulo	뜨례우골닉 треугольник	트리안굴룸 triangulum	트리고노 τρίγωνο	뭇쌀라쑨 مثلث	싼지아오 三角
꾸아드릴라떼로 cuadrilátero	쁘랴모우골닉 прямоугольник	콰드란굴룸 quadrangulum	빠랄리로그라모 παραλληλόγραμμο	무럽바운 مربع	쓰지아오 四角
꾸아드라도 cuadrado	크바드랄 квадрат	콰드라티오 quadratio	태트라고노 τετράγωνο	무쓰타띠룬 مستطيل	정팡씽 正方形
뻰따그라마 pentagrama	쁘리모우골니크 пятиугольник		뻰달파 πεντάλφα	쿠마씨 خماسي	우지아오씽씽 五角星形
엑사그라마 hexagrama	쉐스찌우골니크 шестиугольник		액살파 εξάλφα	쑤다씨 سداسي	리요우지아오 씽씽 六角星形
에스땀빠도 estampado	우조르 узор	레굴라 regula	모티보 μοτίβο	누무두준 نموذج	화양 花样
마르까 marca	아뜨메뜨까 отметка	노타 nota	시마디 σημάδι	알라마툰 علامة	비아오찌 标记

사회

표제어	일본	영어	프랑스	이탈리아	독일
상징	쇼우쵸우 象徴	심볼 symbol	생볼 symbole	심볼로 simbolo	쥠볼 Symbol
표장	효우쇼우 標章	엠블럼 emblem	앙블렘 emblème	엠블레마 emblema	엠블렘 Emblem
암호	안고우 暗号	사이퍼 cipher	시프르 chiffre	치프라 cifra	게하임슈리프트 Geheimschrift
수수께끼	나조 謎	어니그마 enigma	에니금 énigme	에니그마 enigma	래첼 Rätzel
비밀	히미츠 秘密	시크릿 secret	스크레 secret	쎄그레또 segreto	게하임니스 Geheimnis
죄	츠미 罪	크라임 crime	크림 crime	델리또 delitto	페어브레헨 Verbrechen
벌	바츠 罰	퍼니쉬먼트 punishment	퓌니시옹 punition	뿌니찌오네 punizione	슈트라페 Strafe
법	호우 法	로 law	루아 loi	레쩨 legge	리히츠 Recht
죄인	자이닌 罪人	크리미널 criminal	크리미넬 criminel	끄리미날레 criminale	페어브레혀 Verbrecher
처형	쇼케이 処刑	익스큐션 execution	에그제퀴시옹 exécution	에쎄꾸찌오네 까삐딸레 esecuzione capitale	힌리히퉁 Hinrichtung
고문	고우몬 拷問	토쳐 torture	토르튀르 torture	또르뚜라 tortura	풀터 Folter
추방	츠이호우 追放	엑사일 exile	에그질 exil	에질리오 esilio	페어트라이붕 Vertreibung

신화·전설
문자·기호

범죄

스페인	러시아	라틴	그리스	아랍	중국
심볼로 símbolo	씸볼 символ	심볼룸 symbolum	심볼로 σύμβολο	럼준 رمز	씨앙정 象征
엠블레마 emblema	엠블레마 эмблема		앰블리마 έμβλημα	쉬아룬 شعار	푸하오 符号
씨프라 cifra	씨프르 шифр		코디코스 κωδικός	이야러툰 اشارة	안하오 暗号
에니그마 enigma	자가드까 загадка	에니그마 aenigma	그리포스 γρίφος	루그준 لغز	미 谜
세끄레또 secreto	쎄크렛 секрет	세크레툼 secretum	미스티코 μυστικό	씨룬 سر	미미 秘密
뻬까도 pecado	쁘레스투쁠레니예 преступление	펙차툼 peccatum	아말티아 αμαρτία	커띠아툰 خطيئة	쭈이 罪
까스띠고 castigo	나까자니예 наказание	푀나 poena	티모리아 τιμωρία	이꺼분 عقاب	파 罚
레이 ley	자꼰 закон	렉스 lex	노모스 νόμος	꺼눈 قانون	파 法
끄리미날 criminal	쁘레스투쁘니크 преступник	펙차토르 peccator	애그리마티아스 εγκληματίας	무드니분 مذنب	쭈이런 罪人
꼰데나 condena	까즌 казнь		악탤래시 εκτέλεση	후쿠문 حكم	츄씽 处刑
또르뚜라 tortura	쁘뜨까 пытка	토르투라 tortura	바사니스티리오 βασανιστήριο	타으디분 تعذيب	카오웬 拷问
엑실리오 exilio	이즈그나니예 изгнание	데포르라티오 deportatio	액소리아 εξορία	떠르둔 طرد	리요우빵 流放

사회

	표제어	일본	영어	프랑스	이탈리아	독일
범죄	속죄	츠구나이 償い	어톤먼트 atonement	엑스피아시옹 expiation	리사르치멘또 risarcimento	엔트쉐디궁 Entschädigung
	우리	오리 檻	케이지 cage	카주 cage	가삐아 gabbia	게펭니스 Gefängnis
	쇠사슬	쿠사리 鎖	체인 chain	셴 chaîne	까떼나 catena	케테 Kette
	교수대	쿄우슈다이 絞首台	갤로우즈 gallows	포탕스 potence	빠띠볼로 patibolo	갈겐 Galgen
	단두대	단토우다이 斷頭台	길러틴 guillotine	기요틴 guillotine	길리오띠나 ghigliottina	귈로티네 Guillotine
전쟁 총칭	전쟁	센소우 戰爭	워 war	게르 guerre	궤라 guerra	크릭 Krieg
	전투	센토우 戰鬪	배틀 battle	바타이 bataille	바딸리아 battaglia	슐라흐트 Schlacht
	결투	켓토우 決鬪	듀얼 duel	뒤엘 duel	두엘로 duello	두엘 Duell
	말다툼	이사카이 諍い	쿼럴 quarrel	크렐 querelle	리띠지오 litigio	슈트라이트 Streit
행동	승리	쇼우리 勝利	빅토리 victory	빅투아르 victoire	비노리아 vittoria	직 Sieg
	패배	하이보쿠 敗北	디핏 defeat	데페트 défaite	스꼰피따 sconfitta	니덜라게 Niederlage
	독재	도쿠사이 独裁	딕테이터쉽 Dictatorship	딕타튀르 dictature	디따뚜라 dittatura	딕타투어 Diktaturt

스페인	러시아	라틴	그리스	아랍	중국
엑스삐아씨온 expiación	바즈메쉐니예 возмещение	엑스피아티오 expiatio	액시래오시 εξιλέωση	타크피룬 تكفير	부챵 补偿
하울라 jaula	클례뜨까 клетка		클루비 κλουβί	꺼파쑨 قفص	롱 笼
까데나 cadena	쎄쁘 цепь	카테나 catena	아리시다 αλυσίδα	씰씰라툰 سلسلة	수오 锁
오르까 horca	비쎌싸 висельца	푸르카 furca	크래말라 κρεμάλα	미슈나꺼쿤 مشنقة	지아오씽지아 绞刑架
길로띠나 guillotina	길오찌나 гильотина		기로티나 γκιλοτίνα	미끄썰라툰 مقصلة	쟈다오 铡刀
궤라 guerra	바이나 война	벨룸 bellum	뽈래모스 πόλεμος	하르분 حرب	쟌정 战争
바따야 batalla	비뜨바 битва	푸그나 pugna	마히 μάχη	무카파하툰 مكافحة	쟌또우 战斗
두엘로 duelo	빠예지노크 поединок	모노마카 monomachia	모노마히아 μονομαχία	무바러자툰 مبارزة	쥐에또우 决斗
알떼르까도 altercado	쏘라 ссора	벨리타티오 velitatio	차코모스 τσακωμός	니자운 نزاع	정챠오 争吵
빅또리아 victoria	빠볘다 победа	빅토리아 victoria	쓰리암보스 θρίαμβος	나쓰룬 نصر	성리 胜利
데로따 derrota	빠라줴니예 поражение	데트리멘툼 detrimentum	이타 ήττα	하지마툰 هزيمة	바이베이 败北
아우또끄라씨아 autocracia	직딱뚜라 диктатура		딕타토리아 δικτατορία	디크타투리야툰 ديكتاتورية	두쟈이 独裁

사회

사회

전쟁
행동

표제어	일본	영어	프랑스	이탈리아	독일
지배	시하이 支配	컨트롤 control	도미나시옹 domination	꼰뜨롤로 controllo	헤어샤프트 Herrschaft
정복	세이후쿠 征服	컨퀘스트 conquest	콩케트 conquête	꼰뀌스따 conquista	에어오버룽 Eroberung
학살	갸쿠사츠 虐殺	매스커 massacre	마사크르 massacre	마싸끄로 massacro	마쓰아커 Massaker
약탈	랴쿠다츠 略奪	플런더 plunder	피야주 pillage	사께지오 saccheggio	라웁 Raub
동맹	도우메이 同盟	얼라이언스 alliance	알리앙스 alliance	알레안짜 alleanza	분트 Bund
혁명	카쿠메이 革命	레볼루션 revolution	레볼뤼시옹 révolution	리볼루찌오네 rivoluzione	레볼루치온 Revolution
반란	한란 反乱	리벨리언 rebellion	레벨리옹 rébellion	리벨리오네 ribellione	아우프슈탄트 Aufstand
배반	우라기리 裏切り	트레처리 treachery	트라이종 trahison	뜨라디멘또 tradimento	페어라트 Verrat
복수	후쿠슈 復讐	리벤지 revenge	방장스 vengeance	벤데따 vendetta	라헤 Rache
오해	고카이 誤解	미스언더스탠딩 misunderstanding	말랑탕뒤 malentendu	말린떼조 malinteso	미스페어슈텐트니스 Missverständnis
공격	코우게키 攻撃	어택 attack	아타크 attaque	아따꼬 attacco	앙그리프 Angriff
방어	보우교 防御	디펜스 defense	데팡스 défense	디페사 difesa	페어타이디궁 Verteidigung

스페인	러시아	라틴	그리스	아랍	중국
꼰뜨롤 control	가스뽀드스트보 господство	임페리움 imperium	앨래그호스 έλεγχος	싸이떠러툰 سيطرة	쯜페이 支配
꼰끼스따 conquista	자보예바니예 завоевание		카탁티시 κατάκτηση	파트훈 فتح	정푸 征服
헤노씨디오 genocidio	빠그롬 погром		스파기 σφαγή	마드바하툰 مذبحة	찬샤 残杀
보띤 botín	아그라블레니예 ограбление	바스타티오 vastatio	블리아치코 πλιάτσικο	나흐분 نهب	뤼에두오 掠夺
알리안싸 alianza	싸우즈 союз	푀두스 foedus	심마히아 συμμαχία	타하라파 تحالف	통멍 同盟
이노바씨온 innovación	례볼류씨야 революция		애빠나스타시 επανάσταση	싸우러툰 ثورة	그어밍 革命
레벨리온 rebelión	바스따니예 восстание	레벨리오 rebellio	크새시코모스 ξεσηκωμός	타마러둔 تمرّد	판루안 叛乱
뜨라이씨온 traición	쁘례다쩰스트보 предательство	프로디티오 proditio	쁘로도시아 προδοσία	키야 나툰 خيانة	뻬이판 背叛
벤간싸 venganza	메스츠 месть	울티오 ultio	액디키시 εκδίκηση	인티꺼문 انتقام	빠오쵸우 复仇
밀렌뗀디도 malentendido	녜다우메니예 недоумение		빠랙시기시 παρεξήγηση	쑤우 파흠 سوء فهم	우지애 误解
아따께 ataque	나빠제니예 нападение	아그레시오 aggressio	애삐쎄시 επίθεση	후줌 هجوم	공지 攻击
데펜사 defensa	자쉬따 защита	데펜시오 defensio	아미나 άμυνα	디파운 دفاع	팡위 防御

사회

사회

	표제어	일본	영어	프랑스	이탈리아	독일
전쟁 행동	기습	키슈 奇襲	레이드 raid	레드 raid	아따꼬 아 소르프레사 attacco a sorpresa	위버팔 Überfall
	미끼	오토리 囮	디코이 decoy	아포 appeau	에스까 esca	럭포겔 Lockvogel
	경계	케이카이 警戒	가드 guard	가르드 garde	쁘레까우찌오네 precauzione	베바훙 Bewachung
	돌격	토츠게키 突撃	챠지 charge	샤르주 charge	아쌀또 assalto	슈투엄앙그리프 Sturmangriff
	비장의 카드	키리후다 切り札	트럼프 카드 trump card	아투 atout	브리스꼴라 briscola	트룸프 Trumpf
	찬스	챤스 チャンス	챈스 chance	샹스 chance	아쁘르뚜니따 opportunità	성쓰 Chance
	돌파	톳파 突破	브레이크스루 breakthrough	페르세 percée	스볼따 svolta	두이히브루흐 Durchbruch
	탈출	닷슈츠 脱出	이스케이프 escape	에바지옹 évasion	에바지오네 evasione	엔트라우펜 Entlaufen
계급·보직	병사	헤이시 兵士	솔져 soldier	솔다 soldat	솔다또 soldato	졸다트 Soldat
	용병	요우헤이 傭兵	머서너리 mercenary	메르스네르 mercenaire	메르체나리오 mercenario	죌트너 Söldner
	궁수	샤슈 射手	아쳐 archer	아르셰 archer	띠라또레 tiratore	쉿체 Schütze
	저격수	소게키슈 狙撃手	스나이퍼 sniper	티뢰르 tireur	체끼노 cecchino	샤프쉿체 Scharfschütze

스페인	러시아	라틴	그리스	아랍	중국
엠보스까다 emboscada	날롯 налёт		크사프니키 애삐쎄시 ξαφνική επίθεση	무파자아툰 مفاجأة	치씨 奇袭
세뉴엘로 señuelo	쁘리만까 приманка	일렉스 illex	안디빼리스빠스모스 αντιπερισπασμός	쉬르쿤 شرك	여우얼 诱饵
알레르따 alerta	쁘레도스또르즈노스츠※1		쁘로필락시 προφύλαξη	타흐디룬 تحذير	징지에 警戒
엠베스띠다 embestida	쉬뚜름 штурм	옵푸냐티오 oppugnatio	애포도스 έφοδος	이으티다운 اعتداء	투지 突击
뜨리운포 triunfo	까즈르 козырь		아소스 스토 마니키 άσος στο μανίκι	부꾼 بوق	왕파이 王牌
찬쎄 chance	슬루차이 случай		애브캐리아 ευκαιρία	푸르쎄툰 فرصة	슬지 时机
루쁘뚜라 ruptura	슬루차이쁘로립 прорыв		디아스빠시 διάσπαση	이쓰터러하툰 استراحة	투포 突破
에스까뻬 escape	베가스뜨보 бегство		아뽀드라시 απόδραση	후루분 هروب	타오퉈 逃脱
솔다도 soldado	살닷 солдат	밀레즈 miles	스트라티오티스 στρατιώτης	주눅둔 جنود	슬빙 士兵
메르세나리오 mercenario	나욤니크 наёмник		미스쏘포로스 μισθοφόρος	무르타자꺼툰 مرتزقة	구용빙 雇佣兵
띠라도르 tirador	스뜨례로크 стрелок	사지타리우스 sagittarius	톡소티스 τοξότης	러미끼으쑤 رامي لقوس	셔쇼우 射手
프란꼬띠라도르 francotirador	스나이뻬르 снайпер		스코빼브티스 σκοπευτής	러미아러싸씨 رامي الرصاص	쥐지쇼우 狙击手

※1 쁘레도스또르즈노스츠   предосторожность

사회

전쟁
계급·보직

표제어	일본	영어	프랑스	이탈리아	독일
검사	켄시 剣士	소즈멘 swordsman	에페이스트 épéiste	스빠다치노 spadaccino	페히터 Fechter
기병	키헤이 騎兵	캐블리 솔져 cavalry soldier	카발리에 cavalier	까발리에레 cavaliere	카발레리스트 Kavallerist
보병	호헤이 歩兵	팬트리맨 infantryman	팡타생 fantassin	판떼 fante	인판테리스트 Infanterist
전령	덴레이 伝令	메신저 messenger	메사제 messager	뽀르따오르디니 portaordini	오도난츠 Ordonnanz
대장	타이쵸우 隊長	캡틴 captain	카피텐 capitaine	까삐따노 capitano	코만뒈어 Kommandeur
대령	타이사 大佐	커널 colonel	콜로넬 colonel	꼴로넬로 colonnello	오베어스트 Oberst
중령	츄사 中佐	류테넌트 커널 lieutenant colonel	리외트낭 콜로넬 lieutenant colonel	떼넨떼 꼴로넬로 tenente colonnello	오베어슈틀러 이트난트 Oberstleutnant
소령	쇼우사 少佐	메이저 major	마죄르 majeur	마지오레 maggiore	마요어 Major
장교	쇼우코 将校	오피서 officer	오피시에 officier	우피치알레 ufficiale	오피치어 Offizier
장군	쇼우군 将軍	제너럴 general	제네랄 général	지네랄레 generale	게네랄 General
제독	테토쿠 提督	어드미럴 admiral	아미랄 amiral	암미랄리오 ammiraglio	앗미랄 Admiral

무기·방어구

표제어	일본	영어	프랑스	이탈리아	독일
무기	부키 武器	웨폰 weapon	아름 arme	아르마 arma	바페 Waffe

스페인	러시아	라틴	그리스	아랍	중국
에스그리미스따 esgrimista	무쒸꼐죠르 мушкетёр	글라디아토르 gladiator	크시포마호스 ξιφομάχος	무바러준 مبارز	지지엔 击剑手
솔다도 데 까바예리아 soldado de caballería	까발례리야 кавалерия	에퀘스 eques	이삐코 ιππικό	파리쑨 فارس	치빙 骑兵
인판떼리아 infantería	뻬호따 пехота	밀레스 miles	빼지코 πεζικό	마샤툰 مشاة	부빙 步兵
멘사헤로 mensajero	오르지나레쓰 ординарец	안젤루스 angelus	앙갤리아포로스 αγγελιαφόρος	러쑬 رسول	츄안링 传令
까삐딴 capitán	까삐딴 капитан		로하고스 λοχαγός	꾸브떤 قبطان	뚜이쟝 队长
꼬로넬 coronel	빨고브닉 полковник		신다그마탈히스 συνταγματάρχης	아끼둔 عقيد	따주워 大佐
루가르떼니엔떼 lugarteniente	바드빨꼬브닉 подполковник		안디신다그마할티스 αντισυνταγματάρχης	무껏담 مقدم	종주워 中佐
꼬만단떼 comandante	마요르 майор		타그마탈히스 ταγματάρχης	메이주르 ميجور	시아오주워 少佐
오피씨알 oficial	아피쎄르 офицер		악시오마티코스 αξιωματικός	더비뚠 ضابط	쥔관 军官
헤네랄 general	빨꼬보제쓰 полководец	임페라토르 imperator	스트라티고스 στρατηγός	자나럴 جنرال	지앙쥔 将军
아드미란떼 admirante	아드미랄 адмирал		나발호스 ναύαρχος	아미럴 اميرال	하이쥔따지앙 海军大将
아르마 arma	아루쥐예 оружие	텔룸 telum	오쁠로 όπλο	아쓸라하툰 اسلحة	우치 武器

사회

전쟁
무기·방어구

표제어	일본	영어	프랑스	이탈리아	독일
방어구	보우구 防具	프로텍션 protection	프로텍시옹 protection	인두멘또 쁘로떼띠보 indumento protettivo	쉬츠아우스뤼스퉁 Schutzausrüstung
검	켄 劍	소드 sword	에페 épée	스빠다 spada	슈베르트 Schwert
단검	탄켄 短劍	대거 dagger	푸아냐르 poignard	뿌냘레 pugnale	돌히 Dolch
칼날	하 刃	블레이드 blade	람 lame	라마 lama	클링에 Klinge
창	야리 槍	랜스 lance	랑스 lance	란치아 lancia	란체 Lanze
투창	나게야리 投げ槍	스피어 spear	피크 pique	지아벨로또 giavellotto	슈페어 Speer
도끼	오노 斧	액스 axe	아슈 hache	스꾸레 scure	악스트 Axt
곤봉	콘보 棍棒	클럽 club	구르댕 gourdin	란델로 randello	커일레 Keule
망치	츠치 鎚	해머 hammer	마르토 marteau	마르뗄로 martello	함머 Hammer
채찍	무치 鞭	윕 whip	푸에 fouet	푸루스따 frusta	피이체 Peitsche
낫	카마 鎌	사이스 scythe	포 faux	팔체 falce	젠제 Sense
활	유미 弓	보우 bow	아르크 arc	아르꼬 arco	보겐 Bogen

스페인	러시아	라틴	그리스	아랍	중국
에끼포 쁘로떽또르 equipo protector	자쉬트니이 스나럇 защитный снаряд	아르뭄 armum	빠노쁠리아 πανοπλία	디르운 درع	팡후미엔쥐 防护面具
에스빠다 espada	메치 меч	글라디우스 gladius	스빠씨 σπαθί	쎄이푼 سيف	지엔 剑
다가 daga	낀좔 кинжал	시카 sica	마해리 μαχαίρι	컨자룬 خنجر	두안지엔 短剑
필로 filo	레즈비예 лезвие	라미나 lamina	크시포스 ξίφος	쎄이푼 سيف	따오런 刀刃
란싸 lanza	까쁘요 копьё	란체아 lancea	로그히 λόγχη	하러바툰 حربة	쟝마오 长矛
란싸 lanza	메딸노예 까쁘요 метательное копьё	쿠리스 curis	도리 δόρυ	리브훈 رمح	위차 鱼叉
아차 hacha	따뽀르 топор		체쿠리 τσεκούρι	파으쑨 فأس	푸 斧
가로떼 garrote	두비나 дубина	클라바 clava	로빨로 ρόπαλο	러비떠툰 رابطة	군방 棍棒
마르띠요 martillo	몰롯 молот	마르쿠스 marcus	스피리 σφυρί	미떠러꺼툰 مطرقة	츄이 锤
라띠고 látigo	쁠례츠 плеть	플라젤룸 flagellum	마스티기오 μαστίγιο	잘라다 جلد	삐엔 鞭
구아다냐 guadaña	쎄르쁘 серп	팔크스 falx	드래빠니 δρεπάνι	민잘룬 منجل	리엔따오 镰刀
아르꼬 arco	루크 лук	아르쿠스 arcus	톡소 τόξο	꺼우쓰 قوس	공 弓

사회

전쟁
무기·방어구

기타

표제어	일본	영어	프랑스	이탈리아	독일
화살	야 矢	애로우 arrow	플레슈 flèche	프레치아 freccia	파일 Pfeil
방패	타테 盾	쉴드 shield	부클리에 bouclier	스꾸도 scudo	쉴트 Schild
갑옷	요로이 鎧	아머 armor	아르뮈르 armure	아르마뚜라 armatura	판처 Panzer
투구	카부토 兜	헬멧 helmet	카스크 casque	엘모 elmo	헬름 Helm
탄환	단간 弾丸	불린 bullet	발 balle	무니찌오네 munizione	게슐로쓰 Geschoss
기사단	키시단 騎士団	나잇츠 knights	오르드르 ordre	까발레리아 cavalleria	리터오어덴 Ritterorden
군단	군단 軍団	아미 army	아르메 armée	꼬르뽀 다르마따 corpo d'armata	아메코어프스 Armeekorps
훈장	쿤쇼우 勲章	데코레이션 decoration	데코라시옹 décoration	오노리피첸짜 onorificenza	오어덴 Orden
문장	몬쇼우 紋章	크레스트 crest	블라송 blason	스뗌마 디 파밀리아 stemma di famiglia	바펜 Wappen
깃발	하타 旗	플랙 flag	드라포 drapeau	반디에라 bandiera	파네 Fahne

스페인	러시아	라틴	그리스	아랍	중국
플레차 flecha	스뜨례라 стрела	사지타 sagitta	밸로스 βέλος	싸흐문 سهم	지엔 箭
에스꾸도 escudo	쉿 щит	아스피스 aspis	아스삐다 ασπίδα	디르운 درع	둔 盾
아르마두라 armadura	다스뻬히 доспехи	아르마투라 armatura	알마토시아 αρματωσιά	디르운 درع	쿠이지아 盔甲
까스꼬 casco	쉴렘 шлем	갈레아 galea	크라노스 κράνος	쿠다툰 خوذة	토우쿠이 头盔
말라 bala	스나럇 снаряд		스패라 σφαίρα	러써쑨 رصاص	즈단 子弹
오르덴 데 까바에리아 orden de caballería	르싸르스트보 рыцарство	에퀘스 eques	이뽀태스 ιππότες	파라싼 فرسان	치빙투안 骑兵团
에헤르시또 ejército	꼬르뿌스 корпус	레지오 legio	모나다 μονάδα	제이슌 جيش	쥔투안 军团
메다야 밀리따르 medalla militar	오르젠 орден		빠라시모 παράσημο	미다리야툰 ميدالية	쒼쟝 勋章
엠블레마 에랄디꼬 emblema heráldico	게르브 герб		이코시모 οικόσημο	쉬아훈 شعار	슬쟝 饰章
반데라 bandera	즈나먀 знамя	인시녜 insigne	시매아 σημαία	알라문 علم	치 旗

상태

표제어	일본	영어	프랑스	이탈리아	독일
전부	스베테 全て	올 all	투스 tous	뚜또 tutto	알레스 alles
무(無)	무 無	낫씽 nothing	리앵 rien	니엔떼 niente	니히츠 nichts
조화	쵸우와 調和	하모니 harmony	아르모니 harmonie	아르모니아 armonia	하모니 Harmonie
혼돈	콘톤 混沌	케이어스 chaos	카오 chaos	까오스 caos	카오스 Chaos
질서	치츠죠 秩序	오더 order	오르드르 ordre	오르디네 ordine	오어트눙 Ordnung
혼란	콘란 混乱	컨퓨전 confusion	콩퓌지옹 confusion	디스오르디네 disordine	운오어트눙 Unordnung
정의	세이기 正義	져스티스 justice	쥐스티스 justice	쥬스띠찌아 giustizia	게레히티히카이트 Gerechtigkeit
평화	헤이와 平和	피스 peace	페 paix	빠체 pace	프리덴 Frieden
자유	지유 自由	프리덤 freedom	리베르테 liberté	리베르따 libertà	프라이하이트 Freiheit
속박	소쿠바쿠 束縛	리스트릭션즈 restrictions	레스트릭시옹 restrictions	레스뜨리찌오네 restrizione	페쎌른 Fesseln
평범	헤이본 平凡	오디너리 ordinary	오르디네르 ordinaire	바날레 banale	게뵌리히 gewöhnlich
극단	쿄쿠탄 極端	익스트림 extreme	엑스트렘 extrême	에스뜨레모 estremo	엑스트렘 extrem

스페인	러시아	라틴	그리스	아랍	중국
또도 todo	볘쓰 весь	옴니스 omnis	올라 όλα	쿨루 كل	췐뿌 全部
나다 nada	뿌스또따 пустота	니힐 nihil	티뽀타 τίποτα	라쉐이 لاشيء	우 无
아르모니아 armonía	가르모니야 гармония	콘베니엔티아 convenientia	알모니아 αρμονία	위아문 وئام	허씨에 和谐
까오스 caos	하오스 хаос	카오스 chaos	하오스 χάος	파우더 فوضى	훈둔 混沌
오르덴 orden	빠랴도크 порядок	오르도 ordo	탁시 τάξη	타르티뷴 ترتيب	즐쒸 秩序
꼰푸시온 confusión	베스빠랴도크 беспорядок	페르투르바티오 perturbatio	빠니코스 πανικός	이르티바쿤 ارتباك	훈루안 混乱
후스띠씨아 justicia	스쁘라벨리보스츠 справедливость	유스티티아 justitia	디캐오시니 δικαιοσύνη	아다라툰 عدالة	정이 正义
빠쓰 paz	미르 мир	팍스 pax	이리니 ειρήνη	쌀라문 سلام	허핑 和平
리베르따드 libertad	스보보다 свобода	리베르타스 libertas	앨래브쌔리아 ελευθερία	후이야툰 حرية	쯔그 自由
까우띠베리오 cautiverio	아그라니체니예 ограничение	오블리가티오 obligatio	뻬리오리스모스 περιορισμός	핫둔 حد	슈푸 束缚
오르디나리오 ordinario	자럇노스츠 заурядность	트리비알리스 trivialis	시니씨스매노 συνηθισμένο	아디 عادي	핑판 平凡
엑스뜨레모 extremo	크라이노스츠 крайность	플레누스 plenus	악래오 ακραίο	무타떠리푼 متطرف	지두안 极端

상태

상태

표제어	일본	영어	프랑스	이탈리아	독일
성공	세이코우 成功	석세스 success	쉭세 succès	수체쏘 successo	에어폴크 Erfolg
실패	싯파이 失敗	페일류어 failure	에셰크 échec	인수체쏘 insuccesso	미스에어폴크 Misserfolg
창조	소우조우 創造	크리에이션 creation	크레아시옹 création	끄레아찌오네 creazione	쇱풍 Schöpfung
침식	신쇼쿠 浸食	이로전 erosion	에로지옹 érosion	에로시오네 erosione	에로지온 Erosion
파괴	하카이 破壊	디스트럭션 destruction	데스트뤽시옹 destruction	디스뜨루찌오네 distruzione	체어슈퇴룽 Zerstörung
탄생	탄죠우 誕生	버쓰 birth	네상스 naissance	나쉬따 nascita	게부어트 Geburt
성장	세이쵸우 成長	그로스 growth	크루아상스 croissance	끄레쉬따 crescita	박스툼 Wachstum
변화	헨카 変化	체인지 change	샹주망 changement	깜비아멘또 cambiamento	페어엔더룽 Veränderung
쇠퇴	스이타이 衰退	디클라인 decline	데클랭 déclin	데끌리노 declino	페어팔 Verfall
멸망	호로비 滅び	폴 fall	쉬트 chute	네까디멘또 decadimento	운터강 Untergang
위기	키키 危機	크라이시스 crisis	크리즈 crise	끄리지 crisi	크리제 Krise
소멸	제츠메츠 絶滅	어나이얼레이션 annihilation	아니일라시옹 annihilation	에스띤찌오네 estinzione	아우스러퉁 Ausrottung

스페인	러시아	라틴	그리스	아랍	중국
엑시또 éxito	우스뺴흐 успех	숙체수스 successus	애삐티히아 επιτυχία	나자훈 نجاح	청공 成功
프라까소 fracaso	녜우다차 неудача	데펙티오 defectio	아쁘티히아 αποτυχία	파샬룬 فشل	슬빠이 失败
끄레아띠비다드 creatividad	뜨보르체스트보 творчество	제네시스 genesis	디미울기아 δημιουργία	이브다운 إبداع	추앙짜오 创造
에로시온 erosión	에로지아 эрозия	에로시오 erosio	디아브로시 διάβρωση	타쿨룬 تآكل	푸슬 腐蚀
데스뜨룩씨온 destrucción	라즈루쉐니예 разрушение	데스트룩티오 destructio	카타스트로피 καταστροφή	타드미룬 تدمير	포화이 破坏
나씨미엔또 nacimiento	라즈제니예 рождение	제네시스 genesis	개니시 γέννηση	윌라다툰 ولادة	단성 诞生
끄레씨미엔또 crecimiento	로스트 рост	프로그레시오 progressio	매가로마 μεγάλωμα	누무운 نمو	청쟝 成长
깜비오 cambio	이즈메녜닌예 изменение	무타티오 mutatio	알라기 αλλαγή	타기룬 تغيير	삐엔화 变化
데까덴씨아 decadencia	우빠도크 упадок	카수스 casus	빠라크미 παρακμή	인키파둔 انخفاض	슈아이투이 衰退
까이다 caída	브미라니예 вымирание	카수스 casus	브토시 πτώση	커러분 خراب	미에왕 灭亡
끄리시스 crisis	크리지스 кризис	디스크리멘 discrimen	크리시 κρίση	커뜨룬 خطر	웨이지 危机
엑스띤씨온 extinción	브미라니예 вымирание		아뺄삐시아 απελπισία	인끼러둔 انقراض	미에쥐에 灭绝

상태

상태

표제어	일본	영어	프랑스	이탈리아	독일
소생	소세이 蘇生	리바이벌 revival	르네상스 renaissance	리수레찌오네 risurrezione	비더벨레붕 Wiederbelebung
부활	훗카츠 復活	레저렉션 resurrection	레쥐렉시옹 résurrection	리나쉬따 rinascita	아우프에어슈테웅 Auferstehung
발견	핫켄 発見	디스커버리 discovery	데쿠베르트 découverte	스꼬뻬르따 scoperta	엔트데쿵 Entdeckung
망각	뵤우캬쿠 忘却	오블리비언 oblivion	우블리 oubli	오블리오 oblio	페어게쎈 Vergessen
정숙	세이쟈쿠 静寂	사일런스 silence	실랑스 silence	씰렌찌오 silenzio	슈틸레 Stille
각성	카쿠세이 覚醒	웨이크 wake	에베이 éveil	리스벨리오 risveglio	아우프바헨 Aufwachen
해방	카이호우 解放	리버레이션 liberation	리베라시옹 libération	리베라찌오네 liberazione	베프라이웅 Befreiung
구제	큐사이 救済	설베이션 salvation	살뤼 salut	소꼬르쏘 soccorso	힐페 Hilfe
영광	에이코우 栄光	글로리 glory	글루아르 gloire	글로리아 gloria	글란츠 Glanz
명예	메이요 名誉	아너 honor	오뇌르 honneur	오노레 onore	에레 Ehre
선택	센타쿠 選択	초이스 choice	슈아 choix	쉘따 scelta	바알 Wahl
도전	쵸우센 挑戦	챌린지 challenge	데피 défi	스피다 sfida	헤라우스포어더룽 Herausforderung

스페인	러시아	라틴	그리스	아랍	중국
레아니마씨온 reanimación	아쥐바니예 оживание	레수렉티오 ressurrectio	아나닙시 ανάνηψη	인아슈 انعاش	수씽 苏醒
레수렉씨온 resurrección	바스크레쎄니예 воскресение	레수렉티오 ressurrectio	아나비오시 αναβίωση	끼야마튼 قيامة	푸훠 复活
데스꾸브리미엔또 descubrimiento	아크르찌예 открытие	인디춤 indicium	아나칼립시 ανακάλυψη	이자둔 ايجاد	파씨엔 发现
올비도 olvido	잡베니예 забвение	임메모라티오 immemoratio	리씨 λήθη	나씨얀 نسيان	왕췌 忘却
실렌씨오 silencio	찌쉬나 тишина	실렌티움 silentium	시오삐 σιωπή	섬툰 صمت	지징 寂静
데스뻬르따르 despertar	쁘로부쥐제니예 пробуждение	수쉬타티오 suscitatio	아피쁘니시 αφύπνιση	아싸러툰 اثارة	줴씽 觉醒
리베라씨온 liberación	아스보보쥐제니예 освобождение	리베라티오 liberatio	아뻬래브쌔로시 απελευθέρωση	타흐리룬 تحرير	지에팡 解放
레스까떼 rescate	스빠쎄니예 спасение	살바티오 salvatio	아나쿠피시 ανακούφιση	이거싸툰 اغاثة	지요지 救济
글로리아 gloria	슬라바 слава	글로리아 gloria	독사 δόξα	마즈둔 مجد	롱광 荣光
오노르 honor	체스츠 честь	글로리아 gloria	티미 τιμή	파크룬 فخر	밍위 名誉
엘렉씨온 elección	브보르 выбор	엘렉티오 electio	애삐로기 επιλογή	이크티야룬 اختيار	쉬엔저 选择
데사피오 desafío	브좁 вызов	프로보카티오 provocatio	쁘록리시 πρόκληση	타핫디 تحدي	티아오쟌 挑战

상태

상태

상태

표제어	일본	영어	프랑스	이탈리아	독일
고난	신쿠 辛苦	하드쉽 hardship	디피퀼테 difficulté	소페렌짜 sofferenza	뮈헤 Mühe
인내	닌타이 忍耐	퍼서비어런스 perseverance	페르세베랑스 persévérance	빠찌엔짜 pazienza	게둘트 Geduld
유혹	유와쿠 誘惑	템테이션 temptation	탕타시옹 tentation	뗀따찌오네 tentazione	페어뷔룽 Verführung

색

표제어	일본	영어	프랑스	이탈리아	독일
색	이로 色	컬러 color	쿨뢰르 couleur	꼴로레 colore	파베 Farbe
빨강	아카 赤	레드 red	루주 rouge	로쏘 rosso	로트 rot
심홍	신코우 深紅	크림즌 crimson	푸르프르 pourpre	끄레미지 cremisi	푸어푸언 purpurn
다홍	히 緋	스칼럿 scarlet	에카르라트 écarlate	로쏘 스까를라또 rosso scarlatto	샤라흐트로트 scharlachrot
주홍	슈 朱	버밀리언 vermilion	베르미용 vermillion	베르밀리오네 vermiglione	친노바로트 zinnoberrot
분홍	핑크 ピンク	핑크 pink	로즈 rose	로자 rosa	로자 rosa
파랑	아오 青	블루 blue	블뢰 bleu	블루 blu	블라우 blau
남색	아이 藍	인디고 indigo	앵디고 indigo	인다꼬 indaco	둥켈블라우 dunkelblau
녹색	미도리 緑	그린 green	베르 vert	베르데 verde	그륀 grün

스페인	러시아	라틴	그리스	아랍	중국
두라스 뻬나스 duras penas	뜨룻노스찌 трудности	벡사티오 vexatio	디스콜리아 δυσκολία	마샫꺼툰 مشقة	씬쿠 辛苦
뻬르세베란씨아 perseverancia	쩨르뻬니예 терпение	톨레란티아 tolerantia	이쁘모니 υπομονή	써브룬 صبر	런나이 忍耐
뗀따씨온 tentación	싸블라지 соблази	세둑티오 seductio	뻬라스모스 πειρασμός	이그러운 اغراء	요우후오 诱惑
꼴로르 color	쓰벳 цвет	콜로르 color	흐로마 χρώμα	라우눈 لون	써 色
로호 rojo	크라스니이 красный	루베르 ruber	꼬키노 κόκκινο	아흐마룬 احمر	홍 红
까르메시 carmesí	바그로브이 багровый	콕치누스 coccinus	뽈피룬 거미끄 πορφυρούν	아흐마르 거미끄 احمر غامق	션홍 深红
에스까를라따 escarlata	뿐쏘브이 пунцовый	푸니체우스 puniceus	알리코 άλικο	끼르미지윤 قرمزي	씨엔홍 鲜红
베르메욘 vermellón	스벳로크 라스니이 светлокрасный	루비쿤두스 rubicundus	애리쓰로 ερυθρό	끼르미지윤 قرمزي	쥬홍 朱红
로사 rosa	로조브이 розовый	푹시아 fuchsia	로즈 ροζ	꺼런풀리 قرنفلي	펀홍 粉红
아쑬 azul	골루브이 голубой	케룰레우스 caeruleus	블래 μπλε	아즈떠끄 ازرق	란써 蓝色
인디고 índigo	쯤노·씨니리 тёмно-синий	케룰레우스 caeruleus	루라키 λουλάκι	나리 نيلي	띠엔란 靛蓝
베르데 verde	젤로느이 зелённый	비리디스 viridis	쁘라시노 πράσινο	아크더르 اخضر	뤼써 绿色

상태

색

표제어	일본	영어	프랑스	이탈리아	독일
노랑	키(이로) 黃(色)	예로우 yellow	존 jaune	지알로 giallo	겔프 gelb
보라	무라사키 紫	퍼플 purple	비올레 violet	비올라 viola	비올렛트 violett
갈색	챠 茶	브라운 brown	마롱 marron	마로네 marrone	브라운 braun
검정	쿠로 黑	블랙 black	누아르 noir	네로 nero	슈바르츠 schwarz
흰색	시로 白	화이트 white	블랑 blanc	비앙꼬 bianco	바이쓰 weiß
회색	하이 灰	그레이 gray	그리 gris	그리지오 grigio	그라우 grau

스페인	러시아	라틴	그리스	아랍	중국
아마리요 amarillo	쥘뜨이 жёлтый	플라부스 flavus	키트리노 κίτρινο	아쓰파르 اصفر	황쎄 黃色
비올레따 violeta	피오레또브이 фиолетовый	푸르푸레우스 purpureus	몹 μωβ	바나프싸지 بنفسجي	즈쎄 紫色
마론 marrón	스베뜨로까리치녜브이[※1]	아퀼리우스 aquilus	카페 καφέ	분니 بني	챠쎄 茶色
네그로 negro	쵸르느이 чёрный	니제르 niger	마브로 μαύρο	아쓰와드 اسود	헤이쎄 黑色
블란꼬 blanco	벨르이 белый	알부스 albus	아스쁘로 άσπρο	아비야드 ابيض	바이쎄 白色
그리스 gris	셰르이 серый	케시우스 caesius	그리 γκρι	러마디 رمادي	후이쎄 灰色

※1 스베뜨로까리치녜브이　светлокоричневый

성질

성질

표제어	일본	영어	프랑스	이탈리아	독일
좋은	이이 いい	굿 good	벙 bon	베네 bene	구트 gut
나쁜	와루이 悪い	배트 bad	모베 mauvais	말레 male	슐레히트 schlecht
선(善)	젠 善	버츄 virtue	베르튀 vertu	비르뚜 virtù	구테 Gute
악	아쿠 悪	바이스 vice	비스 vice	비찌오 vizio	뵈제 Böse
신성함	신세이 神聖	홀리니스 holiness	사크레 sacré	싸끄로 sacro	하일리히 heilig
사악한	쟈아쿠 邪悪	이블 evil	모베 mauvais	말바지따 malvagità	뵈제 böse
진실	신지츠 真実	트루스 truth	베리테 vérité	베리따 verità	바하이트 Wahrheit
거짓	우소 嘘	라이 lie	망송주 mensonge	부지아 bugia	뤼게 Lüge
완벽	칸페키 完璧	퍼펙션 perfection	파르페 parfait	뻬르페또 perfetto	폴콤멘 Vollkommen
궁극적인	쿄우쿄쿠 究極	얼티밋 ultimate	윌팀 ultime	데피니띠보 definitivo	어이쎄이스트 äußerst
불멸	후메츠 不滅	임모털리티 immortality	이모르텔 immortel	임모르딸레 immortale	운슈테어플리히 unsterblich
불변	후헨 不変	퍼머넌스 permanence	에테르넬 éternel	에떼르노 eterno	운페어엔틀리히 unveränderlich

스페인	러시아	라틴	그리스	아랍	중국
부에노 bueno	호로쇼 хорошо	보누스 bonus	칼로 καλό	제이둔 جيد	하오 好
말로 malo	쁠로호 плохо	말루스 malus	카코 κακό	쎄이운 سيء	화이 坏
비르뚜드 virtud	다브로 добро	보눔 bonum	아래티 αρετή	제이둔 جيد	샨 善
말 mal	즐로 зло	말룸 malum	앨라토마 ελάττωμα	샤룬 شر	으어 恶
산또 santo	스뱌또스츠 святость	산크투스 sanctus	아기오 άγιο	마끄디쑨 مقدس	션셩 神圣
말리그노 maligno	즐로바 злоба	말레피쿠스 maleficus	카코 κακό	샤룬 شر	씨에으어 邪恶
베르다드 verdad	이스찌나 истина	베루스 verus	아리씨아 αλήθεια	하끼꺼툰 حقيقة	젼슬 真实
멘띠라 mentira	로즈 лож	인시데 insidae	프새마 ψέμμα	카디분 كذب	황옌 谎言
뻬르펙또 perfecto	쏘베르쉔스트보 совершенство	페르펙투스 perfectus	탤리오 τέλειο	무타카밀룬 متكامل	완비 完璧
수쁘레모 supremo	까녜츠 конец	수프레무스 supremus	아쁘리토 απόλυτο	니하이 نهائي	지씨엔 极限
인모르딸 inmortal	베스메르찌예 бессмертие	임모르탈리스 immortalis	아싸나토 αθάνατο	커리둔 خلاد	뿌씨요우 不朽
에떼르노 eterno	이즈멘노스츠 неизменность	에테르누스 aeternus	애오니오 αιώνιο	싸비툰 ثابت	용헝 永恒

성질

성질

성질

표제어	일본	영어	프랑스	이탈리아	독일
훌륭한	스바라시이 すばらしい	그레잇 great	마그니피크 magnifique	메라빌리오조 meraviglioso	그로쓰아티히 großartig
아름다운	우츠쿠시이 美しい	뷰티풀 beautiful	졸리 joli	벨로 bello	쇤 schön
예쁜	카와이이 かわいい	프리티 pretty	미뇽 mignon	까리노 carino	휩시 hübsch
못생긴	미니쿠이 醜い	어글리 ugly	레 laid	브루또 brutto	헤쓸리히 hässlich
깨끗한	키레이 きれい	클린 clean	프로프르 propre	뿔리또 pulito	자우버 sauber
더러운	키타나이 汚い	더티 dirty	살 sale	스뽀르꼬 sporco	운자우버 unsauber
현명한	카시코이 賢い	와이즈 wise	사주 sage	인뗄리젠떼 intelligente	바이제 weise
어리석은	오로카 愚か	풀리쉬 foolish	앵상세 insensé	스뚜삐도 stupido	둠 dumm
강한	츠요이 強い	스트롱 strong	포르 fort	푸르떼 forte	슈타크 stark
약한	요와이 弱い	위크 weak	페블 faible	데볼레 debole	슈바흐 schwach
격렬한	하게시이 激しい	인텐스 intense	앵탕스 intense	인뗀소 intenso	헤프티히 heftig
평온한	오다야카 穏やか	캄 calm	칼름 calme	깔모 calmo	루이히 ruhig

스페인	러시아	라틴	그리스	아랍	중국
그란데 grande	쁘례크라스니이 прекрасный	벨루스 bellus	이빼로호 υπέροχο	아디문 عظيم	메이하오더 美好的
에르모소 hermoso	크라씨브이 красивый	벨루스 bellus	오몰포 όμορφο	자밀룬 جميل	메이리더 美丽的
보니또 bonito	밀르이 милый	벨루루스 bellulus	하리토매노 χαριτωμένο	자밀룬 جميل	커아이더 可爱的
레뿌그난떼 repugnante	우라드리브이 уродливый	데포르미스 deformis	아스히모 άσχημο	다키윤 ذكي	난칸더 难看的
림삐오 limpio	치스뜨이 чистый	푸루스 purus	카싸로 καθαρό	나디푼 نظيف	간쩡더 干净的
수씨오 sucio	그라즈니이 грязный	루툴렌투스 lutulentus	브로미코 βρώμικο	꺼비훈 قبيح	짱더 脏的
사비오 sabio	움느이 умный	사피엔스 sapiens	액시쁘노 έξυπνο	다키윤 ذكي	총밍더 聪明的
똔또 tonto	글루쁘이 глупый	스툴투스 stultus	일리씨오 ηλίθιο	거비윤 غبي	위츈더 愚蠢的
푸에르떼 fuerte	씰니이 сильный	포르티스 fortis	디나토 δυνατό	꺼위윤 قوي	찌엔치앙더 坚强的
데빌 débil	슬라브이 слабый	프라질리스 fragilis	아디나모 αδύναμο	더이푼 ضعيف	루안눠더 软弱的
인뗀소 intenso	부르니이 бурный	아르덴스 ardens	비애오 βίαιο	무캇싸푼 مكثف	지리에더 激烈的
깔모 calmo	스빠꼬이느이 спокойный	트란퀼루스 tranquillus	이래모 ήρεμο	하디운 هادي	핑징더 平静的

성질

성질

표제어	일본	영어	프랑스	이탈리아	독일
단단한	카타이 硬い	하드 hard	뒤르 dur	두로 duro	하트 hart
부드러운	야와라카이 柔らかい	소프트 soft	무 mou	모르비도 morbido	바이히 weich
조용한	시즈카 静か	콰이엇 quiet	칼름 calme	뀌에또 quieto	슈틸 still
시끄러운	사와가시이 騒がしい	노이지 noisy	브루이양 bruyant	끼아쏘조 chiassoso	운루이히 unruhig
눈부신	캬가야카시이 輝かしい	글로리어스 glorious	글로리외 glorieux	브릴란떼 brillante	글렌첸트 glänzend
안전	안젠 安全	세이프티 safety	세퀴리테 sécurité	씨꾸레짜 sicurezza	지허 sicher
위험	키켄 危険	데인저 danger	당제 danger	뻬리꼴로 pericolo	게페얼리히 gefährlich
우아함	유가 優雅	그레이스 grace	그라스 grâce	그라찌아 grazia	엘레간트 elegant
고귀한	코우키 高貴	노블 noble	노블레스 noblesse	노빌레 nobile	에델 edel
화려한	카레이 華麗	스플렌디드 splendid	스플랑디드 splendide	스쁠렌디도 splendido	프레히티히 prächtig
호화로운	고우카 豪華	럭셔리 luxury	뤽스 luxe	루쑤오조 lussuoso	룩수뢰스 luxuriös
장엄	소우곤 荘厳	솔렘너티 solemnity	솔라니테 solennité	솔렌네 solenne	파이얼리히 feierlich

스페인	러시아	라틴	그리스	아랍	중국
두로 duro	뜨뼤르드이 твёрдый	아다만테우스 adamanteus	슥리로 σκληρό	쑬분 صلب	잉더 硬的
블란도 blando	먀그끼이 мягкий	테네르 tener	말라코 μαλακό	떠리윤 طري	로우루안더 柔软的
끼에또 quieto	찌히리 тихий	트란퀼리우스 tranquillus	이시호 ήσυχο	하디운 هادئ	안징더 安静的
루이도소 ruidoso	슘니이 шумный	소노루스 sonorus	쏘리보대스 θορυβώδες	써키분 صاخب	차오자더 嘈杂的
글로리오소 glorioso	블례스짜쉬이 блестящий	글로리오수스 gloriosus	람브로 λαμπρό	라미운 لامع	후이황더 辉煌的
세구로 seguro	베조빠스노스츠 безопасность	세쿠루스 securus	아스파래스 ασφαλές	아마눈 آمن	안췐 安全
뻴리그로 peligro	아빠스노스츠 опасность	쿠라빌스 curabilis	킨디노스 κίνδυνος	꺼뜨룬 خطر	웨이씨엔 危险
그라씨오소 gracioso	이쟈쉬노스츠 изящность	엘레간스 elegans	하리 χάρη	이나꺼툰 اناقة	요우야 优雅
노블레 noble	블라고롯스트보 благородство	노빌리스 nobilis	애브개내스 ευγενές	나빌룬 نبيل	까오꾸이 高贵
에스쁠렌디도 espléndido	뼬리꼬례삐예 великолепие	스플렌디두스 splendidus	액새래티코 εξαιρετικό	러이운 رائع	화리 华丽
루호소 lujoso	로스꼬쉬 роскошь	스플렌디두스 splendidus	뽈리태리아 πολυτέλεια	파크문 فخم	하오화 豪华
솔렘네 solemne	따르줴스트벤노스츠[1] 	솔렘니스 sollemnis	소바로 σοβαρό	무히분 مهيب	쥬앙옌 庄严

※1 따르줴스트벤노스츠　торжественность

성질

표제어	일본	영어	프랑스	이탈리아	독일
세련	센렌 洗練	리파인먼트 refinement	엘레강스 élégance	엘레간떼 elegante	엘레간트 elegant
진부한	친부 陳腐	트라잇 trite	바날리테 banalité	우주알레 usuale	압게드로센 abgedroschen
기묘한	키묘우 奇妙	스트레인지 strange	에트랑주 étrange	스뜨라노 strano	젤트잠 seltsam
고상함	죠우힌 上品	엘리건스 elegance	라핀망 raffinement	엘레간떼 elegante	포어넴 fornehm
천박한	게힌 下品	벌거 vulgar	뷜가리테 vulgarité	볼가레 volgare	운안슈텐디히 unanständig
요염한	요우엔 妖艶	글래머러스 glamorous	앙소르슬랑 ensorcelant	아파쉬난떼 affascinante	베차우베언트 bezaubernd
야만적인	야반 野蛮	바버러스 barbarous	바르바르 barbare	셀바찌오 selvaggio	바바리쉬 barbarisch
광기	쿄우키 狂気	매드니스 madness	폴리 folie	빠찌아 pazzia	반진 Wahnsinn
고독	코도쿠 孤独	살러투드 solitude	솔리튀드 solitude	솔리뚜디네 solitudine	아인잠카이트 Einsamkeit

스페인	러시아	라틴	그리스	아랍	중국
엘레간떼 elegante	우뚠쵸노스츠 утончённость	엘레간스 elegans	콤프소티타 κομψότητα	러끼 راقي	지엔리엔 简练
뜨리야도 trillado	바날노스츠 банальность	트리비알리스 trivialis	키노 κοινό	무브타딜룬 مبتذل	천푸 陈腐
엑스뜨라뇨 extraño	스뜨란노스츠 странность	페레그리누스 peregrinus	빠라크새노 παράξενο	거리분 غريب	치미아오 奇妙
레피나도 refinado	이즈스깐노스츠 изысканность	엘레간스 elegans	액래쁘티스매노 εκλεπτυσμένο	아니꾼 انيق	까오야 高雅
불가르 vulgar	불가르노스츠 вульгарность	일레피두스 illepidus	히대오티타 χυδαιότητα	무브타딜룬 مبتذل	디구 低俗
글라모로소 glamoroso	아차로바쩰노스츠[※1]	페르블란두스 perblandus	사기니 σαγήνη	파티눈 فاتن	야오옌 妖艳
바르바로 bárbaro	지꼬스츠 дикость	바르바루스 barbarus	발바로티타 βαρβαρότητα	하마지윤 همجي	예만 野蛮
로꼬 loco	베주미예 безумие	루나티쿠스 lunaticus	트랠라 τρέλλα	주눈 جنون	펑쾅 疯狂
솔리따리오 solitario	아지노체스트보 одиночество	솔리투스 solitus	모나크시아 μοναξιά	와흐다툰 وحدة	구두 孤独

※1 아치로바쩰노스츠 очаровательность

색 인

우리말 색인

숫자 · 기타

0	22
1	22
2	22
3	22
4	22
5	22
6	22
7	22
8	22
9	22
10	22
100	24
1000	24
1월	12
2배	26
2월	12
3배	26
3월	12
4월	12
5월	12
6월	12
7월	12
9월	12
8월	12
10월	12
11월	12
12월	14

ㄱ

가까이	20
가넷	92
가면	146
가뭄	42
가수	156
가슴	104
가운데	18
가을	10
가장자리	18
가족	138
가지	56
각성	204
갈기	68
갈매기	80
갈색	208
감동	120
감사	120
감염	110
감옥	162
감정	116
갑옷	198
강	32
강림	176
강철	96
강풍	38
강한	212
개	70
개구리	86
개미	84
거머리	90
거미	90
거북이	88
거울	146
거위	82
거인	172
거짓	210
거짓말쟁이	124
걷다	112
검	196
검문소	164
검사	194
검정	208
검지	104
겁이 많은	128
게	88
게으름뱅이	128
게자리	52
겨우살이	66
겨울	10
격렬한	212
견우성	50
결투	188
결혼	134
겸손한	126
경계	192
경멸	124
경비견	72
계곡	30
계약	182
계절	10
고결한	126
고귀한	214
고난	206
고대	10
고독	216
고드름	40
고래	88
고문	186
고상함	216
고양이	72
고요함	40
고원	30
고집이 센	126
고체	44
고치	82
고통	110
고함	108
고향	168
곡물	56
곤봉	196
곤충〈발 없는〉	82
곤충〈일반적인〉	82
곤충〈작은〉	82
곰	76

공격	190	
공기	28	
공작	82	
공작	150	
공주	148	
공포	124	
공화국	148	
과거	8	
과묵한	126	
관대한	126	
광기	216	
광대	156	
광물	90	
광산	32	
광선	46	
광신자	144	
광장	160	
괴물	170	
괴짜	130	
교수대	188	
교활한	128	
교황	150	
교회	164	
구	184	
구름	36	
구세주	142	
구제	204	
국왕	148	
국화	58	
군단	198	
군주	148	
굽히지 않는	128	
궁극적인	210	
궁수	192	
궁전	160	
귀	100	
귀걸이	144	
귀뚜라미	84	
귀족	150	
그리핀	172	
그림자	46	
극단	200	
금	94	
금기	182	
금성	50	
금요일	14	
급류	36	
긍지	118	
기도	180	
기도하다	180	
기록	182	
기묘한	216	
기병	194	
기쁨	118	
기사	150	
기사단	198	
기습	192	
기억	116	
기적	180	
기체	44	
기호	182	
길	164	
깃발	198	
깃털	68	
까마귀	78	
깨끗한	212	
꼬리	68	
꽃	58	
꽃봉오리	58	
꽃잎	58	
꿈	118	
꿩	78	
끝	8	

ㄴ

나라	148	
나락	34	
나무	62	
나방	84	
나비	86	
나쁜	210	
나선	184	
나팔꽃	58	
낙뢰	38	
낙원	168	
낙타	72	
난쟁이	170	
난초	62	
날	14	
날개	68	
날다	112	
날씨	36	
남색	206	
남십자성	54	
남자	98	
남작	150	
남쪽	18	
남편	138	
납	94	
낫	196	
낮	16	
내일	16	
냉혹한	126	
너구리	74	
네번째	24	
노랑	208	
노래하다	114	
노력	132	
노예	152	
노을	48	
녹색	206	
놀람	120	
농부	154	
농장	164	
눈	100	
눈	38	
눈동자	100	
눈물	106	

눈보라	…	38
눈부신	…	214
눈사태	…	42
눈썹	…	100
늑대	…	74
늑대인간	…	174
능력	…	130
늪	…	34

ㄷ

다람쥐	…	74
다리	…	106
다리	…	164
다섯번째	…	24
다이아몬드	…	92
다정한	…	124
다홍	…	206
단검	…	96
단단한	…	214
단두대	…	188
단풍나무	…	64
달	…	48
달리다	…	110
달빛	…	46
달인	…	142
달팽이	…	90
닭	…	80
대나무	…	68
대담한	…	128
대령	…	194
대리석	…	96
대마	…	60
대변	…	108
대식가	…	130
대신	…	150
대양	…	32
대장	…	194
대장장이	…	154

대주교	…	150
대지	…	28
더듬이	…	70
더러운	…	212
덩굴	…	56
데네브	…	50
데이지	…	62
도끼	…	196
도마뱀	…	86
도망가다	…	112
도서관	…	162
도시	…	160
도적	…	160
도전	…	204
도전자	…	142
도형	…	182
독	…	110
독사	…	86
독수리	…	78
독재	…	188
돈	…	152
돌	…	96
돌격	…	192
돌고래	…	88
돌파	…	192
돌풍	…	40
동	…	94
동경	…	120
동굴	…	32
동료	…	136
동맹	…	190
동물	…	68
동백나무	…	64
동쪽	…	18
돼지	…	72
두개골	…	174
두더지	…	74
두루마리	…	182
두번째	…	24
뒤	…	18

뒷면	…	20
듣다	…	112
등	…	104
등나무	…	66
등대	…	166
등딱지	…	70
따뜻하다	…	42
딱다구리	…	78
딱정벌레	…	84
딸	…	140
딸기	…	58
땀	…	106
땅	…	28
때리다	…	112
떡갈나무	…	64
뛰다	…	112
뜨겁다	…	42

ㄹ

라벤더	…	62
라일락	…	66
라피스라줄리	…	94
레몬	…	66
레비아단	…	172
루비	…	94
리겔	…	52
리더	…	140

ㅁ

마구간	…	162
마녀	…	158
마노	…	94
마도사	…	158
마법	…	178
마법사	…	158
마술서	…	180

마왕	176	목성	48	민달팽이	90
마을	162	목소리	108	민들레	60
마음	116	목수	154	민화	168
마지막	8	목요일	14	밀림	30
만	32	목장	164		
만남	134	몸	102		
만능	132	못	34	ㅂ	
만물	28	못생긴	212		
만지다	112	묘지	166	바곳	60
많다	26	무(無)	200	바다	32
말	72	무기	194	바다사자	76
말다툼	188	무당	158	바다표범	76
말하다	112	무당벌레	86	바람	38
맑음	36	무릎	106	바보	140
망각	204	무모한	128	바위	96
망치	196	무수한	26	바퀴벌레	84
매	78	무용수	156	박쥐	74
매미	84	무지개	40	반딧불이	86
매장	136	무한대	26	반란	190
맹금류	78	무화과	62	반사	48
맹세하다	180	묵시록	178	반역자	142
머리	98	문	166	반지	144
머리카락	98	문스톤	94	반짝임	46
멀리	20	문양	184	발	106
멀리서 짖음	70	문어	88	발견	204
멍청한	130	문자	182	발굽	68
메뚜기	86	문장	198	발뒤꿈치	106
멘티코어	172	물	28	발로 차다	112
멧돼지	74	물갈퀴	70	발찌	144
멸망	202	물고기	88	발톱	70
명예	204	물고기자리	54	밝음	46
명왕성	50	물병자리	54	밤	16
모기	84	물새	76	방랑	132
모래사장	32	물질	28	방랑자	142
모피	68	물푸레나무	64	방어	190
모험	132	미궁	166	방어구	196
목	102	미끼	192	방주	176
목걸이	144	미래	8	방패	198
목구멍	102	미소짓다	114	배	104
목련	66	미이라	174	배꼽	104

배반	190	봉인	180	빨강	206
백금	96	부	152	빨판	70
백로	80	부끄러움	122	빼앗다	114
백작	150	부드러운	214	뺨	100
백조	80	부르다	114	뼈	106
백합	62	부리	68	뿌리	56
뱀	86	부모	138	뿔	68
버드나무	66	부부	138		
버섯	56	부상	108	ㅅ	
번개	38	부수다	114		
번데기	84	부자	152	사각	184
벌	186	부적	146	사고	110
벌	86	부활	204	사과	66
범고래	88	북극성	52	사기꾼	160
법	186	북두칠성	54	사냥개	72
법도	182	북쪽	18	사냥꾼	154
법원	162	분노	122	사냥매	78
벚나무	64	분홍	206	사도	174
베텔게우스	52	불	28	사랑	120
베헤못	172	불꽃	44	사마귀	84
변화	202	불멸	210	사막	30
별	48	불변	210	사수자리	54
별빛	46	불사조	172	사슴	72
볏	70	불행	118	사슴벌레	84
병사	192	붓꽃	58	사신	176
병원	162	브로치	144	사악한	210
보다	112	비	36	사자	76
보라	208	비늘	70	사자자리	52
보름달	48	비둘기	78	사제	150
보리수	66	비명	108	사파이어	92
보물	152	비밀	186	사형집행인	160
보병	194	비장의 카드	192	산	30
보석	90	비추다	46	산들바람	38
보주(寶珠)	90	비취	94	산적	160
복사뼈	106	비탄	122	산호	92
복수	190	빈자(貧者)	152	살구	62
복숭아	66	빙산	32	살쾡이	72
복음	178	빛	46	삶	132
본능	118	빛나다	46	삼각	184
봄	10	빠름	130		

상	152	성장	202	수수께끼	186
상어	88	성직자	158	수염	102
상인	154	세계	28	수요일	14
상징	186	세기	10	수정	92
상처	110	세련	216	수차	164
새	76	세번째	24	숙명	134
새로운	10	섹스	116	순간	8
새벽	14	소	72	순수한	128
새우	88	소나무	66	술집	162
색	206	소녀	98	숨	108
샘	34	소년	98	숫자	182
서늘하다	44	소령	194	숲	30
서리	40	소멸	202	스라소니	72
서사시	168	소변	108	스승	136
서약	182	소생	204	스피카	50
서적	182	소용돌이	36	슬픔	122
서쪽	18	소원	116	승리	188
석고	96	소지	104	승자	142
석공	154	소환	180	시간	8
석류	64	속박	200	시끄러운	214
석탄	96	속삭임	108	시내	34
석판	182	속죄	188	시대	10
선(線)	184	손	102	시리우스	50
선(善)	210	손가락	102	시작	8
선구자	142	손목	102	시장	160
선물	152	손바닥	102	식(蝕)	48
선원	154	손톱	104	식물	56
선인장	68	솔개	78	식전	176
선조	140	솔직한	128	신	174
선택	204	송곳니	68	신기루	40
섬	32	쇠사슬	188	신뢰	120
섬광	46	쇠퇴	202	신성함	210
성	160	수	22	신앙	174
성공	202	수국	58	신자	174
성급한	126	수녀	158	신전	162
성모	174	수다쟁이	130	신천옹	80
성문	166	수달	74	신탁	176
성서	178	수도사	158	신화	168
성실한	128	수선화	60	실연	134
성역	166	수성	48	실패	202

심술궂은 …………… 124	암호 ………………… 186	여섯번째 …………… 24
심장 ………………… 106	앞 …………………… 18	여신 ………………… 174
심홍 ………………… 206	앞면 ………………… 20	여우 ………………… 74
십자가 ……………… 176	애국자 ……………… 142	여울 ………………… 34
싸락눈 ……………… 38	액체 ………………… 44	여자 ………………… 98
싸우다 ……………… 114	앵무새 ……………… 82	여행 ………………… 132
싹 …………………… 56	앵초 ………………… 60	여행자 ……………… 156
쌍둥이 ……………… 140	야만적인 …………… 216	역사 ………………… 170
쌍둥이자리 ………… 52	야심 ………………… 124	연금술 ……………… 180
쓰레기 ……………… 152	야자 ………………… 66	연기 ………………… 44
쓰레기장 …………… 166	약 …………………… 110	연꽃 ………………… 60
씨앗 ………………… 56	약속 ………………… 134	연못 ………………… 34
	약지 ………………… 104	연민 ………………… 120
	약탈 ………………… 190	연방 ………………… 148
ㅇ	약탈자 ……………… 144	연옥 ………………… 168
	약한 ………………… 212	연인 ………………… 136
아군 ………………… 136	약혼자 ……………… 138	열 …………………… 42
아기 ………………… 98	양 …………………… 72	열번째 ……………… 24
아내 ………………… 138	양귀비 ……………… 60	열병 ………………… 110
아들 ………………… 140	양자리 ……………… 52	열정 ………………… 120
아래 ………………… 18	어깨 ………………… 102	염소 ………………… 72
아름다운 …………… 212	어둠 ………………… 46	염소자리 …………… 54
아버지 ……………… 138	어른 ………………… 98	영광 ………………… 204
아우라 ……………… 132	어리석은 …………… 212	영매 ………………… 158
아이 ………………… 98	어머니 ……………… 138	영웅 ………………… 140
아지랑이 …………… 40	어부 ………………… 154	영원 ………………… 8
아침 ………………… 16	어제 ………………… 16	영주 ………………… 148
아쿠아마린 ………… 90	언덕 ………………… 30	영혼 ………………… 116
아홉번째 …………… 24	얻다 ………………… 114	옅은 안개 …………… 40
악 …………………… 210	얼굴 ………………… 98	예쁜 ………………… 212
악령 ………………… 170	얼다 ………………… 44	예언 ………………… 176
악마 ………………… 176	얼음 ………………… 44	예언자 ……………… 158
악몽 ………………… 118	엄지 ………………… 104	오늘 ………………… 16
악어 ………………… 86	에메랄드 …………… 92	오닉스 ……………… 92
안다 ………………… 116	에이스 ……………… 140	오래된 ……………… 10
안전 ………………… 214	엘프 ………………… 170	오로라 ……………… 40
안타레스 …………… 50	여관 ………………… 162	오른쪽 ……………… 18
알다 ………………… 112	여기 ………………… 20	오만한 ……………… 126
알데바란 …………… 50	여덟번째 …………… 24	오아시스 …………… 30
암살자 ……………… 160	여름 ………………… 10	오징어 ……………… 88

오팔	92	운하	166	인간	98
오해	190	울다	114	인내	206
오후	16	울새	80	인어	172
옥좌	160	웃다	114	인장	146
온후한	126	원	184	일곱번째	24
올리브	62	원소	28	일요일	14
올빼미	78	원숭이	74	일출	14
완력	130	원한	122	일행	136
완벽	210	월	12	잃다	114
왕관	144	월계수	64	입	100
왕국	148	월요일	14	입술	100
왕비	148	위	18	잉꼬	82
왕자	148	위기	202	잎	56
외로움	122	위험	214		
외치다	114	유니콘	170		
왼쪽	18	유대	134	**ㅈ**	
요리사	154	유령	174		
요새	166	유방	104	자다	116
요술	178	유산	152	자두	64
요술사	158	유성	52	자매	138
요염한	216	유적	166	자비	120
요정	170	유충	82	자수정	90
욕망	124	유혹	206	자연	28
용	170	은	94	자연재해	40
용감한	128	은방울꽃	60	자원	152
용기	120	은하	54	자유	200
용병	192	은하수	54	자작나무	64
용암	96	음유시인	156	작다	26
우둔한	130	의사	156	잔물결	36
우리	188	의식	180	잔인한	126
우물	164	의지	116	잠자리	86
우상	178	이끼	56	장교	194
우아함	214	이단	178	장군	194
우울	122	이단자	144	장례	134
우정	120	이마	100	장미	64
우주	28	이상	118	장엄	214
우화	168	이상향	168	장인	154
운명	132	이성	118	재	44
운모	90	이슬	40	재단사	154
운석	52	이야기	168	재산	152

재채기	108	조화	200	질병	110
재회	134	존경	120	질서	200
저격수	192	종달새	80	질투	124
저주	178	좋은	210	짐승	70
저택	162	죄	186	집	164
적	136	죄인	186	집사	156
적다	26	주	14	집오리	80
전갈자리	54	주교	150	집착	124
전령	194	주먹	102	짖궂은	130
전부	200	주문	178	짙은 안개	40
전설	168	주석	96		
전승	170	주술	178		
전쟁	188	주역	140	**ㅊ**	
전투	188	주홍	206		
절망	122	죽음	132	차갑다	44
절벽	34	죽이다	114	찬스	192
점(占)	178	줄기	56	참새	78
점(点)	184	중령	194	창	196
점성술	180	중지	104	창부	156
점쟁이	158	쥐	74	창조	202
점토	96	즐거움	118	채소	56
정령	170	증오	122	채찍	196
정복	190	지구	48	처녀	98
정사각형	184	지네	90	처녀자리	54
정숙	204	지느러미	70	처음	8
정신	116	지루함	122	처형	186
정오	16	지배	190	천국	168
정원	162	지식	130	천둥	38
정원사	156	지옥	168	천박한	216
정의	200	지진	42	천벌	176
정직한	124	지평선	30	천사	174
제국	148	지하	34	천왕성	50
제단	180	직감	118	천재	132
제독	194	직녀성	50	천진난만한	128
제비	78	진눈깨비	38	천칭자리	54
제비꽃	60	진드기	90	철	94
제자	136	진부한	216	철새	76
조개	88	진실	210	첫번째	24
조언자	142	진주	92	청동	96
조용한	214	진흙	96	청동오리	80

체력 … 132		파수꾼 … 156
초승달 … 48	**ㅌ**	파트너 … 136
초원 … 30		팔 … 102
초저녁 … 16	타다 … 42	팔꿈치 … 102
최대한 … 26	타락천사 … 176	팔찌 … 144
최소한 … 26	타조 … 82	패랭이꽃 … 60
추기경 … 150	탄생 … 202	패배 … 188
추방 … 186	탄환 … 198	패자 … 142
축제 … 176	탈출 … 192	팬지 … 62
충격 … 44	탐구 … 132	페가수스 … 170
측백나무 … 62	탐구자 … 142	페리도트 … 94
치료 … 110	탐욕스러운 … 128	펜던트 … 144
치아 … 100	탑 … 162	펜타그램 … 184
치유하다 … 110	태양 … 48	펭귄 … 82
치자나무 … 58	태양계 … 54	평범 … 200
친구 … 136	태초 … 8	평야 … 30
친절한 … 124	태풍 … 42	평온한 … 212
칠면조 … 82	터키석 … 92	평화 … 200
침식 … 202	턱 … 100	폐허 … 166
침울한 … 126	토끼 … 74	포기 … 122
	토르말린 … 94	포도 … 66
	토성 … 50	포말하우트 … 52
ㅋ	토요일 … 14	포효 … 70
	토파즈 … 92	폭발 … 44
카나리아 … 80	퇴마 … 178	폭포 … 34
카네이션 … 58	퇴마사 … 158	폭풍 … 38
칼날 … 196	투구 … 198	폭풍우 … 38
켄타우로스 … 170	투창 … 196	표범 … 76
코 … 100	튤립 … 60	표시 … 184
코골이 … 108	트롤 … 172	표장 … 186
코끼리 … 76	티아라 … 144	풀 … 58
코뿔소 … 76	팀 … 136	풍뎅이 … 84
코카트리스 … 172		풍차 … 164
쾌활한 … 126		풍향계 … 164
크다 … 26	**ㅍ**	피 … 106
크로커스 … 58		피부 … 106
클로버 … 60	파괴 … 202	
키메라 … 172	파도 … 36	
키스 … 116	파랑 … 206	**ㅎ**
	파리 … 86	

하구	34	혁명	190	후작	150
하녀	156	현대	10	후회	122
하늘	36	현명한	212	훈장	198
하루살이	84	현명함	130	훌륭한	212
하마	76	현자	140	흉터	110
하인	156	현재	8	흐름	36
하품	108	형제	138	흐림	36
학	80	혜성	52	흙	28
학살	190	호두나무	64	흡혈귀	172
한밤중	16	호랑가시나무	64	희망	116
한숨	108	호랑이	74	희생양	180
할머니	138	호박	92	흰색	208
할아버지	138	호수	34	히아신스	62
항구	166	호신부	146	히포그리프	172
항상	8	호우	36	힘	130
항해	134	호적수	136		
해(年)	10	호화로운	214		
해골	174	혼돈	200		
해달	76	혼란	200		
해바라기	62	홍수	42		
해방	204	화구	32		
해왕성	50	화려한	214		
해적	160	화산	32		
해질녘	16	화산폭발	42		
해파리	88	화살	198		
해협	32	화성	48		
햇빛	46	화염	42		
행복	118	화요일	14		
행상인	154	화장	134		
행운	134	환상	118		
향수	124	활	196		
향수	146	황새	80		
허리	104	황소자리	52		
허벅지	106	황야	30		
허수아비	164	황제	148		
헤로인	140	황혼	16		
헤어짐	134	회색	208		
헤엄치다	112	회오리바람	42		
헥사그램	184	후계자	142		
혀	100	후예	140		

역순 색인

(가 행)
가 ~ 교

가	84 日	가스트하우스	162 獨	개피라	165 希	게슈펜스트	174 獨
가나도르	143 西	가스펠	178 英	갠내오도로스	127 希	게쉐로쓰	198 獨
가냥	142 佛	가오마나오	93 中	갠내오스	129 希	게스턴	16 獨
가넬레	88 獨	가오상	127 中	갤라오	115 希希	게어트너	156 獨
가넷	92 英	가오위엔	31 中	갤럭시	54 英	게일	38 英
가넷토	92 伊	가이스트	116 獨	갤로우즈	188 英	게지히트	98 獨
가다니예	179 露	가이스트	170 獨	갸쿠사츠	190 日	게츠	12 日
가달쉬	159 露	가이스트리헤	158 獨	거단	17 亞	게츠요우비	14 日
가데니	58 獨	가이코츠	174 日	거드분	123 亞	게트라이데	56 獨
가드	192 日	가조브라즈노예쩰로	45 露	거르디니야	59 亞	게팔레네어 엥엘	176 獨
가드너	156 英	가주	180 佛	거르블	19 亞	게페리히	214 獨
가드니아	58 亞	가즈	44 佛	거리분	217 亞	게펭니스	162, 188 獨
가든	162 英	가쵸	82 日	거리불 아뜨와리	131 亞	게플뤼스터	108 獨
가디날	150 獨	가케	34 日	거리자툰	119 亞	게하임니스	186 獨
가디스	174 英	가타	73 日	거바	31 亞	게하임슈리프트	186 獨
가또	72 伊	가텐	162 獨	거바툰	31 亞	게헨	112 獨
가또	73 西	가파지스	131 希	거비윤	131, 141, 213 亞	게힌	216 日
가또 몬떼스	73 西	각토스	69 希	거쇼우	157 中	겐다이	10 日
가또 셀바띠고	72 伊	간	57 中	거스트	40 英	겐소	28 日
가라	31 露	간동	121 中	거쓰꾼	17 亞	겐소우	118 日
가라	71 西	간란	111 中	거야툰	119 亞	겐쇼	8 日
가라빠따	91 西	간란슈	63 中	거이러툰	125 亞	겐자이	8 日
가레츠	43 露	간란슬	95 中	거이루 라바긴	129 亞	겐젠블륌헨	62 獨
가로떼	197 西	간보우	116 日	거이문	41 亞	겔립테	136 獨
가로뿔라	83 希	간소	83 日	거자문	73 亞	겔트	152 獨
가로파노	60 伊	간쇼	82 獨	거자문	173 亞	겔프	208 獨
가르간따	103 西	간씨에	121 中	거준	45 亞	겝	86 佛
가르데니아	58 獨	간찡퍼	213 中	건	57 中	겟케이쥬	64 日
가르데니아	59 希	간칭	117 中	걸	98 英	겟코	46 日
가르드	192 獨	간코	126 日	검즐	129 中	고	22 日
가르디엔	156 佛	간한	43 中	게	34 佛	고가츠	12 日
가르모니아	201 露	갈겐	188 獨	게겐바르트	10 獨	고고	16 日
가르베니아	58 伊	갈라바	99 露	게네랄	194 獨	고꼰	83 露
가르송	98 佛	갈라시아	54 伊	게니스	133 露	고나토	107 希
가르싸	81 西	갈라크시아스	55 希	게대히트니쓰	116 獨	고니스	139 希
가르제니아	59 露	갈락시	54 獨	게둘트	206 獨	고레	123 露
가리그	30 佛	갈락시	54 伊	게레히티히카이트	200 獨	고롯	161 露
가리존트	31 希	갈락시아	55 西	게로냐	14 亞	고르니이 라즈보이니크	161 露
가리파리아	61 希	갈락시아스	55 羅	게로이	141 露	고르도스츠	119 露
가리팔로	59 希	갈락찌까	55 露	게르	188 露	고르로	103 露
가모스	135 希	갈레아	199 露	게르브	199 露	고르주	102 希
가보리츠	113 露	갈로께리	11 希	게리르	110 希	고르짼지야	59 露
가비오따	81 西	갈루스	81 羅	게리히츠호프	162 獨	고미	152 日
가뻐아	188 伊	갈리나	80 伊	게립페	174 獨	고미또	102 伊
가뻐아노	80 伊	갈리나	81 西	게뮈제	56 獨	고미스테바	166 日
가스	44 日	감바	06 伊	게베텐	180 獨	고보우세이	184 日
가스	44 伊	감바	107 希	게베트	180 獨	고슈	18 佛
가스	45 羅	감베레또	88 伊	게보트	182 獨	고스트	174 英
가스	45 露	갓	74 英	게뵌리히	200 獨	고스펠	178 伊
가스뿌드스트보	191 露	강	97 中	게부어트	202 獨	고요쿠	128 日
가스찌니싸	63 露	강커우	67 中	게브릴	70 獨	고우	36 日
		개넨	108 獨	게비터	38 獨	고우만	126 日
		개니시	203 希	게빈넨	114 獨	고우몬	186 日
		개니아	103 希	게훽크	152 獨	고우카	214 日
		개라노스	81 希	게쉬히테	170 獨	고우트	72 英
		개라키	79 希	게슈라이	108 獨	고제록	55 露
		개스	44 英	게슈퇴버	38 獨	고카이	190 日

고키부리	84 日	구테	210 獨	그랜드파더	138 英	그리퐁	172 佛
고트	174 獨	구트	210 獨	그랭	56 佛	그리프	122 英
고후	146 日	군단	198 日	그랴즈	97 露	그리프스	173 羅
골고나	173 希	군방	197 中	그랴즈니이	213 露	그리핀	172 英
골드	94 英	굴라	103 羅	그러지	122 英	그리혼	172 日
골드 벅	84 英	굿	210 英	그레벤	71 露	그린	206 英
골라	102 伊	굿뭐티히	126 獨	그레이	208 英	그릴레	84 獨
골로스	109 露	궈왕	149 中	그레이스	214 英	그릴로	84 伊
골루보이	207 露	궈지아	149 中	그레이프	66 英	그릴로스	85 希
골루브	79 露	궤라	188 伊	그레인	56 英	그릴요	85 希
골트	94 獨	궤라	189 西	그레잇	212 英	그림 리퍼	176 英
골트 케퍼	84 獨	귀테	124 獨	그렌첸위버강	164 獨	그림오이레	180 獨
골프	32 獨	귈로티네	188 獨	그렐	38 佛	그보노가야 므노고노쥐까	
곳	11 露	그녜브	123 露	그로따	32 伊		91 露
곳테스안베터린	84 獨	그노시	131 希	그로스	202 英	그어밍	191 中
공	197 中	그라나다	65 西	그로쎄 베어	54 獨	그와즈지까	61 露
공제	151 中	그라나떼	93 希	그로쓰	26 獨	그와즈지자	59 露
공지	191 中	그라나또	92 伊	그로쓰무터	138 獨	글라디아토르	195 羅
공허귀	149 中	그라나트	92 獨	그로쓰아티히	212 露	글라디우스	197 羅
과다냐레	114 伊	그라나티스	93 希	그로쓰파터	138 獨	글라모로스	217 西
관띠엔	161 中	그라낫	65 露	그로씨아	103 希	글라브노예 리쏘	141 露
관차	165 中	그라낫	93 露	그로트	32 佛	글라세	44 佛
광	47 中	그라낫압펠	64 獨	그롤	122 露	글라송	40 佛
광씨엔	47 中	그라니쏘	39 西	그롱드망	108 佛	글라스	44 英
광챵	161 中	그라띠뚜드	121 西	그루	80 伊	글라우벤	174 獨
광후이	47 中	그라로스	81 希	그루빠	137 露	글라자	101 露
괴체	178 獨	그라마	183 希	그루뽀	137 西	글라체스	45 羅
괴틴	174 獨	그라미	185 希	그루스	81 露	글란츠	204 獨
교우쇼우닌	154 日	그라비츠	115 露	그루스츠	123 露	글란츠	46 獨
교쿠자	160 日	그라스	214 佛	그루야	81 西	글래머러스	216 英
		그라스	58 獨	그루즈	105 露	글러튼	130 英
		그라시디	59 希	그루지	105 露	글렌첸트	214 獨
구 ~ 깁		그라씨오소	215 西	그룹	136 佛	글로리	204 英
		그라우	208 獨	그뤼	80 佛	글로리아	204 伊
구	107 中	그라우잠	126 獨	그륀	206 獨	글로리아	205 羅
구	31 中	그라운드	28 英	그르나	92 佛	글로리아	205 羅
구두	217 中	그라이프	172 獨	그르나디에	64 佛	글로리아	205 西
구따이	11 中	그라자	39 露	그르누이	86 佛	글로리어스	214 英
구러분	79 亞	그라찌아	214 伊	그리	208 英	글로리오소	215 伊
구로우	175 中	그라티아	121 羅	그리	209 希	글로리오수스	215 羅
구루니	73 希	그라티튜드	120 佛	그리도	108 伊	글로리외	214 佛
구루분	17 亞	그라프	151 露	그리디	128 英	글로싸	101 希
구르댕	196 佛	그라프	150 獨	그리따르	115 西	글로이비게	174 獨
구르뚠	145 亞	그란끼오	88 伊	그리또	109 西	글로뜬	131 英
구브	101 露	그란데	213 而	그리모리오	181 羅	글로미	126 英
구사노	83 西	그란데	26 伊	그리무아르	180 佛	글로뻬쓰	141 露
구샤	140 日	그란데	27 西	그리무아르	181 羅	글로쁘이	213 露
구쇼	70 伊	그란도	39 羅	그리므워	180 英	글루아르	204 佛
구스	82 英	그란하	165 西	그리바	69 露	글루통	130 佛
구스	83 露	그랑	39 露	그리브	57 露	글뤼뷔름헨	86 獨
구아다냐	197 西	그랑	26 佛	그리비	45 露	글류키니에	66 獨
구아르디아	157 西	그랑메르	138 佛	그리빠스	173 希	글뤽	118, 134 獨
구안치아	100 伊	그랑페르	138 佛	그리스	209 西	글리나	97 露
구와	168 日	그래모스	35 希	그리시나	67 希	글리신	66 英
구용빙	193 中	그래스	58 英	그리지오	208 伊	글리씨나	67 西
구우	57 中	그래스랜드	30 英	그리포	173 露	글리씨니아	67 露
구유문	37 亞	그래스하퍼	86 英	그리포네	172 伊	글리첸	46 獨
구유문	37 亞	그래티튜드	120 英	그리포스	187 希	글림머	90 獨
구조	178 日	그랜드마더	138 英	그리폰	173 露	기	29, 49, 65, 67 希

232

기	66 佛	까람바노	41 西	까사	165 西	깜빠네로	85 西
기간다스	173 希	까로나	145 露	까사미엔또	135 西	깜뽀	165 露
기간떼	173 西	까로바	73 露	까쉬마르	119 露	깡그레호	89 露
기간트	172 獨	까롤	149 露	까스까라	35 西	꺼나툰	167 亞
기간트	173 露	까르데날	151 西	까스까따	34 伊	꺼나툰	33 亞
기내카	99 希	까르디날레	150 伊	까스꼬	199 露	꺼눈	183, 187 亞
기로티나	189 希	까르릭	171 露	까스뗄로	160 伊	꺼다룬	135 亞
기뽀그리프	173 露	까르메시	207 西	까스띠고	187 露	꺼다문	107 亞
기시키	180 日	까르보네	96 伊	까스띠요	161 西	꺼다문 무카프파파	71 亞
기쓰바흐	36 獨	까르본	97 西	까싸도르	155 西	꺼더아툴 바흐리	77 亞
기아씬트	63 露	까르뻰띠에레	154 伊	까싸뜨까	89 露	꺼디푼	11 亞
기아챠이오	32 伊	까르뻰떼로	155 西	까오	97 中	꺼뜨룬	215 亞
기아치아레	44 伊	까르슌	79 露	까오꾸이	215 中	꺼띠뿐	139 亞
기아치오	44 伊	까르지날	151 露	까오스	200 伊	꺼띠우 뚜르낀	161 亞
기오또	130 伊	까르체레	162 伊	까오스	201 露	꺼러툰	61 亞
기요틴	188 佛	까리노	212 露	까오야	217 中	꺼런푸룬	59 亞
기프트	110 獨	까마라다	137 西	까우띠베리오	201 露	꺼런풀리	207 亞
기프트	152 英	까마론	89 西	까이다	203 西	꺼르눈	11, 69 亞
기프트슐랑에	86 獨	까마르	85 露	까졸	73 露	꺼르눈 이쓰티슈아룬	71 亞
긴	94 日	까만다	137 西	까즈르	193 露	꺼러야트	163 亞
긴가	54 日	까메따	53 露	까즌	187 露	꺼르운	69 亞
긴유시진	156 日	까메르싼트	155 露	까치뽀야	85 西	꺼마룬	49 亞
길러틴	188 英	까메요	73 露	까치아또레	154 伊	꺼브더툰	103 亞
길로티나	189 西	까멘느이 우골	97 露	깍고뚜스	69 露	꺼비훈	213 亞
길리오띠나	188 露	까멘쒸크	155 露	깍뚜스	69 露	꺼스디룬	97 亞
길오찌나	189 露	까멜리아	64 伊	깐끄로	52 伊	꺼싸문	183 亞
김노살리아가스	91 希	까멜리아	65 西	깐따레	114 伊	꺼쓰룬	161 亞
깁스	96 獨	까멜리야	65 露	깐따르	115 露	꺼우꺼운	91 亞
깁스	97 露	까멘	97 露	깐따크트	183 露	꺼우쓴	197 亞
		까미나르	113 西	깐딴떼	156 伊	꺼우쓰 꾸자헌	41 亞
		까미노	165 西	깐딴떼	157 西	꺼위윤	213 亞
까 ~ 꽌		까바르노스츠	129 露	깐떼로	155 露	꺼이꺼분	65 亞
		까바예로	151 西	깐또나따	130 伊	꺼자문	171 亞
		까바요	73 西	깐세르	53 露	꺼틸룬	161 亞
까까	109 西	까반	75 露	깔도	42 伊	꺼파쑨	189 亞
까나레이까	81 露	까발레따	86 伊	깔도	42 露	건두르	171 亞
까나리노	80 伊	까발레리아	198 伊	깔도브스트보	179 露	걸릴룬	27 亞
까나리오	81 西	까발레리야	195 露	깔둔	159 露	걸분	107, 117 亞
까나빠	60 伊	까발로	72 露	깔둔	159 露	걸불 아갑	51 亞
까날	167 露	까발리에레	150 伊	깔라마르	89 西	걸아툰	161 亞
까날	167 露	까발리에레	194 伊	깔라미따	40 伊	갓쏜	151 亞
까날	33 西	까베요	99 西	깔라베라	175 露	께마르	43 露
까날레	166 伊	까베요	99 西	깔레나	107 露	꼬고츠	71 露
까날레	32 伊	까브라	73 西	깔로레	42 伊	꼬까뜨리스	173 露
까냐모	61 露	까빌리아	106 伊	깔로르	43 露	꼬까뜨리쓰	173 露
까네	70 伊	까빌리에라	144 伊	깔루로쏘	43 露	꼬까뜨리체	172 伊
까네 다 구아르디아	72 伊	까빠라쏜	71 伊	깔리도	43 露	꼬꼬	67 露
까네 다 까치아	72 伊	까빠르비오	126 伊	깔리마	41 露	꼬꼬드릴로	86 露
까네 쁘로치오네	74 伊	까리	98 伊	깔마	41 露	꼬꼬드릴로	87 露
까네쯔	9 露	까뿌요	83 露	깔마르	89 露	꼬네호	75 露
까녜츠	211 露	까쁘또	69 露	깔모	126 露	꼬노쉔짜	130 伊
까뉴쉬나	163 露	까쁘라	72 露	깔모	213 西	꼬노씨미엔또	131 露
까데나	189 西	까쁘리꼬르노	54 伊	깔모	212 伊	꼬닐리오	74 伊
까데라	105 露	까쁘리꼬르니오	55 露	깔쪼	145 露	꼬다	68 伊
까떼나	188 露	까뻬요	197 露	깔치아레	112 伊	꼬다르도	128 露
까또	19 希	까뻬따노	194 伊	깜멜로	72 伊	꼬도	103 露
까라	99 露	까뻬딴	195 露	깜미나레	112 伊	꼬라쏜	107 露
까라꼴	91 露	까뻬딴	195 露	깜비아멘또	202 伊	꼬라쏜	117 西
까라레바	149 露	까사	164 伊	깜비오	203 露	꼬라지오	120 伊
까랄	93 露						

꼬라지오소	128 伊	꼴레옵떼라	85 西	꾸워취	9 中	끼아로 디 루나	46 伊	
꼬랄	93 日	꼴로	102 伊	꾸웬	143 中	끼아로레 델레 스텔레	46 伊	
꼬랄로	92 伊	꼴로넬로	194 伊	꾸이	89 中	끼아마레	114 伊	
꼬레레	110 伊	꼴로레	206 伊	꾸이져	183 中	끼아쏘조	214 伊	
꼬레르	111 西	꼴로르	207 西	꾸이쥬	151 中	끼야마툰	205 亞	
꼬렌떼	36 伊	꼴로제쯔	165 露	꾸즈네치크	87 露	끼에또	215 西	
꼬렌	57 露	꼴리나	30 伊	꾸티	45 中	끼에사	164 伊	
꼬로나	144 伊	꼴리나	31 西	꾸흐와눈	59 亞	끼오쓸라	90 伊	
꼬로나	145 西	꼴미야	69 西	꿀라크	103 露	끼파루	31 亞	
꼬로넬	195 西	꼼메르치안떼	154 伊	꿀론	145 露	낀디룰 바흐리	89 亞	
꼬르노	68 伊	꼼모찌오네	120 伊	꿋바라툰	81 亞	낀뜨	25 西	
꼬르떼제	124 伊	꼼바떼레	114 伊	꿰르치아	64 伊	낀잘	197 露	
꼬르보	78 伊	꼼빠뇨	136 伊	뀌	20 伊	낄라다툰	145 亞	
꼬르뽀	102 伊	꼼빠씨오네	120 伊	뀌에또	214 伊	낏	89 露	
꼬르뽀 다르마뇨	198 伊	꽈드라또	184 伊	뀐또	24 伊	낏떠툰	73 亞	
꼬르뿌스	199 露	꽈드랑골로	184 伊	끄라떼레	32 伊	낏뜬 바리	73 亞	
꼬리엔떼	37 西	꽈드리폴리오	60 伊	끄라떼라	33 西	낏써툰	169 亞	
꼬만단떼	195 西	꽈드로	22 伊	끄레마씨온	135 西			
꼬메따	52 伊	꽈르또	24 伊	끄레마찌오니	134 伊			
꼬메띠	53 西	꽈이피	131 伊	끄레미지	206 伊	**(나 행)**		
꼬메르씨안떼	155 西	꽌니아오	81 中	끄레뿌스꼴로	16 伊			
꼬미띠바	136 伊			끄레뿌스꼴로	17 西	**나 ~ 녜**		
꼬미엔쏘	9 西			끄레쉬따	202 伊			
꼬바르디아	129 西	**꾸 ~ 끼**		끄레스따	70 伊	나	140, 156 獨	
꼬브레	95 西			끄레스따	71 西	나가	107 露	
꼬삐아	138 伊	꾸 드 방	38 佛	끄레씨미엔또	203 西	나가레	36 日	
꼬쉬까	73 露	꾸까라차	85 西	끄레아띠비다드	203 西	나가레보시	52 日	
꼬쉬아	106 伊	꾸깔까	85 露	끄레아찌오네	202 伊	나게아카	196 日	
꼬스따	32 伊	꾸드러툰	131 亞	끄로꼬	58 伊	나게키	122 日	
꼬스따	33 西	꾸라	110 伊	끄로체 델 수드	54 伊	나겔	104 獨	
꼬스모스	29 西	꾸라	111 西	끄로치피쏘	176 伊	나구루	112 日	
꼬스뻬라또레	142 伊	꾸라레	110 西	끄루델레	126 伊	나그라다	153 露	
꼬씨네로	155 西	꾸라다	111 西	끄루엘다드	177 西	나기	40 日	
꼬야르	145 西	꾸러다툰	91 伊	끄루엘다드	127 西	나까자니에	187 露	
꼬좌	107 露	꾸르써눈	161 伊	끄리니에라	68 伊	나까자니예 스브쉐	177 露	
꼬치넬라	86 伊	꾸마마툰	153 亞	끄리미날	187 西	나끼윤	129 亞	
꼬키노	207 希	꾸불라툰	117 亞	끄리미날레	186 伊	나노	170 伊	
꼰퀴스따	190 伊	꾸브떤	195 西	끄리산떼모	59 西	나노스	171 希	
꼰끼스따	191 西	꾸스또데	156 伊	끄리살리다	85 西	나누스	171 羅	
꼰낄리아	88 伊	꾸슬	169 中	끄리살리데	84 伊	나다	201 西	
꼰데	151 伊	꾸씨앙	169 中	끄리솔리또	94 伊	나다레	42 日	
꼰데나	187 西	꾸아드라도	185 西	끄리스딸로	92 伊	나다르	113 西	
꼰따	21 希	꾸아드로	21 西	끄리시스	203 西	나다문	123 亞	
꼰따기오	111 西	꾸아드릴라떼로	185 西	끄리싼떼모	58 伊	나단	41 亞	
꼰따디노	154 伊	꾸아뜨로	23 西	끄리지	202 伊	나데시코	60 日	
꼰따지오	110 伊	꾸아르또	25 西	꿀라로 데 루나	47 西	나드바툰	111 亞	
꼰떼	150 伊	꾸아르쏘	93 西	꿀라벨	59 西	나디푼	213 亞	
꼰뜨라또	182 伊	꾸아이우	171 中	꿀라벨리나	61 伊	나뚜라	28 伊	
꼰뜨라또	183 西	꾸에르노	69 西	끼나운	147 亞	나뚜랄레싸	29 西	
꼰뜨롤	191 西	꾸에르보	79 西	끼로만떼	158 伊	나라	64 日	
꼰뜨롤로	190 伊	꾸에르뽀	103 西	끼르둔	75 亞	나라쿠	34 日	
꼰모씨온	121 西	꾸에바	33 西	끼르미지윤	207 亞	나롯나야 스까즈까	169 露	
꼰보까지오네	180 伊	꾸에요	103 西	끼르순	89 亞	나룬	29, 169 亞	
꼰시에르게	157 西	꾸엔또	169 西	끼리아끼	15 希	나르시스	60 佛	
꼰푸시온	201 西	꾸오꼬	154 伊	끼메라	172 伊	나르씨소	61 亞	
꼰피안싸	121 西	꾸오레	106, 116 伊	끼메라	173 伊	나르씨소	61 露	
꼰헬라르	45 西	꾸오레 인프란또	134 伊	끼빠리스	63 露	나르지쑨	61 亞	
꼴라	69 西	꾸와투 바다니야틴	133 亞	끼스츠	103 露	나르치수스	61 羅	
꼴라나	144 伊	꾸와툰	131 亞	끼아끼에로네	130 伊			

나르치조	60 伊	나제	112 佛	네로	208 伊	노꼬츠	105 露
나르키서스	60 英	나조	100 伊	네로	29 希	노노	24 伊
나르키쏘스	61 希	나조	186 日	네로뽄디	37 希	노도	102 日
나리	207 亞	나주아르	70 佛	네루	116 日	노두스	135 羅
나리쯔	101 西	나쥐노이 브라슬렛	145 露	네머시스	176 英	노떼	16 伊
나마리	94 日	나즈마투 앗 써바히	59 亞	네메시스	176 獨	노로이	130 日
나마케모노	128 日	나즈문	49 亞	네메시스	177 西	노로이	178 日
나메쿠지	90 日	나지	41 日	네메지	176 佛	노르	18 佛
나물룬	85 亞	나찌오네	148 伊	네메시스	176 伊	노르드	18 伊
나미	36 日	나찰로	9 露	네미꼬	136 伊	노르떼	19 西
나미다	106 日	나츠	10 日	네바	37 佛	노마다	143 西
나바가시옹	134 佛	나치셰	60 獨	네베	38 佛	노마데	142 佛
나바툰	57 亞	나카마	136 日	네베 그라눌로사	38 獨	노마드	142 佛
나발호스	195 希	나카유비	104 日	네벤불러	136 獨	노모스	142 英
나밧드네니예	43 露	나쿠	114 日	네삐	40 日	노모스	187 希
나베	110 露	나타레	113 羅	네불라	41 露	노방브르	12 佛
나벨	104 獨	나투라	29 羅	네블리나	41 西	노베	22 伊
나분	69 亞	나투어	28 獨	네비게이션	134 英	노베노	25 西
나브운	35 露	나튀르	28 佛	네비스끼오	38 伊	노벰	23 羅
나브툰	51 露	나파쏜	109 亞	네삐아	40 伊	노벰버	12 獨
나브티스	155 希	나프씨	117 亞	네상스	202 伊	노벰버	12 英
나비가찌오네	134 伊	나헤	20 獨	네아 셀리니	49 希	노벰베르	13 羅
나비가티오	135 羅	나흐룬	33 亞	네이블	104 英	노벰브레	12 伊
나비루	151 亞	나흐미탁	16 露	네이션	148 英	노보루니예	49 露
나비윤	159 亞	나흐분	191 日	네이처	28 英	노붐	11, 25 羅
나빌룬	215 亞	나흐콤헤	140 獨	네일	104 英	노브이	11
나빠제니예	191 露	나흐트	16 獨	네주	38 佛	노블	126 佛
나수스	101 羅	나흐트팔터	84 獨	네주 퐁뒤	38 佛	노블	126, 150, 214 英
나쉬따	202 伊	나흐폴거	142 獨	네즈미	74 日	노블	150 獨
나스또야셰예	9 露	나흘라톤	87 日	네츠	42 日	노블레	151, 215 西
나스호언	76 獨	나히분	145 亞	네츠뵤우	110 日	노블레스	214 佛
나스호언케퍼	84 獨	낙크트슈넥케	90 獨	네코	72 日	노블리스	151 羅
나슬렝스트바	153 露	난	19, 99 日	네페로디스	37 希	노비엠브레	13 西
나슬레도바니예	171 露	난관지아	157 中	네포스	141 羅	노빌레	126, 150, 214 佛
나시옹	148 佛	난슬즈	55 中	넥	102 英	노빌리스	215 羅
나쎄꼬모예	83 露	나우	159 中	넥크레스	144 日	노소코미오	163 希
나쉬뚠	127 亞	난제	151 中	넥클리스	144 英	노스	101 英
나쓰룬	79, 189 亞	난칸더	213 中	넨도	96 日	노스	18 英
나씨문	39 亞	날룻	193 露	넬케	58, 60 獨	노스딸기아	125 西
나씨미엔또	203 西	날리지	130 英	넵뚜노	51 西	노스떨지아	124 伊
나씨안	205 亞	낫꺼룰 커샤비	79 亞	넵투누스	51 羅	노스탈기아	125 希
나씨온	149 西	낫써분	161 亞	넵툰	50 佛	노스탈지	124 佛
나씰리예	131 露	낫씽	200 英	넵틴	50 佛	노스탤지어	124 英
나아마툰	83 亞	낫자룬	155 亞	넵튜	50 英	노쏙록	77 露
나오스	110 日	내래다	171 希	네나비스츠	123 露	노야브르	13 露
나오스	163 希	내로빌로스	165 希	네다우예메니예	191 露	노어트	18 獨
나오진출둔	131 中	내매시	177 希	네보	169 露	노엠브리오스	13 希
나욤니이 우비짜	161 露	내츄럴 디재스터	40 英	네브뚠	51 露	노옙 까첵	177 露
나욤니크	193 露	내프리티스	95 希	네빈노스츠	129 露	노우	112 英
나우러쑨	81 亞	낙로타피오	167 希	네뽀꼬레비모스츠	129 露	노우료쿠	130 日
나우타	155 羅	냉	170 佛	네샤스냐야 류봅	135 露	노우조우	164 日
나이트	16, 150 英	넘버	22, 182 英	네샤스츠예	119 露	노우후	154 日
나이트메어	118 英	넝	131 中	네우다샤	131, 203 露	노이	10 獨
나인	22 英	넝쇼우	141 中	네즈노스츠	125 露	노이몬트	48 獨
나인스	24 英	네	100 佛	네쩨르뻴리보스츠	127 露	노이지	214 英
나잇	124 獨	네	56 日	네프릿	95 露	노인	22 獨
나잇츠	198 英	네그로	209 西			노인트	24 獨
나자훈	203 亞	네드라	35 露			노조미	116 日
나제	100 獨	네뚜노	50 伊				

(다 행)
다~덩

단어	쪽	표	단어	쪽	표	단어	쪽	표	단어	쪽	표
노즈	100	英	뉘아주	36	佛	다	113	中	다키윤	213	亞
노체	17	西	뉘얼	141	中	다가	197	西	다텐시	176	日
노체	64	伊	뉘용	157	中	다꺼눈	101	亞	다톰	153	羅
노치	17	露	뉴	159	中	다니	90	日	다프눌 마우타	137	亞
노타	185	羅	뉘잉씨옹	141	中	다런	143	中	다프니	65	希
노토스	19	希	뉴	10	英	다로가	165	亞	다피온	43	希
노트르담	174	佛	뉴문	48	英	다르다루	65	亞	다하분	95	亞
녹스	17	羅	니	106	英	다르부 앗타바나	55	亞	다하분 아비야눈	97	亞
논나	138	伊	니	22	日	다마쉬나야우뜨까	81	露	다흐틸리디	145	希
논노	138	伊	니	97	中	다마스키노	65	希	닥리	107	希
논니	158	露	니가츠	12	日	다반띠	18	伊	닥틸라	103	希
놀	23	露	니게루	112	日	다베리예	121	露	단간	198	日
농브르	22	佛	니네미야	41	希	다브라따	127	露	단바이슬	93	中
농브릴	104	佛	니뇨	99	西	다브로	211	露	단붓 다자아	51	亞
농창	165	中	니델라게	188	露	다브바츠	115	露	단샤쿠	150	日
농푸	155	中	니므루 아르꺼딘	77	亞	다소스	31	希	단성	203	中
뇌비엠	24	佛	니므룬	75	亞	다스빼히	199	露	단춘	129	中
뇌아죄	36	佛	니바이	26	日	다스칼로스	137	希	단치에	129	中
뇌프	22	佛	니삐오	78	伊	다양	33	中	단토우다이	188	日
뇨우	108	日	니시	18	日	다오	33	中	달례꼬	21	露
누꾸둔	153	亞	니시	33	希	다오차오런	165	中	달리나	31	露
누끄떠툰	185	亞	니아오	77, 109	中	다와운	111	亞	담	107	亞
누뜨리아	75	西	니어	20	英	다우멘	104	獨	닷	184	英
누뜨리아 마리나	77	西	니에베	39	西	다우와러튼	165	亞	닷슈츠	192	日
누리	133, 153	中	니에블라	41	西	다우와마툰	37, 185	亞	당	100	佛
누마	34	日	니엔	11	中	다운	18	英	당쇠즈	156	佛
누메로	22, 182	伊	니엔떼	200	伊	다운푸어	36	英	당제	214	佛
누메로	23, 183	羅	니와이	156	日	다이고	24	日	당크	120	獨
누메루스	23, 183	羅	니와토리	80	日	다이니	24	日	대거	196	英
누무두준	185	亞	니요우	73	中	다이러툰	185	亞	대르마	107	希
누무운	203	亞	니자운	189	亞	다이로쿠	24	日	대모나스	171	希
누베	37	羅	니제르	209	羅	다이리세키	96	日	대스모스	135	希
누베스	37	羅	니젠	108	獨	다이만	9	亞	댄드로	63	希
누벨 륀	48	佛	니젤랴	15	露	다이벤	108	日	댄딜라이언	60	英
누보	10	佛	니지	40	日	다이산	24	日	댄서	156	英
누볼라	36	伊	니치	14	日	다이시	211	亞	댈피니	89	希
누로스	36	伊	니치오우비	14	日	다이흐타	17	希	댕드	82	佛
누부아툰	177	亞	니쿠시미	122	日	다이시치	24	日	달로끼이 라이	71	露
누블라도	37	西	니키티스	143	希	다이쇼우	150	日	더	115	中
누빌로수스	37	羅	니하야툰	9	亞	다이아몬드	92	英	더 홀리 마더	174	英
누스	117	希	니하이	211	亞	다이야몬도	92	日	더 홀리 바이블	178	英
누아르	208	佛	니흐타	17	希	다이어그램	182	英	더바분	41	亞
누아예	64	佛	니흐태리다	75	希	다이이치	24	日	더블	26	英
누안허더	43	中	니흐토빼타루다	85	希	다이쥬	24	日	더비뚠	195	亞
누에베	23	西	니히	71, 105	亞	다이진	150	日	더스크	16	英
누에보	11	西	니히츠	200	獨	다이쿠	24, 154	日	더우운	47	亞
누에쓰	65	西	니힐	23, 201	羅	다이탄	128	日	더우운 누주미	47	亞
누오따레	112	伊	닉	39	羅	다이하치	24	日	더우울 꺼마리	47	亞
누오보	10	伊	닉티키 멤브라니	71	希	다자준	81	亞	더우웃 쌈시	47	亞
누오훈	109	中	닌겐	98	日	다쥬지아오	151	中	더키폰	213	亞
누팜바르	13	亞	닌교	172	日	다천	151	中	더크문	173	亞
누하쑨	95	亞	닌타이	206	日	다쵸	82	日	더티	212	英
눌	22	獨	닐페어트	76	獨	다쿠	116	日	더흐룬	105	亞
눔머	22	獨	님파	171	羅	다크니스	46	英	더러툰	17	亞
눕티에	135	羅	닛코	46	日	다키러툰	117	亞	덕	80	英
뉘	16	佛	닝멍	67	中				던	14	英
뉘	99	中							덜라문	47	亞
뉘메로	182	佛							덜위티드	130	亞
뉘션	175	中							덤프	166	英

덩타	167 中	데스페라티오	123 羅	델피노	88 伊	돌라르	111 西

데 ~ 뒤

		데시	136 日	델피누스	89 羅	돌로레	110 伊
		데시에르또	31 西	델핀	88 獨	돌로르	111 羅
		데쎄르또	30 伊	델핀	89 西	돌로수스	125 羅
		데씨모	25 西	뎀뻬스따드 데 니에베	39 西	돌로수스	129 羅
데까덴씨아	203 西	데아	174 伊	도	104 伊	돌핀	88 獨
데까디멘또	202 伊	데아	175 羅	도구츠	32 日	돌히	196 獨
데끌리노	202 伊	데아이	134 日	도네 윙 쿠 드 피에	112 佛	동	165 露
데나로	152 伊	데에스	174 佛	도레이	152 日	동	11, 19 中
데네브	50 獨	데우스	175 羅	도로	153 希	동쿠	33 中
데네브	50 佛	데이	14 英	도로	96 日	되	22 佛
데네브	50 英	데이지	62 英	도로포토스	161 希	두	111 中
데네브	50 伊	데이타임	16 英	도료쿠	132 日	두까	150 伊
데네브	50 日	데이파라	175 羅	도르미레	116 伊	두께	151 日
데넵브	51 希	데인저	214 英	도르미르	116 佛	두꾼	151 亞
데넵	51 希	데자스트르	40 佛	도르미르	117 西	두다툰	83 亞
데도	103 西	데저트	30 英	도르숨	105 羅	두다툴 알라끼	91 亞
데도 메디오	105 西	데제르	30 佛	도리	197 希	두라스 뻬나스	207 西
데레차	19 西	데제스푸아르	122 佛	도마니	16 伊	두라쓰노	67 西
데로따	189 西	데지데리오	116 伊	도마주	108 佛	두로	214 伊
데로베	114 佛	데지데리오	124 伊	도메니까	14 伊	두로	215 西
데르니에	8 佛	데지르	124 佛	도메스띠까	156 伊	두만	41 露
데리에르	18, 20 佛	데쳄	23 羅	도무스	165 羅	두무운	107 亞
데모네	170 伊	데쳄버	14 獨	도미나시옹	190 佛	두바바툰	87 亞
데모니오	171 伊	데치모	24 伊	도미누스	149 羅	두블	26 佛
데몬	170 獨	데치움	25 羅	도밍고	15 西	두비나	197 露
데몬	171 羅	데카	23 希	도블레	27 西	두샤	117 露
데몽	170 佛	데카토스	25 希	도뻬오	26 伊	두서	87 中
데볼레	212 伊	데켐브리오스	15 希	도세이	50 日	두아	102 中
데뷔	8 佛	데코라시옹	198 佛	도소우	136 日	두안	19 中
데블	176 英	데코레이션	198 英	도쉬즈	37 露	두안지엔	197 中
데빌	213 西	데쿠베르트	204 佛	도쉬즈 쏘스녜곰	39 露	두에	22 佛
데쁘레다도르	145 西	데클랭	202 佛	도스	23 西	두엘	188 獨
데사스뜨레 나뚜랄	41 西	데트라헤레	115 羅	도어	166 英	두엘로	188 伊
데사피오	205 西	데트리멘툼	189 羅	도어프	162 獨	두엘로	189 西
데상당	140 佛	데트리툼	152 佛	도와―후	170 日	두오	23 羅
데상브르	14 佛	데팡스	190 佛	도요우비	14 日	두오	27 中
데상트	176 佛	데페트	188 佛	도우	94 日	두워	115 中
데세오	117, 125 西	데펙투스	49 羅	도우메이	190 日	두으쑤꺼톤	87 亞
데스	132 英	데펙티오	203 羅	도우부츠	68 日	두이히브루흐	192 獨
데스꾸브리엔또	205 西	데펜사	191 西	도우케시	156 日	두쟈이	189 中
데스디차	119 西	데펜시오	191 羅	도지	130 日	두지아오쇼우	171 中
데스떼요	47 西	데포르라티오	187 羅	도치	141 露	두카스	151 希
데스뜨라	18 伊	데포르미스	213 羅	도쿠	110 日	두커눈	45 亞
데스뜨룩시온	203 西	데포투아르	166 佛	도쿠로	174 日	두푸루	105 亞
데스띠노	134 伊	데프레시옹	122 佛	도쿠멘트	182 獨	두호벤스트보	159 露
데스띠노	135 西	데프레씨오네	122 伊	도쿠사이	188 日	두흐	117 露
데스뻬르따르	205 西	데프테라	15 希	도쿠헤비	86 日	두흐 우메르쉬흐	171 露
데스쁘레씨오	125 西	데프테로스	25 希	도터	140 英	두흐룬	17 亞
데스삐아다도	127 西	데피	204 佛	도팽	88 佛	두히	147 露
데스쎈디엔떼	141 西	데피니띠보	210 伊	독	70 英	둑	141, 151 中
데스아피안떼	143 西	덱스테르	19 羅	독사	205 希	둔	199 中
데스에스뻬란사	123 西	덴떼	100 伊	독토르	137 羅	둔스트	40 獨
데스일루시온	135 西	덴떼 디 레오네	60 伊	독투스	143 羅	둘리르	110 西
데스탕	134 佛	덴레이	194 日	돈나	98 伊	둘핀	89 西
데스트룩티오	203 羅	덴세츠	168 日	돈네	38 獨	둠	212 伊
데스트뤽시옹	202 佛	덴쇼우	170 日	돈너슐락	38 獨	둠코프	130 獨
데스티네	132 佛	덴스	101 羅	돈너스탁	14 獨	둡	65 露
데스티니	134 英	델리또	186 伊	돈디	101 希	둡분	77 亞

둥켈블라우	206 獨	디또	102 伊	디아브로시	203 希	디프다운	87 亞
둥켈하이트	46 獨	디러운	103 亞	디아블레	176 佛	디프레션	122 英
뒤티엔슬	177 中	디런	137 中	디아블로	177 西	디피퀄테	206 佛
뒤레	42 獨	디르운	197, 199 亞	디아스	49 希	디핏	188 英
뒤르	214 佛	디리요우	25 中	디아스빠니	193 希	디핑씨엔	31 中
뒤엘	188 中	디망슈	14 佛	디아스캐다시	119 希	딕타토리아	189 希
뒤크	150 佛	디먼	170 英	디아스티마	29 希	딕타투어	188 獨
		디모크라티아	149 希	디아키매르니시	135 希	딕타튜르	188 英
		디미오스	161 希	디아톤 아스테라스	53 希	딕테이터쉽	188 英
듀 ~ 딩		디미울기아	203 希	디알	25 中	딕티스	105 希
		디미트리아카	57 希	디애스티시	119 希	딘스탁	14 獨
		디브꾼	67 亞	디액디키티스	143 希	딘스트멧헨	156 獨
듀	40 英	디빠	25 中	디어	72 英	딜레또	118 伊
듀얼	188 英	디서플	136 英	디에	87 中	딜로스	129 希
듀크	150 英	디센던트	140 英	디에뜨로	18 伊	딜룬	47 亞
드네브노예 브레미	17 露	디센트	176 英	디에스	15, 17 羅	딜리티리오	111 希
드라고	170 伊	디쉠버	14 英	디에스 로비스	15 羅	딩시앙	67 中
드라고쎈니이 까멘	91 露	디쉬뿔로	136 伊	디에스 루나에	15 羅	딩에	28 獨
드라고쎈니이 샤리크	91 露	디쉔덴데	140 伊	디에스 마르티스	15 羅		
드라곤	171 西	디쉬풀로스	137 羅	디에스 메르쿠리이	15 羅		
드라공	170 佛	디스	22 佛	디에스 베네리스	15 羅	**따 ~ 띨**	
드라꼰	171 羅	디스	27 希	디에스 사투르니	15 羅		
드라우트	42 英	디스까리까	166 伊	디에스 솔리스	15 羅		
드라이	22 獨	디스뜨루찌오네	202 伊	디쎄	23 西	따	27 中
드라이엑트	184 獨	디스뻬라찌오네	122 伊	디에치	22 伊	따끼노	82 伊
드라이파흐	26 獨	디스쁘레쪼	124 伊	디엔	185 中	따단	129 中
드라코	171 羅	디스오르디네	200 伊	디엔떼	101 西	따디	29 中
드라코스	171 希	디스커버리	204 英	디엔떼 데 레온	61 西	따라깐	85 露
드라포	198 佛	디스콜리아	207 羅	디엔리	177 中	따르데	17 西
드래건	170 英	디스크리멘	203 羅	디엔치술	95 中	따르따루가	88 伊
드래곤플라이	86 英	디스트럭션	202 英	디오	174 伊	따르쩨스트벤노스츠	215 露
드래빠니	197 希	디스티히아	119 希	디오	23 希	따리슬	97, 173 中
드레브노스츠	11 露	디스페어	122 英	디오사	175 西	따마	61 伊
드로가츠	113 露	디스프루떼	119 西	디오스	175 西	따먼	167 中
드로삐	123 希	디슬	25 中	디오스 데 라 무에르떼	177 西	따베르나	163 希
드로세로	45 希	디시	19 希	디왈	25 中	따부	182 伊
드로시아	41 希	디시플	136 英	디위	169 中	따부	183 西
드루아	18 佛	디싼	25 中	디으분	75 亞	따블라	183 西
드루즈바	121 露	디쓰	25 中	디으푼	27 亞	따뽀르	197 露
드룩	137 露	디씨엠브레	15 西	디이	25 中	따삐엔	109 中
드리트	24 獨	디씸바르	15 亞	디이유	174 伊	따스까	125 露
드림	118 英	디아	15, 17 西	디자이어	124 英	따오런	197 中
드맹	16 佛	디아그라마	183 西	디지엠	24 佛	따오제이	161 中
드바	23, 89 露	디아그라마	183 希	디지요우	25 中	따요	57 西
드베로	167 露	디아그람	182 佛	디지투스	103 羅	따우로	53 西
드보레츠	161 露	디아그람	182 伊	디지투스 메디우스	105 羅	따이가	31 露
드보예	27 露	디아그람마	182 伊	디지투스 미니무스	105 羅	따이푼	43 露
드워프	170 英	디아그람마	183 羅	디지투스 아눌라리우스	105 羅	따주위	195 中
드하니예	109 露	디아뎀	144 英	디쳄브레	14 伊	따치뚜르노	126 伊
듬	45 露	디아뎀	144 佛	디치	25 中	따투이	107 中
듬까	41 露	디아도호스	143 希	디카스티리오	163 希	딴쌉쒸싸	157 露
디구	217 中	디아만디	93 希	디캐오시니	201 希	딸라사	33 希
디나미	131, 133 希	디아만떼	92 伊	디코이	192 中	딸로네	106 伊
디나토	213 希	디아만띄	93 希	디쿠 루미	83 亞	딸론	107 西
디너	156 獨	디아만트	92 獨	디크타투리야툰	189 亞	딸리스마노	146 伊
디네로	153 西	디아망	92 佛	디클라인	202 英	딸리스만	147 獨
디니	37 希	디아볼로	176 伊	디파우	191 亞	딸리스만	147 西
디디모스	53 希	디아볼로스	177 希	디페사	190 伊	딸빠	74 伊
디디미	141 希	디아볼루스	177 羅	디펜스	190 英	떠꾸쑨	181 亞
디따뚜라	188 伊					떠르둔	187 亞

떠르크샤꾼	61 亞	또뽀	75 西	뜨리앙굴로	185 西	라도스츠	119 露
떠리꾼	165 亞	또우정	115 中	뜨리야도	217 露	라돈	103 露
떠리분	143 亞	또치카	185 露	뜨리운포	193 露	라두가	41 露
떠리윤	215 亞	또파찌오	92 伊	뜨보르체스트보	203 露	라드로	160 伊
떠비분	157 亞	똔또	130 伊	뜨뇨르도예 쩰로	45 露	라드론	161 西
떠비르띠	29 亞	똔또	213 西	뜨뻬르드이	215 露	라디우스	47 羅
떠비이	129 亞	똘레란씨아	127 西	뜨샤차	25 露	라디씨	56 伊
떠우쑨	83 亞	똥우	69 中	띠귀	149 中	라딕스	57 羅
떠이룬	77 亞	뚜또	200 伊	띠그레	74 伊	라따	75 西
떠이룰 피니끄	173 亞	뚜르께사	93 西	띠그레	75 伊	라띠고	197 西
떠후나툰	165 亞	뚜르께제	92 伊	띠디	35 中	라띠훈	125 亞
떱바쿤	155 亞	뚜르말리나	95 西	띠라도르	193 西	라루아	83 羅
떼넨떼 꼴로넬로	194 伊	뚜르말린	95 露	띠라또레	192 伊	라르바	82 伊
떼디오	122 伊	뚜리빠노	60 伊	띠루 무하지린	77 亞	라르바	83 西
떼따르띠	15 希	뚜무로	125 露	띠루 자리힌	79 亞	라르브	82 佛
떼따르토스	25 希	뚜뻬싸	131 露	띠룰 마이	77 亞	라름	106 佛
떼라	28, 48 伊	뚜오노	38 伊	띠부론	89 西	라링기	103 希
떼레노	29 西	뚜이	137 中	띠분	125 亞	라마	196 伊
떼레모또	43 西	뚜이장	195 中	띠아라	144 伊	라마	57 西
떼르쎄로	25 西	뚜치	105 中	띠아라	145 西	라마안	47 亞
떼르쪼	24 伊	뚜흘루분	57 亞	띠에라	29, 49 西	라메	94 伊
떼메라리오	128 伊	뚤리빤	61 西	띠엔란	207 中	라모	56 佛
떼메라리오	129 西	뜨라디멘또	190 伊	띠엠뽀	37 西	라모	56 伊
떼소로	152 伊	뜨라디씨온	171 西	띠전	43 中	라무스	57 羅
떼소로	91, 153 西	뜨라디찌오네	170 伊	띠치요우	49 中	라물라	69 羅
떼스끼오	174 伊	뜨라몬또	48 伊	띠포네	42 西	라미나	197 羅
떼스따	98 伊	뜨라바	59 露	띠폰	43 西	라미운	215 亞
떼쎄라	23 希	뜨라베씨아 뽀르 마르	135 西	띠플룬	99 亞	라바	82, 96 英
떼혼	75 西	뜨라이씨온	191 西	띤	97 中	라바	96 獨
뗀따씨온	207 西	뜨레	22 伊	띨로	67 西	라바	96 伊
뗀따찌오네	206 伊	뜨레몬또	42 伊	띨리오	66 伊	라바	97 羅
뗄로스	9 希	뜨레볼	61 西			라바	97 露
뗌뻬스따	38 伊	뜨레스	23 西			라바	97 希
뗌뻬스따드	39 西	뜨레우골닉	185 露	**(라 행)**		라바꺼툰	127 亞
뗌뽀	8, 36 伊	뜨레찌이	25 露	**라 ~ 량**		라반다	62 伊
뗌뽀랄레	38 伊	뜨로노	160 伊			라반다	63 露
뗌쁠로	163 西	뜨로노	161 伊			라반다	63 西
뗌뻬오	162 伊	뜨로릴	173 露	라 모르	176 佛	라방드	62 佛
또까레	112 伊	뜨로바도르	157 西	라 생트 비블	178 佛	라베	82 獨
또까르	113 西	뜨로예	27 露	라가르띠하	87 西	라베르또	167 西
또도	201 西	뜨론	161 露	라가짜	98 伊	라벤다	62 日
또도뽀데로소	133 西	뜨롤	173 露	라가쪼	98 伊	라벤더	62 英
또레	162 伊	뜨롬바 다리아	42 伊	라게또	34 伊	라벤델	62 獨
또레	163 西	뜨롱꼬	56 伊	라고	34 伊	라봐냐	153 露
또렌떼	37 西	뜨루슬리보스츠	129 露	라고	35 西	라루린트	166 獨
또로	52 伊	뜨루에노	39 西	라고스	75 西	라브	96 佛
또르나도	43 西	뜨루에노	39 西	라구나	35 西	라브니나	31 露
또르뚜가	89 西	뜨루파또레	160 伊	라그	69 露	라브르	65 露
또르뚜라	186 伊	뜨룻노스찌	207 露	라그리마	107 西	라브나	43 露
또르뚜라	187 西	뜨리	23 露	라꼰또	168 伊	라비나 니비스	43 羅
또르말리나	94 西	뜨리소스	25 希	라끄리마	106 伊	라비네	42 獨
또르멘따	38 西	뜨리띠	15 希	라나	111 伊	라비린또	166 伊
또르멘따	39 西	뜨리부날레	162 伊	라나	86 伊	라비린토스	167 希
또르뻬	131 西	뜨리쁠레	27 西	라나	87 羅	라비린투스	167 羅
또비에라	145 西	뜨리쁠로	26 伊	라네니에	109 露	라비린트	167 露
또비요	107 西	뜨리스떼싸	123 西	라뇨	90 伊	라비오스	101 西
또빠씨오	93 西	뜨리스떼자	122 伊	라누아리우스	13 羅	라비움	101 羅
또빠즈	93 露	뜨리아	23 希	라니이 베체르	17 露	라비탱트	166 佛
또뽀	74 伊	뜨리앙골로	184 伊				

단어	쪽/기호	단어	쪽/기호	단어	쪽/기호	단어	쪽/기호
라쁘로	100 伊	라이프	40 獨	란바오슬	93 中	러마디	95, 209 亞
라쁘티스	155 希	라이플	34 英	란샤오	43 中	러미리꺼우쓰	193 亞
라삐다	36 伊	라이허	80 獨	란싸	197 西	러미아러싸씨	193 亞
라삐도	35 西	라이헤	152 獨	란써	207 中	러버	136 英
라뻬스 라주리	95 希	라이히톰	152 獨	란체	196 獨	러브	120 英
라뻬슬라줄	95 露	라인	128 英	란체아	197 羅	러비떠툰	197 亞
라뻬쓰라슬리	95 露	라인	184 英	란치아	196 伊	러비운	11 亞
라센	184 日	라일락	66 英	란트	28, 148 羅	러비오	25 亞
라쉐이	201 亞	라주리둔	95 亞	란화	63 中	러써쑨	199 亞
라스까야니예	123 露	라줄까	135 露	람	196 佛	러쑬	195 亞
라스까즈	169 露	라줌	119 露	람마리꼬	122 伊	러쑬룬	175 亞
라스또치까	79 露	라즈노스칙	155 露	람브로	215 希	러으둔	39 亞
라스띠마	121 西	라즈루쉐니예	203 露	람뽀	38, 46 亞	러으쑨	99 亞
라스뻬	97 希	라즈류샤츠	115 露	람뽀	47 希	러으파툰	121 亞
라스스벳	15 露	라즈발리니	167 露	람포스	69 希	러이든	143 亞
라스쨰니예	57 露	라즈제니예	203 露	람프시	47 希	러이버	160 獨
라스트	8 英	라지	153 中	랍	114 英	러이운	215 亞
라신	56 佛	라지오	46 伊	랑	75 中	러이히트투엄	166 獨
라싸	41 獨	라지오네	118 伊	랑그	100 佛	러주루 디닌	159 亞
라쎄냐찌오네	122 伊	라지쟌	167 中	랑런	175 中	러줄룬	53, 99 亞
라쏘	135 西	라지젤리	139 露	랑바일레	122 獨	러피꾼	137 亞
라쏜	119 西	라코비나	89 露	랑스	196 佛	러흐마툰	121 亞
라오그라피아	169 希	라쿠라이	72 日	랑케	56 獨	러히바툰	159 亞
라오다오	131 中	라쿠라이	38 日	랑콩트르	134 佛	러히분	159 亞
라오스	137 中	라쿠스	35 羅	랑퀴니에	124 佛	럭	134 英
라요	47 西	라쿠엔	168 日	랑퀸	122 佛	럭셔리	214 英
라요 데 솔	47 西	라쿤	75 亞	레마르고스	131 希	럭포젤	192 獨
라우눈	207 亞	라쿤	75 希	레모스	103 希	런	110 英
라우렐	65 西	라크	80 英	래버리스	166 英	런	99 中
라우루스	65 羅	라트로	161 羅	래비아싼	173 希	런 어웨이	112 英
라우벤	114 獨	라트로	161 羅	래빗	74 英	런나이	207 中
라우치타스	109 羅	라티오	119 羅	래삐	71 希	런던	65 亞
라우투쓰	61 日	라파가	41 西	래첼	186 英	런만	65 亞
라우펜	110 獨	라파스	78 佛	래쿤 독	74 英	런위	173 中
라우하툰	183 亞	라판다르	63 亞	래퍼드	76 英	런토우슬선통웨이파이쇼우	
라우흐	44 獨	라팔	40 佛	래프	114 英		173 中
라움	190 獨	라팽	74 佛	래헬른	114 獨	럼준	187 亞
라움프포겔	78 獨	라피스	97 羅	랜드	28 英	렁더	45 中
라오나툰	179 亞	라피스 라칠리	94 英	랜스	196 英	렁쿠	127 中
라이	169 露	라피스 래절리	94 英	랭크스	72 佛	레	148 伊
라이	210 英	라피스라주리	94 日	랴구쉬카	87 露	레	212 伊
라이나서스	76 英	라피스라쫄리	94 伊	랴쿠다츠	190 日	레가도	153 西
라이덴샤프트	120 獨	라피스라출리	94 獨	랴쿠다츠샤	144 日	레가메	134 伊
라이라쿠	67 亞	라핀망	216 獨	랍	37 露	레갈로	152 伊
라이락쿠	66 日	라하니코	57 希	랑니엔	13 中	레갈로	153 西
라이벌	136 英	라헤	190 獨	랑바이	27 中	레거시	152 英
라이브러리	162 英	라헨	114 獨	랑콰이더	45 中	레겐	36 獨
라이어	124 英	라흐더툰	9 亞			레겐쓰	36 獨
라이언	76 英	락	34 佛	**러~렌**		레겐보겐	40 獨
라이제	132 英	락	53 亞			레골라멘또	182 伊
라이젠데	156 獨	락	96 英	러	43 中	레굴라	185 羅
라이젤	52 英	락리마	107 羅	러그바툰	117, 125 亞	레굴루스	149 羅
라이쯔	57 西	락코	76 日	러끼	217 亞	레검	56 佛
라이트	18 英	란	62 日	러끼쉬툰	157 亞	레글	182 佛
라이트	46 英	란꼬레	122 伊	러더	43 中	레까르스트보	111 露
라이트닝	38 英	란다	30 伊	러디운	99 亞	레꼼뻰사	153 西
라이트하우스	166 英	란델로	196 亞	러리이	141 亞	레꾸르소	153 西
라이팅	182 英	란둬	129 中	러마둔	45 亞	레늄	149 羅
라이프	132 英	란드쉬	61 露			레드	192 佛

레드	206 英	레어헤	80 獨	레프트	18 英	로비나	166 伊
레디미쿨룸	145 羅	레엔꾸엔뜨로	135 西	레플레호	49 西	로빈	80 英
레따추	113 露	레엔다	169 西	레플레시오	49 羅	로빨로	197 露
레떼라	182 伊	레오	53, 77 羅	레플렉시온	48 獨	로사	65 羅
레뜨라	183 西	레오	53 西	레플레시옹	48 佛	로사	65, 207 西
레뜨로	20 伊	레오네	52, 76 伊	레피나도	217 西	로슈	96 佛
레띠센씨아	127 西	레오빠르도	77 西	레호스	21 西	로스	41 英
레러	136 獨	레오빠르드	77 露	레호츠	18 露	로스꼬쉬	215 露
레만소	35 西	레오파르	76 佛	레히스뜨로	183 西	로스톡	57 露
레메슬레닉	155 露	레오파르두스	77 羅	렉	106 英	로스트	203 露
레모니야	67 希	레오파트	76 露	렌	149, 187 佛	로쏘	206 伊
레몬	66 英	레온	53 希	렌	148 佛	로쏘 스까를라토	206 伊
레몬	66 日	레온	77 西	렌고쿠	168 日	로씨오	41 西
레바야 스따라나	19 露	레온 마리노	77 西	렌구아	101 西	로어	70 英
레반다	63 希	레이	107 中	렌꼬르	123 西	로어베어바움	64 獨
레베르소	21 西	레이	149, 187 西	렌또	131 西	로자	183 西
레베즈	81 露	레이	22 日	렌보우	148 日	로우고쿠	162 日
레벤	132 獨	레이	39 中	렌즈헤어	148 獨	로우우안더	215 中
레벨	142 獨	레이	46 英	렌킨쥬츠	180 日	로이	37 希
레벨리오	143, 191 露	레이나	149 西	렌투스	129 羅	로자	122 露
레벨리온	191 西	레이노	149 西	렐람빠고	39 西	로자	206 獨
레벨리옹	190 佛	레이드	192 英	렘	96 露	로자	57, 65 露
레볼루션	190 英	레이디벅	86 英	렙	53 露	로자	64, 206 伊
레볼루치온	190 獨	레이디엔	39 中	례까	33 露	로제	40 佛
레볼류시옹	190 佛	레이르	115 佛	례또	11 露	로제	64 獨
레뇨노크	99 露	레이바이스	158 日	례뚜차여 므싀	75 露	로조브이	207 露
레브	118 佛	레이옹	46 佛	례볼류씨야	191 露	로쥐	125 露
레브노스츠	125 露	레이지 펠로우	128 英	례브	77 露	로즈	206 佛
레브르	100 佛	레이코쿠	126 日	례비아판	173 露	로즈	207 露
레브마	37 希	레이크	34 英	례스	31 露	로즈	211 露
레비아따노	172 伊	레인	36 英	례스뿌블리까	149 露	로즈	64 英
레비아딴	173 西	레인보우	40 英	례즈비예	197 露	로지나	169 露
레비아탄	172 露	레일룬	17 亞	례치츠	111 露	로치나	96 伊
레비아탄	173 羅	레자르	86 佛	례쨔이	129 露	로콕스	131 羅
레비아탕	172 佛	레장드	168 佛			로쿠	22 日
레뻬스톡	59 露	레저렉션	204 英			로쿠가츠	12 日
레뿌그난떼	213 伊	레전드	168 英	로~류		로쿠보우세이	184 日
레뿌블리까	148 伊	레젠다	168 伊			로퀴	113 露
레뿌블리까	149 西	레종	118 佛	로	186 英	로터스	60 英
레수렉씨온	205 西	레쥬렉시옹	204 佛	로그히	197 希	로토스	60 獨
레수렉티오	205 羅	레지나	148 伊	로기키	119 希	로토스	61 希
레스 푸블리카	149 羅	레지나시옹	149 佛	로까	97 西	로투스	61 羅
레스까떼	205 西	레지네이션	122 英	로까츠	103 西	로튀스	60 佛
레스또스	167 西	레지덴짜	162 伊	로꼬	217 西	로트	206 獨
레스뜨리찌오네	200 伊	레지스트라찌오네	182 伊	로다키냐	67 希	로드켈헨	80 獨
레스띠	166 伊	레지오	199 羅	로드	148, 164 英	로자	31 希
레스뻬또	121 西	레쩨	186 露	로드쥐까	107 露	로하고스	195 希
레스뻬라씨온	109 西	레체니예	111 露	로디아	65 希	로할리토	109 希
레스뻬로	108 伊	레츠트	8 獨	로디아	107 西	로호	207 西
레스트릭시옹	200 露	레치까	35 露	로또	60 伊	록	135 露
레스페	120 露	레코드	182 英	로또	61 日	론끼	109 希
레시그나씨온	23 西	레콩팡스	152 佛	로또스	61 露	론디네	78 伊
레시오	109 羅	레클리스	128 英	로똘로	182 伊	론따노	20 伊
레시오	109 露	레키시	170 日	로랄	64 英	론뜨라	74 伊
레싸르	181 露	레티티아	119 羅	로로	83 露	론뜨라 마리나	76 伊
레쏘	181 露	레푸블릭	148 獨	로리아	64 伊	론리니스	122 英
레쑤르쓰	153 露	레푸스	75 羅	로베쇼	36 伊	론제	21 羅
레아니마씨온	205 露	레퓌블리크	148 佛	로보	75 西	롤도스	149 希
레알레	124 伊			로보 마리노	77 西	롤로	182 佛

롬뻬레	114 伊	루빈	94 獨	루훈	117, 171 亞	르차니예	109 露
롬뻬르	115 西	루빈	95 露	루히르	71 露	르찬니예	71 露
롭	101 露	루뻬	34 伊	룩수뢰스	214 獨	르켕	88 佛
롯	101 露	루뽀	74 伊	룩스	47 羅	르트루바이	134 佛
롱	171, 189 中	루쁘뚜라	193 西	룩스 루나에	47 羅	를광	47 中
롱광	205 中	루쉘로	34 伊	룩스 솔리스	47 羅	를리지옹	174 佛
롱옌	97 中	루스트	118 英	룩스 스텔레	47 羅	를슬	49 中
롱잉	120 英	루쌀까	173 露	룩스	72 獨	를츄	15 中
롱첸펑	43 中	루쑤오조	214 伊	룰	182 英	리	75 中
롱플르망	108 佛	루쓰	47 西	룰루디	59 希	리가	27 希
뢰베	52, 76 獨	루쓰	81 中	룰리오	12 伊	리가스	73 希
뢰벤찬	60 獨	루쓰 데 라스 에스뜨레야스		뤄튀	73 中	리게루	52 日
뢰외르 데 제투왈	46 佛		47 西	뤼게	210 獨	리겔	52 獨
룅디	14 佛	루씨에르나가	87 西	뤼관	163 中	리겔	53 露
료사즈	73 露	루아	148, 186 佛	뤼미에	124 獨	리겔	53 希
료우리닌	154 日	루아욤	148 佛	뤼룽	120 獨	리그렛	122 英
료우슈	148 日	루안웨더	213 中	뤼미에르	46 佛	리깐뜨로뽀	174 伊
료우시	154 日	루엥	20 佛	뤼미에르 뒤 솔레이	46 佛	리꺼우	135 亞
료우켄	72 日	루오쒸엔	185 中	뤼비	94 佛	리께싸	153 西
룟	45 露	루으루우	93 亞	뤼소	34 伊	리께짜	152 伊
루	41, 73, 165 中	루이나	167 羅	뤼시올	86 中	리꼬	152 伊
루	74 佛	루이나	167 西	뤼써	207 中	리꼬	153 西
루가루	174 佛	루이네	166 獨	뤼쑹슬	93 中	리꼬르도	116 伊
루가르떼니엔떼	195 西	루이도소	215 西	뤼씽	133 中	리꼼뻰싸	152 伊
루구	175 中	루이히	212 獨	뤼에두오	191 中	리뀌도	44 伊
루그준	187 亞	루인	166 英	뤼에두오저	145 中	리끼도	45 西
루까	103 露	루저	142 英	뤼여우저	157 中	리나쉬따	204 伊
루까니도	85 西	루주	206 佛	뤼인	166 中	리네아	184 伊
루꼬보지쩰	141 露	루주 고르주	80 佛	뤼제	128 中	리네아	185 羅
루꼬바툰	103 亞	루즈	114 英	뤼조우	31 中	리네아	185 西
루꼬야툰	179 亞	루지또	70 伊	뤼지쑹	70 中	리노세로스	76 佛
루나	48 伊	루지아다	40 伊	뤼칸	84 中	리노쎄론떼	77 西
루나	49 露	루지아오충	85 中	뤼켄쉴트	70 獨	리노체론떼	77 羅
루나	49 露	루차르	115 西	뤽스	214 獨	리노체론떼	76 伊
루나	49 西	루체	46 伊	뤽자이테	20 獨	리노카로스	77 希
루나 노바	49 羅	루체 솔라레	46 伊	뤽켄	104 獨	리뉴	184 佛
루나 누에바	49 羅	루체르똘라	86 伊	뤼ㅣ	48 伊	리니에	185 露
루나 누오바	49 伊	루출라	86 伊	류니이 까맨	95 露	리니에	184 獨
루나 삐에나	48 伊	루치	47 露	류베즈노스츠	125 露	리―다―	140 日
루나 예나	49 西	루치 루니	47 露	류보브	121 露	리더	140 英
루나 플레나	49 羅	루치 쏜는싸	47 露	류우	170 日	리데레	114 伊
루나티쿠스	217 羅	루치페로	176 伊	류테넌트 커넬	194 英	리데레	115 羅
루네디	14 伊	루커문	97 亞			리데르	140 伊
루네스	15 西	루크	197 露			리데르	141 西
루니우스	13 羅	루크바툰	107 亞	**르~링**		리드	36 佛
루두스	153 露	루툴렌투스	213 羅			리드	94 英
루드닉	33 露	루툼	97 羅	르그레	122 佛	리또	180 伊
루디	29 中	루트	164 佛	르나르	74 佛	리또그라피아	182 伊
루라키	207 希	루트	56 英	르네상스	204 佛	리또그라피야	183 露
루마까	90 伊	루트르	75 佛	르노크	161 露	리뚜알	181 露
루망	129 中	루트르	74 佛	르바크	155 露	리뚜알	181 西
루베르	207 羅	루트르 드 메르	76 佛	르브	55 露	리띠지오	188 伊
루비	94 英	루망	105 中	르수르스	152 佛	리량	131 中
루비	94 日	루페스	97 羅	르싸르	151 露	리르	114 伊
루비	95 西	루펜	114 露	르싸르스트보	199 露	리리	71 希
루비노	94 伊	루푸스	75 羅	르쓰	73 露	리리오	59, 63 露
루비니	95 希	루프츠슈피겔룽	40 獨	르어위엔	169 中	리리오 델 바예	61 西
루비얀	89 亞	루프트	28 獨	르어칭	121 中	리마니	167 希
루비쿤두스	207 羅	루호소	215 露	르지스트르	182 佛	리마스	90 佛

리막스	91 羅	리슌	69 亞	리체르까	132 伊	링	23 中	
리메인	166 英	리스	62 佛	리츄얼	180 英	링 핑거	104 英	
리모네	66 伊	리스	74 日	리치	131 中	링고	66 日	
리몬	67 露	리스벨리오	204 伊	리치	90, 152 英	링구아	100 伊	
리몬	67 西	리스뻬또	120 伊	리치네	66 伊	링그라찌아멘또	120 伊	
리문	67 亞	리스트	102 英	리친까	83 露	링씨요우	141 中	
리미엔	21 中	리스트릭션즈	200 英	리칸쌀로뽀스	175 希	링쥬	149 中	
리밍	15 中	리스트바	57 露	리칸트로푸스	175 羅	링크스	18 獨	
리바디	31 希	리스티스	161 希	리코스	75 羅	링크스	72 英	
리바이벌	204 英	리스틱	128 獨	리코튼	170 佛	링핑어	104 獨	
리바이아산	172 日	리스펙트	120 英	리코포스	17 希	링훈	117 中	
리바이어선	172 英	리슬	171 中	리퀴둠	45 羅			
리발	136 佛	리시앙	119 中	리퀴드	44 英	**(마 행)**		
리발	137 西	리싸눈	101 亞	리키드	44 佛			
리발레	136 伊	리쏘	99 露	리타	150 獨	마 ~ 막		
리벨루리	87 希	리쏘 데 아구아	37 西	리타오어덴	198 獨			
리버	32 英	리쏘그라피아	183 希	리테라	183 羅	마	73 中	
리버레이션	204 英	리쏘크소오스	155 希	리투스	180 獨	마고	158 伊	
리베	120 獨	리씨	205 希	리투스	33, 181 羅	마고	159 西	
리베라시옹	204 佛	리씨짜	75 露	리튀엘	180 伊	마고스	159 希	
리베라씨온	205 西	리씽	119 中	리틀	26 英	마구로	101 希	
리베라찌오네	204 伊	리아키	35 中	리틀 핑거	104 英	마그놀리	66 獨	
리베라티오	205 羅	리앵	134 佛	리파인먼트	216 英	마그놀리아	67 西	
리베르따	200 伊	리앵	200 佛	리퍼블릭	148 英	마그놀리야	67 露	
리베르따드	201 西	리야훈	39 亞	리프	56 英	마그눔	27 羅	
리베르베로	48 伊	리에런	155 中	리플	36 英	마그니피크	212 佛	
리베르타스	201 羅	리에췐	73 中	리플렉션	48 英	마기라스	155 希	
리베르테	200 佛	리에췐	73 中	리하	35 希	마기사	159 希	
리베스쿰머	134 獨	리엔	99 中	리헬	53 西	마기아	179 希	
리벤	37 露	리엔따오	197 中	리호라드까	111 露	마기어	158, 178 獨	
리벤지	190 英	리엔런	137 中	리흐야툰	103 亞	마기꼬쑨	211 亞	
리벨레	86 獨	리엔민	121 中	리히츠	186 獨	마꼬바러툰	167 亞	
리벨릴	86 伊	리엔방	149 中	리히트	46 獨	마꼬수러툰	165 亞	
리벨루라	86 伊	리엔씨	135 中	린	71 中	마나르흐	149 露	
리벨루라	87 西	리엔위	169 中	린과	101 羅	마나오	95 中	
리벨리언	190 英	리엔진슈	181 中	린덴	66 獨	마나흐	159 露	
리벨리오네	190 伊	리엔화	61 中	린덴바움	66 獨	마나흐나	159 露	
리볼루찌오네	190 伊	리오	33 西	린쎄	73 中	마난띠알	35 西	
리브라	54 英	리오	52 英	린체	72 伊	마나	17 西	
리브라	55 羅	리온다리	77 希	린크스	73 羅	마네	17 羅	
리브라	55 希	리옹	52, 76 佛	릴라	66 佛	마노	102 伊	
리브로	182 伊	리외트낭 콜로넬	194 佛	릴라	66 伊	마노	103 西	
리브로	183 西	리요우	23 中	릴리	67 西	마놀리아	67 希	
리브로 디 마지아	180 伊	리요우니엔	13 中	릴리	62 獨	마뇰리아	66 伊	
리브르	182 佛	리요우랑져	143 中	릴리	62 英	마뇰리아	66 伊	
리브훈	197 亞	리요우빵	187 中	릴리 오브 더 밸리	60 英	마누스	103 羅	
리비에르	32 佛	리요우씽	53 中	릴리아	63 露	마누아르	162 佛	
리빠	67 露	리요우지아오씽씽	185 中	릴리움	63 羅	마니말	69 西	
리삐	123 希	리우	153 中	릴리전	174 英	마니타리	57 希	
리사르치멘또	188 伊	리우니오네	134 伊	림누라	35 希	마더	138 英	
리세스	152 英	리우슈	67 中	림니	35 希	마더훈트	74 獨	
리세이	118 日	리워드	152 英	림뻬오	213 希	마도우시	158 日	
리소르사	152 伊	리유니언	134 英	림스끼이 빠빠	151 露	마돈나	174 獨	
리소스	152 英	리자	57 希	립	100 英	마돈나	174 伊	
리소우	118 日	리저드	86 英	립페	100 獨	마드레	138 伊	
리소우쿄오	168 日	리젤	52 伊	릿셰바야 스따라나	21 露	마드레	139 西	
리수레찌오네	204 伊	리젤	52 伊	릿쑨	161 亞	마드바하툰	191 亞	
리슈	152 伊	리즌	118 英	링	144 獨			
리슈	65 中	리지에	64 佛	링	144 英			

마드비훈	181 亞	마르키	150 佛	마요르	195 露	마크타바툰	163 亞
마디	9 亞	마르키오	151 羅	마요이	194 獨	마크트	160 獨
마따르	115 西	마르키준	151 亞	마우스	74 獨	마키모노	182 日
마떠룬	37 亞	마르토	196 佛	마우스	74, 100 英	마키오	155 羅
마떠룬 거지룬	37 亞	마르트	13 露	마우준	37 亞	마타하툰	167 亞
마떠룬 마타잠미둔	39 亞	마르티오스	13 希	마우툰	133 亞	마테르	139 羅
마떼리아	28 伊	마르티오스	13 羅	마운	29 亞	마테리아	29 羅
마떼리아	29 西	마르티장	154 佛	마운틴	30 英	마텡	16 佛
마뜨리모니오	134 伊	마리나이오	154 伊	마울부르프	74 獨	마티	101 希
마뜨와야툰	183 亞	마리네로	155 西	마유	13 亞	마티에르	28 佛
마띠노	16 伊	마리넨케퍼	86 獨	마유	82, 100 日	마펑	163 中
마라씨문	177 亞	마리도	139 西	마오리파툰	131 亞	마하룬	89 亞
마랭	154 佛	마리또	138 伊	마으바둔	163 亞	마해리	197 希
마락	155 露	마리아쥬	134 佛	마으부둔	179 亞	마호우	178 日
마러둔	111 亞	마리쿤	49 亞	마이	12 露	마호우츠카이	158 日
마레	32 伊	마리포사	87 西	마이	13 羅	마호카마툰	163 亞
마레	33 羅	마모어	96 獨	마이	85 中	마호쿠문 알레이히	161 亞
마레	34 佛	마믈라카툰	149 亞	마이그레이팅 버드	76 英	마호트	130 獨
마로네	208 伊	마브로	209 希	마이무	75 希	마히	189 希
마로노스	151 希	마블	96 英	마이스끼이 쥬크	85 露	마히아	179 西
마론	209 西	마블라군	101 亞	마이스터	142 獨	막	61 露
마롱	208 佛	마사크르	190 佛	마이알레	72 伊	막시멈	26 佛
마르	33 西	마샤툰	195 亞	마이오스	13 希	막시모	27 西
마르가리따	63 露	마샷꺼틀	207 亞	마이쿠스	13 羅	막시뭄	26 羅
마르가리따	63 西	마송	154 佛	마이카	90 英	막시툼	27 羅
마르가리타	63 希	마쉐닉	161 露	마이클롁히엔	60 獨	막실라	101 羅
마르가리타	93 羅	마슈우둔	159 亞	마이헬러이버	160 獨	막씨뭄	27 露
마르가리타리	93 希	마스	48 нь	마인	32 獨		
마르고	19 羅	마스	48 英	마인드	116 英		
마르까	185 西	마스까	147 露	마조르돔	156 佛	**만 ~ 멤**	
마르께스	151 西	마스까라	147 羅	마쵸르	104, 194 佛		
마르께제	150 伊	마스께라	146 伊	마쵸	158 日	만	57 中
마르끼즈	151 露	마스쩨르	143 露	마쵸르도모	156 伊	만	98 獨
마르디	14 佛	마스카	147 希	마주	158 日	만게츠	48 日
마르디야	75 西	마스케	146 獨	마주하르툰	91 亞	만구리야	67 亞
마르떼	48 伊	마스크	146 英	마쥬츠쇼	180 日	만다미엔또	183 西
마르떼	49 西	마스토스	105 希	마즈든	205 亞	만디불라	101 西
마르떼디	14 伊	마스티기오	197 希	마즈러아툰	165 亞	만디스	159, 177 亞
마르떼스	15 西	마싸끄로	190 伊	마즈런	37 亞	만디아	179 希
마르뗄로	196 伊	마싸운	17 亞	마즈후둔	133 亞	만띠꼬라	172 伊
마르띠요	197 西	마써쑨	71 亞	마지	178 日	만띠꼬라	173 西
마르마로	97 希	마써숏 다마이	173 亞	마지나이	178 日	만띠데	84 伊
마르마리기아스	91 希	마썹분	35 亞	마지러툰	55 亞	만사나	67 西
마르모	96 伊	마쑨	93 亞	마지시앵	158 佛	만시오	163 羅
마르모르	97 羅	마쓰아커	190 獨	마지아	178 伊	마시온	163 西
마르몰	97 西	마씨모	26 伊	마지아	179 西	만여우	133 中
마르브르	96 佛	마씨태보매노스	137 希	마지오	12 伊	만위에	49 中
마르샹	154 佛	마아니둔	91 亞	마지오레	194 伊	만자문	33 亞
마르셰	112, 160 佛	마야크	167 露	마차	109 中	만주니	179 希
마르스	12, 48 佛	마쩨	18 日	마췌	79 中	만찌까라	173 露
마르스	49 羅	마에스뜨로	136 伊	마츠	139 露	만키불 자우자우	53 亞
마르스	49 露	마에스뜨로	143 西	마츠	66 日	만티꾸르	173 亞
마르스코이 바브르	77 露	마오씨엔	133 中	마츠에이	140 日	만티스	84 英
마르쏘	13 西	마오우	176 日	마치	12 羅	만티코아	172 日
마르쏘	13 亞	마오토우잉	79 中	마카눌 리꺼울 꾸마마	167 亞	만티코어	172 獨
마르야모 우드러이	175 亞	마오피	69 中	마켓	160 英	말	211 亞
마르쪼	12 伊	마와리둔	153 亞	마퀴스	150 英	말디씨온	179 西
마르쿠스	197 羅	마요	13 西	마크	184 佛	말라	101 羅
마르크	184 佛	마요나카	16 日	마크리아	21 希	말라	199 西

244

말라디	110 佛	매터	28 英	메디카멘툼	111 羅	메인	68 英
말라띠아	110 伊	매토뽀	101 希	메디쿠스	157 羅	메제	12 伊
말라룬	123 亞	매트리오프론	127 希	메딸노예 까쁘요	197 露	메충	164 佛
말라코	215 希	맥시멈	26 英	메떼오리떼	52 伊	메즈	95 露
말라쿤	175 亞	맨	98 英	메떼오리또	53 西	메지루시	184 日
말라쿤 무르쌀	177 亞	맨다기온	145 希	메르	15 希	메쨔노떼	16 伊
말랑탕뒤	190 佛	맨도롤	143 希	메라브노스	39 希	메쩨오릿	53 露
말레	210 伊	맨션	162 英	메라빌리오조	212 伊	메	39 露
말레디찌오네	178 伊	맨티움	159 希	메로르	123 羅	메쪼죠르노	16 伊
말레딕시옹	178 佛	맨티코어	172 英	메루	32, 138 日	메치	197 露
말레피춤	179 羅	말라그호리코스	127 希	메르까도	161 西	메치따	117, 121 露
말레피쿠스	211 羅	맬리싸	87 希	메르까또	160 伊	메테오리테스	53 羅
말렌펜디고	191 西	맹	102 佛	메르꼴레디	14 伊	메테오리트	52 佛
말로	211 羅	맹토르	142 佛	메르꾸리오	48 伊	메테오리티스	53 希
말로	27 露	마그끼이	215 露	메르꾸리오	49 西	메테오어	52 獨
말뢰르	118 佛	머니	152 英	메르꾸리이	49 露	메트르	136, 142 佛
말루스	67, 211 羅	머드	96 英	메르세나리오	193 西	메티헨	98 獨
말룸	211 羅	머메이드	172 英	메르스네르	192 佛	메프리	124 佛
말르이	27 露	머메이드	174 英	메르체니리오	192 伊	메흐	69 露
말리그노	211 西	머서너리	192 英	메르츠	12 獨	메히야	101 西
말리노브까	81 露	머슈룸	56 英	메르카토르	155 羅	멘딕스	125 羅
말리뜨바	181 露	머천트	154 英	메르카투스	161 羅	멘떼	116 伊
말리씨오소	125 西	머치	26 英	메르체누리우스	49 羅	멘띠	117 伊
말리야	99 希	머큐리	48 英	메르퀴르	48 佛	멘또	100 伊
말리찌오소	124 伊	먼스	12 英	메르크리디	14 佛	멘또레	142 伊
말리카툰	149 亞	먼제이	14 英	메리디에스	17, 19 羅	멘또르	143 西
말리쿤	149 亞	멍	119 中	메모리	116 英	멘띠라	211 西
말린꼬니꼬	126 伊	멍친	79 中	메모리아	117 羅	멘띠로소	125 西
말린꼬니아	122 伊	멍키	74 英	메모리아	117 伊	멘사헤로	195 西
말린떼조	190 伊	메	12 佛	메무아르	116 佛	멘쉬	98 獨
말릿츠싸	181 露	메	56, 100 日	메사니흐타	17 希	멘스	117 羅
말바지따	210 伊	메가미	174 日	메사제	194 佛	멘시스	13 羅
말차리보스츠	127 露	메갈로스	27 希	메세따	31 西	멘토	142 英
말치크	99 露	메갈리 아르크토스	55 希	메소닉움	17 羅	멜꼬보드즈예	35 露
말키시오스	151 希	메기스토스	27 希	메스	13 西	멜란꼴리아	123 希
말티호라스	173 希	메나쁘	138 佛	메스츠	191 露	멜란콜리아	123 羅
말하마툰	169 亞	메네스뜨렐로	156 伊	메스티티아	123 羅	멜랑콜리쉬	126 獨
맘마	105 羅	메네스트렐	156 佛	메시	19 希	멜레나	69 西
망송주	210 佛	메노	94 日	메시메리	17 希	멜로	66 伊
망크	158 気	메니께	105 西	메신저	194 英	멜로그라노	64 伊
망통	100 佛	메다뜨 밀리따르	199 西	메싸쯔	13 露	멜론	9 希
망퇴르	124 佛	메두사	88 伊	메아엥에	32 獨	멜리쏘스	141 西
망트 끌리지오즈	84 佛	메두사	89 西	메어융프라우	172 獨	멤브라나	71 西
망티코르	172 佛	메두자	89 露	메어쿠어	48 獨	멤브라나 꼰네띠바	70 伊
매카로마	203 希	메듀즈	88 佛	메어케말	184 露		
매그놀리아	66 英	메드베즈	77 露	메이	12 英	**모 ~ 뮤**	
매네	68 獨	메디꼬	156 伊	메이	97, 101 中		
매드니스	216 英	메디꼬	157 西	메이드	156 英	모구	57 中
매드생	156 佛	메디나툰	161 亞	메이슨	213 中	모구라	74 日
매리드 커플	138 亞	메디슨	110 英	메이슨	154 英	모구이	177 中
매리지	134 英	메디씨나	111 伊	메오세이	50 日	모나까	158 伊
매소스	105 希	메디오	104 伊	메이요	204 日	모나꼬	158 伊
매스커	190 英	메디오디아	17 西	메이쥬	194 英	모나다	199 希
매스크	146 英	메디옴	158 佛	메이주르	195 亞	모나르가	148 伊
매스터	136 英	메디움	158 獨	메이지	158 英	모나르까	149 西
매스터	142 英	메디움	158 羅	메이큐	166 日	모나르끼아	148 伊
매시	105 希	메디음	159 羅	메이플	64 英	모나르카	149 羅
매직	178 英	메디치나	110 佛	메이플라워	84 英	모나르크	148 佛
매타니아	123 希	메디카망	110 佛	메이하오더	213 中		

단어	페이지		단어	페이지		단어	페이지		단어	페이지
모나카	159	羅	모쿠세이	48	日	무드니분	187	亞	무에르떼	133 西
모나쿠스	159	羅	모쿠시로쿠	178	日	무드레쓰	141	露	무에트	80 佛
모나크	148	英	모쿠요우비	14	日	무뜨리분	157	亞	무에민	175 亞
모나키시아	123, 217	希	모킨	78	日	무라	162	日	무으지자툰	181 亞
모나트	12, 14	獨	모투스	121	羅	무라또레	154	伊	무자리운	155 亞
모나호스	159	希	모투스 테레	43	羅	무라베이	85	露	무잔나분	53 亞
모날히스	149	希	모티보	185	希	무라사키	208	日	무쟈키	128 日
모노	75	西	모티프	184	佛	무란	67	中	무쥐	139 露
모노가타리	168	日	모파	179	中	무럽바운	185	亞	무즐	105 中
모노마카	189	羅	모흐	57	獨	무루	183	中	무지앙	155 中
모노마히아	189	希	몬	60	獨	무르무르	71	羅	무창	165 中
모노캐로스	171	希	몬	166	日	무르무요	109	西	무쵸	27 西
모누멘툼	183	羅	몬도	28	伊	무르씨엘라고	75	西	무치	196 羅
모닝	16	英	몬도 솜메르쏘	34	伊	무르잔	93	亞	무친	139 中
모닝 글로리	58	英	몬따냐	31	西	무르타자꺼툰	193	亞	무카데	90 日
모던	10	英	몬떼	30	伊	무미아	175	羅	무카파하툰	189 亞
모데르노	10	伊	몬쇼우	198	日	무미아	175	希	무캇싸푼	213 亞
모데르눔	11	羅	몬스	31	羅	무미얘	175	亞	무타꺼뜨리쑨	127 亞
모데르니다드	11	西	몬스 이그니페르	33	羅	무미야우	175	亞	무타떠리푼	201 亞
모데른	10	佛	몬스뜨루오	171	西	무미에	174	獨	무타앗씨분	145 亞
모데스또	126	伊	몬스터	170	英	무바러자툰	189	亞	무타와디운	127 亞
모데스띠아	127	西	몬스트룸	171	羅	무바러준	195	亞	무타와리쑨	171 亞
모데스투스	127	羅	몬요우	184	日	무보우	67	中	무타카밀룬	211 亞
모띠보	184	伊	몬트	48	獨	무브타딜룬	217	亞	무타티오	203 羅
모레	33	露	몬트샤인	46	獨	무수	26	日	무타하루위룬	129 亞
모례뽈라바니예	135	露	몬트슈타인	94	獨	무쉘	88	獨	무타하우위꾼	141 亞
모로	99	希	몬하	159	西	무슈	86	佛	무터	138 獨
모르	132	佛	몬헤	159	西	무슈타리	49	亞	무통	72 佛
모르떼	132, 176	伊	몰	74	英	무스	56	佛	무트	120 獨
모르부스	111	羅	몰	85	露	무스	75	羅	무트아툰	119 亞
모르비도	214	伊	몰니야	39	露	무스고	57	西	무티히	128 獨
모르스	133, 177	羅	몰또	26	伊	무스끼오	56	伊	무파자아툰	121, 193 亞
모리	179	中	몰레스	35	羅	무스메	140	日	무하	87 露
모리	30	日	몰롯	197	露	무스카	87	羅	무하러룬	183 亞
모리브도스	95	希	몰리노	165	西	무스코	140	日	무하리준	157 亞
모망	8	佛	몰리노 데 아구아	165	西	무스트	184	獨	무헤르	139 西
모먼트	8	英	몰리노 아드 아꾸아	164	伊	무스티크	84	佛	무헤르	99 西
모멘또	8	西	몰리에	138	佛	무슬	151	中	무히뚠	33 亞
모멘툼	9	羅	몰린시	111	希	무슬로	107	西	무히분	215 亞
모모	66, 106	日	몹	209	英	무시〈아시노나이〉	82	日	무힙분 릴마꺼리비	131 亞
모미	174	佛	몽드	28	佛	무시〈잇판〉	82	日	문	48 英
모미아	175	西	몽스트르	170	佛	무시〈치이사이〉	82	日	문 스톤	94 日
모베	210	佛	몽타뉴	30	佛	무싸니둔	137	亞	문끼둔	143 亞
모슈슈	181	中	뫼베	80	獨	무싸피룬	157	亞	문도	29 西
모슈슬	159	中	무	63	中	무쏘르	153	露	문두스	29 羅
모스	56	獨	무	200	日	무쒸꼐쪼르	195	露	문라이트	46 英
모스	56, 84	英	무	214	佛	무쓰타고발	9	亞	문삿꾼	145 亞
모스까	86	伊	무거마러툰	133	亞	무쓰타리룬	185	亞	문스톤	94 英
모스까	87	西	무게또	60	伊	무쓰타쉬파	163	亞	문타써풀 레일	17 亞
모스끼또	85	西	무겐다이	26	日	무쓰탄꺼운	35	亞	문터	126 獨
모스뜨로	170	伊	무까	72	伊	무씽	49	中	문트	100 獨
모스키토	84	英	무까마	157	西	무아	12	佛	물랭 아 방	164 佛
모스트	165	露	무껏담	195	亞	무아노	78	日	물랭 아 오	164 佛
모어겐	16	獨	무나이이	175	中	무아우위둔	159	亞	물리노 아 벤또	164 伊
모어겐로트	14	獨	무나피쑨	137	亞	무안	158	亞	물리에르	99 羅
모에루	42	日	무나피쑨	143	亞	무알리룬	137	亞	물툼	27 羅
모위	89	中	무네	104	日	무알리문 커쑨	143	亞	뭄미아	174 伊
모지	182	日	무네까	103	西	무알리뭇 씨흐리	159	亞	뭣쌀라쑨	185 亞
모쿠렌	66	日	무니찌오네	198	伊	무에르다고	67	西	뮈게	60 佛

246

뮈르뮈르	108 佛	미니스트르	150 佛	미에왕	203 中	밋데이	16 英
뮈투스	168 獨	미니스트르	151 露	미에쥐에	203 中	밋탁	16 露
뮈헤	206 獨	미니에라	32 伊	미으바룬	177 亞	밋텔핑어	104 獨
뮉케	84 獨	미니쿠이	212 日	미으써문	103 露	밋트라이트	120 獨
뮌둥	34 獨	미다눈	161 亞	미이라	174 日	밍왕씽	51 中
뮌히	158 獨	미다리야툰	199 日	미제리코르드	120 伊	밍위	205 中
뮐	152 獨	미덴	23 希	미조레	38 日	밍윈	133 中
뮤쒸나	99 露	미도리	206 日	미즈	28 日	밍티엔	17 中
		미드나잇	16 英	미즈가메자	54 日		
므 ~ 밍		미들 핑거	104 英	미즈우미	34 日		
		미디	16 佛	미즈카키	70 日	(**바 행**)	
		미디엄	158 英	미즈토리	76 日	**바 ~ 방**	
므그노베니예	9 露	미떠러꺼튼	197 亞	미지네츠	105 露		
므노고	27 露	미똘로지아	168 伊	미츠린	30 日		
므뇌르	140 佛	미똘로히아	169 西	미치	164 日	바	18 佛
므뉘이지에	154 佛	미라	133 希	미카	90 佛	바가몰	85 露
므니미	117 希	미라꼴	180 伊	미카	91 西	바가본다지오	132 伊
므니스티라스	139 希	미라이	8 日	미카타	136 日	바가분두스	143 羅
므라모르	97 露	미라주	40 伊	미코	158 日	바가스트바	153 露
므라치노스츠	127 露	미라쥐	41 露	미크로 닥틸로	105 希	바가치	153 露
므라치노예 나스트로예니예		미라쥐 나드 다라고이	41 露	미크로스	27 希	바게	54 獨
	123 露	미라쥬	40 英	미클라분	71 亞	바그	36 佛
믈례치니이 뿌츠	55 露	미라지오	40 伊	미키	56 日	바그로브이	207 露
미	187 中	미라쿨룸	181 羅	미태라	139 希	바기냐	175 露
미가	87 希	미라클	180 伊	미타나흐트	16 獨	바까	73 西
미게	61 希	미러	146 英	미테	18 獨	바까라툰	73 西
미공	167 中	미러클	180 英	미톨로지	168 佛	바끼따 데 산 안또니오 87 西	
미그라퇴르	76 佛	미로스	107 希	미톨로지아	169 羅	바나프싸준	61, 63 露
미기	18 日	미루	112 日	미트보흐	14 獨	바나프싸지	209 露
미까	90 伊	미루아르	146 佛	미티	101 希	바날노스츠	217 露
미까	91 西	미르	29, 201 露	미티어라이트	52 英	바날레	200 伊
미꼬썰라툰	189 亞	미르미기	85 希	미팅	134 英	바날리테	216 佛
미나	33 西	미르아툰	147 亞	미포로기야	169 露	바다	29 露
미나미	18 日	미린	31 中	미흐러잔	177 亞	바다렐이	55 露
미나미쥬지	54 日	미미	100 日	민	32 佛	바다빠드	35 露
미나스	13 希	미미	187 中	민꺼둔	69 亞	바드루	49 亞
미나야툰	163 亞	미세라티오	121 羅	민스트럴	156 英	바드빨꼬브닉	195 露
미나우	167 亞	미세리아	119 羅	민와	168 日	바디	102 英
미나토	166 日	미세리코르디아	121 羅	민잘루	197 亞	바따야	189 西
미너럴	90 英	미소스	123 希	민지앙꾸을	169 中	바딸리아	188 伊
미네랄	90 獨	미솔로지	168 英	밀	24 佛	바딸라툰	141 亞
미네랄	90 佛	미슈나꺼쿤	189 日	밀	25 西	바떨루	141 西
미네랄	91 露	미슈미슌	63 伊	밀 파트	90 佛	바뜨눈	105 亞
미네랄	91 西	미스쏘포로스	193 希	밀라그로	181 西	비뜨리꾼	83 露
미네랄레	90 伊	미스언더스탠딩	190 英	밀라노	79 日	바디운	131 亞
미뇰로	104 伊	미스에어폴크	202 獨	밀란	78 獨	바라	64 日
미뇽	212 佛	미스처버스	130 英	밀랑	78 佛	바라다	103 露
미뉴	16 佛	미스텔	66 獨	밀랴	67 希	바라디소스	169 希
미니멈	26 露	미스트	40 英	밀레	24 伊	바라베이	79 露
미니멈	26 英	미스티코	187 希	밀레	25 羅	바란	73 露
미니모	26 伊	미스페어슈텐트니스	190 獨	밀레스	195 羅	바러리유	31 佛
미니모	27 西	미스포츈	118 英	밀레즈	193 羅	바로	97 西
미니뭄	26 獨	미슬토우	66 英	밀로	113 希	바로나	79 露
미니뭄	27 羅	미싸꾼	135 亞	밀로스츠	121 露	바로네	150 伊
미니뭄	27 露	미쏘리아	169 希	밀루우스	79 羅	바로따	167 亞
미니스뜨로	150 伊	미쏘스	169 希	밀르이	213 露	바로츠샤	115 露
미니스뜨로	151 羅	미야	25 亞	밀키 웨이	54 英	바론	150 獨
미니스터	150 獨	미에도	125 西	밀히슈트라	54 獨	바론	151 露
미니스터	150 英	미에르꼴레스	15 西	밋 뎀 푸슈 슈토쎈	112 獨		

바론	151 西	바오관위엔	157 中	바트랄	157 希	발트	30 獨
바롱	150 佛	바오슬	91 中	바티야 네라	35 希	밤부	68 伊
바르	163 露	바오위	91 中	바페	194 獨	밤부	69 西
바르꾼	39 亞	바오쿼	161 中	바펜	198 獨	밤부스	68 獨
바르바	102 伊	바오츈화	61 中	바하룬	155 亞	밤부크	69 露
바르바	103 羅	바오파	45 中	바하이트	210 獨	밤비노	98 伊
바르바	103 西	바우더툰	85 亞	바호	34 獨	밤뻬로	172 伊
바르바로	217 西	바우어	154 獨	바호룬	33 露	밤뻬로	173 西
바르바루스	217 羅	바우언호프	164 獨	바호순	133 露	밤뻬르	173 露
바르바르	216 佛	바우와바툰	167 亞	바호훈트	72 露	밤피루스	173 露
바르브	102 佛	바우즈	104 獨	박스툼	202 獨	밤피어	172 露
바리군	99 亞	바울	109 中	박케	100 獨	밤헤어히히카이트	120 獨
바리꾼	47 亞	바움	62 獨	반노우	132 日	밧떠툰	81 亞
바리둔	45 亞	바으닷 두흐르	17 亞	반니	156 日	밧자꺼툰	91 亞
바리아 씨앨라	39 希	바이	25 中	반더러	142 獨	밧타	86 日
바리에르	164 佛	바이나	189 露	반더룽	132 獨	방	38 佛
바리운	129 亞	바이엔	114 獨	반데	134 獨	방드르디	14 佛
바바	151 西	바이데	66, 164 獨	반데라	199 西	방디	160 伊
바바거운	83 亞	바이뚠	21 亞	반데루올라	164 伊	방부	68 佛
바바르	130 佛	바이망	108 佛	반디도	161 西	방완	17 中
바바리쉬	216 獨	바이베이	189 中	반디또	160 伊	방장스	190 佛
바버러스	216 英	바이슈	63 中	반디에라	198 伊	방지요우	79 中
바보사	91 西	바이	61 亞	반디트	160 獨	방투즈	70 佛
바보치까	87 露	바이스	210 英	반런마	171 中	방피르	172 佛
바부	69 希	바이스하이트	130 獨	반부츠	28 日		
바부쉬까	139 露	바이써	209 中	반진	216 獨	**배 ~ 벨**	
바분	267 亞	바이쓰	208 中	반켄	72 日		
바사니스티리오	187 希	바이양쭤	53 中	반터팔케	78 獨	배가	51 露
바생	34 佛	바이올렛	60 英	발	163 希	배네라	51 露
바샤룬	99 亞	바이운 마타자우윌룬	155 亞	발	198 佛	배따브	57 露
바수라	153 西	바이제	140, 212 獨	발누쓰	64 獨	배런	150 英
바수랄	167 露	바이져	143 中	발니짜	163 露	배리얼	136 英
바쉬냐	163 露	바이진	97 中	발따브냐	131 露	배트	74, 210 英
바스냐	169 露	바이트	20 獨	발라둔	149 亞	배틀	188 英
바스똑	19 露	바이퍼	86 英	발라운	177 亞	백	11 露
바스띠야	163 西	바이허	63, 81 中	발라후	67 亞	백	20, 104 英
바스모이	25 露	바이화슈	65 中	발랑가	42 伊	밴딧	160 英
바스크레쎄니예	205 露	바이히	214 獨	발랑스	54 佛	밸로스	199 希
바스크레셰스녜	15 露	바인	106 獨	발레	30 佛	밸리	30 英
바스타레	115 羅	바인	56 英	발레	30 英	뱀부	68 英
바스타티오	191 羅	바인슈톡	66 獨	발레	31 西	뱀파이어	172 英
바스티타스	31 羅	바일라린	157 西	발레나	88 伊	버고	54 英
바스훗 쏜마	15 露	바일히엔	60 獨	발레나	89 羅	버그	82 英
바스히쉐니예	121 露	바입	98 獨	발레리나	156 伊	버느	58, 76 英
바시옴	117 羅	바자거	158 獨	발레스	31 羅	버드 오브 프레이	78 英
바실리스코스	173 希	바자거라이	178 獨	발렌	88 羅	버밀리언	206 英
바실리스크	172 獨	바자아툰	81 亞	발렌띠아	121 西	버쓰	202 英
바실리싸	149 露	바쟈나야 쁘찌싸	77 露	발레즌	111 露	버진	98 英
바실리아스	149 希	바즈류블레이	137 露	발로따	35 露	버츄	210 英
바실리오	149 希	바즈메쉬니예	189 露	발루뚠	65 亞	버터플라이	86 英
바써	28 獨	바츠	186 日	발리엔떼	129 西	버틀러	156 英
바써만	54 獨	바치오	116 伊	발바로티타	217 希	번	42 英
바써밀레	164 獨	바카티오	133 羅	발샤야 메드베짓싸	55 露	번닝	119 中
바써팔	34 獨	바쿠하츠	44 日	발소이	27 露	벌거	216 露
바써포겔	76 獨	바타이	188 佛	발쇼이 빨례츠	105 露	벙	210 佛
바씨엔화	59 中	바탈라툰	59 亞	발쉐스트보	179 露	베	32 佛
바알	88, 204 獨	바테스	159 羅	발슌	81 露	베가	50 獨
바암	42 獨	바트	102 獨	발예나	89 西	베가	50 佛
		바트라호스	87 希	발토스	35 希		

248

베가	50 伊	베리따	210 伊	베쩨르	39 露	벨리꼬레삐에	215 露
베가	50 日	베리코코	63 希	베쩰게이제	53 露		
베가	51 西	베리테	210 佛	베차우베언트	216 獨	**보 ~ 불**	
베가스	51 希	베바홍	192 獨	베체르	17 露		
베가스뜨보	193 露	베베	98 佛	베타이거이체	52 獨	보	36 佛
베가츠	111 露	베베	98 伊	베터	36 露	보겐	196 獨
베게그눙	134 獨	베베	99 西	베터한	164 獨	보고마쩨르	175 露
베게못	173 露	베샤이덴	126 獨	베테루기우스	52 日	보기토	109 希
베기못	77 露	베소	117 西	베테죄즈	52 佛	보까	100 伊
베기어데	124 露	베슈뵈룽	178 露	베텔게즈	53 希	보까	101 西
베끼오	10 伊	베스꼬녜치냐야 발샤야 베릴		베트	70 伊	보나	153 露
베나토르	155 羅	치나	27 露	베트루거	160 獨	보나치아	40 伊
베네	210 伊	베스꼬보	150 伊	베프라이웅	204 獨	보뇌르	118 佛
베네노	111 露	베스나	11 露	베헤딸	57 西	보누스	211 羅
베네눔	111 羅	베스띠아	70 伊	베헤모트	172 露	보눔	211 羅
베네라티오	121 羅	베스띠아	71 羅	베헤모트	172 伊	보니또	213 西
베네레	50 伊	베스메르찌예	211 露	베헤모트	173 羅	보다이쥬	66 日
베네르디	14 伊	베스빠라도크	201 露	베히모스	172 日	보덴	28 獨
베네피카	159 羅	베스치슬레노스츠	27 露	벡	164 獨	보도보롯	37 露
베네피쿠스	159 羅	베스트	18 露	벡	68 佛	보띤	191 露
베누스	50 獨	베스티아	71 羅	벡꼬	68 伊	보라스	19 希
베누스	51 羅	베스티에	70 羅	벡사티오	207 羅	보랑	37 中
베누스	51 羅	베스티주	166 佛	벡쿠스	69 羅	보르	161 露
베뉴스	50 佛	베스티토르	155 羅	벤간싸	191 露	보르	18 佛
베니뉴스	125 羅	베스페르	17 羅	벤데도르 암불란떼	155 西	보르데	19 露
베니히	26 獨	베스페르틸리오	75 羅	벤데미	190 伊	보르띠쎄	37 西
베데레	112 伊	베쓰	55 露	벤디또레 암불란떼	154 伊	보르띠체	36 伊
베덱크트	36 獨	베야쟈토레	156 伊	벤따론	39 露	보모스	181 希
베드냐크	153 露	베아투스	153 羅	벤또	38 伊	보뱅	72 佛
베드로	107 露	베어	76 獨	벤또사	70 伊	보보키	59 希
베뗄제우세	52 伊	베어	76 英	벤또사	71 伊	보셈	23 露
베뗄헤우시	53 露	베어드	102 英	벤투스	39 羅	보스	73 羅
베뚤라	64 羅	베어볼프	174 獨	벤투자	71 希	보스떼쏘	31 西
베뜨랴노예 깔례쏘	165 露	베어크	30 獨	벨까	75 露	보스떼쏘	109 西
베라노	11 西	베어크베어크	32 獨	벨라니디아	65 希	보스하프트	124 獨
베라터	142 獨	베언슈타인	92 獨	벨라레	115 羅	보쓰	109 西
베루스	211 羅	베에모프	173 西	벨러이히텐	46 獨	보어	74 英
베뤼렌	112 獨	베에모스	172 佛	벨레	36 獨	보어덤	122 英
베르	11 羅	베이	19, 105 中	벨레노	110 伊	보우	196 英
베르	113 西	베이가	50 英	벨레따	165 露	보우교	190 日
베르	206 佛	베이도우치씽	55 中	벨로	212 伊	보우구	196 日
베르	82 佛	베이뤄슬먼	53 中	벨로눙	152 獨	보우켄	132 日
베르고냐	122 伊	베이비	98 獨	벨로씨다드	131 西	보이	98 日
베르구엔싸	123 西	베이비	98 英	벨로우	108 英	보이스	108 英
베르다드	211 西	베이지광	41 中	벨로치아	130 伊	보이아	160 伊
베르데	206 伊	베이지씽	53 中	벨로치타스	131 羅	보쟈노예 깔례쏘	165 露
베르데	207 西	베이터	156 獨	벨루루스	213 羅	보줴	151 中
베르두라	56 伊	베이툰	165 亞	벨루스	213 羅	보쥐야 까롭까	87 露
베르메	82 伊	베젠	116 獨	벨룸	189 羅	보즈두흐	29 露
베르메옹	207 西	베제쎈하이트	124 獨	벨르	209 露	보쫄로	82 伊
베르미스	83 羅	베조빠스노스츠	215 露	벨리에	52 佛	보체	108 伊
베르미용	206 佛	베주미예	217 露	벨리타티오	189 羅	보촐로	58 伊
베르밀리오네	206 伊	베즈드나	35 露	벨트	28 獨	보치	166 日
베르블륫	73 露	베즈라쑤드스트보	129 露	베라	175 露	보카레	115 羅
베르소	54 伊	베즈마	159 露	뵤료자	65 露	보쿠	26 佛
베르지네	54, 98 伊	베즈먀느이 빨례츠	105 露	베루유쉬이	175 露	보쿠죠우	164 日
베르텍스	37 羅	베지거	142 獨	베세스트보	29 露	보텍스	36 英
베르튀	210 佛	베지터블	56 英	베쓰	201 露	보헤	14 獨
베르흐	19 露	베쩨록	39 露	베치노스츠	9 露		

249

브~빙

복	175 露	부르치아레	42 伊	브니즈	19 露	브론자	97 露
복 스메르찌	177 露	부르칸	33 亞	브댈라	91 希	브론즈	96 英
복스	109 羅	부를로네	130 伊	브드라	75 露	브론쪼	96 伊
본	106 英	부마툰	79 亞	브또로이	25 露	브론체	96 獨
본드	134 英	부빙	195 中	브또르니	15 露	브롱스	96 佛
본하우스	162 獨	부슈	100 佛	브또리치냐야 브스뜨레차		브루더	138 獨
볼	111 露	부스까도르	143 西		135 露	브루또	212 伊
볼가레	216 伊	부스께다	133 西	브라	102 佛	브루스트	104 獨
볼깐	33 西	부쓰타니유	157 亞	브라디	138 英	브루이야르	40 佛
볼라레	112 伊	부씽	119 中	브라디	17 希	브루이양	214 佛
볼라레	113 羅	부아	108 佛	브라슬레	144 佛	브루조스	97 希
볼라르	113 西	부아 락테	54 佛	브라슬레 드 슈비이	144 佛	브루하	159 西
볼랴	117 露	부아르	112 佛	브라슬렛	145 露	브루헤리아	179 西
볼론따	116 伊	부아야쵸르	156 佛	브라싸레떼	145 露	브루호	159 西
볼롱테	116 佛	부아야주	132 佛	브라쏘	103 西	브룬넨	164 獨
볼뢰르	160 佛	부아양	158 佛	브라운	208 獨	브뤼케	164 獨
볼룬따드	117 西	부어첼	56 獨	브라운	208 英	브륄레	42 佛
볼룬타스	117 羅	부엄	82 獨	브라이트니스	46 英	브륌	40 佛
볼뤼빌리스	58 佛	부에노	211 西	브라츠야	139 露	브륌 드 샬뢰르	40 佛
볼빼	74 伊	부엔 띠엠뽀	37 西	브라치	157 露	브리간떼	144 伊
볼캉	32 佛	부오	79 英	브라치오	102 伊	브리나	40 伊
볼케	36 獨	부으부울 아인	101 亞	브라코라카스	173 希	브리리안트	93 露
볼케이노	32 英	부이오	46 伊	브라키옹	103 露	브리사	39 西
볼크	75 露	부지아	210 伊	브라호스	97 希	브리스꼴라	192 伊
볼프	74 獨	부지아르도	124 伊	브라히올라키 뽀디우 145 希		브리야르	47 西
발르나	37 露	부창	189 中	브라히올리	145 露	브리에	46 佛
뵈제	210 獨	부취	129 中	브락	135, 137 露	브리오	57 露
뵤레타	61 希	부크바	183 露	브레먀	9 露	브리오피타	57 羅
보우인	162 日	부클 도레이	144 佛	브레먀 고다	11 露	브리요	47 西
보우카쿠	204 日	부클리에	198 佛	브레스	108 英	브리제	38 獨
보우키	110 日	부키	194 日	브레스렛토	144 日	브리즈	38 獨
부	96 佛	부타	72 日	브레스트	104 英	브리즈	38 英
부꾼	193 亞	부페라	38 伊	브레이브	128 英	브리쓰모스	71 希
부노	31 希	부하이러툰	35 亞	브레이슬릿	144 佛	브릴라레	46 伊
부도우	66 日	부흐	182 獨	브레이크	114 英	브릴란떼	214 伊
부두룬	57 日	부흐슈타베	182 獨	브레이크스루	192 英	브릭지	164 英
부두세예	9 露	북	182 英	브레짜	38 伊	브미라니예	203 露
부랴	39 露	분니	209 日	브레헨	114 獨	브보르	205 露
부러준	109 亞	분더	180 獨	브렌넨	42 獨	브세그다	9 露
부로	160 佛	분데	110 獨	브렐먀	11 露	브쇼	29 露
부루슌	145 亞	분데스슈타트	148 獨	브로드	34 英	브스뜨라차	131, 135 露
부룬준	97 亞	분시	116 獨	브로떼	57 西	브스쁘쐬까	47 露
부르꾸꾼	65 亞	분트	190 獨	브로미코	213 希	브스트로예 째체니예	37 露
부르니이	213 露	불가르	217 西	브로비	101 露	브쏘꼬메리예	127 露
부르우문	57, 59 日	불ㅆ노	32 伊	브로쉐	144 露	브쯥	181, 205 露
부르종	58 佛	불깐	33 露	브로쉬	145 露	브즈드흐	109 露
부르준	163 亞	불레	112 佛	브로슈	144 佛	브즈릅	45 露
부르줄 꺼으씨	55 亞	불로 블랑	64 佛	브로스	99 露	브체라	17 露
부르줄 달위	55 亞	불로투	51 亞	브로스타	19 希	브토시	203 露
부르줄 미자니	55 亞	불린	198 英	브로우치	144 露	블라고다르노스츠	121 露
부르줄 싸러떤	53 亞	불칸	32 獨	브로쟈싀이 빠옛	157 露	블라고롯노스츠	127 露
부르줄 싸우리	53 亞	불페스	75 羅	브로체	145 露	블라고롯스트보	215 露
부르줄 아끄러비	55 亞	붓시츠	28 日	브로ㅡ치	144 日	블라송	198 佛
부르줄 아드러이	55 亞	뷔스테	30 獨	브로크 하트	134 英	블라스타리	57 希
부르줄 아싸드	53 亞	삘가리테	216 佛	브로히	37 希	블라우	206 獨
부르줄 자드이	53 亞	뷰티풀	212 英	브론쎄	97 露	블라이	94 獨
부르줄 자우자이	53 亞	불가르노스츠	217 露			블란꼬	209 西
부르줄 타이씨	55 亞					블란도	215 西
부르줄 후트	55 亞					블랏트	56 獨

블랑	208 佛	비보라	87 西	비타	133 羅	빠다우샤야 즈베즈다	53 露		
블래	207 希	비블로스	179 希	비테스	130 佛	빠데아르	113 伊		
블래뽀	113 希	비블리아	179 西	비틀	84 英	빠둡	65 露		
블랙	208 英	비블리야	179 露	비틀쥬스	52 英	빠드레	138 伊		
블러드	106 英	비블리오	183 希	비티스	67 羅	빠드레	139 西		
블레쉬르	110 佛	비블리오 마기아스	181 希	비페르	86 佛	빠드레스	139 西		
블레스펫츠	47 露	비블리오떼까	162 伊	비하인드	18 英	빠솔녜치늬	63 露		
블레스크	47 露	비블리오떼까	163 西	비해모쓰	173 希	빠또	81 伊		
블레이드	196 英	비블리오씨키	163 希	비히모스	172 英	빠또 실베스뜨레	81 伊		
블레스짜쉬니	215 露	비블리오쩨까	163 羅	빅	26 英	빠뜨리모니오	152 伊		
블뢰	206 佛	비블리오테카	163 羅	빅 디퍼	54 英	빠뜨리오따	142 伊		
블루	206 英	비블리오테크	162 伊	빅또리	189 西	빠뜨리오따	143 伊		
블루	206 伊	비블리오텍	162 獨	빅토르	143 羅	빠뜨리오트	143 露		
블루메	58 獨	비빌라	183 羅	빅토리	188 英	빠띠볼로	188 伊		
블루멘블랏	58 獨	비뻬라	86 伊	빅토리아	189 羅	빠라도시	123, 171 希		
블루트	106 獨	비뻬하	178 伊	빅투스	143 羅	빠라디소스	169 希		
블루트에겐	90 獨	비쇼프	150 獨	빅투아르	188 佛	빠라디조	168 希		
블리스까	21 露	비숍	150 英	비나우	155 亞	빠라매소스	105 希		
블리아치코	191 希	비스	27 羅	빈데	58 獨	빠라미	103 希		
블리즈네쓰	53, 141 露	비스	210 希	빈보우	152 日	빠라스케비	15 希		
블리츠	38, 46 獨	비스끼오	66 伊	빈씨룬	105 亞	빠라시모	199 希		
비	101 中	비스쿰	67 羅	빈치토레	142 伊	빠라이오스	169 西		
비	132 伊	비스트	70 英	빈터	10 獨	빠라쥐니예	189 露		
비거쑤쓰	171 亞	비쎌싸	189 露	빈툰	99 中	빠라크새노	217 希		
비고레	130 伊	비쑤우	51 中	빈트	38 獨	빠락미	203 希		
비괴르	130 佛	비아	165 羅	빈트뮐레	164 獨	빠랄리로그라모	185 希		
비기닝	8 英	비아 라떼아	54 伊	빈트슈토쓰	40 獨	빠랙시기시	191 希		
비냐	57 西	비아 락떼아	55 伊	빈트슈틸레	40 獨	빠래도크	201 露		
비너스	50 英	비아오미엔	21 中	빈트호제	42 獨	빠레하	139 西		
비네	86 獨	비아오찌	185 中	빌라주	162 佛	빠렐톤	9 希		
비노그랄	67 露	비아지오	132 伊	빌란치아	54 伊	빠로께또	82 伊		
비뉴	66 佛	비아헤	133 西	빌레	116 佛	빠로꼬	158 伊		
비다	133 西	비아헤로	157 西	빌리버	174 英	빠론	9 希		
비다야툰	9 亞	비앙꼬	208 伊	빌리지	162 英	빠르또르	151 露		
비더	52 獨	비애오	213 希	빌트카체	72 獨	빠르뜨네르	136 伊		
비더벨레붕	204 獨	비앰벨	36 露	빙산	33 中	빠르띠다	135 西		
비더제헨	134 獨	비어케	64 獨	빙쥬	41 中	빠르트노리	155 希		
비데레	113 羅	비에	106 佛			빠르트뇨르	137 伊		
비따	132 伊	비에르네스	15 西			빠르할리차	87 希		
비또리아	188 伊	비에르주	54, 98 希	**빠 ～ 빵**		빠믈라레	112 伊		
비뜨바	189 露	비에호	11 西			빠리스띠이 베쩨르	41 露		
비띠치오	56 伊	비엔또	39 西	빠	23 中	빠먀츠	117 露		
비라르흐마	127 亞	비엔푸	75 中	빠게토스	41 希	빠모이까	167 露		
비라후두드	27 亞	비올라	60, 208 伊	빠고노	45 希	빠베지쩰	143 露		
비레스	131 羅	비올레	61 伊	빠고니	83 希	빠베다	189 露		
비류자	93 露	비올라 델 뺀씨에로	62 伊	빠고다	37 露	빠보	83 西		
비르	99, 139 露	비올레	208 伊	빠고메노	45 希	빠보 레알	83 西		
비르	160 佛	비올레따	61, 209 西	빠고부노	33 希	빠보네	82 伊		
비르겐	99 西	비올레트	60 佛	빠고스	45 希	빠브스따녜쓰	143 露		
비르고	55, 99 羅	비올렛	208 英	빠크리스탈로스	41 希	빠블린	83 露		
비르고	55 西	비외	10 佛	빠광	47 中	빠빠	150 伊		
비르뚜	210 伊	비자주	98 佛	빠그롬	191 露	빠빠	151 西		
비르뚜드	211 西	비제	30 獨	빠나기아	175 希	빠빠가라키	83 希		
비르씨문	61 亞	비찌오	210 伊	빠노	19 希	빠빠가로스	83 希		
비르카툰	35 亞	비쵸	83 羅	빠노쁠리아	197 希	빠빠갈로	82 伊		
비리디스	207 羅	비치	32 英	빠니엔	13 中	빠빠루나	61 伊		
비릴로스	91 希	비치노	20 伊	빠니젤늬	15 露	빠빠베로	60 伊		
비바투스	127 羅	비쿠스	163 羅	빠니코스	201 希	빠뻐스	151 希		
비벨	178 獨	비크	68 英	빠다로크	153 露	빠뿌가이	83 露		

251

빠뿌스	139 希	빨로마	79 西	뻬로	71 西	뽀뗀짜	132 伊
빠뻬야	81 希	빨르마	67 露	뻬로 구아르디안	73 希	뽀또목	141 露
빠사도	9 西	빨리아초스	157 希	뻬로 데 까싸	73 希	뽀로스	153 希
빠스또	59 西	빨리오	11 希	뻬르데도르	143 西	뽀르따	166 伊
빠스토라스	151 希	빨마	66 伊	뻬르데레	114 伊	뽀르따오르디니	194 伊
빠스트비쉐	165 露	빨마 데 라 마노	103 希	뻬르데르	115 希	뽀르또	166 伊
빠스할리야	67 希	빨모	102 伊	뻬르덴떼	142 伊	뽀르또네	166 伊
빠슬레도바쩰	137 露	빨쉬이 안걸	177 露	뻬르보쁘로하제쓰	143 露	뽀르똔	167 西
빠슬롓느이	9 露	빨쎄노스	99 希	뻬르브이	9, 25 露	뽀르트	167 希
빠시아노스	79 露	빨테노스	55 希	뻬르세베란떼	128 伊	뽀리코스 아스테라스	53 希
빠시온	121 西	빳바로도크	101 露	뻬르세베란씨아	207 西	뽀메리쪼	16 伊
빠싸또	8 伊	빵치	123 中	뻬르씩	67 露	뽀바르	155 希
빠쎄로	78 伊			뻬르페또	210 伊	뽀베로	152 伊
빠쎌루이	117 露	**빼 ~ 뿔**		뻬르펙또	211 希	뽀브레르	153 希
빠쓰스	121 希			뻬르푸메	147 希	뽀사다	163 西
빠쓰	201 西	빼디	99 希	뻬쁠라	92 伊	뽀스또 디 꼰뜨롤로	164 希
빠야스	157 西	빼디아다	31 希	뻬쁠라	93 希	뽀슬레 빨루드나	17 露
빠야스니짜	105 露	빼딸로	58 伊	뻬리꼬	83 希	뽀시도나스	51 希
빠에제	162 伊	빼뚜흐	81 露	뻬리꼴로	214 伊	뽀쏘	165 希
빠에제 나띠오	168 伊	빼로	69 露	뻬리도뜨	95 西	뽀이스크	133 露
빠예지노크	189 露	빼로드	19 露	뻬리코크라다	59 希	뽀쪼	164 伊
빠오	39, 77, 117 中	뻬르가미니	183 希	뻬브코	67 希	뽀치까	59 露
빠오위	37 中	뻬르노	115 希	뻬사디야	119 希	뽀타미	33 希
빠오쵸우	191 中	뻬르빠타오	113 希	뻬세라	33 露	뽀트	107 希
빠오펑쉐	39 中	뻬리빼티아	133 希	뻬쉐	88 伊	뽀호르느	135 露
빠오펑위	39 中	뻬리쁠라노매노스	143 希	뻬쉬	54 伊	뽄디키	75 希
빠우라	124 伊	뻬리쁠라니시	133 希	뻬스까도르	155 希	뽄떼	164 伊
빠우흐	91 露	뻬리스태리	79 希	뻬스까또레	154 伊	뽈노치	17 露
빠제즈젠느이	143 露	뻬리오리스모스	201 希	뻬스꼬	66 伊	뽈니	157 希
빠죤까	85 露	뻬리우시아	153 希	뻬쏜	105 西	뽈라	27 希
빠쩨랴츠	115 露	뻬리파니아	119 希	뻬쑤냐	69 露	뽈래모스	189 希
빠찌아	216 伊	빼베쓰	157 希	뻬쓰	89 西	뽈레마오	115 希
빠찌엔짜	206 伊	빼브로매노	135 希	뻬이밍	109 中	뽈로보이 아크트	117 露
빠체	200 伊	뻬뻴	45 露	뻬이샹	123 中	뽈리	161 希
빠테라스	139 希	뻬쁘토코스 앙갤로스	177 希	뻬이판	191 中	뽈리뽀	88 伊
빠투사	107 希	뻬지코	195 希	뻬차츠	147 露	뽈리야	85 希
빠트리다	169 希	빼타루다	87 希	뻬찰	123 露	뽈리체	104 希
빠트리오티스	143 希	빼타오	113 希	뻬쵸	105 西	뽈리태아	215 希
빠티엔	17 中	빼트라	97 希	뻬탈로	59 希	뽈리티미 리토스	91 希
빠하로 까르뻰떼로	79 西	뻰달파	185 希	뻬호따	195 希	뽈리티스	155 希
빤도디나미아	133 希	뻴라르고스	81 希	뻰덴떼	144 伊	뽈삐	145 希
빤도히오	163 希	빠뜨이	25 希	뻰디엔떼	145 希	뽈소	102 伊
빤따	9 希	빤츠	23 露	뻰따고노	184 伊	뽈젠	17 露
빤따노	35 西	빳뜨까	107 露	뻰따그라마	185 希	뽈타	167 希
빤떼라	76 伊	빳트니짜	15 露	뻰띠	23 希	뽈피룬	207 希
빤세스	63 希	뻔누	123 中	뻰떼꼬스떼스	177 伊	뿌냘레	196 希
빤셀리노스	49 希	뻬가르	113 西	뻰사이엔또	63 希	뿌뇨	102 伊
빤씨르	71 露	뻬가소	170 伊	뻴레그리나헤	133 希	뿌뇨	103 西
빤예	17 中	뻬가소	171 西	뻴리그로	215 希	뿌니찌오네	186 伊
빤티라스	77 希	뻬가스	171 希	뻴리치아	68 伊	뿌로	128 伊
빨고브닉	195 希	뻬까도	187 西	뻼토스	25 希	뿌로	129 希
빨꼬보제쓰	195 露	뻬께뇨	27 西	뻼띠	15 希	뿌르가토리오	168 伊
빨노루니예	49 露	뻬꼬라	72 伊	뻬츠	115 露	뿌르가토리오	169 希
빨라씨오	161 西	뻬딸로	59 希	뽀그레베니예	137 露	뿌뽀	105 露
빨라쪼	160 伊	뻬또	104 希	뽀꼬	26 伊	뿌삘라	100 希
빨라치	161 希	뻬띠로쏘	80 伊	뽀꼬	27 希	뿌삘라	101 西
빨라티	161 希	뻬띠로호	81 伊	뽀노스	111 希	뿌스또따	201 露
빨랴르나야 즈베즈다	53 露	뻬레룻나야 쁘찌싸	77 露	뽀데르	131 希	뿌스뜨냐	31 露
빨례츠	103 露			뽀디	107 希	뿌스뜨냐	31 露

뿌씨요우	211 中	쁘로립	193 露	삐찌싸	77 露	삐소	19 希
뿌아송	88 佛	쁘로메띠도	139 西	삐테리기오	71 希	삐소 쁠레브라	21 希
뿌에르또	167 西	쁘로메사	135 西	쁠라까츠	115 露	삐스	109 西
뿌에블로	163 西	쁘로메싸	134 伊	쁠라노디오스	155 希	삐스마타리스	127 希
뿌에블로 나딸	169 西	쁘로바토	73 希	쁠라따	95 西	삐스씨스	55 西
뿌에스또 데 꼰뜨롤	165 西	쁘로부쥐즈니예	205 露	쁠라띠노	97 西	삐스토스	175 希
뿌엔떼	165 西	쁘로빠씨아	133 希	쁠라먀	43 露	삐스티	121, 175 西
뿌쩨쉐스트벤니	157 露	쁘로섀브호매	181 希	쁠라바쩰냐야 뻬레쁘까	71 露	삐슬	91 中
뿌쩨쉐스트비예	133 露	쁘로섀브히	181 希	쁠라바츠	113 露	삐아누라	30 伊
뿐또	184 伊	쁘로소뽀	99 希	쁠라브닉	71 露	삐아짜	160 伊
뿐또	185 西	쁘로스띠뚜따	156 伊	쁠라쉬	33 露	삐안따	56 伊
뿐쏘브이	207 露	쁘로스띠뚜따	157 西	쁠라싸	161 露	삐안제레	114 伊
뿔가르	105 西	쁘로스클리시	181 希	쁠라야	33 露	삐에	107 西
뿔리	77 希	쁘로엘레브시	9 希	쁠라찌나	97 露	삐에드	106 伊
뿔리또	212 伊	쁘로이	17 希	쁠라티나	97 希	삐에드라	97 西
뿔뽀	89 西	쁘로클라찌예	179 露	쁠라티아	161 露	삐에드라 데 루나	95 西
		쁘로타고니스티스	141 希	쁠라흘랏니이	45 露	삐에다	120 伊
쁘~삥		쁘로토쁘로스	143 希	쁠란따	57 西	삐에뜨라	96 伊
		쁘로토스	25 希	쁠레나 노체	17 西	삐에뜨라 디 루나	94 伊
쁘내브마	171 希	쁘로페따	158 伊	쁠레브라	21 希	삐에뜨라 쁘레찌오사	90 伊
쁘뜨까	187 露	쁘로페따	159 西	쁠레초	103 露	삐에르나스	107 希
쁘라데라	31 西	쁘로페소르	137 西	쁠레츠	197 露	삐엔	197 中
쁘라떼리아	30 伊	쁘로페시야	177 露	쁠렛쁠레치예	103 露	삐엔화	203 中
쁘라똘리나	62 伊	쁘로페찌아	176 伊	쁠로모	95 西	삐엘	69, 107 西
쁘라립	33 露	쁘로푸모	146 伊	쁠로샤츠	161 露	삐오네로	143 西
쁘라봐야 스따라나	19 露	쁘로피티스	159 希	쁠로스꼬고르예	31 露	삐오니에레	142 伊
쁘라스띠뚜뜨까	157 露	쁘로피티아	177 希	쁠로호	211 西	삐오지아	36 伊
쁘라시노	207 希	쁘로필락시	193 希	쁠롯니크	155 露	삐옴보	94 伊
쁘라즈닉	177 露	쁘록리시	205 希	쁠루또네	50 伊	삐우마	68 伊
쁘라지보스츠	129 露	쁘룻	35 露	쁠루똔	51 露	삐치오네	78 伊
쁘라치알레또	144 伊	쁘르가츠	113 露	쁠루똔	51 露	삐크라리다	61 希
쁘라티	105 希	쁘리기	111 希	쁠루마스	69 西	삔나	70 伊
쁘랴모우골닉	185 露	쁘리기빠스	149 希	쁠루시오스	153 希	삘리	167 希
쁘레가레	180 伊	쁘리기삐사	149 希	쁠루토나스	51 露	삡뽀요	59 西
쁘레기에라	180 露	쁘리로다	29 露	쁠루토스	153 希	삥	45, 111 中
쁘레까우찌오네	192 伊	쁘리마베라	10 伊	쁠리크시	123 希	삥귀노	82 伊
쁘레도스또르즈노스츠	193 露	쁘리마베라	11 西	삐가디	165 希	삥귀노	83 西
쁘레디까도르	159 西	쁘리만까	193 露	삐가소스	171 希		
쁘레디찌오네	178 伊	쁘리메로	25 露	삐고람삐다	87 希	**(사 행)**	
쁘레쎈떼	9 西	쁘리메로	101 希	삐구니	101 希		
쁘레욥니크	143 露	쁘리모	8, 24 伊	삐그로	128 伊	**사~섀**	
쁘레즈레니예	125 露	쁘리모우골닉	185 露	삐그쿠이노스	83 希		
쁘레다니예	169 露	쁘리물라	60 伊	삐기	35 希	사기	80 日
쁘레다쪨스트부	191 露	쁘리물라	61 伊	삐까로	131 西	사기니	217 希
쁘레독	141 露	쁘리뮬라	61 露	삐꼬	69 西	사기시	160 日
쁘레스투쁘니크	187 露	쁘리스뜨라스찌예	125 露	삐꼴로	26 伊	사까르	115 西
쁘레스투쁠레니예	187 露	쁘리쏘스까	71 露	삐끼오	78 伊	사께지오	190 伊
쁘레쩬젠트	143 露	쁘리야쩰리	137 露	삐노	67 西	사꼬리피씨오	181 西
쁘레크라스니이	213 露	쁘리즈락	175 露	삐도	113 希	사꼬리피치오	180 伊
쁘로고노스	141 希	쁘리클류체니예	133 露	삐라따	160 伊	사나기	84 日
쁘로뇨	64 伊	쁘린스	149 露	삐라따	161 西	사나레	111 羅
쁘로님피	83 希	쁘린쎄사	149 西	삐라스모스	207 希	사나토스	133 希
쁘로도시아	191 希	쁘린씨싸	149 露	삐라티스	161 希	사디노	126 伊
쁘로도티스	143 希	쁘린씨뻬	149 露	삐라흐트리	131 希	사따나	176 伊
쁘로따고니스따	140 伊	쁘린치뻬	148 伊	삐랄	161 露	사뚜르노	50 伊
쁘로따고니스따	141 西	쁘린치뻬싸	148 伊	삐래토스	111 希	사뚜르노	51 西
쁘로로 체스트보	177 露	쁘림미라	43 希	삐로스	97 希	사란다뽀다루시	91 希
쁘로록	159 露	쁘야브까	91 露	삐르고스	163 希		
				삐뻬스뜨렐로	74 伊		

사려룬	45 亞	사탄	176 獨	생	104 佛	산데	122 獨
사루	74 日	사탄	177 羅	생불	186 佛	산디엔	39 中
사르또	154 伊	사탕	176 佛	생주	74 佛	산리에	73 中
사르망	56 佛	사투르누스	51 羅	생츄어리	166 英	산슈워	47 中
사마노스	159 希	사튀른	50 佛	생크	22 佛	산양	73 中
사메	88 日	사피르	92 佛	생키엠	24 佛	산양쮜	55 中
사바도	15 西	사피어	92 獨	생티으망	46 佛	산텅	67 中
사바쿠	30 日	사피엔스	141, 213 羅	샤	72 佛	산후	93 中
사베르	113 西	사피엔티아	131 羅	샤	115 中	살라룬	35 亞
사보	68 佛	사화이아	92 日	샤 소바주	72 佛	살랑제	142 佛
사보텐	68 日	사히따리오	55 西	샤그랭	122 佛	살로스츠	131 露
사브라	87 希	산	22 日	사라흐트로트	206 獨	살뢰뢰	126 佛
사비두리아	131 西	산가츠	12 日	샤룬	211 亞	살뢰르	42 佛
사비시사	122 日	산고	92 日	샤르	185 露	삼쑨	49 亞
사비오	141, 213 伊	산귀스	107 羅	샤르나꺼툰	83 亞	삼쑬 아써리	49 亞
사뽀	87 希	산또	211 西	샤르봉	96 佛	상	19 日
사사야키	108 日	산뚜아리오	167 西	샤르주	192 佛	상런	155 中
사소리자	54 日	산쎄쮀란	63 中	샤름	178 佛	상브르	60 佛
사스뜨레	155 西	산예차오	61 中	샤리오	54 佛	상스	134, 192 佛
사에따	38 伊	산조쿠	160 日	샤리푼	151 亞	상주망	202 佛
사와가시이	214 日	산층관	145 中	샤마네	158 獨	상커우	111 中
사와루	112 日	산카쿠	184 日	샤만	159 露	상테	114 佛
사우스	18 英	산크투스	211 羅	샤망	158 佛	상퇴리	156 佛
사우쩨	67 西	산크투아리움	167 羅	샤먼	158 英	상판	155 中
사우전드	24 英	산타	175 西	샤모	31 中	상피뇽	56 佛
사이	76 日	산타나스	177 西	샤모	72 中	상헌	111 中
사이고	8 日	살	212 佛	샤바훈	175 亞	섀도우	46 英
사이다이겐	26 日	살닷	193 露	샤쇠르	154 佛		
사이단	180 日	살따르	113 西	샤슈	192 日	**서 ~ 쉽**	
사이반쇼	162 日	살라몬떼스	87 西	샤스츠예	119 露		
사이쇼	8 日	살러투드	216 英	샤오	27 中	서던 크로스	54 英
사이쇼겐	26 日	살뤼	204 佛	샤오뉘	99 中	서번트	156 英
사이스	196 英	살리가리	91 希	샤오니엔	99 中	서지테리어스	54 英
사이카이	134 日	살리체	66 伊	샤우트	114 英	서클	184 英
사이퍼	186 英	살릭스	67 羅	샤위	89 中	서포터	136 英
사이프러스	62 英	살바도르	143 西	샤우르 아마미	69 亞	서프라이즈	120 英
사인	182 英	살바또레	142 伊	샤으룬	99 亞	석세스	202 英
사일런스	204 英	살바토르	143 羅	샤이넨	46 獨	선데이	14 英
사자나미	36 日	살바티오	205 羅	샤이룬	157 亞	선라이즈	14 英
사제스	130 伊	살타토르	157 羅	샤인	46 英	선라이트	46 英
사제짜	130 伊	삼디	14 佛	샤임	130 獨	선플라워	62 英
사주	140, 212 佛	삼바이	26 日	샤자룬	63 亞	설베이션	204 英
사지따리오	54 伊	삽피루스	93 羅	샤츠	152 獨	섬툰	205 亞
사지타	199 羅	상	24, 106 佛	샤치	88 日	세	34 日
사지타리우스	55, 193 羅	상궤	106 伊	샤크	88 英	세고드냐	17 露
사지테르	54 佛	상귀수가	90 伊	샤클룬	183 亞	세구로	215 西
사찌오	140 伊	상귀후엘라	91 西	샤키룬	109 亞	세군도	25 西
사체르도떼	150 伊	상그레	107 西	샤텐	46 獨	세꼰도	24 伊
사카나	88 日	상글리에	74 佛	샤토	160 佛	세꼬레또	187 西
사카바	162 日	상드르	44 佛	샤파꼰	41 亞	세끼아	43 西
사케부	114 日	상쉬	90 佛	샤파훈	101 亞	세나카	104 日
사쿠라	64 日	상크튀에르	166 佛	샤판	59 露	세노	104 伊
사쿠라소우	60 日	상토르	170 佛	샤프	72 獨	세뇨르	148 佛
사크라 비빌라	179 羅	상트르	18 佛	샤프리히터	160 獨	세뇨르	149 西
사크레	210 佛	새드니스	122 英	샤프쉿체	192 獨	세뉴엘로	193 西
사크리파스	180 佛	새크리파이스	180 英	샤흐룬	13 亞	세니싸	45 西
사크리피쿰	181 羅	새터데이	14 英	산	211 中	세둑티오	207 羅
사키윤	127 亞	새턴	50 英	산	31 中	세떼	22 伊
사타나스	177 希	새파이어	92 英	산광	47 中		

254

세띠마나	14 伊	세즈모이	25 露	셔	87, 101 中	소스떼니또레	136 伊
세띠모	24 伊	세카이	28 日	셔리	73 中	소스뻬로	108 伊
세라	16 伊	세컨드	24 英	셔쇼우	193 中	소씨오	137 西
세라따	16 伊	세쿠르스	215 羅	셔쇼우쩌	55 中	소요카제	38 日
세러머니	176 英	세쿤둠	25 羅	셔웨이지	173 中	소우겐	30 日
세레 당 레 브라	116 佛	세쿨룸	11 羅	션	175 中	소우곤	214 日
세레노	36 伊	세퀴리테	214 佛	션디엔	163 中	소우기	134 日
세레모니	176 佛	세크레툼	187 羅	션성	211 中	소우조우	202 日
세레쏘	65 西	세키	10 日	션위	177 中	소울	116 英
세레브로	95 露	세키반	182 日	션위엔	35 中	소즈멘	194 英
세르	70, 72 佛	세키쇼	164 日	션티	103 中	소치우스	137 羅
세르 우마노	99 西	세키탄	96 日	션푸	159 中	소치우스	137 羅
세르망	182 佛	세트	22 佛	션홍	207 中	소쿠바쿠	200 日
세르방트	156 佛	세티엠	24 佛	션화	169 中	소테	112 佛
세르보	156 伊	세파라시옹	134 佛	셩	133 中	소트렐	86 佛
세르부스	153 羅	세파라투스	135 羅	셩띠	167 中	소티라스	143 希
세르비토르	157 羅	세피아	89 羅	셩리	189 中	소페렌짜	206 伊
세르비퇴르	156 佛	섹또	25 西	셩무	175 中	소포스	141 希
세르삐엔떼	87 西	섹소	117 西	셩슈	179 中	소프트	214 英
세르클	184 佛	섹스	23 羅	셩쓰	192 獨	소피아	131 希
세르팡	86 佛	섹스	116 佛	셩인	109 中	소후	138 日
세르펜스	87 羅	섹스	116 英	셩져	143 中	속	45 希
세메테리	166 英	섹스툼	25 羅	세르쇠르	142 佛	손레이르	115 西
세메	56 日	섹스틸리스	13 羅	세르이	209 露	손케이	120 日
세미	84 日	섹쿠스	116 日	세마구쉐스트보	133 露	솔	28, 66 佛
세밀라	57 西	센	24, 184 日	셰야	57 露	솔	49 西
세바스모스	121 希	센따우로	171 西	셰브르	72 佛	솔다	192 佛
세베르	19 露	센떼예오	47 西	셰스또이	25 露	솔다도	193 西
세붐	127 羅	센뜨르	19 露	셰스츠	23 露	솔다도 데 까바예리아	195 西
세븐	22 英	센렌	216 日	셰임	122 英	솔다또	192 伊
세븐스	24 英	센세이쥬츠	180 日	셴	64, 188 中	솔라 시스템	54 英
세뽈뚜라	136 伊	센소우	188 日	셸렌나야	29 露	솔라니테	214 佛
세쁘템브리오스	13 希	센조	140 日	셸	23 露	솔레	48 伊
세슈레스	42 佛	센추리	10 英	소	146, 180 中	솔레다드	123 西
세스또	24 伊	센코우	46 日	소게기슈	192 日	솔레이	48 伊
세요	147 西	센쿠샤	142 日	소꼬르쏘	204 伊	솔레이 르방	14 佛
세이	22 英	센타루	204 日	소노루스	215 羅	솔렌니	214 伊
세이기	200 日	센터	18 英	소뇨	118 伊	솔렘네티	214 英
세이도우	96 日	센토어	170 英	소드	196 英	솔렘네	177 羅
세이레이	170 日	센토우	188 日	소또	18 伊	솔렘네	215 西
세이보	174 日	센티피드	90 英	소라	36 日	솔렘니스	215 羅
세이비어	142 英	셀라도	181 西	소렐레	138 伊	솔리도	44 佛
세이쇼	178 日	셀라스	41 希	소로르	139 羅	솔리도	45 羅
세이쇼쿠샤	158 日	셀레브라씨온	177 西	소르	178 佛	솔리둠	45 羅
세이스	23 西	셀바	31 西	소르띠레지오	178 伊	솔리드	44 佛
세이신	116 日	셀바찌오	216 伊	소르셀르리	178 佛	솔리드	44 英
세이야쿠	182 日	셈므아	139 露	소르시에	158 佛	솔리따리오	217 西
세이쟈쿠	204 日	셈페르	9 羅	소르시에르	158 佛	솔리뚜디네	216 伊
세이지	140 英	셉띠모	25 羅	소르프레사	120 伊	솔리스 오르투스	15 羅
세이지츠	128 日	셉띠엠브레	13 西	소마	103 希	솔리투도	123 羅
세이쵸우	202 日	셉스	87 羅	소바로	215 希	솔리투스	217 羅
세이코우	202 日	셉탕브르	12 佛	소바진	76 日	솔리튜드	122 英
세이키	166 日	셉텐트리오	19 羅	소보	138 日	솔리튜드	216 日
세이턴	176 日	셉텐트리오네스	55 羅	소뵈르	142 佛	솔져	192 英
세이프티	214 日	셉템	23 羅	소쁘라	18 伊	솜니움	119 羅
세이호우케이	184 日	셉템버	12 英	소쁘라칠로	100 伊	솜브라	47 西
세이후쿠	190 日	셉템베르	13 羅	소서르	158 英	송브르	126 佛
세일러	154 英	셉티뭄	25 羅	소서리	178 英	송브르	46 佛
세총	10 佛	셋코	96 日	소세이	204 日	쇠네스 베터	36 獨

역순색인 사행

255

쇠르	138, 158 佛	수스또	121 西	쉭살	132 獨	슈우룬	117 亞
쇠외르	106 佛	수스뻬로	109 西	쉭세	202 佛	슈을라툰	43 亞
쇤	212 獨	수쎄소르	143 西	쉭세쇠르	142 獨	슈이	29 中
쇱풍	202 獨	수쑤로	108 伊	쉰띨라	44 伊	슈이니아오	77 中
		수씨오	213 西	쉰띨리오	46 伊	슈이쇼우	155 中
쇼～숫		수씽	205 中	쉴러	198 英	슈이씨엔	61 中
		수아	16 佛	쉴러	136 獨	슈이씽	49 中
쇼	42 佛	수아레	16 羅	쉴렘	199 露	슈이지아오	117 中
쇼까	101 露	수아비투도	119 羅	쉴트	198 獨	슈이징	165 中
쇼모츠	182 日	수앵	110 伊	쉴트크뢰테	88 獨	슈이쯜	91 中
쇼브 수리	74 佛	수에	116 伊	쉼미아	74 伊	슈이징	93 中
쇼우	132 日	수에뇨	119 西	쉽	72 英	슈이쳐	165 中
쇼우게키	44 日	수에르떼	133 西	쉿체	192 獨	슈이타	75 中
쇼우고	16 日	수에르떼	135 西	쉿체	54 獨	슈이핑쭤	55 中
쇼우군	194 日	수오	189 伊	슈	14, 206 日	슈자툰	121 亞
쇼우게키	98 日	수오노	108 伊	슈	23, 75 中	슈자운	129 亞
쇼우닌	154 日	수우스	137 羅	슈나벨	68 獨	슈즈	183 中
쇼우리	188 日	수체쏘	202 伊	슈나이더	154 獨	슈지	183 中
쇼우사	194 日	수체소레	142 伊	슈나이헨	108 獨	슈차이	57 中
쇼우샤	142 日	수테랭	34 佛	슈네	38 獨	슈챠쿠	124 日
쇼우샹	109 中	수페르비아	119 羅	슈네레겐	38 獨	슈쿠메이	134 日
쇼우완	103 中	수페르칠리움	101 羅	슈넥케	90 獨	슈쿠사이	176 日
쇼우이런	155 中	수프레무스	211 羅	슈도우시	158 日	슈크룬	121 亞
쇼우장	103 中	수플	108 佛	슈도우죠	158 日	슈타인	96 獨
쇼우죠	98 日	수피르	108 佛	슈라이엔	114 獨	슈타인메츠	154 獨
쇼우줘	145 中	숙체소르	143 羅	슈렉켄	124 獨	슈타인복크	54 獨
쇼우지키	124 日	숙체수스	203 羅	슈리프트롤레	182 獨	슈타일항	34 獨
쇼우쵸우	186 日	숙치눔	93 羅	슈림프	88 英	슈타커 빈트	38 獨
쇼우칸	180 日	순화이	115 中	슈메어츠	110 獨	슈타크	212 獨
쇼우코	194 日	숨니이	215 露	슈메털링	86 獨	슈타트	160 獨
쇼우후	156 日	숨마룸 숨마	29 羅	슈미트	154 獨	슈탈	96 獨
쇼죠	98 日	숩문도	35 英	슈바르츠	208 獨	슈탑	56 獨
쇼케이	186 日	쉬나우바라툰	67 亞	슈바이쓰	106 獨	슈테르넨리히트	46 獨
쇼케이닝	160 日	쉐	39, 107 中	슈바인	72 獨	슈테른	48 獨
쇼쿠	48 日	쉐벙	43 中	슈바흐	212 獨	슈테어케	132 獨
쇼쿠닝	154 日	쉐뽀트	109 露	슈반	80 獨	슈테언누누페	52 獨
쇼쿠부츠	56 日	쉐성	137 中	슈반츠	68 獨	슈테흐팔메	64 獨
쇼크	44 佛	쉐쓰찌우골니크	185 露	슈발	72 佛	슈토엄	38 獨
쇼크	44 英	쉐야	103 露	슈발리에	150 佛	슈토이흐	80 獨
쇼크	44 伊	쉐이떤	171, 177 亞	슈발베	78 獨	슈톨츠	118 獨
쇼트템퍼트	126 英	쉘	70, 88 英	슈베르트	196 獨	슈퇴넨	108 獨
속	44 獨	쉘따	204 伊	슈베르트바알	88 獨	슈투엄앙그리프	192 獨
솔더	102 英	쉬드	18 佛	슈베스터	138 獨	슈투엄후트	60 獨
숏카쿠	70 日	쉬틈	193 露	슈뵈	98 佛	슈튀프뮈테어헨	62 獨
수도레	106 伊	쉬르쿤	193 亞	슈붸르트	180 獨	슈트라우스	82 獨
수도르	107 羅	쉬르프리즈	120 佛	슈비이	106 獨	슈트라이텐	114 獨
수도르	107 西	쉬매레	172 獨	슈빅잠	126 獨	슈트라이트	188 獨
수드	18 伊	쉬아룬	187 亞	슈빔하우트	70 獨	슈트라페	186 獨
수르	19 西	쉬아마노	158 伊	슈빨짜	71 露	슈트랄	46 獨
수르스	34 佛	쉬아훈	199 亞	슈시	56 日	슈트로만	164 獨
수르시	100 佛	쉬엔워	37 中	슈아	204 佛	슈트롬	36 獨
수리	74 佛	쉬찔	41 露	슈아이투이	203 中	슈티어	52, 72 獨
수리르	114 佛	쉬츠아우스뤼스퉁	196 獨	슈앙	41 中	슈티언	100 獨
수빔멘	112 獨	쉬타운	11 亞	슈앙바오타이	141 中	슈틸	214 獨
수뻐레모	211 西	쉬트	202 佛	슈앙즈쭤	53 中	슈틸레	204 獨
수수루스	109 羅	쉬트 드 푸드르	38 佛	슈아쿠	140 日	슈팀메	108 獨
수쉬타티오	205 羅	쉬퍼타펠	182 獨	슈에트	78 佛	슈팅 스타	52 英
수스	73 羅	쉬프파르트	134 獨	슈오	113 中	슈페어	196 獨
		쉬하분	53 亞	슈우다툰	179 亞	슈페어링	78 獨

슈페히트	78 獨	스노우스톰	38 英	스벳로크라스니이	207 露	스쳅토스	41 羅
슈푸	201 中	스니즈	108 英	스베쉐닉	151 露	스추루스	75 羅
슈프레헨	112 獨	스니하지젤노스츠	127 露	스베쒠노예	167 露	스치레	113 羅
슈프링엔	112 獨	스따띠 꼰페 데라띠	148 伊	스보따	15 露	스치엔티아	131 羅
슈피겔	146 獨	스따르누또	108 伊	스보다	201 露	스친틸라	45 羅
슈피랄레	184 獨	스따르이	11 露	스볼따	192 伊	스카	110 英
슈핀네	90 獨	스따지오네	10 伊	스비녜쓰	95 露	스카라배우스	85 希
슌넬리히카이트	130 獨	스딸	97 露	스비또스	183 露	스카라베	84 佛
슌지엔	9 中	스딸라띠떼	40 伊	스빈느야	73 露	스카라베 리노세르스	84 伊
슐라겐	112 獨	스뗄라	48 伊	스빠꼬이느이	213 露	스카라베오	84 伊
슐라펜	116 獨	스뗄라 까덴떼	52 伊	스빠다	196 伊	스카싸리	85 希
슐라흐트	188 獨	스뗄라 뽈라레	52 伊	스빠다치노	194 伊	스카이	36 英
슐람	96 獨	스뗌빠 디 파밀리아	198 伊	스빠벤따빠쎄리	164 伊	스칼렛	206 英
슐랑에	86 獨	스또	25 露	스빠샤츠	117 露	스캘래토스	175 希
슐레히트	210 獨	스또로닉	137 露	스빠시몔	143 露	스칼	174 英
슐로쓰	160 獨	스또로췌보이 뽀스	73 露	스빠쎼니예	205 露	스케어크로우	164 英
슐뤼쎌블루메	60 獨	스또리아	170 伊	스빠씀노스츠	131 露	스케일	70 英
슐리히트	128 獨	스또마꼬	104 伊	스빠씨	197 希	스켈러튼	174 英
슐터	102 獨	스뚜쁘냐	107 露	스빠보	115 希	스코노토	115 希
슙페	70 獨	스뚜뻬도	140, 212 伊	스빨라	102 露	스코르피옹	54 佛
슛압라데플라츠	166 獨	스뜨라나	149 露	스뻬끼오	146 伊	스코르피우스	55 羅
		스뜨라노	216 伊	스뻬란짜	116 伊	스코빼브티스	193 希
		스뜨라	125 露	스뽀로스	57 希	스코어피온	54 獨
스~슬		스뜨란노스츠	217 露	스뽀르꼬	212 伊	스코타디	47 希
		스뜨레라	199 露	스뽀르쪼	132 伊	스콜뻬오스	55 希
		스뜨레로크	193 露	스뿌르기티	79 希	스콜피오	54 英
스 바트르	114 佛	스뜨리까자	87 露	스쁘라벳리보스츠	201 露	스콰마	71 羅
스공	24 佛	스듯	123 露	스쁠렌도레	46 伊	스쿠나이	26 日
스까라파죠	84 伊	스레다	15 露	스쁠렌디도	214 伊	스쿠뻬디아	153 希
스까빠레	112 伊	스렛느이 빨례츠	105 露	스삐까	51 露	스쿨라리키	145 希
스깔라	97 伊	스론	160 英	스삐나	105 露	스쿨리키	83 希
스겔레뜨로	174 伊	스륏	102 英	스삐라	185 希	스쿼럴	74 英
스겔렛	175 露	스리지에	64 佛	스삐랄레	184 伊	스퀘어	160, 184 英
스꼬르뻬오네	54 伊	스마니아	120 伊	스삐리또	116 伊	스퀴드	88 英
스꼬르뻬온	55 伊	스마뜨레츠	113 露	스삐리또	170 伊	스크라보스	153 希
스꼬뻬르따	204 伊	스마라그두스	93 羅	스삐리야	33 希	스크레	186 佛
스꼬이아똘로	74 伊	스마락트	92 露	스삐싸	45 希	스크롬	182 英
스꼰피다	188 伊	스마리그디	93 希	스삐티	165 希	스크롬노스츠	127 露
스꼴로뻰드라	90 伊	스마일	114 英	스뻴라	144 露	스크리로스	127 希
스꾸까	123 露	스망스	56 佛	스완	80 英	스크림	108 英
스꾸데리아	162 伊	스메랄도	92 伊	스왈로우	78 英	스클라베	152 獨
스꾸도	198 伊	스메르츠	43, 133 露	스웻	106 英	스클레트	174 佛
스꾸레	196 伊	스메야츠쌰	115 露	스윈들러	160 英	스키아	47 希
스꾸아드라	136 伊	스멘	14 佛	스윔	112 英	스키아흐트로	165 伊
스꾸아마	70 伊	스멜로스츠	121, 129 露	스이샤	164 日	스키이로스	75 希
스꾸알로	88 伊	스모모	64 日	스이세이	48, 52 日	스키쿄우	150 日
스끼따니예	133 露	스모크	44 英	스이센	60 日	스킨	106 英
스끼딸레쓰	143 露	스몰	26 英	스이쇼	92 日	스킬로스	71 希
스끼야보	152 伊	스미레	60 日	스이요우비	14 日	스킬로스 피라카스	73 希
스끼에나	104 伊	스믹스	154 英	스이타이	202 日	스타	48 英
스나랏	199 露	스바딜리오	108 伊	스즈	96 日	스타	140 獨
스나오	128 日	스바라사이	212 日	스즈란	60 日	스타그눔	35 羅
스나이뻬르	193 露	스뱌또스츠	211 露	스즈메	78 日	스타뇨	34 伊
스나이퍼	192 英	스베뜨로까리치네브이	209 露	스즈시이	44 日	스타라이트	46 英
스나하마	32 日	스베르까니예	47 露	스지	182 日	스타불룸	163 羅
스네이크	86 英	스베르촉	85 露	스쩹	31 露	스타브로스	177 希
스네일	90 英	스베테	200 伊	스찌히이노예 베드스트비예		스타브로스 투 노투	55 希
스넉	39 露	스벳	47 露		41 露	스타블로스	163 希
스노어	108 英	스벳랴크	87 露	스첼레투스	175 羅	스타죠	96 伊
스노우	38 英						

스타호티	45 希	스펜다미	65 希	슬지	11, 193 中	시브레	62 佛
스타히스	51 希	스펠	178 英	슬지앙	155 中	시사이	150 日
스탄눔	97 羅	스펠룬카	33 羅	슬지에	29 中	시쇼우	136 日
스탈라그미움	145 羅	스포르뚜나	118 伊	슬지엔	9 中	시스	22 佛
스태노	33 希	스폰수스	139 羅	슬지요우	173 中	시스떼마 솔라레	55 西
스택 비틀	84 英	스프라기다	147, 181 希	슬쯔지아	177 中	시스모스	43 希
스탬마	145 羅	스프라우트	56 英	슬챵	161 中	시스터	138, 158 英
스터번	126 英	스프릿	170 英	슬투	175 中	시스테마 솔라레	55 羅
스테레오	45 希	스프링	10, 34 英			시스템 솔레르	54 佛
스테르누타티오	109 羅	스플랑디드	214 英			시시	76 日
스테이블	162 英	스플렌디두스	215 羅		**시~싱**		시시자	52 日
스텔라	49, 53 羅	스플렌디드	214 英			시아	41 中
스토마	101 希	스피까	50 伊	시	22, 132 日	시아오	27 中
스톡 팜	164 英	스피다	204 伊	시가츠	12 日	시아오리요우	37 中
스톤	96 英	스피단떼	142 伊	시갈	84 佛	시아오예바이라슈	167 中
스톰	38 英	스피드	130 英	시겐	152 日	시아오주위	65 中
스투디움	133 羅	스피랄	184 英	시고뉴	80 佛	시아오주위	195 中
스투피드	130 英	스피리	197 希	시그노	183 西	시아오즐	105 中
스툴	108 英	스피리투스	171 羅	시그눔	183 羅	시아오징링	171 中
스툴투스	141, 213 羅	스피아지아	32 伊	시그호로노	11 希	시아오츄안즈	65 中
스튀피드	130 佛	스피어	184, 196 英	시글로	11 希	시아오허	35 中
스트라다	164 伊	스피카	50 獨	시기니시	121 希	시아와세	118 日
스트라다니아	133 露	스피카	50 希	시난디시	135 希	시앵	70 佛
스트라우스	83 露	스피카	50 日	시내르가티스	137 希	시앵 드 가르드	72 佛
스트라티고스	195 希	스피카	51 羅	시내스씨마	117 希	시앵 드 샤스	72 佛
스트라티오티스	193 希	스피크	112 英	시노로	165 希	시앵 비브랑	74 佛
스트레가	158 伊	스하티스	95 希	시누스	33 羅	시에떼	23 西
스트레고네	158 伊	슬	23, 77, 97, 155 中	시누시아	117 希	시에르	10 佛
스트레렐쓰	55 露	슬로	215 希	시뉴	80, 182 佛	시엔	39 中
스트레인지	216 英	슬구	111 中	시늄	147 羅	시엘	36, 168 佛
스트렝스	132 英	슬니엔	13 中	시니가미	176 日	시오삐	205 希
스트로베리	58 英	슬따이	11 中	시니스뜨라	18 伊	시오우닌	156 日
스트롱	212 英	슬라바	205 露	시니스테르	19 羅	시젠	28 日
스트루	82 伊	슬라브이	213 露	시니씨스맨노	201 希	시즈카	214 日
스트루토카미로스	83 希	슬러그	90 英	시대라스	155 希	시즌	10 英
스트루티오	83 希	슬레이브	152 英	시대로	95 希	시지고스	139 希
스트리디	89 希	슬론	77 羅	시드	56 英	시지엠	24 佛
스트림	34 英	슬로즈	107 英	시라카바	64 日	시질로	146, 180 伊
스트볼	57 露	슬루가	157 露	시레나	172 伊	시츠렌	134 日
스티그미	9 希	슬루챤까	157 露	시레나	173 西	시츠지	156 日
스티리아	41 英	슬루차이	193 露	시렌	172 佛	시치	22 日
스티쏘스	105 希	슬류다	91 露	시로	160, 208 日	시치가츠	12 日
스티히오	29 希	슬르샤츠	113 露	시루	112 日	시치따	42 伊
스틸	96 英	슬리바	65 露	시르비엔떼	157 西	시치멘쵸	82 日
스파기	191 希	슬리엔	135 中	시리오	51 西	시카	72 日
스파이더	90 英	슬리요슈	65 中	시리오스	51 希	시카	197 羅
스파이럴	184 英	슬리요우슬	93 中	시리우스	50 獨	시카리우스	161 羅
스파이카	50 英	슬리젠	91 露	시리우스	50 英	시카쿠	184 日
스파잇풀	124 英	슬립	116 英	시리우스	50 羅	시카트리스	110 英
스파크	44 英	슬릿	38 英	시리우스	51 羅	시케이다	84 英
스파티움	161 羅	슬바이	131 中	시리위스	50 佛	시코	63 希
스패라	91, 185, 199 希	슬빙	193 中	시마	32 日	시쿄우	150 日
스패로우	78 英	슬빠이	203 中	시마디	185 希	시크릿	186 英
스페라	184 伊	슬위니엔	15 中	시마이	138 日	시키텐	176 日
스페라	185 羅	슬위에	183 中	시매요	199 希	시타	18, 100 日
스페라레 운 뿌뇨	112 伊	슬이니엔	13 中	시메라	17 希	시타테야	154 日
스페르	90, 184 佛	슬챵	199 中	시메르	172 佛	시토	174 日
스페르마	57 羅	슬즈쮜	53 中	시모	40 日	시트로니에	66 佛
스페쿨룸	147 羅	슬즐	105 中	시미다	65 希	시티	160 英

시프르	186 佛	싸로스	121 希	쌀라싸투 아드아핀	27 亞	쎄드쎄	107 露
시하이	190 日	싸르스트보	149 露	쌀리룬	141 亞	쎄뗌브레	12 伊
식스	22, 24 英	싸르와툰	153 露	쌀분	35 亞	쎄라빼보	111 希
식치타스	43 羅	싸르운	63 亞	쌀준	39, 45 亞	쎄라뻬아	111 希
신게츠	48 日	싸리쓰	25 亞	쌀피르	93 露	쎄레알	57 西
신네포	37 希	싸리운	37 亞	쌉바바툰	105 亞	쎄로	23 西
신다그마탈히스	195 希	싸마니야	23 亞	쌉싼	79 亞	쎄르까	20 西
신덴	162 日	싸마운	37 亞	싸	163 露	쎄르도	73 西
신드로포스	137 希	싸마쿤	89 亞	싯자눈	157 亞	쎄르모스	43 希
신드로피아	137 希	싸먼	180 英	싯잘라	183 亞	쎄르모크라시아	43 希
신라이	120 日	싸민	25 亞	쌜리시	117 希	쎄르뗀떼	86 伊
신세이	210 日	싸바까	71 露	싸띠운	33 亞	쎄르쁘	197 露
신세츠	124 日	싸바또	14 伊	싸르꾼	19 亞	쎄르코브	165 露
신쇼쿠	202 日	싸바토	15 希	싸말룬	19 亞	쎄마나	15 西
신쎄로	129 西	싸벳닉	143 露	싸우꾼	121 亞	쎄멘떼리오	167 西
신와	168 日	싸브레멘노스쯔	11 露	써	207 中	쎄빠라찌오네	134 伊
신쟈	174 日	싸브마	181 希	써기룬	27 亞	쎄쁘	189 露
신조우	106 日	싸브마스모스	121 希	써끄룬	79 亞	쎄삐아	88 伊
신쥬	92 日	싸브아	23 亞	써끼운	41 亞	쎄쏘	116 伊
신지츠	210 日	싸블라지	207 露	써다꺼툰	121 亞	쎄이푼	197 亞
신체루스	125, 129 羅	싸비오	25 亞	써다파툰	71 亞	쎄크렛	187 露
신코우	174, 206 日	싸비툰	211 亞	써드	24 英	쎄하	101 西
신쿠	206 日	싸빠레	112 伊	써드룬	105 亞	쎈뜨로	19 西
신키로우	40 日	싸빠르닉	137 露	써드마툰	45 亞	쎈짜브르	13 露
신타쿠	176 日	싸스나	67 露	써디꾼	129, 137 亞	쎔쁘레	8 伊
실랑스	204 佛	싸쑬까	41 露	써러쿤	109 亞	쎄르기	145 露
실렌씨오	205 西	싸아다툰	119 亞	써르써룬	85 亞	쎄이운	211 亞
실렌티움	205 羅	싸와러눈	43 亞	써르써룰 레일	85 亞	쎄이푼	197 亞
실바	31 羅	싸와분	153 亞	써머	10 英	쎅스	116 獨
실버	94 英	싸우룬	191 亞	써미툰	127 亞		
심마호스	137 希	싸우싸눈	59, 63 亞	써바훈	17 亞	**쏘~씽**	
심마히아	191 希	싸우즈	191 露	써브룬	207 亞		
심반	29 希	싸울라분	75 露	써브써푼	67 亞	쏘꼴	79 露
심보로	183 希	싸울라불 마이	75 露	써스데이	14 英	쏘라	189 露
심볼		싸이	106, 108 英	써우튼	109 亞	쏘로	75 西
심볼래오	183 希	싸이떠러툰	191 亞	써이꺼툰	39 亞	쏘리데레	114 伊
심볼로	182, 186 伊	싸이두 끼슈떠틴	77 亞	써이야둔	155 亞	쏘리보대스	215 希
심볼로	187 西	싸일룬	45 亞	써이야둣 싸마크	155 亞	쏘바	79 露
심볼로	187 希	싸크로비쎄	153 露	써이푼	11 亞	쏘베르쉔스트보	211 露
심볼룸	187 羅	싸투른	51 露	써커	70 英	쏘쉐스트비예 나 제믈류	
심티에르	166 佛	싸파룬	133 亞	써크룬	97 亞		177 露
심플렉스	129 羅	싸피나투 누힌	177 亞	써키분	215 亞	쏜	119 露
싯토	124 日	싸피로	93 西	써흐러운	31 亞	쏜쎄	49 露
싯파이	202 日	싸황	125 中	써흐운	37 亞	쏠녜치나야 씨스째마	55 露
싱어	156 英	싸흐문	199 亞	썩세르	142 英	쏭슈	67, 75 中
		싸흘루분	63 亞	썬	48, 140 英	쏘스뜨르	139 露
싸~쎅		싸흘룬	31 亞	썬	79 中	쑤꾼	161 亞
		싸흘리야툰	87 亞	썬더	38 英	쑤누누	79 亞
싸꾼	107 亞	싸히러툰	159 亞	썬더볼트	38 英	쑤다씨	185 亞
싸꼬로	210 伊	싸히룬	141 亞	썬린	31 中	쑤두	131 中
싸끼야툰	165 亞	싸힐룬	33 亞	썬셋	48 英	쑤드	163 露
싸나툰	11 亞	싼	23 中	썰라툰	181 亞	쑤러툰	105 亞
싸니	25 亞	싼니엔	13 中	썰써룬	97 亞	쑤르아툰	131 亞
싸돕닉	157 露	싼뚜아리오	166 伊	썸	104 英	쑤메르끼	17 露
싸디쓰	25 亞	싼바이	27 中	썽런	159 中	쑤밍	135 中
싸따나	177 亞	싼지아오	185 中	쎄그레또	186 伊	쑤쁘루가	139 露
싸러분	41 亞	쌀따레	112 伊	쎄까	34 伊	쑤샤	29 露
싸러한	125 亞	쌀라문	201 亞	쎄꼴로	10 伊	쑤우 파흠	191 亞
		쌀라싸	23 亞	쎄뇨	184 伊		

259

쑤으바눈	87 亞	씨아바	101 中	씬티엔웡	81 中	아그리콜라	155 羅
쑤지바	133 露	씨아오	115 中	씰	76, 146, 180 英	아그리퀼티르	154 佛
쑬라흐파툰	89 亞	씨아우	17 中	씰느이 베쩨르	39 露	아그리폴리오	64 伊
쑬분	45, 215 亞	씨앙	77 中	씰니이	213 露	아기오	211 希
쑴문	111 亞	씨앙를쿠이	63 中	씰니이 우다르	45 露	아길라	79 西
쑵바룬	69 亞	씨앙리엔	145 中	씰라	131 露	아까자쩰느이 빨레츠	105 露
쉬빠레	114 伊	씨앙슈이	147 中	씰렌치오	204 伊	아깐띨라도	35 西
쉬슬슬	169 中	씨앙정	187 中	씰씰라툰	189 亞	아깔루	27 亞
쉬엔저	205 中	씨앙쵸우	125 中	씸볼	187 露	아께안	33 露
쉬엔쥬안	173 中	씨앙후이	135 中	씻타	23 亞	아꼬니또	60 伊
쒼이차오	63 中	씨앨라	39 希	씽	63 中	아꼬니또	61 西
쒼쟝	199 中	씨에	89 中	씽	114 英	아꾸아	28 伊
씻	199 露	씨에르보	73 西	씽광	47 中	아꾸아 쁘로폰다	34 伊
슈루꾼	15 亞	씨에으루	211 中	씽씨	55 中	아꾸아리오	54 伊
슈트	157 露	씨에줘	53 中	씽지	127 中	아꾸아리오	55 西
쓰	23, 133 中	씨에줴	55 中	씽지아오	117 中	아꾸아마리나	90 伊
쓰니엔	13 中	씨엔	25 西	씽천	49 中	아꿀라	89 露
쓰따젤	167 露	씨엔	185 中	씽치롸	15 中	아낄라	78 伊
쓰또로쥐	157 露	씨엔따이	11 中	씽치리요우	15 中	아끄써	27 亞
쓰로노스	161 希	씨엔런	141 中	씽치싼	15 中	아고후완	63 亞
쓰리	22 英	씨엔런쟝	69 中	씽치쓰	15 中	아끌라니야툰	119 亞
쓰리로스	169 希	씨엔짜이	9 中	씽치알	15 中	아끼	21 西
쓰리암보스	189 希	씨엔취저	143 中	씽치우	15 中	아끼똔	93, 95 亞
쓰리프시	123 希	씨엔홍	207 中	씽치이	15 中	아끼둔	195 亞
쓰뻬톡	59 露	씨엘로	37, 169 西	씽푸	119 中	아나납시	205 希
쓰벳	207 露	씨엠쁘레	9 西			아나뜨라	80 伊
쓰뻬랄	185 露	씨엠삐에스	91 西	**(아 행)**		아나뜨라 도메스띠까	80 伊
쓰선	177 中	씨옹	77 中	**아 ~ 아미**		아나쁜쎈	47 希
쓰지아오	185 中	씨옹디	139 中			아나리스미토스	27 希
쓴	141 露	씨옹전	145 中	아가따	94 伊	아나비오시	205 希
씨	19, 97, 107 中	씨와룬	145 亞	아가따	95 西	아나쁘노이	109 希
씨	32, 112 英	씨왕	117 中	아가리아조	117 希	아나스	81 羅
씨 갈	80 英	씨요우다오뉘	159 中	아갸뻬	121 希	아나스태나그모스	109 希
씨 라이언	76 英	씨요우다오슬	159 中	아갸트	94 佛	아나지톤	143 希
씨 오터	76 英	씨용	105 中	아간	93, 95 露	아나지티시	133 希
씨가라	85 西	씨우다드	161 西	아개라다	73 希	아나칼립시	205 希
씨궤냐	81 西	씨위에	119 中	아고	100 日	아나쿠피시	205 希
씨까다	85 露	씨이	87 中	아고나스	103 希	아나톨리	15, 19 露
씨까뜨리쓰	111 西	씨즌	163 亞	아고라	161 希	아내모딕시	165 希
씨꾸레짜	214 伊	씨커	142 英	아고리	99 希	아내모미로스	165 希
씨뇨레	148 伊	씨판	71 中	아고스또	12 伊	아너	204 英
씨니오우	77 中	씨프	160 英	아고스또	13 西	아네	10 佛
씨렌	67 露	씨프라	183 露	아곤	29 露	아네모스	39 希
씨루엘라	65 西	씨프라	187 露	아구아	29 露	아넬로	144 伊
씨룬	187 亞	씨쓰르	187 露	아구아니에베	39 西	아노	144 希
씨르꿀로	185 露	씨프르	23 亞	아구아마리나	91 西	아노체쎄르	17 西
씨리오	50 伊	씨흐룬	179 亞	아그노스	129 希	아뇨	11 西
씨리우스	51 伊	씬	117 中	아그니야우	153 亞	아눌라레	104 伊
씨모스	123 希	씬꼬	23 西	아그라니체니에	201 露	아눌라르	105 希
씨부치	77 露	씬더	11 中	아그라블레니에	191 露	아눌루스	145 羅
씨브탐바르	13 亞	씬따씽	51 中	아그레시오	191 羅	아닐레르	104 佛
씨쁘레스	63 西	씬라이	121 中	아그로티스	155 希	아니꾼	217 亞
씨사브로스	153 希	씬양	175 中	아그록티마	165 希	아니둔	127 亞
씨쉐에구이	173 中	씬위에	49 中	아그리꼴토르	155 西	아니마	109, 117 羅
씨슈아이	85 中	씬자분	75 亞	아그리오가타	73 希	아니말	68 佛
씨스네	81 西	씬짱	107 中	아그리오구루노	75 希	아니말레	68 伊
씨스테마 쏠라레	54 伊	씬체로	128 伊	아그리오빠삐야	81 希	아니말리아	69 羅
씨시아	181 希	씬쿠	207 中			아니모스트로빌로스	43 希
씨아	11, 19, 89 中	씬투	175 中			아니무스	117 羅

아니요	145 西	아람	29 亞	아르쏘비스뽀	151 西	아메찌스트	91 露	
아니일라시옹	202 佛	아래티	211 希	아르씨야	97 西	아메코어프스	198 獨	
아니크시	11 希	아러푼	159 希	아르장	94, 152 佛	아메티스투스	91 羅	
아닉스	92 獨	아레네	90 佛	아르젠또	94 伊	아메티스트	90 佛	
아닉스	92 英	아레볼	49 西	아르젠툼	95 羅	아모레	120 伊	
아다	171 西	아레뻰띠미엔또	123 西	아르질라	96 伊	아모르	121 羅	
아다둔	23 亞	아레호	65 露	아르질로	96 佛	아르르	121 露	
아다둔 라니하이	27 亞	아로	145 西	아르치베스꼬보	150 伊	아모치온	116 獨	
아다라툰	201 亞	아로간떼	126 伊	아르카	177 羅	아무뢰	136 獨	
아다마스	93 羅	아로간스	127 羅	아르캉시엘	40 佛	아무르	120 佛	
아다만테우스	215 露	아로간씨아	127 羅	아르케피스코푸스	151 羅	아물레또	146, 178 伊	
아달피아	139 希	아로강	126 佛	아르쿠다	77 希	아물레토	147 西	
아델	150 獨	아로고	73 希	아르쿠스	41, 197 羅	아물레툼	147 羅	
아델란떼	19 西	아로마	147 希	아르크	196 佛	아물렛	146 獨	
아두봔칫	61 露	아로스티아	111 希	아르크스	167 羅	아뮐레트	146 佛	
아두운	137 亞	아로요	35 西	아르타이르	50 日	아뮐렛	147 露	
아둘또	98 伊	아롤	79 露	아르티펙스	155 羅	아미	136 露	
아둘또	99 西	아루쥐에	195 露	아르헤오	11 希	아미	198 英	
아뛸트	98 佛	아루쿠	112 日	아르헤	176 獨	아미고	137 西	
아드	169 露	아르고 이리스	41 西	아르히	9 希	아미고	136 伊	
아드러운	85 亞	아르고스트로포스	131 希	아르히꼬	9 希	아미나	191 希	
아드러운	99 亞	아르까	176 伊	아르히에뻬스꼽	151 露	아미랄	194 佛	
아드미라시옹	120 佛	아르까	177 西	아르히제차	63 露	아미릴	195 亞	
아드미라씨온	121 西	아르꺼멀	183 亞	아르템바란	51 希	아미룬	149 亞	
아드미라티오	121 羅	아르꼬	196 伊	아름	194 佛	아미스따드	121 西	
아드미란떼	195 西	아르꼬	197 西	아리	84 日	아미치찌아	120 伊	
아드미랄	195 露	아르꼬발레노	40 伊	아리나	31 希	아미치티아	121 羅	
아드베르사	41 羅	아르나뿐	75 亞	아리러툰	149 亞	아미쿠스	137 羅	
아드베르사리우스	137 羅	아르데레	115 羅	아리바	19 西	아미티에	120 佛	
아드벤투스	177 羅	아르데바란	50 日	아리스	49 希	아미훈	149 亞	
아드벤트	176 獨	아르데아	81 羅	아리스또크랄	151 露			
아드와	111 亞	아르데스	213 羅	아리스모스	23 希	### 아바 ~ 아씨		
아디	201 亞	아르도르	121 羅	아리스테라	19 希			
아디나모	213 希	아르둔	29 亞	아리시다	189 希	아바둔	9 亞	
아디문	213 亞	아르떼사노	155 西	아리쓰모스	183 希	아바로니	175 露	
아디비노	159 西	아르띠지아노	154 伊	아리씨아	211 希	아바르	128 佛	
아디스	35 希	아르띨로	70 伊	아리아	28 伊	아바리씨아	129 西	
아따까멘또	124 伊	아르마	194 伊	아리에떼	52 伊	아바리야	111 露	
아따께	191 伊	아르마	195 西	아리에스	53, 73 羅	아바호	19 西	
아따꼬	190 伊	아르마두라	199 西	아리에스	53 西	아반헬리오	179 西	
아따꼬 아 소르프레사	192 伊	아르마뚜라	198 伊	아마네쎄르	15 西	아발란쉬	42 英	
아따르데쎄르	17 西	아르마투라	199 羅	아마노가와	54 日	아발란차	43 英	
아뜨라스	19 西	아르메	198 佛	아마눈	215 露	아발랑슈	42 佛	
아뜨라제니예	49 露	아르모니	200 佛	아마띠스따	91 露	아방뛰르	132 佛	
아뜨레비도	129 西	아르모니아	200 伊	아마리요	209 西	아베	77 西	
아뜨메쯔까	185 露	아르모니아	201 西	아마라	19 西	아베 데 라삐냐	79 西	
아뜨쑨	109 露	아르뭄	197 羅	아마블레	125 西	아베 미그라또리아	77 西	
아띠모	8 伊	아르뮈르	198 佛	아마뽀라	61 露	아베 악꾸아띠까	77 西	
아띠파툰	121 亞	아르바라	23 亞	아마이데	84 獨	아베 페닉스	173 西	
아라	83 西	아르보르	63 羅	아마투스	137 羅	아베뚤 블란꼬	65 西	
아라꾼	107 亞	아르볼	63 西	아말떼	137 羅	아베르사	21 羅	
아라꿀	177 露	아르브르	62 佛	아말루	117 露	아베르스	36 佛	
아라냐	91 西	아르빠가스	145 希	아말티아	187 希	아베스뜨루쓰	83 西	
아라네아	91 羅	아르빡티코	79 希	아매티스토스	91 希	아베티스트	90 獨	
아라레	38 日	아르셰	192 佛	아메	198 英	아베하	87 西	
아라미야툰	133 亞	아르슈	176 佛	아메	36 日	아벤또	176 伊	
아라바스트로	97 希	아르슈베크	150 佛	아메띠스따	152 露	아벤뚜라	132 伊	
아라시	38 日	아르순	161 亞	아메지스또	90 伊	아벤뚜라	133 西	
아라호니	91 希	아르쎄	65 西					

항목	쪽	구분	항목	쪽	구분	항목	쪽	구분	항목	쪽	구분
아벤토이어	132	獨	아뽀스토로스	175	希	아싸나토	211	希	아우로라	40	獨
아벤트	16	獨	아뽀예브마	17	希	아싸둔	77	亞	아우로라	40	伊
아벤트덴메룽	16	獨	아뽀카리프시	179	希	아싸둘 바흐리	77	亞	아우로라	41	西
아벤트로트	48	獨	아뽀칼립스	179	露	아싸띠루	169	亞	아우룸	95	羅
아베샤니예	135	露	아뽀태프로시	135	希	아싸띠루	169	亞	아우리스	101	羅
아보	140	伊	아뽀티히아	203	希	아싸러툰	205	亞	아우스러퉁	202	獨
아부 민잘	81	亞	아뽀렌디스	137	西	아싸룬	167	亞	아우스브루흐	42	獨
아부리미엔또	123	西	아뽀렐	13	露	아싸룸 주르히	111	亞	아우알	25	亞
아부스	139	羅	아뽀리스토스	129	希	아싸브냐크	163	露	아우와운	71	亞
아부엘라	139	西	아뽀릴레	12	伊	아싸씨노	160	伊	아우알룬	9	亞
아분	139	西	아뽀릴리오스	13	希	아싸프란	59	西	아우툼누스	11	羅
아불 히나니	81	亞	아뻬로	27	希	아쌀또	192	伊	아우프바헨	204	獨
아브구스토스	13	希	아사	16	日	아싸라	23	亞	아우프슈탄트	190	獨
아브구스트	13	露	아사가오	58	日	아쎄로	97	西	아우프에어슈테웅	204	獨
아브기	15	希	아사생	160	佛	아쎄보	65	西	아울	78	英
아브꺼리윤	133	亞	아세	106	日	아쏘	140	伊	아울라르	71	西
아브니르	8	佛	아세시노	161	西	아쏘오스	129	希	아을라	19	亞
아브도멘	105	羅	아소스	141	希	아쑬	207	西	아이	100	英
아브라	133	希	아소스 스토 마니키	193	希	아쓰나는	101	亞	아이	120, 206	日
아브라싸르	117	西	아쇠	44	獨	아쓰와드	209	亞	아이	121	中
아브라치아레	116	伊	아쉬 아툰	47	亞	아쓰파르	209	亞	아이귀져	143	中
아브랏냐야 스따라냐	21	露	아쉬르	25	亞	아쓰파투 리힌	41	亞	아이눈	101	亞
아브러쥬 팔라키야	55	亞	아슈	196	佛	아쓰팔	19	亞	아이덱쎄	86	露
아브로라	41	露	아스	140	佛	아쓸라툰	173	亞	아이돌	178	英
아브뢰브	35	露	아스	141	露	아쓸라하툰	195	亞	아이디얼	118	英
아브리오	17	希	아스	141	西	아쓸룬	9	亞	아이레	29	西
아브리코쓰	63	露	아스 (아시타)	16	日	아씨파툰	39	亞	아이로네 체네리노	80	伊
아브리코티에	62	伊	아스꼴따레	112	伊	아씨파툰 쌀지야툰	39	亞	아이리스	58	英
아브릴	12	佛	아스따트끼	167	露				아이보우	136	日
아브릴	13	西	아스또또	128	伊				아이브로우	100	英
아브쎈디아	143	希	아스또또	129	露	**아애 ~ 아힐**			아이비스	80	英
아블라르	113	西	아스뜨로로기야	181	露				아이스	44	英
아비도	128	伊	아스뜨롤로지아	180	伊	아애라스	29	希	아이스	44	英
아비스	77	羅	아스뜨롤로히아	181	西	아애라키	39	希	아이스 찹펜	40	獨
아비스모	35	西	아스룬	11	亞	아애리오	45	希	아이스버그	32	英
아비쏘	34	伊	아스르 꺼디문	11	亞	아애토스	79	希	아이스베르그	33	獨
아비야	139	伊	아스르 하디순	11	亞	아야메	58	日	아이스베어러	32	獨
아비야드	209	亞	아스미노크	89	露	아예르	17	日	아이스트	81	露
아빌리다드	131	西	아스베샤츠	47	露	아오	206	日	아이시클	40	英
아빌리따	130	伊	아스보보쥐제니예	205	露	아오만	127	中	아이언	94	英
아빔	34	佛	아스쁘로	209	希	아와레미	120	日	아이으어쥑쥑	131	中
아빠스노스츠	215	露	아스삐다	199	希	아우게	100	獨	아이젠	94	獨
아빠태오나스	161	希	아스타코스	89	希	아우겐브라우에	100	獨	아이즈	171	中
아뻬래브쌔로시	205	希	아스테리	49	希	아우겐블릭	8	獨	아이코쿠샤	142	日
아뻬리스캐뽀토스	129	希	아스트라베	11	亞	이우구로	159	羅	아이트	182	日
아뻴뻬시아	123	希	아스트라페	39	希	아우구리움	179	羅	아이페	170	獨
아뻴뻬시아	203	希	아스트로펭기야	47	露	아우구스트	12	露	아이헤	64	獨
아뻬	86	伊	아스트롤로기	180	露	아우닥스	129	羅	아이히회른헨	74	獨
아뽀고노스	141	希	아스트롤로기아	181	希	아우닥스	129	羅	아인	22	獨
아뽀깔리쁘나스	179	希	아스트롤로지	180	佛	아우디레	113	羅	아인게봉	118	獨
아뽀깔쎄	178	伊	아스트롤로쥐아	181	露	아우또끄라씨아	189	西	아인에서룽	134	獨
아뽀드라시	193	希	아스파래스	215	露	아우뚠노	10	伊	아인잠카이트	122	獨
아뽀디미토스 쁘티노	77	希	아스피스	199	希	아우라	132	獨	아인잠카이트	216	獨
아뽀르뚜니따	192	伊	아시	106	日	아우라	132	英	아인탁스플리게	84	獨
아뽀리토	211	希	아시미	95	希	아우라	132	伊	아인호언	170	獨
아뽀미나리오	167	希	아시오	96	佛	아우라	133	露	아일라툰	139	亞
아뽀스톨	175	露	아시카	76	日	아우라	133	西	아일랜드	32	英
아뽀스톨	175	西	아싸	87	露	아우러누쓰	51	亞	아자리시	76	日
아뽀스톨로	174	伊				아우로라	15	羅	아췌렐르예	145	露

아쥐바니예	205 露	아타타카이	42 日	악티	33 希	알데바란	50 伊
아즈다둔	141 亞	아템	108 獨	악티노볼리아	47 希	알데바란	51 西
아즈떠끄	207 亞	아투	192 佛	안 나쓰룰 와끼우	51 亞	알드바랑	50 佛
아지노체스트보	217 露	아틀러	78 獨	안갤	175 露	알따레	180 伊
아지사이	58 日	아티전	154 英	안고우	186 日	알따르	181 露
아지엔다 아그리꼴라	164 伊	아티히마	111 希	안꺼운	173 亞	알따르	181 西
아진	23 露	아파블레	127 西	안나쓰루 앗떠이루	51 亞	알따이르	51 露
아쩨쓰	139 露	아파쉬난떼	216 伊	안나즈루 앗샤마리	53 亞	알따이르	51 西
아차	197 西	아팔로스	105 希	안노	10 伊	알떼르까쇼	189 西
아차로바쩰노스츠	217 露	아펙투스	117 羅	안누스	11 羅	알또뻬아노	30 伊
아차리	97 希	아포	192 佛	안다고니스티스	137 希	알라	68 希
아체로	64 伊	아포스톨루스	175 羅	안다낙라시	49 希	알라	69 羅
아체르	65 羅	아포슬	174 英	안다리스	51 希	알라	69 西
아체타불룸	71 羅	아포칼립스	178 佛	안다미비	153 希	알라기	203 希
아체	192 英	아포칼립시스	179 羅	안드라스	99 希	알라리도	109 希
아츠나이	110 獨	아포트르	174 佛	안드로기노	139 希	알라마툰	143 希
아츠이	42 日	아프레 미디	16 佛	안디빠리스빠스모스	193 希	알라마툰	185 亞
아츠트	156 獨	아프로디티	51 希	안디신다그마할티스	195 希	알라모	65 西
아치비숍	150 英	아프리코제	62 獨	안디히라스	105 希	알라문	199 亞
아치쉐닉	159 露	아프릴	12 獨	안따레	51 露	알라우다	81 羅
아치아이오	96 伊	아프릴리스	13 羅	안따레스	51 西	알람	111 亞
아카	206 日	아프아	87 亞	안떼나	71 西	알래뿌	75 希
아카리나	91 羅	아프크라토리아	149 希	안뗀나	70 伊	알레그레	127 西
아카츠키	14 日	아프트크라토로스	149 希	안띠궤다드	11 西	알레그로	126 伊
아카테스	95 羅	아프티	101 希	안띠꼬	10 伊	알레그리아	119 西
아칸보	98 日	아플레	114 佛	안사츠샤	160 日	알레따	71 西
아커와툰	139 亞	아플리찌오네	122 伊	안샤런	161 中	알레르따	193 希
아코가레	120 日	아플릭씨온	123 西	안세르	83 羅	알레스	200 獨
아코니토	61 希	아피쁘니시	205 希	안슈텍쿵	110 獨	알레안짜	190 伊
아코니툼	61 羅	아피스	87 羅	안슈트렝웅	132 獨	알렌	73 露
아코니트	60 佛	아피쎄르	195 露	안쎄스뜨로스	141 西	알로가키 티스 빠나기야스
아코닛	61 希	아하디 알꺼른	171 亞	안쓰로뽀스	99 希		85 希
아콰	29 羅	아하트	94 獨	안자툰	73 亞	알로도라	80 伊
아콰리우스	55 羅	아호도리	80 日	안젠	214 日	알로로	64 伊
아쿠	210 日	아호언	64 獨	안젤로	174 伊	알론드라	81 西
아쿠료우	170 日	아훗니크	155 露	안젤루스 175, 195 羅		알루에트	80 佛
아쿠마	176 日	아흐마룬	207 亞	안젤루스 카수스	177 羅	알리린	45 亞
아쿠마바라이	178 日	아흐마르 거미고	207 亞	안즈	62 日	알리바	63 露
아쿠무	118 日	아흐통	120 獨	안징더	215 中	알리아도	137 西
아쿠바마린	90 獨	아흐트	22, 24 獨	안첸	215 中	알리안싸	191 西
아쿠비	108 日	아흐티	123 希	안칠라	157 羅	알리앙스	190 佛
아쿠뻬도토뽀스	167 希	아흐티다	47 希	안카부툰	91 亞	알리코	207 亞
아쿠아마린	90 日	아흐티뻬코스	129 希	안타레스	50 獨	알마	117 亞
아쿠에리어스	54 英	아히러툰	157 亞	안타레스	50 伊	알마즈무아투 앗삼씨야투
아쿠오	113 希	아히로	57 希	안타레스	50 日		55 亞
아퀼라	79 羅	아히루	80 日	안타레스	51 羅	알마토시아	199 希
아퀼리우스	209 羅	아힐룬	149 亞	안텐나	71 羅	알메디나투 알파딜라투 169 亞
아크	176 英			안티쿠움	11 羅	알메디나툴 움	169 亞
아크더르	207 亞			안티퀴타스	11 羅	알메하	89 西
아크르찌예	205 露	악 ~ 앙		안팡	8 獨	알메히티히	132 獨
아크리	19 希			안푼	101 亞	알모니아	201 希
아크리다	87 希	악래오	201 希	안하오	187 中	알바	14 伊
아크바마린	91 露	악스트	196 獨	안행어 136, 144 獨		알바	15 西
아키	10 日	악시당	110 獨	알 아써바툿 싼발리야	51 亞	알바뜨로	80 伊
아키라메	122 日	악시오마티코스	195 希	알꼰	79 西	알바뜨로스	81 西
아키룬	9 亞	악씨덴떼	111 西	알즈드바눌 아비야두	65 亞	알바리꼬께	63 西
아타라샤이	10 日	악쳅토르	79 羅	알끼미아	180 伊	알바트로스	80 佛
아타마	98 日	악탤래시	187 希	알끼미아	181 西	알바트로스	80 獨
아타크	190 佛	악튀엘	8 佛	알다브렌	51 亞	알바트로스	80 英

알바트로스	81	露	앙갤리아포로스	195	希	애브캐리아	193	希	앨래브쌔리아	201	希
알바트로스	81	希	앙골	18	伊	애브히	117	希	앨래빤다스	77	希
알바트르	96	佛	앙그리프	190	獨	애빠나스타시	191	希	앨래오스	121	希
알베로	62	伊	앙기조	113	希	애빠내노시	135	希	앨러배스터	96	英
알베르고	162	伊	앙까	104	伊	애빠블리	163	希	앨삐다	117	希
알부스	209	羅	앙뉘이	122	佛	애빠로기	205	希	앨테어	50	英
알비꼬꼬	62	伊	앙부쉬르	34	佛	애뻬스코쁘스	151	希	앰모니	125	希
알시미	180	佛	앙브르	92	佛	애뻬씨	191	希	앰버	92	英
알아옴	17	亞	앙블렘	186	佛	애뻬씨미아	125	希	앰블리마	187	希
알인싸누 앗디오부	175	露	앙비시옹	124	佛	애뻬코스	169	希	앰비션	124	英
알제바란	51	露	앙세트르	140	佛	애뻬티히아	203	希	앱더먼	104	英
알케	180	英	앙소르슬랑	216	佛	애쉬	44	英	앵가타	35	希
알케미아	181	羅	앙시앵	10	佛	애쉬 트리	64	英	앵거	122	希
알쿠르툴 아르디야	49	亞	앙주	174	佛	애스트롤로지	180	英	앵덱스	104	佛
알쿠미야울 꺼디아	181	亞	앙주 데쉬	176	佛	애오니스	11	希	앵디고	206	佛
알키타불 무껏디쓰	179	亞	앙크렛토	144	日	애오니오	211	希	앵보카시옹	180	佛
알타	180	獨	앙타레스	50	佛	애오니오티타	9	希	앵상세	212	佛
알타리아	181	羅	앙탕드르	112	佛	애커나이트	60	英	앵섹트	82	佛
알타이르	50	佛	앙테르망	136	佛	애쿼머린	90	英	앵섹트	82	英
알타이르	50	伊	앙팡	98	佛	애클리시아	165	希	앵스탱	118	佛
알태르	51	希	앙페르	168	佛	애포도스	193	希	앵클	106	英
알테톰	10	獨	앙프뢰르	148	佛	애푸방타유	164	佛	앵클릿	144	英
알테바란	50	獨	앙피르	148	佛	애프리컷	62	英	앵탕스	212	佛
알테어	50	獨	앙헬	175	西	애프트눈	16	英	앵튀시옹	118	佛
알톰	31	羅	앙헬 까이도	177	西	애프티히아	119	希	앵페시옹	110	佛
알트	10	獨				애플	66	英	앵프뢰당	128	佛
알프	25	亞				애피매로쁘태로	85	希	앵피니	26	佛
알프트라움	118	獨	**애 ~ 양**			애피알티스	119	希	야		10
알히미	180	獨				애흐쓰라	125	希	야	35, 57, 69, 81, 101	中
알히미아	181	希	애거트	94	英	애흐쓰로스	137	希	야	198	日
알히미야	181	羅	애고캐로스	55	希	액디키시	191	希	야기	72	日
알히애뻬스코쁘스	151	希	애그리마티아스	187	希	액래쁘티스매노	217	希	야가자	54	日
암	102	獨	애니드리다	75	希	액리크시	43, 45	希	야꾸툰	93, 95	亞
암	102	英	애니리카스	99	希	액립시	49	希	야꾸티아툰	63	亞
암	116	佛	애니멀	68	英	액볼리	35	英	야꼬툴루	115	亞
암미랄리오	194	伊	애다포스	29	希	액뻘리크시	121	希	야꼬푸즈	113	亞
암바르	93	西	애라스티스	137	希	액살마	185	希	야나기	66	日
암반트	144	獨	애래시	179	希	액새래티코	215	希	야나무	117	亞
암브라	92	伊	애래티코스	145	希	액소리아	187	希	야나이르	13	亞
암비씨야	125	露	애로건트	126	英	액솔키스모스	179	希	야누라	31	西
암비씨온	125	西	애로디오스	81	希	액솔키스티스	159	希	야누아	12	露
암비찌오네	124	伊	애로우	198	英	액스	196	英	야다비뛰이 즈메이	87	露
암쓰	17	亞	애로티키 아뽀고이태브시			액시던트	110	英	야데	94	獨
압게드로센	216	獨		135	希	액시래오시	189	希	야도리기	66	日
압그룬트	34	獨	애리모스	31	希	액시쁘트	213	希	야도쿠	162	日
압니마츠	117	獨	애리미야	31	希	액캔드리고스	131	希	야둔	103	亞
압도멘	104	佛	애리뻬아	167	希	앤다피아스모스	137	希	야둠무	117	亞
압바디 앗삼시	63	亞	애리쓰로	207	希	앤도모	83	希	야드리부	113	亞
압쉬트	134	獨	애리야	63	希	앤뚜아이즘	121	露	야드하쿠	115	亞
압쥐라	131	獨	애마	107	希	앤새스	140	英	야띠루	113	亞
압페	74	獨	애머럴드	92	英	앤스틱토	119	希	야러꺼툰	83	亞
압멜바움	66	獨	애머시스트	90	英	앤티리즈	50	英	야레스차이트	10	獨
압포슈텔	174	獨	애뮬릿	146	英	앤트	84	英	야르쿨루	113	亞
앗 썰리부 알자누비	55	亞	애방갤리오	179	希	앨가티스	155	希	야리	196	日
앗까즈	123	亞	애배크사쁘토스	127	希	앨데배런	50	英	야마	30	日
앗미랄	194	獨	애브개네스	215	希	앨토마	211	希	야마	43	西
앗샤요리 알야마니야	51	亞	애브개니스	127, 151	希	앨라포칸타로스	85	希	야마네코	72	日
앗차야니예	123	露	애브개니코스	125	希	앨라미	73	希	야마르	115	西
앙갤로스	175	希	애브그노모시니	121	希	앨래그호스	191	希			

어~에

야미	46 日	양옌	41 中	에니금	186 佛	에모씨온	117 西
야미눈	19 亞			에니야	23 希	에모찌오네	116 伊
야반	216 日			에다	56 日	에바지오네	192 伊
야베즈야나	75 露			에닥스	131 羅	에바지옹	192 佛
야브키	115 亞	어거스트	12 英	에델	214 獨	에반젤리움	179 羅
야브타씨무	115 亞	어거쓰뚜쓰	13 亞	에델슈타인	90 獨	에방질	178 佛
야블로냐	67 露	어글리	212 英	에도	21 希	에버	74 獨
야비싸	29 亞	어나이얼레이션	202 英	에떼	10 佛	에베네	30 獨
야사분	95 露	어니그마	186 英	에떼르넬	8 佛	에베이	204 佛
야사시이	124 日	어니스트	124, 128 英	에떼르노	210 伊	에베크	150 佛
야사이	56 日	어덜트	98 英	에떼르노	211 西	에붐	11 羅
야쉐리짜	87 露	어드미럴	194 英	에떼르니따	8 伊	에브도마다	15 希
야스냐야 빠고다	37 露	어드벤처	132 英	에떼모	9 佛	에브도모스	25 希
야시	66 日	어비스	34 英	에라	10 羅	에비	88 日
야시키	162 日	어빌리티	130 英	에라	10 英	에비히카이트	8 獨
야신	124 日	어스	28, 48 英	에라	11 西	에뽀까	10 伊
야싸룬	19 亞	어스퀘이크	42 英	에라블	64 佛	에뽀뻬야	169 西
야쎈	65 露	어쌔신	160 英	에레	132 佛	에뽀스	169 露
야쓰루쿠	115 亞	어이쎄어스트	210 英	에렐	204 伊	에뽀히	11 希
야쓰리꾸	115 亞	어일레	78 獨	에레디따	152 伊	에쁘따	23 希
야쓰마우	113 亞	어택	190 英	에레띠꼬	144 伊	에쁘까	168 伊
야야	139 希	어톤먼트	188 英	에레띠꼬	145 西	에쁘데르미데	106 伊
야오	105, 111 中	어파컬립스	178 英	에레로	155 西	에쁘꼽	151 露
야오슈	179 中	어헤드	18 英	에레지	178 佛	에세코	202 西
야오옌	217 中	언더월드	34 英	에레지아	178 伊	에소	97 西
야오징	171 中	언컨쿼러블	128 英	에레티카	144 佛	에소르치스따	158 伊
야와라카이	214 日	얼	23, 101 中	에레히아	179 西	에소르치스모	178 伊
야우무	113 亞	얼라이언스	190 英	에로	140 佛	에쉐	64 獨
야우문	15 亞	얼리 이브닝	16 英	에로시오	203 羅	에—스	140 日
야우물 싸브트	15 亞	얼위	109 中	에로시오네	202 伊	에스그리미스따	195 西
야우물 쏠라싸우	15 亞	얼즈	141 中	에로시온	203 西	에스까	192 伊
야우물 아르비아우	15 亞	얼터	180 英	에로에	140 佛	에스까라바호 데 오로	85 西
야우물 아하드	15 亞	얼통	99 中	에로에	141 西	에스까르차	41 西
야우물 이쓰네인	15 亞	얼티밋	210 英	에로이나	140 伊	에스까라따	207 西
야우물 주므아	15 亞	얼환	145 中	에로이나	141 西	에스까마	71 西
야우물 커미씨	15 亞	업	18 英	에로인	140 英	에스까빠르	113 西
야으리푸	113 亞	에그 마린	90 佛	에로지아	203 露	에스까뻬	193 西
야으쑤분	85, 87 亞	에그자그람	184 佛	에로지온	202 獨	에스껠레또	175 西
야으쑨	123 亞	에그제퀴시옹	186 佛	에로지옹	202 佛	에스꼬르삐오	55 西
야즈리	111 亞	에그조르시스트	158 英	에롱	80 佛	에스꾸도	199 西
야즈체스트보	179 露	에그조르시슴	178 佛	에루	114 日	에스골라보	153 西
야즈크	101 露	에그질	186 佛	에루찌오네	42 伊	에스따노	97 西
야쿠소쿠	134 日	에글	78 佛	에루후	170 日	에스따떼	10 伊
야크트훈트	72 獨	에글리즈	164 佛	에룸씨온	43 西	에스따뚜아	179 西
야타잠마두	45 亞	에글리시	48 佛	에룹티오	43, 45 羅	에스따블로	163 西
야타칼라무	113 亞	에끌립세	49 西	에쥅시옹	42 伊	에스따씨온	11 西
야트로스	157 希	에끼뽀	137 西	에르	10, 28 佛	에스따빠도르	161 西
야틀리푸	115 亞	에끼뽀 쁘로떽또르	197 西	에르	29 羅	에스땀빠도	185 西
야프끼두	115 亞	에나	23 希	에르마나스	139 西	에스떼	19 西
야훈더트	10 獨	에나노	171 西	에르마노스	139 西	에스또르누도	109 西
야후루부	113 亞	에나토스	25 希	에르모소	213 西	에스또마고	105 西
야흐쏠루 아라	115 亞	에너미	136 英	에르미스	49 希	에스뚜아리오	34 伊
야흐타리구	43 亞	에네로	13 西	에르브	58 伊	에스뚜아리오	35 西
안따르	93 露	에노떼까	162 伊	에르브	58 佛	에스뜨	18 伊
안바르	13 露	에누미	136 佛	에리다	111 西	에스뜨레모	200 伊
알미쑤	113 亞	에니그마	186 伊	에리타르	152 佛	에스뜨레야	49 西
암쉬	113 亞	에니그마	187 羅	에메랄루도	92 日	에스뜨레야 뽈라르	53 西
앗	111 露	에니그마	187 西	에메로드	92 伊	에스뜨레야 푸가쓰	53 西
양	73 中			에모시옹	116, 120 佛	에스띤찌오네	202 伊

에스메랄다	93 西	에케	18 獨	엑뜨라뇨	217 西	엘레멘트	29 露
에스빠다	197 西	에쿠우스	73 羅	엑뜨레모	201 西	엘리건스	216 英
에스빤따빠하로스	165 西	에퀘스	151, 195, 199 羅	엑띤씨온	203 西	엘리쎄	185 西
에스빨다	105 西	에퀴뢰이	74 佛	엑쁠로씨온	45 西	엘모	198 伊
에스뻬란싸	117 西	에퀴리	162 伊	엑쁠로씨온	189 西	엘보겐	102 獨
에스뻬르또	142 伊	에크리	182 英	엑스오르씨스모	179 西	엘보우	102 英
에스뻬호	147 西	에크시	23 希	엑스크레망	108 佛	엘포	170 伊
에스뻬히스모	41 西	에크조르씨즘	179 露	엑스트렘	200 獨	엘포	171 西
에스쁠렌디도	215 西	에클라	46 佛	엑스트렘	200 西	엘프	170 英
에스쁠로시오네	44 伊	에클레레	46 佛	엑스플로라토르	143 羅	엘프	170 英
에스쁘리뚜	171 西	에클레르	38 佛	엑스플로지온	44 獨	엘프	171 露
에스쁘하	51 西	에클레르	46 佛	엑스플로지옹	44 佛	엠베스띠다	193 西
에스츄어리	34 英	에클립세	48 獨	엑스피아시옹	188 佛	엠보스까라	193 西
에스카르고	90 佛	에클립스	48 英	엑스피아티오	189 羅	엠블럼	186 英
에스크로	160 佛	에키타이	44 日	엑시또	203 西	엠블레마	186 伊
에스크라브	152 佛	에킵	136 佛	엑실리오	187 西	엠블레마	187 露
에스타스	11 羅	에탈	34 佛	엑쎈뜨리꼬	131 西	엠블레마	187 西
에스트	18 佛	에탱	96 佛	엑쏘르치스트	158 獨	엠블레마 에랄디꼬	199 西
에스페라	185 西	에탱셀	44 佛	엑쏘치스무스	178 獨	엠블렘	186 露
에스푸아르	116 佛	에테르넬	210 佛	엑츨레시아	165 羅	엠뻬라도르	149 西
에스푸에르쏘	133 西	에테르누스	211 羅	엑턴	138 獨	엠파이어	148 英
에스프리	116, 170 佛	에테르뉘망	108 佛	엑토스	25 希	엠퍼러	148 英
에스피에글	130 佛	에테르니타스	9 羅	엔	122 伊	엣지	18 英
에쎄꾸찌오네 까삐딸레	186 伊	에투알	48 佛	엔	184 日	엥엘	174 獨
에쎄레 우마노	98 伊	에투알 필랑트	52 佛	엔꾸엔뜨로	135 西	여우링	175 中
에어	28 英	에트랑주	216 佛	엔네미고	137 西	여우얼	193 中
에어가이스	124 獨	에판겔리움	178 獨	엔드	8 獨	여우웡	113 中
에어데	28, 48 獨	에페	196 佛	엔드	8 英	여우칭	121 中
에어뢰저	142 獨	에페메르	84 佛	엔뚜시아스모	120 伊	연	108 英
에어리히	124 獨	에페이스트	194 佛	엔띠에로	137 西	예	17, 57 中
에어박쎄네	98 獨	에포르	132 佛	엔비디아	125 西	예거	154 獨
에어슈투어넨	120 獨	에포스	168 英	엔젤	174 英	예노또빗나야 싸바까	75 露
에어스트	8, 24 獨	에포스	169 羅	엔테	80 西	예로우	208 英
에어오버룽	190 獨	에포트	132 英	엔트데쿵	204 獨	예만	217 中
에어첼롱	168 獨	에폴	102 佛	엔트라우펜	192 獨	예반겔리예	179 露
에어츠비쇼프	150 獨	에폴라르	88 佛	엔트쉐디궁	188 獨	예쑈우	71 中
에어트베레	58 獨	에푸	138 佛	엔페르메다드	111 西	예스터데이	16 英
에어트베벤	42 獨	에푸즈	138 英	엘	68 佛	예씬	125 中
에어트베슈타퉁	136 獨	에피메라	84 伊	엘라히스토스	27 希	예즈	67 中
에어파렌	112 獨	에피스코푸스	151 羅	엘레간떼	216 伊	예지	79 中
에어폴크	202 獨	에피크	168 英	엘레간떼	217 西	예지노록	171 露
에업샤프트	152 獨	에픽	168 英	엘레간스	215 羅	예쯔	75 中
에이리스	52 英	에헤꾸또르	161 西	엘레간스	217 羅	예츠트	8 獨
에이스	140 英	에헤르시또	199 西	엘레간트	214, 216 獨	예티	45 中
에이엥	8 日	에헤만	138 獨	엘레지스	216 伊	옌	45, 97, 101 中
에이유	140 日	에헤파	138 獨	엘레망	28 佛	옌슈	75 中
에이코우	204 日	에헤프라우	138 獨	엘레먼트	28 獨	옌즈	79 中
에이프럴	12 英			엘레먼트	28 英		
에인션트	10 英			엘레멘또	28 伊		
에잇	22 英	**엑~옌**		엘레멘또	29 西	**오~왕**	
에잇스	24 英			엘레멘툼	29 羅		
에자고노	184 伊	엑사그라마	185 西	엘레판떼	76 伊	오	18, 28, 106 佛
에질리오	186 伊	엑사일	186 英	엘레판떼	77 西	오	68 日
에첸뜨리꼬	130 伊	엑상트리크	130 佛	엘레판투스	77 羅	오 갈라크시아스	55 希
에치세로	159 西	엑소르씨스따	159 西	엘레판트	76 獨	오가와	34 日
에치쏘	179 西	엑소르치스무스	179 羅	엘레팡	76 佛	오그도오스	25 希
에카르라트	206 佛	엑소르치스타	159 羅	엘레펀트	76 英	오가	82 伊
에카이	70 日	엑소시스트	158 英	엘렉씨온	205 西	오그뚜브레	13 西
에카토	25 希	엑소시즘	178 英	엘렉티오	205 羅	오끼오	100 伊

오네스또	125 西	오르까	189 西	오베이상	128 佛	오오아라시	38 日
오네스또	128 伊	오르까	88 伊	오베하	73 獨	오오야마네꼬	72 日
오네트	124, 128 佛	오르까	89 西	오벤	18 獨	오오이	26 日
오노	196 日	오르끼데라	62 伊	오벤	53 露	오오카미	74 日
오노레	204 伊	오르끼데라	63 西	오보쉬	57 露	오오카미오토코	174 日
오노르	205 日	오르덴	201 日	오브	14 佛	오오키	26 日
오노리피첸짜	198 伊	오르덴 데 까바예리아	199 西	오브	90 英	오와리	8 日
오뇌르	204 佛	오르도	201 羅	오브떼네르	115 西	오요구	112 日
오니로	119 希	오르드르	198 佛	오브세시온	125 西	오우스	182 英
오니체	92 伊	오르드르	200 佛	오브스띠나도	127 西	오우씨앙	179 中
오니키스	92 日	오르디나리오	201 西	오블까	37 露	오우죠	148 日
오니하스	93 希	오르디네	200 伊	오블라치나야 빠고다	37 露	오우지	148 日
오닉스	92 佛	오르디네르	200 佛	오블리가토	201 羅	오우칸	144 日
오닉스	93 羅	오르뗀시아	58 伊	오블리비언	204 英	오우코쿠	148 日
오닉스	93 英	오르뗀시아	59 西	오블리오	204 伊	오우히	148 日
오다외	128 佛	오르미가	85 西	오비디언트	128 英	오이	17 西
오다야카	212 日	오르비스 테레	49 羅	오비스뽀	151 西	오이르	113 西
오더	200 英	오르사 마지오레	54 伊	오빨	93 露	오제로	35 露
오데이세수	128 英	오르소	76 伊	오빨레	92 伊	오주드뒤	16 佛
오도난츠	194 獨	오르젠	199 露	오빨로	93 羅	오지	16 伊
오도로키	120 日	오르지나레쓰	195 露	오빨리	93 希	오체아노	32 伊
오도르	147 羅	오르카	89 希	오뿔로	195 希	오체아누스	33 羅
오도리코	156 日	오르키데	62 佛	오블리	69 希	오체안	32 獨
오도스	165 希	오르키스	63 羅	오사 마요르	55 西	오쵸	23 西
오디너리	200 英	오르탕시아	58 伊	오샤베리	130 日	오카	30 日
오디오	122 伊	오르푼	71 亞	오세앙	32 佛	오카네	152 日
오디오	123 西	오르히대아	63 希	오션	32 英	오캐아노스	33 希
오디움	123 羅	오리	188 日	오소	77 西	오쿠리모노	152 日
오따리아	76 伊	오리고	9 羅	오스	101, 107 佛	오쿠보우	128 日
오따보	24 伊	오리브	62 日	오스꾸로	47 西	오쿨루스	101 羅
오또	22 伊	오리비니스	95 希	오스뻬달레	162 伊	오크	64 英
오또뇨	11 西	오리쏜떼	31 西	오스삐따	163 西	오키드	62 英
오또브레	12 伊	오리엔스	19 羅	오스츠예	35 露	오키테	182 日
오뜨까	81 露	오리존다스	31 希	오스치타티오	109 羅	오타리	76 佛
오라	9 西	오리존떼	30 伊	오스트	18 獨	오타리다	77 希
오라	132 佛	오리종	30 佛	오스트롭	33 露	오터	74 英
오라	132 日	오리지네	8 伊	오스트리치	82 英	오텀	10 英
오라꼴로	176 伊	오리진	8 佛	오시자	52 日	오텔	180 佛
오라꿀로	177 西	오리진	8 英	오쎄아노	33 西	오토나	98 日
오라레	181 羅	오리퀼레르	104 佛	오쎈	11 露	오토리	192 日
오라켈	176 獨	오리헨	9 西	오쏘	106 伊	오토메자	54 日
오라쿨룸	177 羅	오리히오	33 希	오아시	30 伊	오토코	98 日
오라클	176 佛	오릭토	91 希	오아시	31 希	오톤	10 佛
오라티오	181 羅	오마다	137 希	오아시스	30 日	오트뤼슈	82 佛
오라클	176 英	오마모리	146 日	오아시스	31 羅	오파루	92 日
오레끼노	144 伊	오멜라	67 露	오이시스	31 佛	오팔	92 獨
오레끼오	100 伊	오모뽄디아	149 希	오아제	30 獨	오팔	92 日
오레이	100 獨	오모스	103 希	오아지스	30 佛	오팔루스	93 羅
오레하	101 西	오모테	20 日	오아지스	31 獨	오펄	92 英
오로	94 伊	오몰포	213 希	오야	138 日	오펜바룽	178 獨
오로	95 西	오무	82 日	오야유비	104 日	오프쌀마빠티	119 希
오로 비앙꼬	96 伊	오뭇	35 露	오어	100 獨	오프탈마빠티	41 希
오로라	40 英	오미흐리	41 希	오어덴	198 獨	오피	194 英
오로라	40 日	오밀리티코스	131 希	오어링	144 獨	오피시에	194 佛
오로르	40 佛	오버쉥켈	106 獨	오어트눙	200 獨	오피씨알	195 西
오로카	212 日	오베르주	162 佛	오어히테	62 獨	오피치어	194 獨
오르	94 日	오베스뜨	18 伊	오에스떼	19 西	오피탈	162 佛
오르골리오	118 伊	오베어슈틀러이트난트	194 獨	오에이시스	30 英	오하	57 西
오르구요	119 西	오베어스트	194 獨	오오구이	130 日	오호	101 日

오훗니치야 싸바바카	73 露	와꼬툰	9 亞	외데	30 獨	우다르 몰니이	39 露
오히야	87 希	와니	86 日	외르	8 佛	우데	102 日
오히츠지자	52 日	와다운	135 亞	외이	100 佛	우두눈	101 亞
옥따보	25 西	와디	31 亞	외이에	58, 60 亞	우드페커	78 英
옥짜브르	13 露	와뜨니윤	143 亞	욍	22 佛	우드히야툰	181 亞
옥치덴스	19 羅	와라둔	99 亞	욍블	126 佛	우떠리둔	49 亞
옥타붐	25 羅	와라우	114 日	요겐	176 日	우또삐아	168 伊
옥토	23 羅	와러꾼	57 亞	요겐샤	158 日	우또삐아	169 西
옥토	23 希	와루이	210 日	요라르	115 西	우또삐야	169 露
옥토버	12 獨	와르둔	65 亞	요로이	198 日	우뚄쵸노스츠	217 露
옥토버	12 英	와리데이니	139 亞	요로코비	118 日	우뜨로	17 露
옥토베르	13 羅	와미둔	47 亞	요루	16 日	우라	20 日
옥토브르	12 佛	와샤꾼	73 亞	요부	114 日	우라	69 希
옥토브리오스	13 希	와스프	86 英	요스	141 日	우라	109 希
옥토퍼스	88 英	와시	78 日	요와이	212 日	우라간	39 露
온고	57 西	와싸툰	19, 105 亞	요우	19 中	우라강	38 佛
온나	98 日	와쓰니야툰	179 亞	요우간	96 日	우라기리	190 日
온니뽀뗀짜	132 伊	와쓰뚜 아르와힌	159 亞	요우디엔	133 中	우라나이	178 日
온다	36 伊	와으둔	135 亞	요우세이	170 日	우라나이시	158 日
온코우	126 日	와이즈	212 英	요우야	215 中	우라노	50 伊
올	49 羅	와이프	138 英	요우엔	216 日	우라노	51 西
올	200 英	와일드 덕	80 英	요우위	123 中	우라노스	37 希
올가싼	129 英	와일드캣	72 英	요우쥬츠	178 日	우라노스	51 希
올드	10 英	와쥬훈	21 亞	요우쥬츠시	158 日	우라누스	50 獨
올라	37 西	와즈탈룬	133 亞	요우	83 中	우라누스	51 羅
올라	201 希	와즈훈	99 日	요우치엔런	153 中	우라니오 토크소	41 希
올로르	81 羅	와지룬	151 亞	요우헤이	192 日	우라드리브이	213 露
올로보	97 露	와카레	134 日	요우후오	207 中	우라미	122 日
올루스	57 羅	와킬	157 亞	요이	16 日	우란	51 露
올리고밀리토스	127 希	와타리도리	76 日	요추	82 中	우로코	70 日
올리바	63 日	와하	31 亞	요쿠보우	124 日	우루쑬 바흐리	173 亞
올리바	63 西	와흐다툰	123, 217 亞	요쿨라토르	157 羅	우르브스	161 羅
올리베	62 獨	와흐문	173 亞	율티	177 希	우르수스	77 羅
올리브	62 英	와흐쉬야툰	127 亞	용	85 中	우르스	76 佛
올리비에	62 佛	와흐	71, 171 亞	용간	129 中	우를라레	114 伊
올마이티	132 英	와흐윤	177, 179 亞	용런	157 中	우리나	108 伊
올비도	205 西	와히둔	23 亞	용위엔	9 中	우리나	109 羅
올웨이즈	8 英	와히둔 꺼르니	77 亞	용치	121 中	우리아오	123 中
올코스	183 希	완	103 中	용형	211 中	우마	72 日
올키조매	181 希	완구	127 中	우	12, 64 露	우마야	162 日
옴니스	201 羅	완녕	133 中	우	23, 41, 201 中	우메루스	103 羅
옴니포텐스	133 羅	완료쿠	130 日	우꽁	91 中	우모	45 西
옴므	98 佛	완비	211 中	우나리고에	108 日	우모	68 日
옴브라	46 伊	완상	17 中	우나	105 西	우미	32 日
옴브레	99 西	완싸	49 中	우노	22 伊	우밍즐	105 中
옴브레 로보	175 西	완우	29 中	우노	23 西	우바	66 伊
옴브로	103 西	왈쉐브닉	159 露	우둠	23 羅	우바	67 西
옴블리고	105 西	왕	32 日	우뉴	157 中	우바룬	93 亞
옵스쿠리타스	47 羅	왕관	145 中	우뉘	159 中	우바후	114 日
옵타티오	117 羅	왕궈	149 中	우니꼬르노	170 伊	우바쥐니예	121 露
옵테인	114 英	왕뉘	149 中	우니꼬르니오	171 西	우베가츠	113 羅
옵트니르	114 佛	왕즈	149 中	우니베르소	28 伊	우부디야툰	153 亞
옵퍼	180 獨	왕췌	205 中	우니베르소	29 西	우블리	204 佛
옵푸냐티오	193 羅	왕파이	193 中	우니베르숨	29 羅	우비츠	115 露
옷터	74 獨	왕페이	149 中	우니베르줌	28 獨	우빠도크	203 露
옷ти	138 日			우니엔	13 中	우쁘라브라유쉬이	157 露
옹글	104 佛			우니코르누우스	171 羅	우쁘람스트보	127 露
옹브르	46 佛	외 ~ 웹		우다랴츠	113 露	우사기	74 日
옹트	122 佛			우다랴츠 나고이	113 露	우소	210 日

우소츠키	124 日	운게팀	170 獨	웨어	36 英	위즈덤	130 英	
우슈	27 中	운굴라	71 羅	웨어울프	174 英	위진씨앙	61 中	
우슈분	59 亞	운귀스	105 羅	웨이	69 中	위쳐	55 中	
우스빼흐	203 露	운글릭	118 獨	웨이라이	9 中	위챠	197 中	
우스푸룬	79 亞	운다	37 羅	웨이보	37 中	위츈으	213 中	
우시	72 日	운드	110 英	웨이브	36 英	위치	71 中	
우시나우	114 日	운루이히	214 獨	웨이스트	104 英	위콰이	119 中	
우시로	18 日	운메이	132 日	웨이스트랜드	30 英	위크	14, 212 英	
우싸꺼파툰	151 亞	운모	90 日	웨이씨아오	115 中	위토피	168 佛	
우쓰꾸푼	151 亞	운베존넨	128 獨	웨이씨엔	215 中	위트	22 佛	
우쓰떠	105 亞	운보익잠	128 獨	웨이지	203 中	위티엠	24 佛	
우쓰뚜러툰	169 亞	운슈테어플리히	210 獨	웨이크	204 英	윈	37 中	
우쓰부으	15 亞	운쑤룬	29 亞	웨이펑	39 中	윈드	38 英	
우씨엔따	27 中	운안슈텐디히	216 獨	웨일	88 日	윈드밀	164 英	
우아	82 佛	운엔틀리히	26 獨	웨폰	194 英	윈무	91 中	
우아조	76 佛	운오어트눙	200 獨	웬즈	183 中	윈슬	53 英	
우야	79 中	운자우버	212 獨	웬즈	85 中	윈췌	81 中	
우어슈프룽	8 獨	운터강	202 獨	웬즈데이	14 英	윈치	135 中	
우에	18 日	운터에어데	34 獨	웰	164 英	윈터	10 英	
우에소	107 西	운텐	18 獨	웰스	152 英	윈허	167 中	
우에스트	18 佛	운팔	110 獨	웹	70 英	월	116 英	
우오모	98 伊	운페어엔틀리히	210 獨			월라다툰	203 亞	
우오자	54 日	울띠모	8 伊			월로우	66 英	
우조르	185 露	울띠모	9 西	위~으		윌팀	210 佛	
우주룬	127 亞	울루아멘	71 羅			웝	196 英	
우주알레	216 伊	울르바츠	115 露			윗준	83 亞	
우즈	36 日	울리	111 希	위	37, 89 中	윗치	158 英	
우즈	135 露	울리보	62 伊	위너	142 英	윙	68 英	
우즈나바츠	113 露	울리아히토	109 希	위니베르	28 中	유가	214 日	
우즐	29 中	울리야히토	71 希	위라뉴스	50 佛	유가타	16 日	
우지아오씽씽	185 中	울릿뜨마	91 露	위런	141 中	유건니	115 亞	
우지애	191 中	울라또	70 伊	위를르망	70 佛	유그	19 露	
우쩨세니예	119 露	울티오	191 羅	위린	108 佛	유글란스	65 羅	
우차스츠	135 露	울프	74 英	위마오	69 中	유꺼틸루	115 亞	
우첼로	76 伊	움	131 露	위맹	98 佛	유껏씨무	181 亞	
우첼로 라빠체	78 伊	움느이	213 露	위민	155 中	유나리	115 亞	
우첼로 미그라또레	76 伊	움무 아르바우 와 아르바인		위버리퍼룽	170 獨	유니	12 獨	
우첼로 아꾸아띠꼬	76 伊		91 亞	위버팔	192 獨	유니버스	28 英	
우츄	28 日	움쯔	139 亞	위버헵플리히	126 獨	유니콘	170 英	
우츠쿠시이	212 日	움벨리꼬	104 伊	위슈나	65 露	유디우	47 亞	
우치	195 中	움브라	47 羅	위스테리아	66 英	유디춤	163 羅	
우치데레	114 伊	움빌리쿠스	105 羅	위스퍼	108 英	유라레	181 羅	
우치	137 露	움아멘	116 獨	위시	116 英	유라티오	183 羅	
우크뚜부툰	89 亞	웅기아	104 伊	위아문	201 亞	유레이너스	50 英	
우크투브르	13 亞	워	188 英	위에	13 中	유리	62 日	
우타우	114 日	워니요우	91 中	위에광	47 中	유린	108 英	
우토삐이	169 希	워먼	98 中	위에꾸이슈	65 中	유메	118 日	
우토우	61 中	워크	112 英	위에딩	135 中	유미	196 日	
우토피	168 獨	워터	28 英	위에랑	49 中	유비	102 日	
우토피아	169 羅	워터폴	34, 76 英	위에창술	95 中	유비아	37 西	
우튀방	169 中	워터휩	164 英	위엔		유비와	144 日	
우푸꾼	31 亞	원	22 英		21, 35, 79, 169, 185 中	유뻬쩨르	49 露	
우피치알레	194 伊	원더	132 英	위엔쑤	29 中	유스티리아	201 亞	
우호	101 露	월넛	64 英	위엔왕	117 中	유썰리	181 亞	
우화궈	63 中	월드	28 英	위엔이슬	157 中	유아리주	111 亞	
욱소루	139 羅	웜	42, 82, 126 英	위엔	177 中	유야케	48 日	
운	134 日	윗치독	72 英	위엔지아	159 中	유와쿠	206 日	
운가	166 日	웨더콕	164 英	위왕	125 中	유우레이	174 日	
운게둘디히	126 獨	웨스트	18 英	위저드	158 英	유우죠우	120 日	
				위조우	29 中			

유우츠	122 日	이데알	118 佛	이베르	10 佛	이쓰디드아우	181 亞
유우키	120 日	이데알	119 西	이브나툰	141 亞	이쓰떠블	163 亞
유울ायू	13 亞	이데알레	118 伊	이브누 싸빌	143 亞	이쓰바운	103 亞
유즈니이 크레스트	55 露	이도	164 日	이브눈	141 亞	이쓰터러하툰	193 亞
유칸	128 日	이돌	178 佛	이브다운	203 亞	이쓰티꺼마툰	127 亞
유키	38 日	이돌	179 露	이브릴	13 亞	이쓰티야우	123 亞
유토피아	168 英	이돌로	179 希	이브하룬	135 亞	이씽	137 中
유피터	48 獨	이돌룸	179 羅	이브하문	105 亞	이아누아리오스	13 希
윤야	13 亞	이두안져	145 中	이블	210 英	이아킨토스	63 希
율리	12 獨	이드랑개아	59 希	이블리쑨	177 亞	이애래아스	159 希
윱피테르	49 羅	이드로비오	77 希	이비키	108 日	이야라툰	187 亞
융에	98 獨	이드로타스	107 希	이빼로호	213 希	이야링그	144 日
융프라우	54, 98 獨	이드로호오스	55 希	이뽀그리포	172 伊	이어	10, 100 英
으어	83, 85, 101, 211 中	이디오	140 佛	이뽀그리포	173 希	이아링	144 英
으어멍	119 中	이디오따	141 西	이뽀메아	58 伊	이에	16 佛
으어모	171, 177 中	이디오피아	133 希	이뽀메야	59 露	이에	164 日
으어위	87 中	이뜨룬	147 亞	이뽀모니	207 希	이에로	95 西
으어이	125 中	이뜰라룬	167 亞	이뽀뽀따모	76 伊	이에리	16 伊
		이라	122 伊	이뽀뽀따모	77 西	이엘로	45 亞
이 ~ 잉		이라	123 羅	이뽀뽀타모스	77 希	이와	96 日
		이라	123 西	이뽀스해시	135 希	이우니오스	13 希
이	23, 69 中	이라하툰	175 亞	이뽀태스	199 希	이울리오스	13 希
이개티스	141 希	이라훈	175 亞	이뽀티스	151 希	이위엔	163 中
이거싸툰	205 亞	이라훌 마우티	177 亞	이뽐메아	59 西	이윤	13 露
이고	63 西	이래모	213 希	이뿌그리빠스	173 希	이율	13 露
이그니스	29 羅	이러다툰	117 亞	이뿔고스	151 希	이으러푼	169 亞
이그러운	207 亞	이렙션	42 英	이삐래티스	157 希	이으써르	43 亞
이그로	45 希	이레 페디부스	113 羅	이삐오스	129 希	이으티다운	193 亞
이글	78 英	이로	206 日	이삐코	195 希	이이	210 日
이글레시아	165 西	이로아스	141 希	이사카이	188 日	이자둔	205 亞
이께분	187 亞	이로이다	141 希	이산	152 日	이자쉬노스츠	215 露
이꼬나	178 伊	이로전	202 英	이샤르툰	183 亞	이제알	119 露
이나꺼툰	215 亞	이롱르	78 佛	이세키	166 日	이졸라	32 伊
이나분	67 亞	이루카	88 日	이센트릭	130 英	이줌룻	93 露
이나즈마	38 日	이르티바쿤	201 亞	이스까	143 露	이즈 그나니에	187 露
이나부스	129 羅	이리니	201 希	이스또리아	171 希	이즈메네니예	203 露
이네르티아	123 羅	이리스	58 獨	이스또리야	171 露	이즈멘노스츠	211 露
이네브랑라블	128 佛	이리스	58 佛	이스또치니크	9 露	이즈미	34 日
이네이	41 露	이리스	58 伊	이스띤또	118 伊	이즈베르줴니에	43 露
이노루	180 日	이리스	59 露	이스베르그	32 伊	이즈스깐나츠키	217 露
이노리	180 日	이리스	59 希	이스뿍	121 露	이즐	117 中
이노바시온	191 西	이리씨오스	141 希	이스쁘라쥐 네니야	109 露	이지아오	179 中
이노베레쓰	145 露	이리아코 시스티마	55 希	이스찌나	211 露	이지와루	124 日
이노상	128 佛	이리아코 포스	47 希	이스케이프	192 英	이찌	167 中
이노센트	128 英	이리오루스토스	37 希	이스크라	45 露	이찬	153 中
이노시시	74 日	이리오바실레마	49 希	이스토리아	169 希	이츠모	8 日
이노쎈떼	129 露	이리코	29 希	이스토리아	171 希	이치	22 日
이농다시옹	42 佛	이리크쑨	65 亞	이스투아르	170 佛	이치가츠	12 日
이농브라블	26 佛	이리타빌리스	127 羅	이스트	18 英	이치고	58 日
이누	70 日	이마고	175 羅	이스히스	131 希	이치바	160 日
이눈다티오	43 羅	이마눈	121 羅	이슬	157, 181 中	이치지쿠	62 日
이니미쿠스	137 羅	이만	175 亞	이슬라	33 西	이카	88 日
이니엔	13 中	이메라	17 希	이시	20 佛	이카리	122 日
이니찌오	8 伊	이모르텔	210 佛	이시	96, 116, 156 日	이케	34 日
이다니코	119 希	이모션	116, 120 英	이시쿠	154 日	이케니에	180 日
이더문	107 亞	이무쉐스트바	153 露	이시호	215 希	이코개니아	139 希
이데아	119 羅	이므라아툰	99 亞	이쎄베르그	33 西	이코시모	199 希
이데알	118 獨	이믈라꾼	173 亞	이쓰끼에르다	19 西	이쿄우	178 日
		이바	67 羅	이쓰나니	23 亞	이키와툰	139 亞

이크티야룬	205 亞	인보까씨온	181 西	일라준	111 亞	자깟 쏜싸	49 露	
이클립스	48 英	인보카티오	181 羅	일레피두스	217 羅	자꼰	183, 187 露	
이키	108 日	인비디아	125 羅	일렉스	193 羅	자나럴	195 亞	
이타	189 希	인비에르노	11 西	일루미나레	46 伊	자나자툰	135 亞	
이타미	110 日	인세키	52 日	일루미나르	47 西	자나훈	69 亞	
이타즈라즈키	130 日	인섹	83 西	일루미네이트	46 英	자누분	19 亞	
이탄샤	144 日	인섹툼	83 羅	일루미노	47 羅	자드	19 露	
이터널	8 英	인섹트	82 英	일루시온	119 西	자드	94 佛	
이테자	54 日	인쇼쿠	146 日	일루전	118 英	자드룬	57 亞	
이토스키	62 日	인수렉또	143 西	일루지오네	118 伊	자드왈룬	35 亞	
이티네라토르	157 羅	인수체쏘	202 伊	일루지옹	118 佛	자디둔	11 亞	
이티매노스	143 希	인술라	33 羅	일류지야	119 露	자라체니에	111 露	
이티아	67 希	인술타레	113 羅	일리씨오	213 希	자랏노스츠	201 露	
이패스티오	33 希	인스띤또	119 西	일리오스	49 希	자레든	87 亞	
이포그리프	172 佛	인스팅트	118 英	일리오트로삐오	63 希	자르댕	162 佛	
이포포팀	76 佛	인시녜	199 羅	일릭리누스	125, 129 希	자르디니에	156 佛	
이하	141 西	인시데	211 羅	일뭇 탄짐	181 亞	자리운	129 亞	
이호	141 西	인쎄또	82 伊	임마러 뚜룬	149 亞	자마슈툰	91 亞	
이흐티꺼룬	125 亞	인쎄또	82 伊	임머	8 獨	자말룬	73 亞	
이흐티러문	121 亞	인쓰찐트	119 露	임메모라티오	205 羅	자메르자츠	45 露	
이흐티스	55 希	인아	205 亞	임모르딸레	210 伊	자밀룬	137, 213 亞	
익스큐셔너	160 英	인온다찌오네	42 伊	임모르틸리스	211 羅	자바르자둔	91 亞	
익스큐션	186 英	인오우슬런	157 中	임모털리티	210 英	자바르자둔	95 亞	
익스트림	200 英	인이카쑤	49 亞	임몬디찌아	152 伊	자발루 잘리디	33 亞	
익스플로전	44 英	인제니움	133 羅	임바러 뚜리야툰	149 亞	자발룬	31 亞	
익토스	121 希	인제이까	83 露	임베르	37 羅	자보예바니예	191 露	
익티노스	79 希	인섹트	82 獨	임빠씨엔떼	127 西	자브트라	17 露	
인	162 英	인젤	32 獨	임빠지엔떼	126 伊	자빳	19 露	
인	37, 95 中	인저리	108 英	임빼라또르	149 露	자쁘렛	183 露	
인깐떼지모	178 伊	인조이먼트	118 英	임빼리야	149 露	자쁘쓰	183 露	
인꼰뜨로	134 伊	인지엔	181 中	임뻬로	148 伊	자생트	62 佛	
인꾸보	118 伊	인질	179 亞	임뻬리오	149 西	자쉬따	191 露	
인꼬레스빠뚜라	36 伊	인천	127 中	임페라토르	149, 195 羅	자쉬운	129 亞	
인끼러둔	203 亞	인치덴떼	110 伊	임페리움	149, 191 羅	자쉬트니이 스나럇	197 露	
인노첸떼	128 伊	인쿠부스	119 羅	임푸베스	99 羅	자스따바	165 露	
인노첸스	129 羅	인키	126 日	임풀수스	45 羅	자쑤하	43 露	
인누다씨온	43 西	인키파돈	203 亞	임프레카티오	179 羅	자야쯔	75 露	
인누메라블레	27 西	인테르피체레	115 羅	잇슌	8 日	자오천	17 中	
인누메레볼레	26 伊	인텐스	212 英	잇카구슈우	170 日	자와준	135 亞	
인누메룸	27 羅	인튜이션	118 英	잇코우	136 日	자우바아툰	39 亞	
인디꼬	206 伊	인티꺼문	191 伊	잇티하디	149 亞	자우버	212 獨	
인덱스	105 羅	인판떼리아	195 西	잉	47, 79 中	자우운	37 亞	
인덱스 핑거	104 英	인판테리스트	194 獨	잉꺼	83 中	자우자툰	139 亞	
인두멘또 쁘로떼띠보	196 伊	인판툴루스	99 羅	잉더	215 中	자우제이니	139 亞	
인디고	206 英	인팬트리맨	194 英	잉쑤	61 中	자우준	139 亞	
인디고	207 西	인페르노	168 伊	잉씨옹	141 中	자우준	65 亞	
인디쎄	105 西	인페르누스	169 羅	잉얼	99 中	자우하러툰	91 亞	
인디체	104 伊	인펙션	110 英	잉우	83 中	자우하룬	29 亞	
인디춤	205 羅	인플레르노	169 西	잉코	82 日	자욱납프	70 獨	
인떼그리다드	127 西	인플렉시블레	129 西	잉화슈	65 中	자웃 샤미리	135 亞	
인뗀소	213 西	인피니또	26 伊	잉훠	87 中	자우파런	59 亞	
인뗀소	212 伊	인피니또	27 西			자이	71 亞	
인뗄리젠떼	212 伊	인피니타스	27 羅	(자 행)		자이닌	186 日	
인뚜이씨야	119 露	인피니티	26 英	자 ~ 쥘		자이문	141 亞	
인뚜이씨온	119 西	인피자룬	45 亞			자이산	152 日	
인뚜이찌오네	118 伊	인허	55 中	자가드까	187 露	자이쑨	97 亞	
인뜨레삐도	128 伊	인히야룬 잘리디	43 亞	자게	168 獨	자이언트	172 英	
인모르딸	211 西	일	32 佛	자고보르	179 露	자이자푼	67 亞	
인베르노	10 伊	일니스	110 英			자이툰	63 亞	

자일룬	69 亞	제네로소	126 伊	젠	196 獨	쟈르끼이	43 露
자지러툰	33 亞	제네로수스	127 羅	젠제만	176 獨	쟈보로노크	81 露
자쿠로	64 日	제네뢰	126 佛	젠주흐트	120 獨	쟈즈다	125 露
자크르또예	181 露	제네시스	203 羅	젠틀	124 英	죄디	14 佛
자클리나리예	179 露	제	51 露	젤	40 佛	죌트너	192 獨
자투언	50 獨	제누	107 露	젤러시	124 英		
자파푼	43 亞	제니	132 佛	젤레	116 露	**쥬 ~ 징**	
자피로	92 伊	제니또레	138 伊	젤로	45 羅		
자피리	93 希	제니오	132 伊	젤로시아	124 伊	죠르나따	16 伊
자흐러툰	51, 59 露	제라니오	58 伊	젤리피쉬	88 英	죠르노	14 伊
자흐러툴 쿠비야	59 露	제러이버	160 獨	젤트잠	216 獨	죠베	48 伊
자흐러툿 러비이	61 露	제레바	63 露	젤핀	89 露	죠우	15, 103 中
잔나툰	169 亞	제레브나	163 露	젬	90 佛	죠우겐샤	142 日
잔닌	126 英	제로	22 佛	젬	90 英	죠우네츠	120 日
잔바꿀 와디	61 亞	제로	22 英	젬마	56 伊	죠우위	179 中
잔자라	84 伊	제로	22 露	젬마	57, 59, 91 羅	죠우힌	216 日
잔트슈트란트	32 獨	제뢰베	76 獨	젬축	93 露	죠이아	118 伊
잘라다	197 亞	제르깔로	147 露	젬버	57 露	죠지시	168 日
잘로스츠	121 露	제르뜨	57 露	젬템버	12 獨	죠츄	156 日
잘루지	124 佛	제르뜨보쓰리노쉐니예	181 露	젯	139 露	죵슈	65 中
잘립	33 露	제름	56 佛	젱어	156 露	죵씬	19 中
잡베니예	205 露	제만	154 獨	저스티스	200 英	죵우	17 中
잣다툰	139 亞	제멜리	140 伊	전슬	211 英	죵주워	195 中
잣둔	139 亞	제멜리	52 伊	전쥬	93 露	죵즈	57 中
잣메네니예	49 露	제모	52 伊	전펑	41 中	죵즐	105 中
장브	106 佛	제믈랴	49 露	정이	201 中	주	100 佛
장비에	12 佛	제믈랴니까	59 露	정차오	189 中	주	107 中
장티	124 佛	제믈레뜨레쎼니예	43 露	정팡씽	185 中	주건	107 中
장티	124 佛	제미나이	52 英	정푸	191 中	주눅둔	193 亞
재뉴어리	12 英	제미니	53, 141 羅	제믈랴	29 露	주눈	217 亞
쟈다오	189 中	제미또	108 伊	제믈리	29 露	주르	14 佛
쟈르디노	162 伊	제미투스	109 羅	젤로이	207 露	주르르	16 佛
쟈아쿠	210 日	제바	55 露	조	69 希	주르훈	109 亞
쟈오	71 中	제바뜨이	25 露	조우	76 日	주무	139 中
쟈오랑	47 中	제바츠	23 露	조우	113 中	주무루둔	93 亞
쟈오져	35 中	제보따	109 露	조우	118 英	주무리	93 亞
쟈오환	181 中	제보치까	99 露	조이	133 希	주무후리야툰	149 亞
쟈이디	163 中	제샤뜨이	25 露	조이로스	127 希	주씨엔	141 中
쟈이피엔슬	161 中	제샤츠	23 露	조이머	130 獨	주아	118 佛
쟈	79 希	제스토스	43 希	조이피오	83 希	주아이오	126 佛
쟌또우	189 中	제스트베니짜	99 露	조흐룬	21 亞	주어	19 中
쟌부	179 中	제쏘	96 伊	존	140 獨	주워티엔	17 中
쟌부슬	159 中	제앙	172 佛	존	208 佛	주으누파툰	71 亞
쟌정	189 中	제옷터	76 獨	존네	48 獨	주이샹스	118 佛
쟌투	97 中	제이둔	211 亞	존넨블루메	62 獨	주죠우	179 中
쟝랑	85 中	제이드	94 英	존넨샤인	46 獨	주트	18 獨
쟝마오	197 中	제이슌	199 亞	존넨아우프강	14 獨	주푸	139 中
쟝위	89 中	제찌	99 露	존딜링	130 獨	주할룬	51 亞
쟝푸	139 中	제츠메츠	202 日	존아벤트	14 獨	주허	142 獨
저이프처	108 獨	제츠보우	122 日	존탁	14 獨	주헤	132 獨
점프	112 英	제헨	112 獨	졸다트	192 獨	준	12 英
정글	30 英	제훈트	76 獨	졸로또	95 露	줄라이	12 英
제	32, 34 露	젝스	22 獨	졸리	212 英	줌주마툰	175 亞
제까	90 伊	젝스트	24 獨	좀머	10 獨	줌프	34 獨
제까브르	15 露	젠	15 獨	좀머 슈테른	54 獨	중글라	30 伊
제너러스	126 英	젠	210 日	종글	30 佛	중글라	31 希
제너럴	194 英	젠기	153 露	좌드노스츠	129 露	중엘	30 獨
제너랄	194 佛	젠나이오	12 伊	좌라	43 露	쥘뜨이	209 露
제네랄레	194 伊	젠띨레	124 伊	좌르꼬여 쩰로	45 露		

줴나	139 露	즈슈이찡	91 中	지아그라마	183 露	진치엔	153 中	
줴니	132 獨	즈써	209 中	지아다	94 中	진티엔	17 中	
줴니흐	139 露	즈야볼	177 露	지아르디니에레	156 伊	질둔	107 亞	
줴스또꼬스츠	127 露	즈위엔	153 中	지아미엔	147 中	질리아	125 希	
줴씽	205 中	즈케이	182 日	지아벨로또	196 伊	질리오	62 伊	
줸슈나	99 露	즈화띠딩	61 中	지아오	69, 115 中	질바	94 露	
줼라니예	117 露	즐	57, 103 中	지아오쑤	51 中	질자룬	43 亞	
줼레조	95 露	즐껑니아오	81 中	지아오씽지아	189 中	집숨	97 羅	
쥐모	140 佛	즐뉴	51 中	지아오아오	119 中	집트	24 獨	
쥐보뜨노예	69 露	즐로	211 露	지아오쥐	145 中	징	103 中	
쥐봇	105 露	즐로바	123, 211 露	지아오화	129 中	징링	171 中	
쥐쇼우	173 中	즐로스츠	125 露	지아오황	151 中	징엔	114 獨	
쥐스티스	200 佛	즐로슬리이	99 露	지아오후이	165 中	징지에	193 中	
쥐앵	12 佛	즐로이 두흐	171 露	지아주	139 中	징창	9 中	
쥐에또우	189 中	즐슈아이	125 中	지아춘	85 中			
쥐에왕	123 中	즐슬	131 中	지아친또	62 伊	**짜 ~ 찡**		
쥐이예	12 露	즐쒸	201 中	지알로	208 露			
쥐즈녜라도스트노스츠	127 露	즐우	57 中	지앙린	177 中	짜빨랴	81 露	
쥐즌	133 露	즐쥐에	119 中	지앙샹	153 中	짜이후이	135 中	
쥐지쇼우	193 中	즐쥐엔	183 中	지앙쥔	195 中	짠나	68 伊	
쥐피테르	48 佛	즐쥬오	125 中	지에를	177 中	짠씽슈	181 中	
쥐화	59 中	즐즈화	59 中	지에메이	139 中	짱더	213 中	
쥔관	195 中	즐지아	105 中	지에뻥	45 中	짱리	135 中	
쥔잉차오	61 中	즐페이	191 中	지에슈	9 中	째체니예	37 露	
쥔주	149 中	즐환	145 中	지에웬	117 中	쩡	123 中	
쥔투안	199 中	즐후이	131 中	지에팡	205 中	쩨레모니아	177 露	
쥠볼	186 獨	지	81 中	지에훈	135 中	쩨르뻬니예	207 露	
쥬	22 日	지간떼	172 中	지엔	83, 103, 197, 199 中	쩬	47 露	
쥬	69 中	지간테스	173 羅	지엔리엔	217 中	쩬따브르	171 露	
쥬가츠	12 日	지거	142 獨	지엔위	163 中	쩰레스	53 露	
쥬니가츠	14 日	지겔	146 獨	지오베디	14 伊	쩰로	103 露	
쥬라레	180 伊	지겔	180 露	지요우	23, 79 中	쩌리	21 中	
쥬라멘또	182 伊	지고스	55 希	지요우관	163 中	쫌노·씨니리	207 露	
쥬라블	81 露	지고쿠	168 日	지요우니엔	13 中	쫑마오	69 中	
쥬몬	178 日	지관	71 中	지요우더	11 中	쪼꼴로	68 伊	
쥬스띠찌아	200 伊	지까야 꼬쉬까	73 露	지요지	205 中	쪼빨리이	43 露	
쥬앙옌	215 中	지꼬스킨	217 露	지운뇨	12 伊	쭈르마	163 露	
쥬오무니아오	79 中	지노끼오	106 伊	지울라레	156 伊	쭈안슬	93 中	
쥬아오	141 中	지니어스	132 英	지유	200 日	쭈이	187 中	
쥬치가츠	12 日	지다룬	165 亞	지지에	11 中	쭈이따씨엔두	27 中	
쥬지아오	151 中	지다이	10 日	지지엔	195 中	쭈이런	187 中	
쥬지카	176 日	지두	125 中	지징	205 中	쭈이시아오씨엔두	27 中	
쥬크	85 露	지두안	201 中	지캉	8 日	쭈이츄	9 中	
쥬크·알렌	85 露	지드운	57 亞	지코	110 日	쭈이호우	9 中	
쥬피터	48 英	지띠	167 中	지탄	181 中	쭌징	121 中	
쥰스이	128 日	지라솔레	62 伊	지티히	82 獨	쮠잉	173 中	
즙	101 露	지루	183 中	지핀	181 中	쭈	73 中	
즈나니예	131 露	지루에트	164 佛	지허	214 獨	쮸홍	207 露	
즈냐	199 露	지룰 하써디	85 亞	지히	120 日	쯔란	29 中	
즈누	106 露	지리에더	213 中	직	188 露	쯔여우	201 中	
즈단	199 中	지리요우	37 中	직딱뚜라	189 露	쯜다오	113 中	
즈라초크	101 露	지마	11 露	진	95 中	쯜랴오	111 中	
즈리싸	159 露	지모어	123 中	진니	171 亞	쯜위	111 中	
즈메이	87 露	지벤	22 露	진니요우쭤	53 中	쯜쥬	91 中	
즈바츠	115 露	지신	42 日	진쑨	117 亞	쯜출져	137 中	
즈베르	71 露	지쓰룬	165 亞	진쓰니아오	81 中	찌그르	75 露	
즈베르스트보	127 露	지쓰문	103 亞	진씽	51 中	찌쉬나	205 露	
즈베즈다	49 露	지씨엔	211 中	진지	183 中	찌스치리시체	169 露	
즈뵤즈드니이 스벳	47 露	지아	101 中	진지아흥	85 中			

273

찌아라	145 露	챵푸	157 中	쵸우와	200 日	츠바이	22 獨
찌엔치앙더	213 中	챵푸	59 中	쵸우쥐에	157 中	츠바이트	24 露
찌요우슬쥬	143 中	처치	164 英	춈나파	47 露	츠바이파흐	26 露
찌이	117 中	청공	203 中	춋칸	118 日	츠바익	56 露
찌지키	85 希	체끼노	192 伊	충	83 中	츠바키	64 日
찌하오	183 中	체네레	44 伊	충지	45 中	츠베르크	170 露
찌히리	215 露	체또니아	84 伊	충징	121 中	츠보미	58 日
찐	21 中	체뜨레	23 露	추도	181 露	츠빌링	52 獨
찡션	117 中	체뜨베르크	15 露	추도비쉐	171 露	츠빌링에	140 獨
찡위	89 中	체뜨뵤르뜨이	25 露	추박	131 露	츠뻬이	121 中
찡정뚜이쇼우	137 中	체라수스	65 羅	추브스트보	117 露	츠요이	212 日
찡즈	147 中	체레모니	176 獨	추쥐	63 中	츠요카제	38 日
		체레빠하	89 露	추쳴로	165 露	츠유	40 日
		체레쁘	175 露	추쿤프트	8 獨	츠이호우	186 日
(차 행)		체레알레	56 伊	추흐트라	89 希	츠키	28, 196 日
차~취		체르까또레	142 伊	축포겔	76 獨	츠키	48 日
		체르끼오	184 伊	춘	163 中	출	123 中
차를라딴	131 西	체르보	72 伊	충에	100 獨	출	35 中
차만	159 西	체르보 볼란떼	84 伊	췐	35, 71, 103 中	출징	121 中
차빠론	37 西	체르부스	73 羅	췐뿌	201 中	치	23, 199 中
차안	100 獨	체르브	83 露	취마이	61 中	치	28, 106 日
차오	59 中	체리 트리	64 英	취모	179 中	치게	72 獨
차오메이	59 中	체리모니아	176 伊	취모슬	159 中	치까	99 西
차오위엔	31 中	체슐랴	71 露	취씨에우	147 中	치까뜨리체	110 伊
차오자더	215 中	체스츠	205 露	취프레쎄	62 獨	치깔라	84 伊
차우버러	158 獨	체스트	104 英			치꼬	99 西
차우버슈프루흐	178 獨	체스트노스츠	125, 129 露			치꼬냐	80 伊
차이게핑어	104 獨	체어슈퇴룽	202 獨	츄~칭		치뇨	80 伊
차이까	81 露	체언	22 獨			치니스	45 羅
차이바오	153 中	체언트	24 獨	츄뉘	99 中	치니엔	13 中
차이챤	153 中	체인	188 英	츄뉘쮜	55 中	치다오	181 中
차이트	8 獨	체인지	202 英	츄립푸	60 日	치따	160 伊
차이펑	155 中	체케	90 獨	츄모어	113 中	치료우	110 日
차이헨	182 獨	체쿠리	197 希	츄사	194 中	치르쿠루스	185 羅
차이훙	41 中	체크 포인트	164 英	츄슬	155 中	치르쿠루스 락테우스	55 羅
차일드	98 英	첸따우로	170 伊	츄신	18 日	치멕스	83 羅
차코모스	189 希	첸또	24 伊	츄싱	187 中	치미떼로	166 伊
차트	124 獨	첸뜨로	18 伊	츄씽련	161 中	치미아오	217 中
찬런	127 中	첸타우루스	171 羅	츄안링	195 中	치베따	78 伊
찬샤	191 中	첸툼	25 羅	츄안슈오	169 中	치부사	104 日
찬쎄	193 西	첸트룸	19 獨	츄안청	171 中	치빙	195 中
찬쑤씨	53 中	첸티페다	91 羅	츄앙짜오	203 中	치빙투안	199 中
찰로스	26 獨	첼라리우스	157 羅	츄이	197 中	치쁘레쏘	62 伊
창잉	87 中	첼로베크	99 露	츄이슬	145 中	치스또따	129 露
채널	32 英	천모과엔	127 中	츄지아오	71 中	치스뜨이	213 露
채터박스	130 英	천루	217 伊	츈	11, 101 中	치스페	45 西
챈스	192 英	청런	99 中	츌렌	77 露	치슬	151 中
챌린저	142 英	청바오	167 中	츌빤	61 露	치슬로	23 露
챌린지	204 英	청슬	129, 161 中	츠구나이	188 日	치슬루	179 中
챠	208 日	청장	203 中	츠나크	183 露	치시키	130 日
챠써	209 中	청출	161 中	츠노	68 日	치씨	109, 193 中
챠지	192 英	초언	122 獨	츠라라	40 日	치아오	165 中
차화슈	65 中	초이스	204 英	츠루	56, 80 日	치앙웨이	65 中
찬	85 中	총밍더	213 中	츠마	138 日	치앙펑	39 中
찬스	192 日	쵸	86 日	츠메	104 日	치어풀	126 英
참	178 英	쵸께	45 西	츠메타이	44 日	치엔	19, 25, 95 中
창	115 中	쵸르느이	209 露	츠미	186 日	치엔니요우씽	51 中
창셩니아오	173 中	쵸우센	204 中	츠바메	78 日	치엔니요우화	59 中
		쵸우센샤	142 中	츠바사	68 日	치엔쒀	127 中

치엔탄	35 中	카나르	80 佛	카멜리아	65 希	카이	88 日
치엘로	36 日	카나르 소바주	80 佛	카멜리아 테아	65 羅	카이둔	129 亞
치왕	181 中	카나리	80 佛	카멜리에	64 獨	카이미르	172 英
치요우	11, 185 中	카나리니	81 希	카모	80 日	카이부츠	170 日
치웨이	133 中	카나리아	80 日	카모메	80 日	카이분	127 亞
치아에	183 中	카나리야	81 亞	카모쿠	126 日	카이오	9 中
치위엔	9 中	카나리엔포겔	80 獨	카미	98, 174 日	카이오세이	50 日
치유링	31 中	카나시사	122 日	카미나리	38 日	카이저	148 獨
치으어	83 中	카날	32 佛	카미리야	65 亞	카이저라이히	148 獨
치이사이	26 日	카날	166 獨	카밀라	73 希	카이조쿠	160 日
치즈	139 日	카날	166 伊	카밀리아	64 英	카이카츠	126 日
치지	181 中	카날리	167 希	카바	76 日	카이쿄	32 日
치츠죠	200 日	카날리스	167 羅	카발레리스트	194 獨	카이트	78 英
치치	138 日	카네네	115 羅	카발리에	194 佛	카이호우	204 日
치카다	85 羅	카네모치	152 日	카부리	89 希	카인드	124 英
치카데	84 獨	카네숀	58 日	카부리아	89 亞	카임	56 獨
치카라	130 日	카네이션	58 英	카부쑨	119 亞	카자미도리	164 日
치카라츠요사	132 日	카넬라리우스	151 羅	카부키	71 希	카잔	32 日
치카우	180 日	카노나스	183 希	카부토	198 日	카제	38 日
치카쿠	20 日	카니	88 日	카부토무시	84 日	카제분	125 亞
치카트릭스	111 羅	카니스	71 羅	카비룬	27 亞	카조쿠	138 日
치코니아	81 羅	카니스 베나티쿠스	73 羅	카쁘노스	45 希	카주	188 佛
치큐	48 日	카니쌀툰	165 亞	카세	114 佛	카즈	22 日
치크	100 英	카니자	52 日	카세이	48 日	카치야	154 日
치킨	80 英	카더널	150 英	카소우	134 日	카차리다	85 希
치테이	34 日	카도	152 佛	카수스	111, 203 羅	카체	72 獨
치트로네	66 獨	카드랑글	184 佛	카슈	156 日	카치카	73 希
치티	45 中	카디분	211 亞	카스미	40 日	카카리	164 日
치퍼	182 英	카라	102 日	카스크	198 佛	카캔드래히스	125 希
치프라	186 伊	카라스	78 日	카스타드	34 日	카커트리스	172 英
치하니에	109 露	카라마스	70 佛	카스텔룸	161 羅	카코	211 希
치헤이센	30 日	카라마툰	57 日	카스트로	161 希	카코우	8, 32, 34 日
친	96 獨	카러준	65 亞	카시코사	130 日	카쿠메이	190 日
친	100 英	카러히야툰	123 亞	카시코이	212 日	카쿠세이	204 日
친꿰	22 伊	카레	184 佛	카싸로	213 希	카타	102 日
친노바로트	206 獨	카레이	214 日	카쌀티리오	169 希	카타그라피	183 希
친부	216 日	카르디날	150 佛	카쏘도스	177 希	카타기리	41 希
친치에더	125 中	카르디날	151 亞	카쓰래쁘티스	147 希	카타라	179 希
칠리에지오	64 伊	카르디날리스	151 羅	카씨룬	27 亞	카타락타	35 羅
침머만	154 獨	카르디아	107, 117 希	카씨룰 아클	131 亞	카타스트로페	40 獨
칭	37 日	카르보	97 羅	카씨룰 칼람	131 亞	카타스트로피	41, 203 希
칭기알레	74 伊	카르부노	97 希	카씨태쏘스	97 希	카타쓰리프시	123 希
칭미에	125 中	카르분쿨루스	95 羅	카에데	64 日	카타이	214 日
칭와	87 中	카르뽀스	103 希	카에루	86 日	카타츠무리	90 日
칭통	97 中	카르체르	163 羅	카오	98 日	카타토	106 日
칭팅	87 中	카르하리아스	09 希	카오	200 佛	카타피기오	167 希
		카리디아	65 希	카오스	200 獨	카타호니야	41 希
		카리싸툰 떠비아툰	41 亞	카오스	201 羅	카탁티시	191 希
(카 행)		카마	196 日	카오웬	187 中	카탈락티스	35 希
카~캉		카마라드	136 佛	카와	32 日	카테라쑨	81 亞
		카마리애라	157 希	카와우소	74 日	카테나	189 羅
		카마이라	173 中	카와이이	212 日	카테르바	137 羅
카	84 日	카마키리	84 日	카요우비	14 日	카트르	22 佛
카가미	146 日	카메	88 日	카우다	69 羅	카트리엠	24 佛
카가야쿠	46 日	카메라트	136 獨	카우프만	154 獨	카티푼	103 亞
카게	46 日	카멘	146 日	카운	29 日	카파르	84 佛
카게로	84 日	카멜	72 獨	카운트	150 英	카파시테	130 佛
카게로우	40 日	카멜루스	73 羅	카운트리스	26 英	카퍼	94 英
카기즈메	70 日	카멜리아	64 亞	카으분	107 亞	카페	209 希

항목	페이지	항목	페이지	항목	페이지	항목	페이지
카페르	73 羅	캐너리	80 英	컷뚠	185 亞	코르모스	57 希
카펜터	154 英	캐널	166 英	케가	108 日	코르베트	88 佛
카푸트	99 羅	캐라토	69 希	케가와	68 日	코르보	78 英
카풀 아디	103 亞	캐래애스	71 希	케누리오	11 希	코르부스	79 羅
카프리코르누스	55 羅	캐로스	37 希	케데레 갈치부스	13 羅	코르푸스	103 羅
카프리코른	54 佛	캐멀	72 英	케라비노스	39 希	코른	68 英
카피레	115 羅	캐블리 솔져	194 英	케라시아	65 希	코리	101, 141 希
카피텐	194 佛	캐슬	160 英	케루	112 日	코리달로스	81 希
카흐만	93 亞	캐오	43 希	케룰레우스	207 羅	코리치	99 希
카흐푼	33 亞	캐틀	72 英	케모노	70 日	코마	69 羅
카힌	159 亞	캐프리컨	54 英	케무리	44 日	코마도리	80 日
카힐룬	107 亞	캐흐리바리	93 希	케시	60 日	코만돼어	194 獨
칵투스	68 獨	캑터스	68 英	케시우스	209 羅	코메스	151 羅
칵투스	68 伊	캔서	52 英	케이	56 英	코메테스	53 羅
칵튀스	68 佛	캔타브로스	171 希	케이베츠	124 日	코메트	52 獨
칸	113 中	캡틴	194 英	케이브	32 英	코메트	52 英
칸나비	61 希	캣	72 英	케이야쿠	182 日	코멧	52 英
칸다이	126 日	카가야카시이	214 日	케이어스	200 英	코모리	74 日
칸도우	120 日	커	71 中	케이지	188 英	코미스	151 希
칸샤	120 日	커널	194 英	케이카이	192 日	코미코스	129 希
칸센	110 日	커눈	163 亞	케이트	166 英	코미티스	53 希
칸죠우	116 日	커닝	128 英	케처	144 獨	코부시	102 日
칸즈	153 日	커디마툰	157 亞	케테	188 獨	코쁘라나	109 希
칸지아고우	73 中	커디문	157 亞	케트	132 佛	코숑	72 佛
칸체르	53 羅	커뜨룬	203 亞	케팔리	99 希	코슈마르	118 佛
칸체르	89 羅	커띠아툰	187 亞	케퍼	82 獨	코스모	28 伊
칸타멘	179 羅	커러분	203 亞	켄	196 日	코스모스	28 獨
칸토르	157 羅	커리둔	211 亞	켄시	194 日	코스모스	28 希
칸페키	210 日	커리분	21 亞	켄자	140 日	코스모스	29 希
칼디나리오스	151 希	커리지	120 英	켄쿄	126 日	코스츠	107 露
칼라마르	88 佛	커리푼	11 亞	켄타우	170 獨	코스트	32 英
칼라마리	89 希	커머루툰	163 亞	켄타우로스	170 日	코슈라	104 日
칼라이스	93 希	커미쓰	25 亞	켄트니쓰	130 獨	코에	108 日
칼로	115, 211 希	커스	178 英	켈레	102 獨	코오로기	84 日
칼로그리아	159 希	커씨룬	143 亞	켈룸	37, 169 羅	코오루	44 日
칼로르	43 羅	커아이더	213 中	켓쿤	134 日	코오리	121 日
칼로쁘로애태토스	127 希	커알룬	119 亞	켓토우	188 日	코와스	114 日
칼로시나토스	125 希	커우	101 中	코가네무시	84 日	코우게키	190 日
칼름	40, 212, 214 佛	커우쿤	67 亞	코깔로	107 希	코우겐	30 日
칼리두스	43 羅	커우푼	125 亞	코끼노래미스	81 希	코우라	70 日
칼립스	97 羅	커이야뚠	155 亞	코네상스	130 佛	코우린	176 日
칼부 부리씬	73 亞	커이자런	69 亞	코네트르	112 日	코우부츠	90 日
칼분	71 亞	커인	143 亞	코노토리	80 日	코우사쿠	150 日
칼분 써이둔	73 亞	커일레	196 獨	코놀랴	61 露	코우센	46 日
칼불 바흐리	77 亞	커잘룬	123 亞	코라이	10 日	코우스이	146 日
칼카트릭스	173 羅	커주룬	129 亞	코도모	98 日	코우야	30 日
칼키노스	53 希	커타문	145 亞	코도쿠	216 日	코우잔	32 日
칼트	44 獨	커틈	147, 181 亞	코디코스	187 希	코우카이	122, 134 日
칼트헤어치히	126 獨	컨자룬	197 亞	코라	92 佛	코우카츠	128 日
캄	70 獨	컨쿠룬	190 英	코라키	79 希	코우케이샤	142 日
캄	212 英	컨템트	124 英	코랄레	92 獨	코우케츠	126 日
캄싸	23 亞	컨트랙트	182 英	코랄리	93 希	코우키	214 日
캄푸스	31 羅	컨트롤	190 英	코랄리움	93 羅	코우테이	148 日
캉나이씬	59 中	컨퓨전	200 英	코럴	92 英	코우테키슈	136 日
캉세르	52 佛	컬라푼	143 亞	코로나	145 羅	코우비	104 日
		컬러	206 英	코로스	114 日	코이비토	136 日
캐 ~ 콩		컬파	19 羅	코르	102 佛	코이토스	117 羅
		컴	40 英	코르	107 羅	코즈모스	28 英
		컷둔	101 亞	코르누	69 羅	코즈이	42 日

코카토리스	172 日	콧	108 獨	쿠로	208 日	쿨	44 英
코카트릭스	172 佛	콩뿌	125 中	쿠론	144 佛	쿨둔	75 日
코케	56 日	콩췌	83 中	쿠루미	64 日	쿨렉스	85 羅
코코	20 日	콩치	29 中	쿠루부시	106 日	쿨리르	206 佛
코코넛	66 英	콩케트	190 佛	쿠루푼	73 亞	쿨루	201 亞
코코로	116 日	콩트	150, 168 佛	쿠르레	111 羅	쿨커루	145 亞
코코스팔메	66 獨	콩트라	182 佛	쿠르키윤	81 亞	쿰퍼	94 獨
코코티에	66 佛	콩퓌지옹	200 佛	쿠리르	110 日	쿼드앵글	184 英
코콘	82 獨	콩피앙스	120 佛	쿠리스	197 羅	쿼럴	188 英
코쿄	82 日			쿠리쓰탈	93 亞	쿼위	91 中
코쿄우	168 日	## 콰 ~ 큐		쿠마	76 日	쿼레쿠스	65 羅
코쿠모츠	56 日			쿠마씨	185 亞	쿼스트	132 英
코쿠스	155 羅	콰드라티오	185 羅	쿠모	36, 90 日	쿼리타티오	109 羅
코쿠오우	148 日	콰드란굴룸	185 羅	쿠모리	36 日	쿼브르	94 佛
코쿤	82 英	콰르툼	25 羅	쿠바드라트	184 獨	쿼스	106 佛
코크로치	84 英	콰이엇	214 英	쿠바레	117 羅	쿼이지니에	154 佛
코클레아	91 羅	콰이후워	127 中	쿠발레	88 獨	쿼헨샤베	84 獨
코클레아투스	185 羅	콰투오르	23 羅	쿠벨레	34 獨	퀸	128 獨
코키아주	88 佛	쾅러저	145 中	쿠비	102 日	퀸케	23 羅
코타이	44 日	쾅산	33 中	쿠비툼	103 羅	퀸툼	25 羅
코토뽈로	81 希	쾅우	91 中	쿠사	58 日	퀸틸리스	13 羅
코트	162 英	쾨	68 佛	쿠사리	188 日	퀼	44 獨
코하쿠	92 日	쾨니긴	148 獨	쿠샤미	108 日	퀼	184 日
코호	154 獨	쾨니히	148 獨	쿠세 드 솔레이	48 佛	퀼덴	160 日
콕시넬	86 佛	쾨니히라이히	148 獨	쿠슈커슌	61 亞	큐류	36 日
콕치누스	207 羅	쾨르	106, 116 佛	쿠스	116 獨	큐반	70 日
콘란	200 日	쾨르 브리제	134 佛	쿠스리	110 日	큐사이	204 日
콘베니엔티아	201 羅	쾨메테리움	167 羅	쿠스리유비	104 日	큐세이슈	142 日
콘보	196 日	쾨어퍼	102 獨	쿠스토스	73, 157 羅	큐어	110 英
콘실리에이터	143 羅	쿄우	16 日	쿠쑤푼	49 亞	큐케츠키	172 日
콘야쿠샤	138 日	쿄우다이	138 日	쿠쑬	129 亞		
콘쿠르시오	135 羅	쿄우슈	124 日	쿠안따이	127 中	## 크 ~ 킹	
콘퀴시티오	133 羅	쿄우슈다이	188 日	쿠어	110 英		
콘타지오	111 羅	쿄우신샤	144 日	쿠와가타무시	84 日	크나이페	162 獨
콘템프티오	125 羅	쿄우오우	150 日	쿠운	103 亞	크냐즈	151 露
콘톤	200 日	쿄우와코쿠	148 日	쿠오지아	199 中	크노스페	58 獨
콘트락투스	183 羅	쿄우카이	164 日	쿠자쿠	82 日	크뇌헬	106 獨
콜	96, 114 英	쿄우쿄쿠	210 日	쿠즈네쓰	155 露	크니	106 獨
콜드	44, 126 英	쿄우키	216 日	쿠지라	88 日	크니가	183 露
콜라시	169 希	쿄우후	124 日	쿠치	100 日	크니가질	87 露
콜레	96 獨	쿄진	172 日	쿠치나시	58 日	크라노스	199 希
콜레르	122 佛	쿄루탄	200 日	쿠치루	100 日	크라니오	175 希
콜레리카	126 佛	쿠	22 日	쿠치바시	68 日	크라니히	80 獨
콜로넬	194 佛	쿠	102 佛	쿠쿠바기아	79 希	크라디	57 希
콜로르	207 羅	쿠	115 中	쿠쿨리	83 希	크라베	88 獨
콜룸	103 羅	쿠가츠	12 日	쿠키	28 日	크라스	17 羅
콜룸바	79 羅	쿠겔	184 獨	쿠투분	183 亞	크라스니이	207 露
콜리스	31 羅	쿠누삐	85 希	쿠틀라툰 쌀지야툰	41 亞	크라씨브이	213 露
콜리애	145 希	쿠니	148 日	쿠티스	107 羅	크라운	144 英
콜리애	144 佛	쿠다툰	199 亞	쿠프레수스	63 羅	크라이	19 露
콜린	30 佛	쿠드	102 佛	쿠프룸	95 羅	크라이	114 英
콜림바오	113 希	쿠드러와툰	57 亞	쿠프파	75 日	크라이노스츠	201 露
콜뽀스	33 希	쿠라게	88 日	쿠피두스	129 羅	크라이시스	202 英
콜포르퇴르	154 佛	쿠라빌스	215 亞	쿠피디타스	117, 121, 125 羅	크라이쓰	184 獨
콤라드	136 英	쿠라죄	128 希	쿡	154 英	크라임	186 英
콤모둠	153 羅	쿠라주	120 佛	쿤쇼우	198 日	크라쬬르	33 露
콤프소티타	217 希	쿠라티오	111 羅	쿤슈	148 日	크라케	88 獨
콤플렉티	117 羅	쿠러툰 자그러피야툰	185 亞	쿤트	151 亞		
콥프	98 獨			쿤푸싸운	85 亞		

크라터	32 獨	크루즈 델 수르	55 西	클라운	156 英	키세츠	10 日
크라테르	32 佛	크룩	185 露	클라이너 핑어	104 獨	키세키	180 日
크라테르	33 羅	크룩스	55, 177 羅	클라이노트	90 獨	키슈	192 日
크라티라스	33 希	크뤼엘	126 佛	클라인	26 獨	키스	116 英
크라프트	130 獨	크뤼잔테마	58 獨	클랍	89 露	키스	116 日
크란	174 佛	크르싸	75 露	클래보	115 希	키시	150 日
크랍	88 佛	크를로	69 露	클래오	115 希	키시단	198 日
크랑켄하우쓰	162 獨	크리	108 佛	클랩프티스	161 希	키야 나툰	191 亞
크랑크하이트	110 獨	크리노스	63 希	클랴뜨바	183 露	키어헤	164 獨
크래말라	189 希	크리니에르	68 佛	클라스트싸	181 露	키오쿠	116 日
크랩	88 英	크리마타리아	67 希	클럽	196 希	키즈코	150 日
크러이츠	176 獨	크리메이션	134 英	클레	60 佛	키즈	110 日
크러이츠 데스 쥐덴스	54 獨	크리미널	186 英	클레루스	159 羅	키즈나	134 日
크레마시옹	134 佛	크리미널	186 英	클레르 드 륀	46 佛	키즈아토	110 日
크레마티오	135 羅	크리산테뭄	59 羅	클레멘스	127 羅	키지	78 日
크레베뜨까	89 露	크리샌써멈	58 英	클레이	96 英	키츠네	74 日
크레스트	198 英	크리스딸	93 露	클레쁘까	189 露	키츠츠키	78 日
크레스트	70 英	크리스탈	92 獨	클레베르	61 露	키켄	214 日
크레아시옹	202 佛	크리스탈	92 希	클레쉬	91 露	키쿠	58, 112 日
크레에터	32 英	크리스탈로스	93 希	클로버	60 英	키크노스	81 希
크레인	80 英	크리스탈룸	93 羅	클로차오	113 希	키클로스	185 希
크레트	70 英	크리스털	92 英	클론	65 英	키키	202 日
크레푸스쿨룸	17 羅	크리시	203 希	클루비	189 希	키타	18 日
크레퓌스퀼	16 佛	크리에	114 佛	클룬	156 希	키타나이	212 日
크레해	78 獨	크리에이션	202 英	클류치	35 露	키타봇 씨흐리	181 亞
크렐	188 佛	크리오스	53 希	클륨	69 露	키타이	44 日
크렙스	52 露	크리잘리드	84 佛	클륵	69 露	키트리노	209 希
크레마씨야	135 露	크리장템	58 佛	클리로노미아	153 希	키퍼	156 英
크레뽀스츠	161 露	크리제	202 獨	클리프	34 英	키퍼	66 獨
크레스쨔닌	155 露	크리즈	202 佛	클린	212 英	키헤이	194 日
크레스트	177 露	크리지스	203 露	클링에	196 獨	킥	112 英
크렙코스츠	133 露	크리차츠	115 露	키	62 日	킨	94 日
크로	68 佛	크리케	84 佛	키 (이로)	208 日	킨	100 獨
크로네	144 獨	크리켓	84 英	키고우	182 日	킨디노스	215 希
크로노스	51 希	크리크	109 英	키기노스	155 希	킨세이	50 日
크로바	60 日	크릭	188 英	키노	217 希	킨씨루	105 亞
크로브	107 露	크림	186 英	키노돈다스	69 希	킨요우비	14 日
크로스	176 英	크림즌	206 英	키노우	16 日	킨지루 바리	75 亞
크로우	78 英	크바드랄	185 露	키노코	56 日	킨지룬	73 亞
크로이젤룽	36 獨	크사프니키 애삐쎄시	193 希	키니게티코 스킬리	73 希	킨카이	182 日
크로커다일	86 英	크새로	113 希	키디아	135 希	킨트	98 獨
크로커스	58 英	크새시코모스	191 希	키라다	31 希	킨틀리리	128 獨
크로코디로스	87 希	크새패브고	113 希	키라메키	46 日	킬	114 英
크로코딜	86 獨	크소티쿠	171 希	키레이	212 希	킬러 웨일	88 英
크로코딜	86 佛	크솔키	179 希	키로쿠	182 日	킬리다	185 希
크로코딜루스	87 羅	크시라	29 希	키르쉬바움	64 獨	킬리아	105 希
크로코스	59 希	크시라시아	43 希	키리	40 日	킹	148 英
크로쿠스	58 獨	크시루고스	155 希	키리후다	192 日	킹덤	148 英
크로퀴스	58 佛	크시바스맨노스	127 希	키마	37 希		
크로헨	106 獨	크시포마호스	195 希	키마메	117 希	**(타 행)**	
크록카스	58 日	크시포스	197 希	키마이라	172 希	**타 ~ 템**	
크롯	75 露	크티노스	71 希	키마타키	37 希		
크루델리스	127 羅	클라겐	122 獨	키메라	173 羅	타	163 中
크루스	107 羅	클라메레	115 羅	키묘우	216 日	타그마탈히스	195 希
크루아	176 佛	클라바	197 羅	키바	68 日	타기룬	203 亞
크루아 뒤 쉬드	54 佛	클라비쉐	167 露	키보토스	177 希	타나하둔	109 亞
크루아상	202 佛	클라우드	36 英	키빠리씨	63 希	타노시사	118 日
크루아양	174 佛	클라우디	36 英	키뽀스	163 希	타누키	74 日
크루얼	126 英	클라우에	70 獨	키뿌로스	157 希		

타니	30 日	타임	8 英	탕플	162 佛	토우무시	86 日	
타드루준	79 亞	타자우울룬	133 亞	태라스	171 希	텔룸	195 羅	
타드미룬	203 亞	타준	145 日	태서턴	126 英	텔리꼬	9 希	
타르티분	201 亞	타줄 바바	145 日	태트라고노	185 希	템벨	162 獨	
타리쿤	171 亞	타지룬	155 亞	탤래티	177 希	템테이션	206 英	
타마러둔	191 日	타츠마키	42 日	탤래티	181 希	템페라투스	127 羅	
타마시이	116 日	타치츠진	142 日	탤리스먼	146 英	템페스타스	37, 39 羅	
타마우자둔	37 日	타치투스	127 羅	탤리오	211 希	템페스트	38 英	
타메이키	108 日	타카	78 日	탬뷜리스	129 希	템푸스	11 羅	
타미마툰	147 日	타카라	152 日	터내시티	124 英	템푸스	9 羅	
타베나	163 羅	타컬라	123 亞	터부	182 英	템플	162 英	
타부	182 獨	타케	68 日	터치	112 英	템플룸	163 羅	
타부	182 佛	타코	88 日	터쿼이즈	92 英			
타브로스	53 希	타쿨룬	203 亞	터키	82 英	**토 ~ 팅**		
타블레트	182 佛	타크시디	133 希	터틀	88 英			
타비	132 日	타크시디오티스	157 希	텅	100 英	토네리코	64 日	
타비비토	156 日	타크피룬	189 日	텅통	111 中	토네이도	42 英	
타사우분	109 亞	타키	34 日	테	102 日	토니트루스	39 羅	
타소가레	16 日	타타카우	114 日	테나시티	124 英	토드튀	88 佛	
타쉬튀른	126 佛	타테	198 日	테낙스	127 羅	토라	74 日	
타씨으	25 亞	타테가미	68 日	테네르	215 羅	토랑	36 佛	
타아꺼둔	183 亞	타하라파	191 日	테노히라	102 日	토레스	52 英	
타야싸툰	119 日	타핫지	205 日	테라	29, 149 羅	토렌스	37 羅	
타악	14, 16 獨	타흐디룬	193 日	테라스	46 日	토렌트	36 英	
타알	30 獨	타흐리룬	205 日	테르	27 羅	토로	52 佛	
타오	113 中	타흐탈 아르디	35 亞	테르	28 日	토로누스	161 羅	
타오슈	67 中	타히티타	131 希	테르	48 佛	토로ー루	172 羅	
타오퇴	193 中	탁시	201 希	테르티움	25 羅	토르나다	42 佛	
타우	40 獨	탄니눈	171 日	테사우루스	153 羅	토르마린	94 日	
타우루스	53 羅	탄사쿠	132 日	테스타	175 羅	토르코세키	92 日	
타우베	78 獨	탄쉬	133 中	테스타	71 羅	토르투나	187 羅	
타우아문	141 日	탄슬	131 中	테스토도	89 羅	토르튀르	186 佛	
타우젠트	24 獨	탄씨	123 日	테아	175 羅	토리	76 日	
타우젠트퓌써	90 獨	탄위	129 中	테오스	175 希	토리데	166 日	
타워	162 英	탄제례	113 羅	테이블	182 英	토리카부토	60 日	
타으디분	187 日	탄죠우	202 日	테이엔	162 日	토모다치	136 日	
타으와다툰	147, 179 亞	탄짐	179 亞	테이코쿠	148 日	토미	152 日	
타을리거툰	145 亞	탄치성	109 中	테이토쿠	194 日	토부	112 日	
타이	57 中	탄치오우져	143 中	테일	68, 168 日	토부	112 日	
타이	104 佛	탄켄	196 日	테일러	154 英	토비	78 日	
타이	136 日	탄큐샤	142 日	테쳄베르	15 羅	토비라	166 日	
타이거	74 英	탄키	126 日	테츠	94 日	토빠지	93 希	
타이마	60 日	탄포포	60 日	테쿠비	102 日	토사카	70 日	
타이사	194 日	탈라시아 애니드리다	77 希	테크시아	19 希	토쇼칸	162 日	
타이양	49 中	탈랜도	131 希	테키	136 日	토시	10, 160 日	
타이양씨	55 中	탈론	70 英	테튀	126 佛	토어	166 獨	
타이외르	154 佛	탈롱	106 佛	테트	98 佛	토오보에	70 日	
타이요우	32 日	탈룬	31 亞	텐	22 英	토오쿠	20 日	
타이요우	48 日	탈리스만	146 獨	텐	184 日	토우	99 中	
타이요우케이	54 日	탈리스만	147 希	텐노세이	50 日	토우	162 日	
타이쵸우	194 日	탈리스망	146 佛	텐바츠	176 日	토우다이	166 日	
타이치	28 日	탈파	751 羅	텐빈자	54 日	토우조쿠	160 日	
타이쿠츠	122 日	탐부	183 希	텐사이	40, 132 日	토우쿠이	199 中	
타이펑	43 中	탕	36 日	텐스	24 英	토이펠	176 獨	
타이푼	42 獨	탕랑	85 中	텐시	174 日	토쳐	186 英	
타이푼	42 英	탕타시옹	206 佛	텐처	156 獨	토츠게키	192 日	
타이푼	43 亞	탕타퀼	70 佛	텐코쿠	168 日	토카게	86 日	
타이후	42 日	탕페트	38 佛	텐키	36 日	토크소스티스	55 希	
타이히	34 獨	탕페트 드 네주	38 佛	텐터클	70 英			

토텐쉐델	174 獨	튀르쿠아즈	92 佛	트롬페	136 獨	티엔짜이	41 中
토트	132 獨	튀어	166 希	트룀머	166 獨	티엔차이	133 中
토파스	92 獨	튀어키스	92 獨	트휩진	122 獨	티엔치	37 中
토파즈	92 佛	튀에	114 佛	트리	62 英	티엔치엔	177 中
토파즈	92 英	튤립	60 佛	트리고노	185 希	티엔칭슬	95 中
토파즈	92 日	튜스데이	14 英	트리보카리도스	79 希	티엔콩	37 中
토파지온	93 羅	튜우리분	61 亞	트리뷔날	162 佛	티엔핑쭤	55 中
토흐터	140 獨	튤립	60 英	트리비알리스	201 羅	티이월	66 中
톡소	197 希	트라구다오	115 希	트리비알리스	217 羅	티크	90 佛
톡소티스	193 希	트라구디스티스	157 希	트리스	27 希	티페	34 獨
톤보	86 日	트라디시옹	170 佛	트리스테스	122 希	티포나스	43 希
톨레란트	126 獨	트라디티오	171 羅	트리스티스	127 羅	티폰	43 羅
톨레란티아	207 羅	트라브마티스모스	109 希	트리아	23 羅	티퐁	42 佛
톨미로스	129 希	트라우어	122 獨	트리안굴룸	185 希	티프로뽄디카스	75 希
톱	74 佛	트라우어파이어	134 獨	트리안다필리야	65 希	티히	135 希
톳파	192 日	트라움	118 獨	트리앙글	184 希	틱	90 英
톳푸	40 英	트라이앵글	184 英	트리오	61 羅	틴	96 英
통	95, 101 中	트라이종	190 佛	트리폴리움	118 獨	틴텐피쉬	88 獨
통멍	191 中	트라잇	216 英	트리플	26 佛	틸라	67 羅
통훠	137 中	트라헤	170 獨	트리플	26 英	틸미둔	137 羅
퇴텐	114 獨	트란퀼루스	213 羅	트리필리	61 希	팀	136 英
투	22 英	트란퀼리우스	215 羅	트리호마	69 希	팀싸훈	87 亞
투	29, 75 中	트란퀼리타스	41 羅	트와일라잇	16 英	팅	113 中
투 뛰이상	132 佛	트랑블르망 드 테르	42 佛	트윈	56 英	팅위엔	163 中
투데이	16 英	트래디션	170 英	트윈즈	140 英		
투러쑨	153 亞	트래블	132 英	트윙클	46 英	**(파 행)**	
투르	162 佛	트래블러	156 英	티	69, 113 中	**파~펑**	
투르느솔	62 佛	트래쉬	152 英	티거	74 英		
투르마린	95 亞	트래쉬	111 希	티그르	74 英		
투르말리나	95 希	트렐라	217 希	티그리	75 希	파	20 英
투르말린	94 佛	트러스트	120 英	티그리스	75 羅	파	99, 187 中
투르바	29 亞	트럼프 카드	192 英	티눈	63 亞	파꼬둘 홈비	135 亞
투르보	43 羅	트렁크	56 英	티뢰르	192 希	파나띠꼬	144 伊
투르비옹	36 佛	트레 쇼	42 佛	티모리아	187 希	파나띠꼬	145 西
투리빠	61 希	트레나르	130 佛	티미	205 希	파나룬	167 亞
투리스	163 羅	트레네	106 希	티미두스	129 羅	파나티코스	145 希
투말린	94 獨	트레이터	142 英	티미드	128 佛	파나티쿠스	145 羅
투모로우	16 英	트레져	152 英	티미드	128 英	파나티크	144 佛
투바준	93 亞	트레조르	152 英	티뽀타	201 希	파네	198 獨
투비아노	183 中	트레처리	190 英	티쓰아	23 亞	파더	138 英
투세	112 佛	트레트르	142 英	티아라	144 日	파더운	29 亞
투슈관	163 中	트레플	60 佛	티아라	145 羅	파다	170 伊
투스	100 英	트로모스	125 希	티아라	145 希	파또	132 伊
투스	200 佛	트로바도르스	157 希	티아오	113 中	파또리아	164 伊
투씽	51 英	트로이	128 英	티아오쟌	205 中	파라디	168 佛
투어멀린	94 英	트론	160 獨	티아오쟌저	143 中	파라디수스	169 羅
투엄	162 獨	트론	160 英	티애러	144 英	파라디스	168 獨
투오니아오	83 中	트롤	172 獨	티어	68 獨	파라싼	199 亞
투이	107 中	트롤	172 伊	티어	106 英	파라우라툰	59 亞
투쟝	147 中	트롤	172 英	티에	95 中	파랑	138 佛
투주르	8 佛	트롤	172 伊	티에지앙	155 中	파래나	89 希
투지	193 中	트롤	173 希	티엔	15 中	파러샤툰	85 亞
투짱	137 中	트롱	56 佛	티엔궈	169 中	파러샤툰	87 亞
투트	21 露	트루스	210 英	티엔랑싱	51 中	파렌데어 쩽어	156 獨
투파훈	67 亞	트루아	22 佛	티엔슬	175 中	파렌스	139 羅
투페이	161 中	트루아지엠	24 佛	티엔왕싱	51 中	파로	166 伊
투포	193 中	트루트훈	82 獨	티엔으러	81 中	파로	167 西
툴리파	61 羅	트룬쿠스	57 羅	티엔전	129 中	파로스	167 希
툴페	60 獨	트룸프	192 獨	티엔진쓰	51 中		

280

파루스	167 羅	파으쑨	197 亞	판떼	194 伊	퍼	68 英	
파르	139 羅	파이게	62 伊	판루안	191 中	퍼거토리	168 英	
파르	166 佛	파이브	22 英	판셔	49 中	퍼내틱	144 英	
파르마코	111 希	파이산	79 西	판슬	159 中	퍼니쉬먼트	186 英	
파르붐	27 羅	파이시스	54 英	판아티커	144 獨	퍼머넌스	210 英	
파르스	137 羅	파이어	28 英	판지	62 日	퍼서비어런스	206 英	
파르쑬 바흐리	173 亞	파이어니어	142 英	판처	198 獨	퍼스트	8, 24 英	
파르운	57 亞	파이어럿	160 英	판타스마	174 伊	퍼펙션	210 英	
파르테스	183 羅	파이어플라이	86 英	판타시아	119 羅	퍼퓸	146 英	
파르트네르	136 佛	파이얼리히	214 獨	판타지	118 獨	퍼플	208 英	
파르티장	136 佛	파이준	143 亞	판홍화	59 中	펀비에	135 中	
파르팔라	86 伊	파이쳬	196 獨	팔꼬	78 伊	펀티	109 中	
파르페	210 佛	파이트	114 英	팔꼬 뻴레그리노	78 伊	펀홍	207 中	
파르	146 佛	파익	128 獨	팔라스트	160 獨	펀후워	43 中	
파르훈	119 亞	파인	36, 66 英	팔라쓰바루 루오루이	95 亞	펄	92 英	
파리쑨	151, 195 亞	파인트	136 獨	팔라티움	161 羅	펄로	57 希	
파리에	112 佛	파일	198 獨	팔레	160 佛	펍	162 英	
파머	154 英	파잔	78 獨	팔레나	84 伊	펑	39, 87 中	
파머그래넛	64 英	파잔	79 露	팔레즈	34 佛	펑비아오	165 中	
파문	101 亞	파즈르	15 亞	팔마	103 羅	펑빠오	39 中	
파물 후트	53 亞	파지아노	78 伊	팔마	165 希	펑슈	65 中	
파미유	138 佛	파치아	98 伊	팔마	67 羅	펑씬즈	63 中	
파밀라	139 羅	파치에스	99 羅	팔뮈르	70 佛	펑여우	137 中	
파밀리아	138 伊	파쿨타스	131 羅	팔체	196 伊	펑저	165 中	
파밀리아	139 西	파쿨타테스	153 羅	팔케	78 獨	펑콩	217 中	
파밀리에	138 獨	파크둔	107 亞	팔콘	78 英	펑핑랑징	41 中	
파베	206 獨	파크레트	62 佛	팔크스	197 羅			
파베르	155 羅	파크룬	119, 205 亞	팜	102, 164 英	**페 ~ 퐁**		
파벨	168 羅	파크문	215 亞	팜므	98 佛			
파보	60 佛	파탈리태트	134 獨	팟자아툰	165 亞	페	170 獨	
파보	83 羅	파터	138 獨	팡	68 獨	페	170, 200 佛	
파불라	169 羅	파테르	139 羅	팡	82 佛	페	175 西	
파불라	169 西	파투스	133 羅	팡고	96 伊	페가사스	170 日	
파브로	154 伊	파툼	135 羅	팡당티프	144 佛	페가서스	170 英	
파블	168 佛	파트너	136 獨	팡세	62 佛	페가수스	171 羅	
파샤오	111 中	파트너	136 英	팡우	165 中	페가즈	170 佛	
파살룬	203 亞	파트리	168 佛	팡위	191 中	페게포이어	168 獨	
파세	8 佛	파트리아	169 羅	팡죠우	177 中	페네양	128 佛	
파스	18, 20 佛	파트리오타	143 羅	팡타샹	194 佛	페니체	172 伊	
파스세르	79 羅	파트리오트	142 獨	팡톰	174 佛	페닉스	172 羅	
파스토르	151 羅	파트리오트	142 伊	팡후미엔쥐	197 中	페더	68 獨	
파스퇴르	150 佛	파트훈	191 亞	패러다이스	168 英	페더	68 英	
파스투스	165, 177 羅	파티	136 英	패러킷	82 英	페더레이션	148 英	
파슬	181 中	파티눈	217 亞	패런트	138 英	페데	174 伊	
파시아누스	79 羅	파팅	134 英	패럿	82 英	페데라시옹	148 佛	
파시옹	120 佛	파파	151 羅	패밀리	138 英	페데라씨온	149 西	
파쓸룬	11 亞	파파가이	82 獨	패션	120 英	페데라티오	149 羅	
파씨엔	205 中	파파베르	61 羅	패스터	150 英	페델레	174 伊	
파오	111 中	파쿰	146 獨	패스트	8 英	페들러	154 英	
파오씨아오	71 中	파프	150 佛	패턴	184 英	페띠체	179 西	
파우	82 獨	파프스트	150 獨	패트리어트	142 英	페라리우스	155 羅	
파우더	201 亞	파피용	86 佛	팬지	62 英	페라도트	94 英	
파우스트	102 獨	파피용 드 뉘	84 佛	팬터그램	184 英	페레그리나티오	133 羅	
파우쿰	27 羅	파필리오	87 羅	팰리스	160 英	페레그리누스	217 羅	
파우페르	153 羅	파흐문	97 亞	팽	8, 66 佛	페로	94 伊	
파울펠츠	128 獨	팍스	201 羅	팽	68 英	페로케	82 佛	
파워	130 英	판니저	143 中	팽가로빼트라	95 希	페롤	92 中	
파위엔	163 中	판다스마	175 希	팽구앵	82 佛	페루스	75 羅	
파으룬	75 亞	판따스마	175 西	팽타그램	184 佛			

페룸	95 羅	페어엔더룽	202 獨	포디나	33 羅	포키야	77 希	
페뤼슈	82 佛	페어제	106 羅	포레	30 佛	포탕스	188 佛	
페르	94, 138 佛	페어츠바이플룽	122 獨	포레스따	30 伊	포테스타스	131 羅	
페르당	142 佛	페어치히트	122 獨	포레스트	30 英	포트	166 英	
페르데레	115 羅	페어타이디궁	190 獨	포르	166, 212 佛	포티아	29 希	
페르드르	114 佛	페어트	72 獨	포르떼	166 伊	포티조	47 希	
페르마	165 露	페어트라우엔	120 獨	포르뚜나	134 伊	포프	150 英	
페르블란두스	217 羅	페어트라이붕	186 獨	포르뚜나	153 西	포피	60 英	
페르세	192 佛	페어트라크	182 獨	포르뚜나	179 西	포화이	203 中	
페르세베랑스	206 佛	페어팔	202 獨	포르말하우트	53 希	폭스	74 英	
페르소나	147 羅	페얼레	92 獨	포르미까	84 伊	폰드	34 英	
페르투르바티오	201 羅	페오달	149 露	포르미도	125 羅	폰떼	34 伊	
페르펙투스	211 羅	페이더눈	43 亞	포르미카	85 羅	폰스	35, 165 羅	
페름	164 佛	페이마	171 中	포르스	132 佛	폴	202 英	
페름 델르바쥬	164 佛	페이블	168 英	포르즈롱	154 佛	폴끌로레	168 佛	
페리도	94 佛	페이스	98 英	포르짜	130 伊	폴라따	40 英	
페리도트	94 獨	페이쉬	167 中	포르타	167 羅	폴라리스	52 佛	
페리돗토	94 日	페이추이	95 中	포르투나	135 羅	폴라리스	52 英	
페리따	108, 110 伊	페이트	132 英	포르투네	153 羅	폴라슈테언	52 獨	
페리레	113 羅	페이히카이트	130 獨	포르투스	167 羅	폴렉스	105 羅	
페리쉘리스	145 羅	페인	110 英	포르튄	152, 178 佛	폴른 엔젤	176 英	
페무르	107 羅	페일류어	202 英	포르트	166 佛	폴리	216 佛	
페브라이오	12 伊	페전트	78 英	포르티스	129 羅	폴리아	56 伊	
페브랄	13 露	페제라씨야	149 露	포르티스	213 羅	폴리움	57 羅	
페브러리	12 英	페치	108 伊	포르티투도	121 羅	폴리푸스	89 羅	
페브레	110 伊	페쿠니아	153 羅	포르티투도	133 羅	폴콤멘	210 獨	
페브레로	13 西	페탈	58 佛	포마루하우토	52 日	폴크로레	169 英	
페브로아리오스	13 希	페탈룸	59 羅	포말가웃	53 露	폴크로르	168 佛	
페브루아	12 獨	페틀	58 英	포말아웃	52 伊	폴크스메어헨	168 獨	
페브루아리우스	13 羅	페히터	194 獨	포말아웃	53 西	폼	102 英	
페브리스	111 羅	펙스	109 羅	포말오	52 佛	퐁	164 佛	
페브리에	12 佛	펙차토르	187 羅	포말하우트	52 獨			
페블	212 佛	펙차툼	187 羅	포멀하우트	52 英	**푀 ~ 퓨**		
페세	66 佛	펙투스	105 羅	포미에	66 佛			
페쇠르	154 佛	펜나	69 羅	포브르	152 佛	푀	28 佛	
페스	107 羅	펜다그람	184 羅	포스	24, 130 英	푀나	187 羅	
페스띠발	177 西	펜단트	144 日	포스	47 希	푀닉스	172 獨	
페스띠비따	176 伊	펜던트	144 英	포스끼아	40 伊	푀닉스	173 羅	
페스트	176 獨	펠	68 獨	포스끼아 쎄까	40 伊	푀두스	191 羅	
페스트코르퍼	44 獨	펠레스	73 羅	포스테리타스	9 羅	푀르	124 佛	
페스티발	176 羅	펠리스	69 羅	포스트레뭄	9 羅	푀이오	56 佛	
페스티벌	176 英	펠리씨다드	119 西	포어넴	216 獨	푸	105, 153, 197 中	
페쎌른	200 獨	펠리치따	118 伊	포어더자이테	20 獨	푸	71 中	
페어강엔하이트	8 獨	펠리치타스	119 羅	포어라둥	180 獨	푸공잉	61 中	
페어게쎈	204 獨	펠젠	96 獨	포어라이터	142 獨	푸그나	189 羅	
페어눈프트	118 獨	펭가로포스	47 希	포어트	166 獨	푸꺼라우	153 亞	
페어데슈탈	162 獨	펭가리	49 希	포어파렌	140 獨	푸네라티오	135 羅	
페어라트	190 獨	펭귄	82 英	포어헤드	100 英	푸네라티오	137 羅	
페어레충	108 獨	펭긴	82 日	포언	18 獨	푸네랄레	135 西	
페어롭테	138 獨	페닉스	173 露	포이어	28 獨	푸네랄레	134 伊	
페어리	170 英	폐야	171 露	포이즌	110 英	푸뉴스	103 羅	
페어리언	114 獨	폐이	113 中	포츈	152 英	푸니체우스	207 羅	
페어뫼겐	152 獨	포	22 英	포츈텔러	158 英	푸니카 말루스	65 羅	
페어발트	156 獨	포	106, 196 佛	포츈텔링	178 英	푸도르	123 羅	
페어뷔룽	206 獨	포겔	76 獨	포카	77 羅	푸드르	38 佛	
페어브레허	186 獨	포그	40 英	포콩	78 佛	푸뚜로	8 伊	
페어브레헨	186 獨	포까	76 伊	포콩 펠르랭	78 佛	푸뚜로	9 西	
페어슈프레헨	134 獨	포나조	115 希	포크	76 佛	푸라둔	97 亞	
페어아흐퉁	124 獨	포니	109 希	포크로어	168 英			

단어	쪽	언어	단어	쪽	언어	단어	쪽	언어	단어	쪽	언어
푸러쑨 나비	85	亞	풀라	47	亞	프라핏	158	英	프로페시	176	佛
푸루스	129	羅	풀레	80	佛	프락시누스	65	羅	프로페차이옹	176	獨
푸루스	213	羅	풀리쉬	212	英	프란꼬	129	西	프로페타	159	羅
푸루스따	196	伊	풀멘	39	羅	프란꼬띠라도르	193	西	프로페트	158	獨
푸뤼르	68	佛	풀몬트	48	獨	프랭땅	10	佛	프로페트	158	獨
푸르가토리움	169	羅	풀문	48	英	프랭세스	148	佛	프로페티아	177	羅
푸르떼	212	伊	풀제르	47	羅	프랑스	148	佛	프로푼도	35	羅
푸르미	84	佛	풀크루르	169	亞	프레	20, 44	佛	프로프르	212	佛
푸르써툰	193	亞	풀터	186	獨	프레도	44	伊	프론떼	20, 100	伊
푸르카	189	羅	풀프	88	伊	프레도	145	羅	프론스	21, 101	羅
푸르투나	39	希	품베	84	獨	프레르	138	佛	프론트	20	英
푸르푸레우스	209	羅	풋	106	英	프레리	30	佛	프롱	100	佛
푸르프르	206	佛	풍고	56	伊	프레사	59	西	프루누스	65	羅
푸모	44	伊	풍케	44	獨	프레센티아	9	羅	프루리오	167	希
푸무	139	中	퐁크트	184	獨	프레스꼬	44	伊	프루멘툼	57	羅
푸무스	45	羅	퓌네라이	134	佛	프레스꼬	45	西	프루아	126	佛
푸베스	99	羅	퓌니시옹	186	佛	프레스노	65	西	프루와	44	羅
푸부	35	中	퓌러	140	獨	프레써	130	獨	프루이나	41	羅
푸스	104	佛	퓌러	128	佛	프레이	180	英	프루니에	64	佛
푸슬	203	中	퓌르가투아르	168	佛	프레이어	180	英	프류게르	165	露
푸쓰	106	獨	퓌메	44	佛	프레젠떼	8	伊	프륄링	10	獨
푸아나르	196	佛	퓌브	162	佛	프레젠트	8	英	프르미에	24	佛
푸아송	54	佛	퓌셰	154	獨	프레즈	58	佛	프르미에	8	佛
푸아종	110	佛	퓌셰	54	佛	프레치아	198	伊	프리덤	200	英
푸아트린	104	佛	퓌시	88	佛	프레칸타토르	159	羅	프리덴	200	獨
푸앵	102, 184	佛	퓌어스트	150	獨	프레테리타	9	羅	프리디아	101	希
푸어	152	英	퓌이	164	佛	프레툼	33	羅	프리뭄	25	羅
푸어트	34	英	퓌이르	112	佛	프레트르	158	佛	프리뭄	9	羅
푸어무언	206	獨	퓌이상스	130	佛	프레히티노	214	獨	프리므베르	60	佛
푸에	196	佛	퓌필르	100	佛	프렌	64	佛	프리스터	150	獨
푸에고	29	西	퓐프	22	獨	프렌드	136	英	프리스트	158	英
푸에르	99	羅	퓐프트	24	獨	프렌떼	101	西	프리어렌	44	羅
푸에르따	167	西	퓔러	70	佛	프렌쉽	120	英	프리예르	180	佛
푸에르떼	167, 213	西	퓨너럴	134	英	프로가	43	希	프리오	45	西
푸에르싸	131, 133	西	퓨어	128	英	프로그	86	英	프리에	180	佛
푸엘라	99	羅	퓨처	8	英	프로그레시오	203	羅	프리종	162	佛
푸여우	85	中	퓨파	84	英	프로디티오	191	羅	프리즈	44	羅
푸오꼬	28	伊	퓨펄	100	英	프로메스	134	羅	프리즌	162	英
푸와녜	102	佛				프로미수스	135	羅	프리지돔	45	羅
푸인	179	中	프 ~ 핑			프로미스	134	英	프리지돔	45	羅
푸제레	113	羅				프로보카토르	143	羅	프리트호프	166	獨
푸친	139	中	프라골라	58	伊	프로보카티오	205	羅	프리티	212	英
푸크시아	207	羅	프라굼	59	羅	프로쉬	86	獨	프린세스	148	英
푸타오	67	中	프라까소	203	西	프로스트	40	英	프린스	148	英
푸티슈	67	中	프라뗄리	138	伊	프로스티불라	157	羅	프린체씬	148	獨
푸파	85	羅	프라무리아	65	希	프로스티투이에테	156	獨	프린츠	148	獨
푸푸	139	中	프라씨노	64	伊	프로스티투에	156	佛	프린치피움	9	羅
푸필레	100	獨	프라우다토르	161	羅	프로스티튜트	156	英	프림로즈	60	英
푸필리아	101	羅	프라울라	59	希	프로시로에	9	露	프사라스	155	希
푸하오	187	中	프라이데이	14	英	프로이데	118	獨	프사리	89	希
푸하투 부르칸	33	亞	프라이드	118	英	프로인트	136	獨	프새마	211	希
푸훠	205	中	프라이탁	14	獨	프로인트샤프트	120	獨	프세브티스	125	希
푹쓰	74	獨	프라이하이트	200	獨	프로쿠르사토르	143	羅	프시씨로스	109	希
푼구스	57	羅	프라질리스	213	羅	프로타고니스트	140	佛	프시타쿠스	83	羅
푼두스	165	羅	프라테르	139	羅	프로태거니스트	140	英	프시호로스	127	希
푼크투스	185	羅	프라툼	31	羅	프로텍션	196	英	프시히	117	希
풀	34, 140	英	프라퍼시	176	英	프로텍시옹	196	佛	프쓰쿠팡에	144	獨
풀고레	47	羅	프라페	112	佛	프로파토르	141	羅	프장	78	佛
풀구르	39	羅				프로페	21	羅	프타르니스마	109	希

프테라	69 希	플루토	50 英	피어	22 獨	핑크	60, 206 英
프테로마	69 希	플루토	51 羅	피어	124 英	핑크	206 日
프테르나	107 希	플루흐	178 獨	피어엑트	184 獨	핑판	201 中
프토호스	153 希	플룸붐	95 羅	피어지히	66 獨		
프티	26 佛	플뤼	36 佛	피어트	24 獨	**(하 행)**	
프티노뽀로	11 希	플뤼겔	68 獨	피에르	96 佛	하 ~ 헵	
플라	111 羅	플뤼겔페어트	170 獨	피에르 드 륀	94 佛		
플라멘	39 羅	플뤼씨히카이트	44 獨	피에르테	118 佛	하	56, 100, 196 日
플라부스	209 羅	플뤼통	50 佛	피에브레	111 西	하	98 希
플라스	160 佛	플륀더	144 英	피엘	110 佛	하가네	96 日
플라우더러	130 獨	플륌	68 佛	피엘	175 西	하게시이	212 日
플라우메	64 獨	플리게	86 獨	피오니에	142 佛	하겔	38 獨
플라워	58 英	플리겐	112 獨	피오레	58 伊	하끼꺼툰	211 亞
플라이	86, 112 英	플리더	66 獨	피오레또브이	209 露	하나	58, 100 日
플라젤룸	197 羅	플리헨	112 獨	피외르	144 佛	하나비라	58 日
플라주	32 佛	피가	63 露	피우메	32 伊	하나스	112 日
플라츠	160 獨	피그	62, 72 英	피우스	125 羅	하노	115 希
플라토	30 佛	피기에	62 佛	피유	140 佛	하니눈	125 亞
플라티눔	97 羅	피꼬	62 伊	피이	98 希	하다아툰	79 亞
플라틴	96 獨	피나키스	67 希	피일	26 獨	하데	95 西
플라틴	96 佛	피네	8 伊	피전	78 英	하드	214 英
플란더	144 英	피노	66 伊	피종	78 佛	하드바	31 亞
플란체	56 獨	피누스	67 羅	피지션	156 英	하드쉽	206 英
플란타	57 羅	피니스	9 羅	피치	66 英	하드쑨	119 亞
플람	42 佛	피니엔스	31 羅	피콕	82 英	하디꺼툰	163 亞
플람마	43 羅	피니카스	173 希	피쿠스	63 羅	하디둔	95 亞
플람메	42 獨	피닉스	172 英	피크	196 佛	하디쑨	9 亞
플람모	43 羅	피단자또	136, 138 伊	피토	57 希	하디쑨	111 亞
플랑트	56 佛	피데스	175 羅	피티	120 英	하디운	213, 215 亞
플래쉬	46 英	피델리스	175 羅	피티에	120 佛	하라	104 日
플래티넘	96 英	피두차	121 羅	피푸	107 中	하라	119 希
플랙	198 英	피두치아	120 伊	피프스	24 英	하라라툰	43 亞
플랜트	56 英	피디	87 希	핀	70 英	하라라툿 더바비	41 亞
플랜드	42 英	피뜨룬	57 亞	핀그원	83 露	하라이시	158 日
플런더	190 英	피라타	161 羅	핀치용	153 中	하라지	39 希
플럼	64 英	피라트	160 佛	필라카스	157 希	하라툰	133 亞
플레누스	201 羅	피룬	77 亞	필라키	163 希	하러문	167 亞
플레더마우스	74 獨	피르꺼툰	137 亞	필라흐토	147 希	하러바툰	197 亞
플레레	115 羅	피리라	67 希	필란뜨로뻬아	121 西	하러쉬푼	71 亞
플레슈	198 佛	피버	110 獨	필랜스로피	120 英	하레	36 日
플레인	30 英	피버	110 英	필로	197 西	하로스	177 希
플레임	42 英	피베르	78 佛	필로도크시아	125 希	하루	10 日
플레지	180 英	피브르이르	13 亞	필로스	137 希	하룬	43 亞
플레차	199 西	피상리	60 佛	필루스	99 羅	하르꿀 마우타	135 亞
플렌	30 英	피셔멘	154 英	필리	117 希	하르디네로	157 西
플렌 륀	48 佛	피쉬	88 英	필리아	121 希	하르딘	163 西
플로르	59 西	피스	140 佛	필리아	140 伊	하르분	189 亞
플로스	59 羅	피스	200 英	필리아	141 羅	하리	215 希
플로쎄	70 獨	피스체스	55 羅	필리오	140 伊	하리토매노	213 希
플로우	36 英	피스치스	89 羅	필리우스	141 羅	하마마툰	79 亞
플롱	94 佛	피스카토르	155 羅	필츠	56 獨	하마지윤	217 亞
플뢰레	114 佛	피스트	102 英	핌부리	91 希	하모갤로	115 希
플뢰리	58 佛	피시	29 希	핏더분	195 亞	하모니	200 獨
플루멘	33 羅	피아바	168 伊	핑거	102 英	하모니	200 英
플루멘	37 羅	피아오홍	87 中	핑구인	82 獨	하발리	75 西
플루비아	37 羅	피암마	42 伊	핑궈	67 中	하버	166 英
플루비올루스	35 羅	피앙세	138 佛	핑어	102 獨	하부히분	87 亞
플루쓰	32 獨	피앙세이	138 英	핑위엔	31 中		
플루토	50 獨	피아주	190 佛	핑징더	213 中		

하비분	137 亞	하이쿄	166 日	핫둔	135, 201 日	헤이본	200 日
하샤러툰	83 亞	하이타	77 中	핫사둔	155 亞	헤이시	192 日
하샤러툰 다햐비야툰	85 亞	하이탄	33 中	핫켄	204 日	헤이써	209 中
하쉬슌	61 亞	하이툰	89 中	핫킨	96 日	헤이안	47 中
하스	60 日	하일렌	110 獨	항하이	135 中	헤이야	30 日
하스무리토	109 希	하일룬	39 亞	해리	103 希	헤이와	200 日
하스피틀	162 英	하일리히	210 獨	해머	196 英	헤이타오슈	65 中
하시	18, 164 日	하일리히툼	166 獨	해티	69 希	헤이트리드	122 英
하시루	110 日	하임베	124 獨	해피니스	118 英	헤일	38 英
하쓰	122 日	하자루 투르키	93 亞	핸드	102 英	헤프티히	212 獨
하씬또	63 西	하자룬	97 亞	핼로나	89 希	헥사크람	184 獨
하야부사	78 日	하자룬 니주키	53 亞	핼리도니	79 希	헥서그램	184 英
하야사	130 日	하제	74 獨	햐쿠	24 日	헥서라이	178 獨
하야완	69 亞	하지	122 日	허	33 中	헥세	158 獨
하야툰	133 亞	하지마리	8 日	허그	116 英	헥써	158 獨
하에	86 日	하지마툰	189 亞	허마	77 中	헨딜	125 西
하오	211 中	하지분	101 亞	허씨에	201 中	헨진	130 日
하오스	201 露	하지쑨	125 亞	허아이더	125 中	헨카	202 日
하오스	201 希	하지츠	113 獨	허이슈렉케	86 獨	헬	168 英
하오지아오	71 中	하쯔민 델 까보	59 西	허일렌	70 獨	헬딘	140 獨
하오화	215 中	하치	22 日	허즈번드	138 英	헬름	198 獨
하와운	29 亞	하치	86 日	허커우	35 中	헬리안테스	63 羅
하우덴툼	178 獨	하치가츠	12 日	허핑	201 中	헬링	198 英
하우스	164 獨	하치엔	109 中	헌	123 中	헬트	140 獨
하우스	164 英	하카이	202 日	헌드레드	24 英	헴프	60 日
하우스엔테	80 獨	하코부네	176 日	헌터	154 英	헵도마스	15 羅
하우지어러	154 獨	하쿠샤쿠	150 日	험블	126 英		
하우트	106 日	하쿠쵸	80 日	헤꼬두	125 亞	**호 ~ 힛**	
하운드	72 英	하타	198 日	헤네랄	195 西		
하울	70 英	하토	78 日	헤노씨디오	191 西	호난	21 亞
하울라	189 西	하트	106, 116 英	헤니오	133 西	호네	106 日
하웁트롤레	140 獨	하트	214 獨	헤드	98 英	호 노오	42 日
하위야툰	35 亞	하트넥키히	126 獨	헤라우스포더러	142 英	호디에	17 羅
하이	33 中	하파툰	19 亞	헤라우스포어더룽	204 獨	호라	149 希
하이	44, 208 日	하펜	166 獨	헤러시	178 英	호라이즌	30 英
하이	88 英	하피룬	69 亞	헤러틱	144 英	호래브티스	157 希
하이드레인저	58 英	하하	138 日	헤레디움	153 羅	호로비	202 日
하이따오	161 中	한	107 中	헤레시스	179 羅	호로쇼	211 露
하이라트	134 獨	한	108 獨	헤레티쿠스	145 羅	호르투스	163 羅
하이란바오슬	91 中	한갸쿠샤	142 日	헤로스	141 羅	호르툴라누스	157 羅
하이랜드	30 英	한더분	85 亞	헤로이스	141 羅	호름	31 露
하이뤄	77 中	한란	190 日	헤로인	140 英	호리스모스	135 希
하이맛	168 獨	한샤	48 日	헤론	80 英	호리오	163 希
하이보쿠	188 日	한트	102 獨	헤르바	59 羅	호리온	79 西
하이빠오	77 中	한트게렝크	102 獨	헤리	17 羅	호리촌트	30 獨
하이뻬이	89 中	한트베어커	154 獨	헤리쌀떼	79 西	호모	99 羅
하이샤	142 日	한트텔러	102 獨	헤마	91 西	호비알	127 西
하이슬션로우	41 中	한프	60 獨	헤미니스	53 西	호스	72 英
하이쓰	42 日	할꾼	103 亞	헤븐	168 英	호스피탈레	163 羅
하이씨아	33 中	할롯니이	45 露	헤비	86 日	호스피티움	163 羅
하이아신스	62 英	할스	102 亞	헤소	104 日	호시	48 日
하이안	33 中	할스케테	144 獨	헤쓸리히	212 獨	호시아카리	46 日
하이야툰	153 亞	할코스	95 希	헤어	98 獨	호시아카리	46 日
하이오우	81 中	함마	97 亞	헤어샤프트	190 獨	호언	68 獨
하이왕씽	51 中	함머	196 獨	헤어쉐어	148 獨	호우	19, 75, 103 中
하이저	89 中	함쑨	109 亞	헤어초크	150 獨	호오	100, 186 日
하이쭝과이쇼우	173 中	합기어리히	128 獨	헤어츠	106 獨	호우쿄쿠	90 日
하이쥔따지양	195 中	합바룬	89 亞	헤어츠	116 獨	호우니아오	77 中
하이칼 아드미	175 亞	핫	42 英	헵스트	10 獨		

호우다오	127 中	효우쇼우	186 日	훈	80 獨	히룬도	79 羅
호우로우	132 日	효우잔	32 日	훈기아	31 西	히마와리	62 日
호우로우샤	142 日	후	35, 75 中	훈더트	24 獨	히매라	173 希
호우비	152 日	후나노리	154 日	훈둔	201 中	히메라	173 露
호우세키	90 日	후니오	13 西	훈루안	201 中	히메이	108 日
호우성	109 中	후라르	181 西	훈에뉘저	139 中	히모나스	11 希
호우이	141 中	후라멘토	183 西	훈카	42 日	히모츠	186 日
호우줴	151 中	후루	109 中	훈트	70 獨	히바나	44 日
호우찌저	143 中	후루분	193 亞	훌루룬	177 亞	히바리	80 日
호우코우	70 日	후루이	10 日	훌리오	13 西	히부그리프	173 露
호우후이	123 中	후루푼	183 西	훌문	119 露	히쉬나야 쁘찌싸	79 露
호이테	16 獨	후메츠	210 日	훌와툰	67 亞	히스토리	170 英
호코리	118 日	후부분	57 亞	훔마	111 亞	히스토리아	169, 171 羅
호크	78 英	후삐떼르	49 西	훔분	121 亞	히스토리아 파불라리스 169 羅
호타루	86 日	후샤	164 日	훗카츠	204 日	히스키	94 日
호텐지	58 獨	후션뿌	147 中	훠반	137 中	히쎠눈	73 露
호투토시치세이	54 日	후슈	67 中	훠짱	135 中	히쓰눈	167 露
호프	116 英	후스띠싸아	201 西	휘겔	30 獨	히아친투스	63 羅
호프눙	116 獨	후시죠우	172 日	휘날	9 西	히아신스	62 日
호헤이	194 獨	후쓰가도	163 西	휘알까	61 露	히야친테	62 露
호호에무	114 日	후아이	107 中	휘알까 비트로까	63 露	히어	20 獨
호호바써	42 獨	후에베스	15 西	휘프테	104 獨	히어	20 英
호호에베네	30 獨	후오산	33 中	휠레	32 露	히어	112 英
호호헤어치히	126 獨	후오지	83 中	휩시	212 露	히어로	140 英
혼	68 英	후오커우	33 中	휩포그리프	172 露	히어쉬	72 獨
혼노우	118 日	후워	29 中	휴먼	98 英	히어쉬케퍼	84 獨
홀론드리나	79 西	후워씽	49 中	흐라브로스츠	129 露	히엠스	11 羅
홀리	64 英	후워옌	43 中	흐라삐니예	109 露	히이라기	64 日
홀리니스	210 英	후워화	45 中	흐람	111, 163 露	히자	106 日
홈랜드	168 英	후유	10 日	흐로노스	9, 11 希	히즈메	68 日
홋쿄쿠세이	52 日	후유키	38 日	흐로마	207 希	히즈분	137 亞
홍	207 中	후이	45, 69 中	흐리마타	153 希	히지	102 日
홍바오슬	95 中	후이써	209 中	흐리산테모	59 希	히츠슐라이어	40 獨
홍슈이	43 中	후이씽	53 中	흐리살리다	85 希	히츠지	72 日
홍이쥬지아오	151 中	후이야툰	201 亞	흐리소스	95 希	히카리	46 日
화	59 中	후이황더	215 中	흐리잔쩨마	59 希	히크마툰	131 亞
화나찍	145 露	후인	180 日	흐리조릿	95 希	히타이	100 日
화레이	59 中	후줌	191 日	흐보스트	69 露	히토	100 日
화리	215 中	후즈	103 中	흐타뻐디	89 希	히토사시유비	104 日
화반	59 中	후즈눈	123 日	흐테스	17 希	히트	42 英
화양	185 中	후지	66 日	흐티빠오	113 希	히트 헤이즈	40 英
화이	211 中	후찡	89 中	히	28, 206 日	히포그리프	172 英
화이트	208 英	후치	34 日	히가시	18 日	히후	106 日
화이트 버치	64 英	후코우	118 日	히게	102 日	힉	21 羅
환시앙	119 中	후쿠로	78 日	히나	83 希	힌리히퉁	186 獨
황디	149 中	후쿠문	187 日	히나기쿠	62 日	힌텐	18 獨
황바오슬	93 中	후쿠슈	190 日	히노데	14 日	힐	30, 106, 110 英
황쎠	209 中	후쿠인	178 日	히다리	18 日	힐라룬	49 亞
황예	31 中	후쿠츠	128 日	히대오티타	217 希	힐리	101 希
황옌	211 中	후타고	140 日	히데리	42 日	힐리아	25 希
황츙	87 中	후타고자	52 日	히드란제아	59 羅	힐페	204 獨
황훈	17 中	후툰	89 日	히라솔	63 西	힐프스쿠벨레	152 獨
회렌	112 獨	후포	93 中	히러피윤	155 亞	힘멜	36, 168 獨
휠레	168 露	후프	68 獨	히레	70 日	힙포그리후	172 日
효	76 日	후프	68 英	히로바	160 日	힙포그리프	77 羅
효노네로	39 希	후프러툰	35 亞	히로인	140 日	힙포포타무스	76 英
효노스티바다	43 希	후헨	210 日	히루	90 日	힛	112 英
효노씨알라	39 希	후환	115 中	히루도	91 羅	힛체	42 獨
효니	39 希	후후	138 日	히루마	16 日		

도움주신 분들

표제어 번역
◆ 김지연 – 경북대학교 일어일문학과 졸업, 동대학원 석사 과정 수료
각종 행사의 통역과 번역을 담당하였고, 비즈니스 문서의 통번역을 다수 진행하였다.
현재는 도서와 다양한 비즈니스, 보도자료들을 한 – 일 양국에서 번역하고 있다.

프랑스어
◆ 유진원 – 프랑스 리모주 대학 불문학 석사학위 취득 후 현재 출판사를 운영 중
인터넷 카페 '프랑스어 번역연구 (cafe.naver.com/lesmots)' 매니저
〈 샤를 페로 동화집 〉과 마리보의 〈 논쟁 / 사랑으로 세련되어진 아를르캥 〉을 공동 번역

◆ 신정민 – 이화여대 불어불문학과 졸업 예정
마리보의 〈 논쟁 / 사랑으로 세련되어진 아를르캥 〉을 공동 번역

이탈리아어
◆ 김민선 – 한국외국어대학교 이탈리아어과 졸업

독일어
◆ 박정현 – 서강대학교 재학 중
인터넷 카페 '독일어공부 (cafe.naver.com/ehrdlfdj)' 매니저

스페인어
◆ 조지혜 – 한신대학교 국어국문학과 졸업
스페인 International house in Sevilla / Universidad Complutense de MADRID 2 년 연수
인터넷 카페 '스페인어가 마냥 좋은 사람들 (cafe.naver.com/espanol)' 매니저

러시아어
◆ 백민 – 우즈벡키스탄에서 178 김나지움 졸업
국제학교 WIUT(Westerminster International University in Tashkent) 재학 중

그리스어
◆ 조혜님 – 한국외국어대학교 그리스 · 불가리아어과에 재학 중

아랍어
◆ 정병완 – 인터넷 카페 '『AR.IS』아랍어기초&회화☆이슬람 (cafe.naver.com/jafar)' 매니저

중국어
◆ 이주연 – 중국인민대학교 중어중문학과 졸업
한국외국어대학교 국제지역대학원 중국학과 수료

AK Trivia Special
환상 네이밍 사전

초판 1쇄 인쇄 2010년 11월 20일
초판 5쇄 발행 2018년 4월 30일

저자 : 신키겐샤 편집부
펴낸이 : 이동섭
표제어 번역 : 김지연
편집·교정 : 손종근
감수 : 프랑스어 - 유진원, 신정민 / 이탈리아어 - 김민선 / 독일어 - 박정현 / 스페인어 - 조지혜 / 러시아어 - 백민 / 그리스어 - 조혜님 / 아랍어 - 정병완 / 중국어 - 이주연
디자인·DTP : 스페이스 와이(スペ-スワイ)
한국어판 다자인·DTP : 이혜미
마케팅 : 송정환
관리 : 이민규

펴낸곳 : ㈜에이케이 커뮤니케이션즈
등록 : 1996년 7월 9일 (제302-1996-00026호)
한국어판 ⓒ㈜ 에이케이커뮤니케이션즈 2010
주소 : 04002 서울 마포구 동교로 17안길 28, 2층
TEL : 02-702-7963~5 FAX : 02-702-7988
www.amusementkorea.co.kr

ISBN 978-89-6407-094-9 13830

幻想ネーミング辞典
"GENSO NAMING JITEN" written and edited by Shinkigensha Henshubu
Text ⓒ Shinkigensha Co., Ltd. 2009.
All rights reserved.
First published in Japan by Shinkigensha Co.,Ltd., Tokyo.
This Korean edition published by arrangement with Shinkigensha Co.,Ltd., Tokyo
In care of Tuttle-Mori Agency, Inc., Tokyo.

이 책의 저작권은 일본 ㈜新紀元社와의 독점 계약으로
㈜에이케이 커뮤니케이션즈에 있습니다.
저작권법에 의해 한국에서 보호를 받는 저작물이므로 불법적인 복제와 스캔을 통한
무단 전재나 컨텐츠의 유포·공유 시 강력한 법적 제재를 받게 됨을 알려드립니다.